多维的回响

Multidimensional Echoes

东西作品评论集

张清华 等 著

广西师范大学出版社
·桂林·

多维的回响
DUOWEI DE HUIXIANG

出版统筹：罗财勇
编辑总监：余慧敏
责任编辑：梁文春
助理编辑：冉　娜
责任技编：余吐艳
营销编辑：花　昀　方俪颖
封面设计：郑元柏

图书在版编目（CIP）数据

多维的回响：东西作品评论集 / 张清华等著. -- 桂林：广西师范大学出版社，2023.11
ISBN 978-7-5598-6525-0

Ⅰ. ①多… Ⅱ. ①张… Ⅲ. ①东西－小说评论－文集 Ⅳ. ①I207.42-53

中国国家版本馆 CIP 数据核字（2023）第 199787 号

广西师范大学出版社出版发行
(广西桂林市五里店路9号　邮政编码：541004)
　网址：http://www.bbtpress.com
出版人：黄轩庄
全国新华书店经销
广西广大印务有限责任公司印刷
（桂林市临桂区秧塘工业园西城大道北侧广西师范大学出版社集团有限公司创意产业园内　邮政编码：541199）
开本：880 mm×1 240 mm　1/32
印张：13.875　　　　字数：280 千
2023 年 11 月第 1 版　　2023 年 11 月第 1 次印刷
印数：0 001~6 000 册　　定价：69.00 元
如发现印装质量问题，影响阅读，请与出版社发行部门联系调换。

目录

1	他的语言有惊心之美	/ 李敬泽
4	《回响》：多维的回响	/ 南　帆
20	身体穿过历史的荒诞现场	/ 陈晓明
32	探寻生活和自我的"真相"	/ 吴义勤
53	在命运的万壑千沟之间	/ 张清华
86	发现和直面"没有语言的生活"	/ 王　尧
100	东西小说文本的美学	/ 吴　俊
121	论东西长篇小说《回响》	/ 王彬彬
140	朴素的现实主义	/ 陈众议
148	文学研究视野里的东西小说	/ 谢有顺
168	东西论	/ 张学昕
217	在"绝密文件"的谱系里	/ 孟繁华
225	人生的光影与人性的回响	/ 张燕玲
233	小说家何为	/ 张柱林
249	"所有荒诞的写作都是希望这个世界不再荒诞"	
		/ 何　平　王一梅
269	我们时代的情感危机	/ 张　莉
281	一桩命案的三重真相与再造文体的多种可能	
		/ 丛治辰

298	恶托邦想象与乌托邦冲动	/ 叶　君
322	"走出南方"的南方写作	/ 徐　勇
339	"拨开他们像荒草一样的文字"	/ 黄伟林
354	修复历史记忆　还原身体经验	/ 胡传吉
369	苦难、荒诞与我们的量度	/ 周景雷
383	"东西现象"	/ 肖庆国
401	日常生活令人惊骇的一面	/ 谢有顺
412	后悔路上的寓言	/ 付如初
418	《篡改的命》：一只在黑暗中发光的山妖	/ 陈文芬
424	那命运被篡改的悲剧力量	/ 邱华栋
429	指心明道，何问西东	/ 韩少功
434	生机勃勃的语言	/ 余　华

他的语言有惊心之美

李敬泽,中国作家协会

原载《漓江》1996 年第 6 期

没见过东西,但常通电话,所以东西首先是东西的声音——高亢、硬朗的广西口音。

操方言的小说家应该比说普通话的小说家更多一重语言的敏感。

但小说家操方言是可能的吗?在中国,在眼下,似乎是不大可能。一个人上学读书,十几年下来,成了知识分子,而且是小说家,在语言上他经历了一个"普通"化的过程。他用普通话思考,用普通话写作,用普通话谈文学、谈恋爱,也许只有在骂大街的时候,他的方言才会冒出来。

在农村,一个人说普通话通常是一个突出的标志,标志着这个人文明了、高级了。因此他往往备受羡慕又备遭嫉视。因为"文明"和"高级"意味着——脱离群众,成为他者。

——偏偏写小说也总被人们看作一件文明和高级的事儿。

当胡适宣称怎么想就怎么说,怎么说就怎么写时,他的意思其实是按北方官话想、说和写。如果你说的是广东话、四川话,或者你碰巧是胡先生的同乡,说安徽话,那么"想""说""写"的关系就远不是一个"就"字了得。

白话文运动本可能成为对汉语中被闲置和被遗忘在文化边缘的极为丰富的语言资源的大规模的发现和开发,但结果并非如此。

现代的知识精英们需要一种共同的白话,正如他们的古代前辈需要共同的文言。

90年代一个重大而又为人忽视的事件,是一种知识分子语言的重建。在几十年的政治化和平民化的瓦解之后,知识分子,尤其是人文知识分子,重新形成了一种自己的语言,一整套只有"我们"才能理解和领会的行话、俚语、象征、隐喻。如果你阅读过几本核心的文化杂志,你肯定能尖锐地感到那种黑社会般内向、诡秘的气氛。

现在,在写这篇文章的时候,我都感到,离开这套语言我无法说话。

对于这一代小说家来说——我指的是东西和我的同龄人,三十多岁——这种语言现实意味着巨大的机会和危机。

机会在于这毕竟是一种新的、正在形成的语言资源。它很聪明,或自以为聪明,而且具有充分的"合法性"(或者不如说是"权力")。有不少年轻的小说家就操持着这套语言,玩出了精彩的、令人目眩的花活。

但由于我们就是在这种语言中成长起来的,而且我们都有人性的弱点——势利,我们可能过于依赖这一资源。在许多小说家的笔下，一种标准的文学书面语正像白化病一样流行。

这就谈到了东西。东西很少说小说，在他眼里，小说依然是一个巨大的、不可分析的秘密，只能以神秘的感性去接近它。

对东西来说，这种感性生活也即是语言生活。

东西多少有点像拉美小说家，不仅因为他对于本土——他的广西的专注"发现"，而且也因为那种巴洛克式的语言风格——热带的炫目的华丽。

他的语言，如刺在黑色软缎上的血红的大花，有惊心之美。

"发现"之所以通向巴洛克，是因为发现和表达发现是感性对词语的惊心动魄的挑战、不知餍足的索取，感觉和词语皆如暴雨过后的热带雨林，有着旺盛、妖邪的繁殖力。

东西很幸运地逃脱了文人书面语的围剿，他保持着"发现"的新鲜感性以及由此而来的对于语言资源的敏感。

——他说着那口高亢、热烈的广西话，他对普通话的质地有一种本能的警觉。

否则，他很难写出像《没有语言的生活》那样的小说，它标志着东西在不同的语言资源之间勘探的新境界。

——炫目的华丽被红土般的黏硬覆盖，一种高度收敛的弹性。

东西是东西，或南北，但肯定不是中。

《回响》：多维的回响

南帆，福建社会科学院

原载《当代作家评论》2022 年第 3 期

对一个成熟的作家来说，轻车熟路往往是一种隐蔽的负面诱惑。无论文类还是叙事模式，轻车熟路可能不知不觉地遮蔽独到的发现，甚至封锁这种冲动的出现。东西显然清醒认识到这种诱惑的危险性。他宁可自寻烦恼，毅然闯入种种荒芜地带——长篇小说《回响》可以视为其开疆拓土的产物。《回响》的"后记"表示，这一部小说打开了一个深邃而纷杂的领域，坚硬、明朗的现实世界背后突然显现出一个既熟悉又陌生的空间，各种日常现象闪烁出令人惊讶的意义。这一切迫使作家重新认知熟识已久的人物。开疆拓土绝非轻松的工作，东西甚至饱受折磨，几度辍笔。但是，他并未退却或者避重就轻，而是以坚韧的写作姿态正面接受挑战。《回响》21 万字，创作历时 4 年，作品的分量令人刮目相看。

《回响》的问世产生了持续的"回响"。许多批评家的强烈兴趣表明了这部作品的内涵诱人，在我看来，《回响》的内涵中包含一些富于启示的话题。这些话题不仅涉及叙事的架构、文本的肌理，而且进入文学的纵深。挪用印在这部小说封底的话说，这些话题还涉及如何"勘破人性"。也许，更为准确地说，《回响》涉及的恰恰是叙事、文学与"人性"之间的复杂关系。

这时可以说，《回响》隐含了带动理论命题的潜力。

一

《回响》的情节围绕一个案件的侦破展开，人们通常名之为"侦探小说"。

许多人将西方侦探小说的鼻祖追溯至爱伦·坡。时至如今，侦探小说业已发展成一种著名的文类，具有数量庞大的拥趸。一些带有专业精神的读者仅仅愿意充当侦探小说俱乐部成员，而对其他文学作品不屑一顾。与这种状况极不相称的一个事实是，众多侦探小说几乎无法入选文学史认定的经典名单。哪怕福尔摩斯名声再大，也没有哪一个批评家敢于将柯南·道尔列入伟大作家的行列，与莎士比亚或托尔斯泰这些文豪相提并论。也许，这是一个重要的原因——那些让人眼花缭乱的侦探小说太简单了。尽管离奇的案情或者云谲波诡的破案手段显现了作家的高超想象力，然而，这些作品对于"人性"——尤其是人物"内心"——的认识与发现乏善可陈。

作为一种表象，侦探小说似乎展示了冷静的理性洞察力：剖析错综的案情，发现因果关系，推断犯罪动机并且预测未来的路径，等等。然而，全面的分析可以显示，这种理性洞察力仅仅回旋在一个狭小而封闭的逻辑架构内部。一具无名尸体突然出现，一个著名或者无名的侦探应声而出。侦探目光如炬地追踪各种隐晦的蛛丝马迹，见他人之所未见，以至于读者往往没有意识到，他的活动半径相当有限。侦探虽然吃五谷杂粮，拥有七情六欲，可是，侦探小说要求删除侦破之外的各种乐趣。例如到哪一个朋友的寓所悠闲地喝咖啡，或者在郊外的山坡上看一看日出。侦探往往只能涉足案发现场，譬如神秘的单身公寓或者抛弃尸体的荒郊；跟踪罪犯的时候，也许他还可以出入酒店大堂或者穿过繁闹的街头。总之，侦探如同被铐在案件之上，没有理由如同常人四处闲逛。即使愿意谈一场无伤大雅的恋爱，他的精神轨迹必须迅速返回那一具无名尸体，而不能忘情地沉浸于结婚之后的蜜月，甚至庸俗地繁衍后代，子孙满堂。这些明显的限制之外，侦探小说的另一些约定似乎较为隐蔽。譬如侦探不会身受重伤躺在医院里，更不会英勇殉职，从而让案件难堪地搁浅——无论如何，擒获罪犯的结局始终如一。狭小而封闭的逻辑架构可以使侦探小说如同一张绷紧的弓，不枝不蔓，严密而紧凑。但是，紧张的悬念通常无助于揭示人物的性格纵深——这已经成为侦探小说的文类缺陷。

现实主义小说的一个精湛功夫即是日常生活的再现。这不仅表现为物质环境或者自然景观的逼真描绘，更重要的是，利用日常生活细腻显现人物性格的丰富层面。或许，这个事实还没有获得批评家的充分阐述：高度紧张的情节往往与人物性格的丰富程度成反比。这个事实的原因并不复杂:千钧一发的时刻,多数人物的选择大同小异。一个平凡无奇的早晨,有的人散步,有的人遛鸟,有的人奔赴菜市场,有的人匆忙上班——平凡无奇恰恰为每一种性格铺开表现的机会。然而,紧张却疾速收窄了选择的空间。例如,空袭来临的时候,几乎所有的人都愿意进入防空洞。侦探小说通常并未给人物性格留下多少游离情节中轴线的出口。不论粗犷、豪放,还是尖刻、机智,所有的侦探都不会改变自己的初始动机——破案。更为深刻的意义上,所有的侦探都不会改变职业操守背后的价值观念——弘扬正义,惩罚罪犯——所谓的正义必须以法律为准绳。当然,正如许多侦探小说显示的那样,侦探之中的败类可能被金钱或者美色收买,继而与罪犯沆瀣一气。但是,令人放心的是,肯定有另一个侦探挺身而出,继续侦破遗留的未竟工程。换言之,不论那个具体的侦探遭遇了什么,侦探小说的侦探是一个固定的"角色",他会始终执行这个"角色"的基本功能。

相似的开端与结局,相似的逻辑架构以及角色功能,如此之多的相似可能形成文学所忌讳的"公式"。很大程度上,这恰恰是人们对侦探小说的诟病。对结构主义文学批评来说,侦探小说时常成为称心如意的分析素材。批评家可以轻而易举地从一批侦探小说中破获相对固定的结构图式与角色设置。"公式"亵渎了文学天马行空的想象,层出不穷的侦探小说不断地试图打破陈陈相因的格局。例如,许多侦探小说开始向惊险小说转移——侦探对于罪犯居高临下的各种特权遭到削弱,他们可能遭受威胁与伤害,甚至命悬一线;同时,侦探与罪犯之间的角逐远远超出静态的智力博弈,汽车追逐、比试枪法、拳击格斗比比皆是。尽管如此,这个文类的基本轮廓并未动摇,人物内心的缺失仍然是一个结构性的缺陷。

但愿如此冗长的背景叙述不至于多余。这些叙述有助于表明,东西的《回响》脱离侦探小说的传统背景之后走得有多远。

二

如同许多侦探小说,《回响》的情节始于一具无名尸体,尸体的右手掌被残忍地砍掉。案件的侦破一波三折,预想、猜测等沙盘推演带有很大程度的推理小说成分。推理小说是侦探小说的一个分支,严谨的智力演绎构成延展情节脉络的重要动力。许多时候,过分严密的逻辑环节甚至绞干了浮动于情节缝隙的真实气息,以至于整个故事如同塑料制造的人工产品。然而,《回响》保持了细致入微的纹理。这种纹理并非显现为日常景象的物质构造,而是全面开启人物的内心维度。如果说,侦探小说的长期苦恼是,无法在双方的激烈较量之中匀出容纳人物内心的空隙,那么,《回响》的情节拥有超常的心理含量。哪一个人内心没有埋藏些什么?只不过坚硬的生活躯壳从未允许这些内容无拘无束地表露出来。侦探小说的紧张情节是生活躯壳之中最为粗粝的一面,人们时常以命相搏。刀尖与枪口面前，种种微妙的思绪、感慨、抒情、反思消失得无影无踪。然而，东西不仅察觉到种种表象背后的弦外之音，并且成功地将人物之间或显或隐的内心角力转换为情节的演进，从而替代侦探与罪犯之间种种外在冲突产生的戏剧性。从被害者夏冰清开始，无论是徐山川、吴文超、沈小迎、刘青、易春阳，还是慕达夫、洪安格、贝贞、卜之兰，口是心非几乎是所有人物的共同特征；或者用精神分析学的术语形容，所有人都处于意识与无意识的搏斗之中。意识是无意识的压抑与伪装，无意识隐秘地控制意识进行巧妙的或者拙劣的表演，二者的互动也可以作为"回响"的一种解释。在许多人物那里，口是心非已经从危机的应对转变成理所当然的习惯。"人一旦撒了谎就像跟银行贷款还利息，必须不停地贷下去资金链才不至于断。"这一句不无睿智的比喻来自《回响》的主角、刑侦大队副队长冉咚咚。《回响》的最大成功显然是这个人物的塑造——精通心理学的冉咚咚迟迟未能意识到，她自己也在不断地撒谎，撒谎的对象恰恰是她自己。

可以用"不屈不挠"形容冉咚咚艰苦的侦破工作。断断续续的线索，证据不足，案件之中许多沉没的环节由冉咚咚的猜测给予填空，这些猜测很大程度建立于过往的经验、智商和训练有素的心理知识之上。作为正义与法律的代表，她意志坚定，大义凛然，不擒真凶决不罢休。然而，与传统的侦探小说相异，《回响》并未为冉咚咚的办案开辟一个纯粹的斗智斗勇空间，家庭以及个人感情纠纷的大面积卷入耗费了冉咚咚的很大一部分精力。《回响》赋予这一部分情节的分量绝不亚于案件的侦破,不少批评家将"回响"一词视为二者纠缠的巧妙形容。

与通常的预想不同,围绕冉咚咚丈夫慕达夫展开的社会关系与案件线索不存在有机的交集。《回响》之所以将两方面的情节衔接在一起,是给冉咚咚的内心以及精神状态架设起过渡的拱桥。在侦破夏冰清案件的过程中,冉咚咚发现丈夫慕达夫的酒店开房记录。这迅速导致恩爱夫妻之间产生巨大裂痕。慕达夫反复申辩无效,两个人几经曲折终于离婚。然而,《回响》以精神分析学心理医生的口吻宣告了一个令人震惊的结论:冉咚咚之所以如此固执地怀疑慕达夫,甚至以不近人情的蛮横屡屡拒绝慕达夫的示爱,恰恰是因为她隐秘地喜欢另一个年轻的警察同事。由于强烈的道德愧疚,她的内心从未正视这个秘密。对丈夫的苛责正是这个秘密试图突破无意识状态的症候——冉咚咚坚信丈夫的出轨正是为自己摆脱婚姻制造一个堂堂正正的理由。

对精神分析学来说,这种颠倒是非的案例不足为奇。然而,当遭受压抑的无意识与一个专注破案的侦探联系起来的时候,一丝不安可能悄然掠过。侦探的自信、手中的权柄乃至武器会不会遭受无意识的潜在支配?对冉咚咚来说,这不是多余的疑问。无形之中,她开始用审讯技术犀利地侦查和审问丈夫,家中的书房犹如审讯室。她似乎主张纯粹的爱情,可是,她自己仿佛无法察觉,这种爱情已经被她熟练地制作为一副坚固的精神镣铐。

偏执与过激——慕达夫已经意识到冉咚咚的精神疾病，只不过他将这种状况归咎于侦破受挫带来的压力。压力突破了理性与意识的表层之后，童年的创伤经验悄然浮现——童年的创伤经验是精神分析学的标准答案。孩童时期，冉咚咚不断怀疑父亲与邻居阿姨存在暧昧的亲密关系，担心父母关系破裂而遭受抛弃是她密不示人的情结。这个情结转换为她对于夫妻关系的忠诚近于病态的苛求。然而，侦破案件带来的一个意外发现是，几乎所有的人都存在相似的创伤经验。

冉咚咚侦破的案件内容几乎俗不可耐，种种八卦新闻纷纷披露大同小异的情节：夏冰清以身体作为交易筹码，向富豪徐山川索取不劳而获的生活。不管两个人之间的秘密协议如何，夏冰清还是无法安于情人的身份而谋求"登堂入室"的婚姻。这终于引来杀身之祸。徐山川当然不愿意亲自动手，于是，谋杀夏冰清的"事业"如同击鼓传花一般从徐海涛、吴文超、刘青转到易春阳。所有的参与者都明白游戏的危险性，所有的参与者都不想终结游戏——直至定时炸弹传到易春阳手中炸响。这些参与者的性格与职业各不相同，他们组成同一根链条的共同原因是渴望钱财，所以，富豪徐山川理所当然担任链条的起始一环——他仅仅负责付钱买单。如果说，钱财的匮乏显现了外在的社会境遇，这些人物的另一个相似之处来自家庭的创伤经验。或者由于经济窘迫，或者由于家庭分裂，他们的父母无法给予他们足够的关爱。一些父母不仅没有履行基本的责

《回响》：多维的回响 ‖ 11

任,甚至以冷嘲热讽为能事。这些创伤经验深藏于无意识,酿成巨大的心理扭曲,"爱"的饥渴症成为诱发种种异常行为的秘密动机。冉咚咚攻陷嫌疑人与罪犯心理防线的策略几乎如出一辙:将"爱"——包括"爱"的感化与"爱"的要挟——作为开启的钥匙。冉咚咚破案之后会不会发现一个令人意外的事实?——五花八门的生活表象背后,真正的"爱"如此稀缺,传统的家庭框架如此脆弱,童年创伤经验的影响如此久远。这个事实的发现甚至比擒获罪犯更具意义。当然,这种结论必将从精神分析学转移到社会学。

《回响》的末尾提到了一个概念"疚爱":因为深深的负疚而产生的强大爱意。这个带有强烈精神分析学意味的概念可能赋予绝望者一丝暖意:深重的伤害背后或许尾随着更为深重的"爱"。伤害才会真正展示"爱"的意义。但是,仅仅是"或许",并不是所有的深渊都藏有引渡行人的独木桥。这个概念的背面同样令人伤感:没有负疚就没有"爱"。幸福而宁静的日子里,爱会像烈日之下的水渍被迅速烘干。生活的真理如此残酷吗?

三

现在可以重提一个事实:《回响》中多数人物的表象与内心存在很大距离。号称深度心理学,精神分析学不再将内心视为外部世界的一面镜子。相反,无论是意识与无意识,还是本我、自我、超我，内心包含各个层次结构的相互作用。作为案件的嫌疑人，吴文超和沈小迎不得不制造各种伪装保护自己。他们以所行掩盖所思，同时，内心的无意识作为理性"所思"背后的另一个层面无声地涌动。另一些人物儒雅风趣，文质彬彬，可是，只要时机适宜，他们会立即摘下面具敞开内心的另一面，例如贝贞的丈夫洪安格。他们的伪装如此脆弱，仿佛时时在等待抛弃伪装的那一刻。相对地说，"被爱妄想症"已经远远超出了伪装的范畴。冉咚咚与易春阳——两个如此不同的对手——共同发生了完全失真却又栩栩如生的记忆虚构，同时，慕达夫与贝贞之间也出现选择性记忆与事实的相互混淆。

这些描述不存在褒贬的意味，即使是所谓的"伪装"。我想涉及的话题是另一个常见的概念：自我。暂时不必引证各种艰深的哲学表述，"自我"至少表明一个稳定的主体。所谓的稳定，既包含一整套精神、身体的内在认知，也包含社会角色的认定。纷杂的社会关系之中，称之为"自我"的那个主体拥有固定的基本内涵以及社会位置。然而，精神分析学对这种主体观念造成巨大的冲击。"自我"丧失了稳定的性质。如果意识、理性以及围绕"超我"表现出来的各种言行代表了传统意义的"自我"，那么，所谓的无意识、欲望、创伤经验乃至"被爱妄想症"等诸多遭受压抑的内容是否也是"自我"？遭受压抑表明意识与无意识的对立与分裂。这时，前者还是后者更有资格代表真正的"自我"？譬如，对于冉咚咚或者易春阳来说，代表"自我"的是社会性外表还是蛰伏于内心的强大渴望？

真实与否几乎无法作为这个问题的衡量标准。在通常的语义之中，"真实"往往表示某一个事实曾经发生。可是，如果内心的强大渴望以虚构的形式存在，如果这种渴望产生的精神与身体能量远远超过了曾经发生的事实，何者更适合充当"自我"的基础？——尽管可能构成一个偏执乃至谵妄的"自我"。

一个令人安慰的事实是，尽管笛卡尔式理性主义传统遭到了精神分析学的深刻挑战，但是，社会意义上的"自我"并未真正崩溃。日常生活之中，每一个社会成员仍然拥有可供辨认的独特面目，张冠李戴的现象十分罕见。精神分析学的内在图景仅仅是认识"自我"的坐标之一，而且并非最为重要的坐标。多数场合，人们启动外在的社会坐标作为"自我"的定位。张三之所以被视为一个独特的"自我"或者主体，很大程度上是因为张三异于李四、王五、赵六等来自外部的衡量。这种状况被称为"主体间性"。换言之，主体的内在结构仅仅部分地塑造"自我"的性质；诸多主体之间的关系网络提供了"自我"赖以参照、互动、制约与修正的"他者"。这种关系网络愈是密集有力，外部社会文化框架对于"自我"或者主体的构成与认知愈是重要。政治家、官员、教授、工人、商人等各种重要的社会身份主要由外部社会文化框架决定。冉咚咚与易春阳的内心共同存在着"被爱妄想症"，然而，由于强大的社会定位，他们的生活轨迹截然不同。《回响》中每一个人物的内心揭秘往往带来情节的突兀转折，可是，侦探不会因为这些转折而变成教授，教授也不会因为这些转折而变成商人。周围的认可、指定、信任、授权无形地阻止了精神分析学对于"自我"的过度瓦解。

从哲学、精神分析学返回文学的时候,"自我"必须同时登上文学设置的特殊舞台进行表演——文学形式。这时,"情节"这个熟悉的概念又一次进入理论视域。尽管《回响》之中的所有人物无不来自东西的虚构,但是,"情节"无形地限定了虚构的半径——"情节"的意义如同外部社会文化框架之于"自我"或者主体。换言之,人物性格的生动或者丰富必须以情节框架为前提。E.M.福斯特的《小说面面观》对于"扁平人物"与"圆形人物"的区分众所周知。意味深长的是,福斯特并未贬低"扁平人物"。在他看来,二者均承担了完成情节的职能——"扁平人物"甚至可以比"圆形人物"更为机动地填补情节运行遗留的空隙。

亚里士多德古老的《诗学》列举了悲剧的六个组成因素,即情节、性格、言词、思想、形象、歌曲。《诗学》认为,最为重要的因素是情节而不是人物性格。迄今为止,"情节"仍然是多数人对叙事文学的期待。"讲一个好故事"是许多作家从未放弃的目标。只有人物性格的塑造才能代表文学的最高成就,这种广泛流传的观点并非不证自明。一些作家表示,情节与人物犹如同一枚硬币的两面,生动的人物形象不就是生动的情节吗?尽管许多文学经典可以成为这种观点的佐证,但是,显然还可以察觉另一些不同的文学倾向。福楼拜《一颗纯朴的心》或者鲁迅的《阿Q正传》均为成功地塑造人物性格的杰作，它们并没有出示多么有趣的情节；另一方面，许多小说充满了悬念，情节如同过山车一般跌宕起伏，情节内部只有角色而缺乏饱满的人物性格。饱满的人物性格往往造就了自己的命运。无论是林冲雪夜上梁山还是安娜·卡列尼娜卧轨自杀，他们人生的每一步无不来自性格的选择。相对地说，角色的主要意义是推动情节持续奔赴终局，犹如安顿在机器内部按照规定方式运转的某一个齿轮。侦探小说通常如此。侦探与罪犯的对手戏是情节的不变旋律，他们的行动恰恰由对方而不是自己决定。罪犯从情节之中退场而移居监狱的时候，侦探就会因为无所事事而领取一张文学退休证。

《回响》的成功之处在于保持巨大张力之中的平衡。精神分析学的视野开启了人物的内心渊薮，许多隐秘的内容意外地闪现，然而，这些内容丰富了——而不是肢解了——社会学逻辑。罪犯一次又一次地滑出视野令人欲罢不能，《回响》的情节始终保持悬念的刻骨魅力，可是，所有的悬念来自人物性格的内在驱动，侦破的外在使命形成的驱动愈来愈弱。情节的结局缓缓地停靠在"爱"字站台上，这显然远远超出开端那一具无名尸体带给人们的预想。

这种成功还可以引申出哪些意义？

四

提到了"圆形人物"形象之后，E.M.福斯特并未进一步解释，文学为什么要费尽心机塑造各种人物。这些人物不会真的消耗食物与氧气，身体内部不存在任何腺体，每一日不必安排大量时间睡眠，没有档案和护照，也不会在哪一个机构领到薪水——作家输送他们来到这个世界干什么？

在许多文学批评家的阐述之中，这些人物仿佛是来竞争"典型"的头衔的。他们力争成为文学的"典型人物"，从而赢得进入文学史的长期居住证。"典型"这个概念具有漫长的理论谱系，现今业已成为叙事文学解读机制的轴心。如何评判一部叙事作品——无论是小说、戏剧还是电影或者电视连续剧——的成就？人物性格的成功与否成为首要的衡量指标，成功的标志即是"典型"。

希腊文中的"典型"为tupos，英语为type，包含范式、类型之义。如果说，文学的魅力始终与个别形象的生动性联系在一起，那么，这种状况遗留的理论负担恰恰是个别形象拥有哪些普遍的意义。普遍意义的缺席无法解答一些基本的文学问题：为什么作家选择这个人物而不是那个人物，为什么某些作品的主人公熠熠生辉而大部分作品的主人公转瞬即逝？以"典型"为轴心的解读机制提供的解释是，前者拥有强大的普遍意义，这种意义通常被称为"共性"或者"本质"。例如，作为文学的"典型"，一个贫农、一个地主或者一个知识分子、一个商人的人物形象之中闪烁着千百个贫农、地主、知识分子或者商人的身影。

列举贫农、地主、知识分子、商人这些社会身份并非偶

《回响》：多维的回响　17

然。这些社会身份背后还可以概括更大范围的普遍意义，譬如分别代表某些阶级、某些阶层的社会文化特征，等等。当作品主人公之间的戏剧化情节被视为若干阶级、阶层之间社会关系的隐喻时，一个宏大的社会历史图景如约而至。文学再现了"历史"云云并不是强调史料保存或者重大事件记载可以与历史著作争一短长，而是借助以"典型"为轴心的解读机制充分展示"个别/普遍"一对范畴隐藏的哲学潜力，从而使个别的人物形象逻辑地扩展为"总体性"的历史图景。换言之，文学的个别形象必须为认识"总体性"的历史图景做出贡献。因此，所谓的"普遍"必须锁定社会文化/历史图景层面而不能拐到另一些意外的主题，例如生理意义的"普遍"。考证林黛玉的头晕是否因为低血压或者阿Q头上癞疮疤属于何种皮肤病，这种文学批评肯定弄错了方向。

可是，多数侦探小说很少涉及社会文化/历史图景之中起伏不定的前沿探索，涉及尖锐的思想分歧或者新兴的生活方式。无论案件多么复杂，侦探与罪犯的博弈是非分明，既定的法律体系事先划定了不可逾越的界限。由于罪与非罪的法律观念坚固而稳定，侦探与罪犯的博弈不再卷入社会文化内部各种观点的微妙波动之中。如果说，一些杰出的现实主义小说恰恰从各种观点的微妙波动之中察觉阶级、阶层的构造改变，察觉历史图景内部深刻的震动，那么，侦探小说往往滞留于显而易见的生活表象。然而，尽管《回响》的情节沿袭了罪与非罪观念评判生活，东西却从另一个方向撬开了生活表象。《回响》

并未全景式地描绘这个时代阶级、阶层之间的急剧错动,而是拐向另外两个社会范畴:性别与家庭。

作为一个微型社会单位,家庭的生产任务是繁衍后代,不同性别的合作是完成生产任务的前提。然而,家庭的组织方式与劳动生产形成的协作以及利益分配机制大相径庭。相对于企业、政府部门、工厂、学校、军队等形形色色社会机构组织的共同体,家庭结构远为坚固——家庭成员之间的黏合剂是强大的"爱":性别之爱与亲子之爱。"爱"的特殊凝聚性往往源于无私。个人的利益追求与衡量压缩到最小限度,一荣俱荣或者一损俱损构成家庭内部的一致步调。一个社会之所以不会聚散无常,起伏无度,坚固的家庭结构功不可没。从宏大的民族、国家、阶级、阶层收缩到家庭的时候,一种无私的精神突然开始耀眼地闪亮。理想的意义上,"爱"不仅是个人的精神归宿,而且应当为社会成员彼此联结的接口。一些人甚至借助宗教式的表述将"爱"形容为照亮人生的精神信仰,例如,冰心曾经感叹地说:"有了爱就有了一切。"可是,这个优美的命题在《回响》之中遭遇严重的挫折。性别之间与家庭内部,"爱"暴露出惊人的秘密。由于这些秘密的发现,《回响》从侦探小说的文类成规之中破门而出,并且迫使人们重审以"爱"的名义连接起来的各种社会关系。

身体穿过历史的荒诞现场
——评东西的长篇《后悔录》

陈晓明，北京大学

原载《南方文坛》2005 年第 4 期

很多年后，我们会为这个时期有东西这样的作家而感到幸运，他使我们侥幸地逃脱了彻底的平庸。作为当代最有韧性的小说家，东西有能力把握独特的小说叙述意识，并且能够通过饱满的语言执拗地揭示历史和生活的真相。这使他的小说始终保持艺术和生活的质感。这从他过去的《没有语言的生活》、《耳光响亮》、《痛苦比赛》以及《不要问我》中可以看到，最近出版的《后悔录》则可以看到东西的小说写作更加成熟、自如和有力。

这部小说讲述了一个被革命剥夺一切的资本家后代的倒霉命运的故事。这个叫作曾广贤的资产阶级后代，青年时代因为被诬告强奸投入监狱。他曾经有无数的机会和女性发生肉体关系，但直到他步入中年已经失去了性功能也未曾接触女性肉体。小说是以他错过一次次与女性亲近的机会而错过爱情和情爱的后悔来叙述故事的。显然，这样的后悔只是强烈的反讽。

在这个倒霉人的不断后悔的自责中,小说尖锐地揭示了政治革命给个人的精神和肉体造成的深重创伤。

这种揭示当然不是东西的首创,捷克作家米兰·昆德拉就做得非常出色。《不能承受的生命之轻》中托马斯的身体遭遇就是东欧知识分子在革命年代的精神创伤史;《玩笑》中那条宽大的裤衩几乎可以看作革命年代的欲望的旗帜,但那上面涂满了沮丧和屈辱。中国作家也有人从身体的创伤来表达历史的压力。如张贤亮,他的《绿化树》,特别是《男人的一半是女人》,从身体机能的障碍来表现人在政治强大的压力之下所陷入的困境。但张贤亮并不彻底,他笔下的男性主人公通过政治的治疗(例如,抢救集体财产,阅读《资本论》等)最终还是恢复了机能,并且重新成为历史主体,成为历史责任的承担者,开创历史之未来。他的人物与其说是对历史政治的反思,不如说是对历史之完整性的维护和补充。张贤亮表达过那种意思,那就是"伤痕"具有美感,那是自我证明的依据,是历史的异化力量使得自我更加坚强,并且成为对未来承诺的依据。

多年过去了,我们无法指责张贤亮的不彻底,也无法对他的自欺欺人说三道四。在那样的历史时期,他的表达也算是有深刻之处,"历史的局限性"轻而易举就可以为他开脱。相比现在而言——人们已经完全忘却了历史的伤痛。历史被历史遗忘,也被我们的怯懦和势利遮盖。因此,东西的写作是有意义的,他重新捡起了历史,要撬开历史的本质,用的是个人的身体,那个被扭曲得变形的身体。

这是一部关于身体的后悔录，也是最直接的身体批判檄文。因为后悔的思绪，对身体的批判就是对自我的批判，而所有的自我批判都是批判的误区，所有的后悔都是后悔的歧途。小说关于身体的悔恨声讨不再是抽象的欲望表达，而是生理学意义上的直接面对身体的两大重要器官：其一是口腔，其二是生殖器官。这是身体的唯物论，实实在在地面对身体的器官，在对器官的错误检讨下引向生活和历史事实。这种书写在中国现代以来的文学中尚未见过，这个大胆"亵渎"之举实际是在探索一种极富个性的小说叙事艺术。

这个身体的批判最初是从口腔开始的，就像弗洛伊德所说的儿童"口唇期"一样。身体最幼稚的冲动就是口腔。小说直接的后悔就是曾广贤多次的"口误"，也就是"多嘴"造成的恶果。"口误"，先是害惨了父亲，让父亲几乎送命；随后则是导致亲密朋友赵敬东自杀。而这两次"口误"，都是因为这二人的生殖器官犯下了错误。

小说一开始的"口误"是泄漏了父亲与赵山河的肉体关系。父亲曾长风苦于妻子不与他同房，就与造反派赵万年的妹妹赵山河发生肉体关系。赵万年施行报复，把曾长风打得半死。曾广贤不能管住自己的嘴巴，经不住造反派赵万年的诱逼说出曾长风与赵山河的私情，结果导致父亲的灾难。这样的"泄密"显然不是父亲身体真正遭难的原因，真正的原因在于时代的压抑，在于阶级斗争形成的对人性的压迫，人对人的敌视，对人的身体及欲望的漠视。曾长风的身体无法抹去历史记忆。这是一种本能的记忆，甚至不带有阶级的记忆方式，只是人的本能，人的基本的存在。但他显然落入了"非人"的状态中。曾长风的妻子（也就是小说主人公曾广贤的母亲）曾经是高傲的大家闺秀，蒙受屈辱而饲虎自杀身亡。妻子显然是对曾长风的行为感到厌恶而自杀，但根本原因则是对这个"乱糟糟"的世界感到绝望。赵万年的非人性及残暴，不过是阶级斗争工具的象征。身体的异化是阶级异化的后果。曾长风这个旧社会的资产阶级少爷，现在被置放在性的压迫的底层。阶级特权的取消最鲜明体现在性特权的剥夺上。曾长风这样的人，在解放前——按照他家的仆人赵万年的父亲的说法，他娶个三妻四妾是正常而合理的。但在阶级地位被颠覆的革命年代，他连基本的性权利也被剥夺。这个泄密是历史的强加。这本来不是什么招惹杀身之祸的秘密，但这样的"口误"或"多嘴"，却会产生灾难性的后果，这就足以表明人的命运有多么脆弱。非人的时代把这种男女双方自愿的肉体关系定义为非法，历史强行剥夺了人们的身体欲望，使欲望变得非法。性的压抑是对人性压抑最彻底的形式。连性的权利——正如小说开篇对狗的性交的描写一样，赵万年这样的造反派，连狗的动物本性都要禁绝，人的存在的基本的权利被彻底践踏也就不足为奇了。

这种剥夺和压抑并不一定是公开的强制性的司法行为，更具有内在性的是对人的自我意识的阉割并使之异化。曾广贤的又一次"口误"是对赵敬东与狗交媾的多嘴。这使他又一次产生严重的自责，好像是他害死了赵敬东。但赵敬东发展到与狗交媾，显然是严重的变态，缘由是他经受不住表姐的美丽性感形象的诱惑。这就很离奇：他为什么不直接去向表姐表达呢？他给自己养的狗取了个与表姐一样的名字，且以此作为发泄对象。历史的压抑已经深入到人的本能中使之变形变态，人们已经不能正常地表达自己的欲望，只有变态与错位。尽管任何时代都有变态狂，但这里对赵敬东的描写还是包含着历史的批判意义的（例如，小说不断提到何彩霞散播的要开批斗会，要写检查之类）。

从"口误"的后悔转向关于自己身体的后悔。关于曾广贤的身体的"后悔"，小说写到有三次。第一次是少年时代，小池在去插队的前夜脱下裙子让曾广贤看她赤裸的双腿，曾广贤却骂池凤仙是"流氓"并且逃之夭夭。后来也有机会与池凤仙发生关系，但都功亏一篑。第二次是对张闹，有那么多的机会却始终没有发生肉体关系。后来从监狱出来，张闹几乎要献身于他，他却临阵逃脱，最终也没有任何实质性的接触。第三次是等他出狱的张小燕。所有这些他都失之交臂。

这个倒霉的曾广贤，他的身体总是那么不走运，到底出了什么差错？他的人生道路被身体欲望的延搁弄得错乱不堪。最为懊悔的是对张闹的身体，他本来可以顺理成章地把张闹搞到手，结果却成为一个被诬告的强奸犯。不只是身体，连心理和性格，对欲望的认识和表达，都已经完全病态了。在强大的革命政治压抑下，身体的机能发生了严重的错位，性格和心理也相应发生变态反应。人们已经不能正常地把自己当作一个正常人对待。政治强权对人类社会最大的破坏，也是最深刻的破坏大约正在此。人们已经不能正常地思考和表达，怯懦与暴戾、无能与妄想，软弱与过激……总是混淆在一起。这个在后悔的名义下展开的对自我命运的反省，实际上是对历史的深刻审视。《后悔录》对由强权政治压抑所造成的人的肉体和心理的创伤的揭示，是如此的深刻有力，透彻犀利。

如果考虑到"文化大革命"时期是中国人口增长最快的年代，那就会对强大的性压抑机制产生理论上的困惑。在那些压抑和性被剥夺的年代，何以人口还能保持较高的增长率？好在福柯的理论已经成为"老生常谈"，对这些压抑机制的博弈论我们已经不陌生。在强大的政治压抑之下，人们的性活动只能转入黑暗之中。公开的通奸偷情之类的活动是不可能的，那样带来的可能是被治重罪的后果，但禁忌同时是鼓励，因为资源和途径都变得稀少和困难，这使人们对性产生更为强烈的兴趣。一方面是家庭的性活动成为生活唯一的乐趣源泉，其副产品则是人口的高速增长。革命应该伴随身体上的解放，这是革命一贯给予的想象。现在，这一想象被限定在合法化的家庭内部，这是革命给出快乐的最低承诺。这一点承诺如果丢弃的话，革命将无法在人性解放这一点上看到任何前景。压抑并限定在家庭的范围内，对生育数量不予限制，革命给予身体以怪诞的解放形式。但家庭的性活动也承载着太重的负担，一旦性活动不和谐，家庭的快乐幸福可能就要终结。事实上，革命、贫穷以及居住环境的困难，特别是每个人岌岌可危的政治生命,都使这个异常重要的性活动受阻,它不可避免地要向着变态方向发展。事实上,家庭不可能协调由压抑建构起来的性心理,其后果则是异常活跃的妄想症。在这意义上,东西的小说是福柯的《性史》的中国版,福柯的重点在十八十九世纪,他对资产阶级充满嘲弄和鞭挞,而东西则写出了福柯这个左派所向往的20世纪中期的革命的中国性史。

曾广贤是对特殊年代进行特殊书写的一个典型,这个人物第一次用身体来书写他的命运,也允诺历史在他的身体上铭刻自虐的印记。这个倒霉蛋是如此可悲,他几乎被历史和生活全面戏弄。同样是身体的困扰,张贤亮笔下的章永璘始终具有自我意识,他一直在努力寻求个人和历史平衡发展的途径,他寻求适应现实的方式,他终于寻求到了,不管是"美国饭店",马樱花或黄香久的软玉温香,还是《资本论》指引的唯物主义道路,他的人物在那样的年代是有自觉意识的,也可以有自觉意识。但曾广贤不行,他没有自觉意识,他玩不过历史,玩不过现实的强大权力机制,玩不过赵万年。他只能被历史驱赶,被命运拖着走。曾广贤更为真实深刻地展现了在强大的历史权力支配的年代的个人遭遇,个人的内心感受,个人只能有的命运。

这个"后悔录",既是悔恨,又是懊丧。前者带有负罪感的自责,后者则是无可奈何的遗憾。在叙述人依然执迷不悟的后悔中,充满的并不是怨天尤人的绝望,也不是让人喘不过气来的悲剧氛围。实际上,这部关于"懊丧透顶"的小说,始终保持着对自我和历史进行的双重嘲讽，始终充满着无穷无尽的幽默和荒诞。简言之，黑色幽默构成这部小说的美学基调，而这一点，正是东西小说独特的叙述风格，只是东西在这部小说中把黑色幽默推到了极致。

东西的黑色幽默有一种刻骨的锐利，那就在于他的作品中透示出的黑色幽默建立在人的真切的伤痛上，那些痛楚不是外在的、装腔作势的。东西能写出人最平实而切身的伤痛，在这部小说中，那是人的身体、欲望，关于幸福的期望。这部作品几乎没有从正面谈论幸福，没有任何关于生活的理想性的表达，却可以看到那个曾广贤是如此渴望幸福，如此对生活怀着朴素的和最低的理想期待。于百家为了从农村跑回城市，想了无数的办法试图在劳动中把自己弄病或受伤，但都落了空，最后却因参加一场婚礼成了拐子。他从农村偷跑回城市，对曾广贤大肆渲染他和小池的身体关系。他把小池描绘成一块"豆腐"，"她的身体有多软，多嫩，好像没骨头，一口咬下去出好多的水"。说得让曾广贤大口大口地喘气。可怜的曾广贤当年还叫小池"流氓"并且逃之夭夭，现在只有想象的份。更要命的是，在于百家的鼓动下，他的想象转向了张闹。小说写道，"看着他滑动的喉结，听着他'豆腐''棉花''嫩葱''泥塘''杀猪''鬼哭狼嚎'的形容和比喻，我恨得差不多杀了自己。当初只要我把手放到小池的胸口，只要轻轻地抱她一下，那后来发生在于百家的身上的事，全都会发生在我的身上，而且提前两年。多好的机会，多美的豆腐，我竟然没下手，真是笨到家了。这么悔了恨了几天，我对张闹的想象日渐丰富，其实也就是移花接木，把'豆腐'当成她柔软的肢体，把'棉花'放到她的胸口，把'嫩葱'贴上她的脸皮，把'泥塘'装在她的下身，然后再把自己当成屠夫，把她当成待宰的猪，这么一来，她不'鬼哭狼嚎'才怪呢"。

这确实有点下流，很不道德，但在被剥夺了生活一切的乐趣的状态中，还有什么更高尚的心理和对生活的期望呢？这些想象本来都有可能实现，都可能转化成生活的快乐甚至幸福，但是没有，一切都往最坏的方面发展。曾广贤这么一个怯懦的人，最后却成为一个"强奸犯"，被判了八年徒刑，减刑与加刑相等，在监狱里待了将近十年。最后出狱，还是一错再错，他的生活没有剩下什么。事实上，曾广贤不过是一个善良本分的小人物，他只是顺从命运，被强权欺压，但他还是抗不住欲望的涌动。这就是人性，不可低头的人性。在任何时候，在任何压力之下，人性却依然倔强。这就是善良而平庸的小人物的悲剧所在。曾广贤回首自己的一生，他的所有的希望都落空了，连最基本的人性欲望都丧失了。最令人痛心的是，他的过错、他的愚蠢导致了幸福的丧失。他一再后悔的是他的幸福不再有，他的幸福从未有过。是生活与历史的荒诞消除了他的幸福。这是历史的异化，人性的异化。这是在异化中产生的荒诞，荒诞中产生的滑稽、嘲弄、自嘲和可笑。

当然，小说还藏了一个可怕的悬念始终没有揭穿。小说结尾处提到领班右手心有颗黑痣。正在曾广贤要和领班发生肉体关系时，那颗黑痣把他吓了一跳。因为这颗黑痣使他想到领班可能是他幼年时失散的妹妹曾芳。但恍惚之间，那颗黑痣又不见了。显然，东西本人也拿不定主意是不是要把领班定义为曾广贤失散了多年的妹妹，如果是就落入了俗套。但曾广贤这样的心理出自东西的虚晃一枪，在这里东西没有找到一个更有力的结构／解构的圈套。但他努力去推进，潜在的心理更有可能是曾广贤猛然间对张闹的移情。他很可能在琢磨张闹是不是与失散的妹妹有相似之处，只是差了那颗黑痣，但他这个时候可能后悔的就是始终没有注意张闹手心有没有痣。除此之外，有更多的细节暗示着张闹更有可能就是曾广贤多年前失散的妹妹。当然，东西依然不可能点明，依然是在犹豫不决中让人产生联想。但恰恰是这样的有限的可能性预示着无限的可能性。曾广贤在所有的幸福希望落空的同时，在饱受张闹戏弄的同时，他可能逃脱一个更为原罪式的悲剧，那就是兄妹乱伦。这是命运对历史开的玩笑，历史的非理性的强权对个人的迫害，可能却使人意外逃脱了更为悲惨的结局。

东西在这里试图对历史进行彻底的解构，历史不如神秘的命运更有力量，历史之恶被神佑的善所消解。冥冥之中曾广贤就是无法与张闹成婚，也无法与之发生肉体关系。东西的小说在这里玩了一着险棋。这个悬念一直在庸俗的套路边徘徊，如果被揭穿，那就落入到从《雷雨》以来的那个乱伦的谱系学中，那小说的独特性就要大打折扣。东西当然不会如此简单，在他的叙述中，始终把握住反讽的视点，后悔越是深切，越是显得荒诞。这个埋伏的可能而有限的悬念具有彻底的解构性功能，它解构了"后悔"，使曾广贤深深陷入的"后悔"变得毫无意义，使后悔变成侥幸。这部名为《后悔录》的小说，恰恰颠倒了后悔，使后悔根本不能成立，没有后悔。但历史并不能被全部消除，那些历史悲剧依然存在。这些人的身体遭遇是不折不扣的悲剧，只是说，最坏的（也许是同样的坏）的悲剧没有出现。假定张闹就是曾芳，那就是兄妹没有成婚。除此之外，同样坏的都发生了。在这里，这样的后果也依然是历史在起作用。曾家的家破人亡就是历史非理性的产物。如果不是激进革命制造的阶级斗争，曾家不可能出现如此糟糕的局面。东西试图嘲弄历史，嘲弄曾广贤，这种嘲弄是他留给曾广贤最后的一点礼物。曾广贤总算逃脱了最坏的悲剧，尽管为此他付出了坐牢的代价。也许是值得的，在这样的历史情境中，在给定的命运中，这可能是曾广贤最好的结局了。即使在这样的叙事中，也依然突显出历史的不可抗拒性，历史无处不在，如此强大的历史，终究是它制造了一切。

　　总之，东西的这部小说写出了一个人一生的屈辱，并且显得如此可笑。他是被历史强权损害的，他的创伤是中国人在特殊年代留下的创伤，是"我们"独特的身体纹章，是我们这样的"小写的人"的创伤。这就是东西的小说，让人们在荒诞的快感中，看到人的身体最真切的创伤，那是人性最深重的创伤，而且再次被命运嘲弄，连创伤也被嘲弄，连后悔都变得可笑，在这里体验到生活最本质的绝望。东西是有勇气的，很多人已经回避了历史的本质,已经穿过了虚无化的历史空场,降临到当代繁华盛景,但东西还是提醒我们记住历史,因为历史的创伤依然铭刻在我们的身体上,我们披上嘉许的外衣就能成为当代英雄吗?

探寻生活和自我的"真相"
——评东西的长篇新作《回响》

吴义勤，中国作家协会

原载《南方文坛》2021年第4期

文学不是关于社会现实和人的词典和百科全书，它是人的启示录。社会生活和现实关乎人的生存、生活和生命，关乎人在时代现实中的遭遇、处境和命运。对这一现实进行思考和表现的文学，便是人对人的启示录。在此意义上，东西的长篇新作《回响》便是"启示录"式的写作。小说描绘了两种现实场景、两个世界景观：一个是社会生活世界、景观，一个是人的心理和精神世界、景观。通过两个世界、两幅景观，小说形成了一个有意识建构起来的视角，其焦点是"现实"或"事实""真相"。作为一部虚构性小说，《回响》在展示生活和心理世界的同时，营造了一个心灵之梦，从而超脱了普通生活状态，敞开了其沉默部分。这是一部具有强烈的刺痛人心、启迪心灵、升华灵魂的"真实性"的小说。

一、现实、心理与"心理现实主义"

《回响》虽然围绕案件侦破故事和情感故事展开,却具有超出破案和情感故事的强劲的文学力量。故事背后,隐含、回响着一种巨大的回应,一种对作为整体的人和已有的文学经验的回应。

《回响》有着关注和表现日常社会生活的倾向。这一点不仅体现在对"大坑案"的持续侦破过程以及由此关联的城市和乡村生活故事、场景的描述,也体现在对人物的社会生活、家庭生活和情感婚姻生活的描绘。作者将笔触探入较为广阔而又细微的生活,通过细节真实地再现了当下社会现实和人们的生活方式、心理观念和价值观念,对老年人、青年人、富人、农民、白领、自主创业者、进城打工者、家族产业继承人、警察、罪犯等不同行业、职业、地位、身份、阶层的人群,对社会物质的发展进步、社会阶层的分化和隔膜、贫富悬殊等现实状况,进行了细致描摹,展现了一幅既充满生机、活力又满含艰难、窘迫的栩栩如生的社会网络和肌理。

在小说所展开的现实图景和社会情境背后,我们看到的是作家对丰富驳杂的"人"这一生命体的体验和认知,小说直面的是"人",是有着各种性格、脾气、经历、动机和欲念的具体的生命体。"现实"随着"人"的出现和凸显退隐为时隐时现的背景,它不再是一种纯粹平面的客观存在,而是因

探寻生活和自我的"真相" || 33

为"人"的难以辨清必然还是偶然、理智抑或冲动、理性还是感性的主观意识变得模糊含混、无法捉摸。在"人"的难以捉摸的心理和无意识作用下,"现实"仿佛变成了凭个人的主观意识和意念才能被体验、掌握和理解的存在。小说对冉咚咚和易春阳"被爱强迫症"的描写,尤其是对刑侦大队副大队长破案直觉的反复提及,对其丈夫慕达夫是否出轨的执念,以及由此而来的反复试探、心理分析,包括对慕达夫与贝贞是否偷情的暧昧叙述,对慕达夫是否曾对卜之兰始乱终弃的点到为止的叙述处理,都在有意识地把"现实"纳入"心理""感觉"中,纳入人物(主要是冉咚咚)的主观意识中,通过人物的体验去推理、猜测和摸索。与此同时,小说又提供各种其他的"事实"来延迟"真相"的发现,甚至揭穿所谓的真相不过是梦境、幻觉或自以为是的臆测。从这个意义上说,《回响》堪称一部典型的"心理现实主义"小说,作家笔下的"现实"包含着突出的心理体验的内容。

小说精心描绘日常生活中个体相对独立的心理活动和潜意识。小说中的人物,无论是父母和子女、丈夫与妻子、罪犯和警察,还是男女情人,他们都会从自己的处境、地位、阶层和需求出发,小心翼翼、千方百计地按照个人的想法、愿望和想象、预测来设计、"塑造"自己所设想的现实和世界。这些个人化的、不愿公开的意识,以及自己也未必清晰把握的潜意识,是存在于日常生活和伦理关系之下的。与此相对的是社会的而非私人的意识和潜意识。它代表着秩序、稳定,却也处于清晰或不那么清晰的生成与变化中,如以恋爱、婚姻和家庭为主体的伦理道德秩序,以警察和罪犯关系出现的"法的秩序"。慕达夫与父母之间,冉咚咚与父母之间,夏冰清与父母之间,吴文超与父母之间,慕达夫与冉咚咚之间,刘青与卜之兰之间,徐山川与沈小迎之间,慕达夫与贝贞、冉咚咚与邵天伟之间,夏冰清与吴文超之间,吴文超与刘青之间,徐山川和夏冰清及其他情人之间,便交错着各种道德伦理关系。冉咚咚与徐山川、徐海涛、吴文超、刘青等案犯之间,便是"法的秩序"的体现。

《回响》中对各种秩序的描述和设置,很有深度,也很耐人寻味。一方面,小说对处于各种伦理道德秩序中的个体的疏离与亲近、隔膜与沟通、冷漠与温情、世故与无情等情感关系有着细致入微的表现。通过言语、行为与心理、情感之间的对位、错位、纠结、矛盾关系,小说深刻揭示了处于道德伦理秩序中的人性、人心的复杂性,以及日常生活与情感的深层复杂性。另一方面,小说对"法的秩序"中人心之真实性的揭示也有振聋发聩之力量。作家不仅深入发掘执法者冉咚咚的性格、心理矛盾,也通过她的"心理追踪"进入案犯的心理和灵魂深处,描画案犯的心理轨迹、心灵世界和人性状态及其与社会现实、家庭出身、职业状况的关系。这就在"法的秩序"与伦理道德秩序和时代生活和社会心理之间,建立了密切关联。于是,奇数章所写的"案件"和偶数章所写的"感情",就始终通过心理、情感和关系、秩序,联系在一起,相互融渗而非彼此隔离:"法"中有情感、心理;"情"一则通过夫妻关系、家庭生活建立与"法"的联系,二则通过心理和意识的试探、交锋和剖析、"侦破",建立了与"法"更深层的关联。因此,围绕案件侦破线索的"法"叙事固然跌宕起伏,围绕冉咚咚、慕达夫情感关系的"情"叙事虽看似静止,却也暗流涌动。这使《回响》具有很强的"情节性",这一情节性不限于围绕案件侦破展开的显性故事,更围绕情感、伦理和道德展开的隐性的"心理故事"。通过这两种不同类型的"故事",《回响》蕴含了两种(两组)不尽相同的文学力量,现实自身的直接经验的力量和对人的热情探索的力量,作为智性的理解的力量和作为文学的创造的力量。

　　但东西的小说与心理现实主义这一现代主义文学样式又有本质上的不同。心理现实主义的重要倡导者和实践者亨利·詹姆斯虽然强调小说应再现现实、再现生活,但他所谓的"现实""生活"并非客观存在,而是作家对现实的印象和主观性经验。因此,他虽然被称为"心理分析小说家",但其"现实感"却是具有感知力禀赋的作家捕捉"瞬间"、形成经验并出之于意象的"具体陈述的可靠性"。个人的内心感受与知觉是"心理现实主义"所青睐的,而个人与历史、社会,主观愿望与客观现实之间的内在联系则被放弃。心理现实主义强调的"经验"并非现实生活经验,"经验是巨大的感官,它好像是一张用最美丽的丝线编织成的,延及认识领域,本身包括了每一个存在的细节的硕大的网。这是认识氛围本身,而当认识具有想象力时——想象力在天才人物身上特别有力地发展着——认识吸收着生活中最细微的运动,把生活中最小的跳动转化成可以显现的东西""个人的经验是最好的老师……现实的空气(典型化的真实)是小说的最大优点,是无条件地、郑重其事地建立在小说的一切其他优点……之上的优点",当小说家"展示出自己反映现实——现实的意义、色彩、凹凸、性格——人类存在的全部本质的方法时,他才真正地同生活展开竞赛"。[1] 心理现实主义以虚构挑战现实,以个人主观经验取代社会现实经验,以经验为基础建立一个对抗和超越生活世界的虚构世界的做法,很大程度上影响了当代中国的先锋写作。

东西的小说也运用幻觉、梦境、变形、荒诞等手法,但他始终关注现实的痛苦、苦难和生存的沉重、艰难和乖谬。这体现出其作为新生代小说家对先锋小说的反思和超越意图。《回响》情节展开虽以心理和推理为主,但他同样关注现实:"本次写作的难度是心理推理,即对案犯、主人公以及爱情的心理推理,而这样的题材又如何与现实、与阅读者产生共鸣呢?"并有意识地建构一系列"有意思的对应关系:现实与回声、案件与情感、行为与心灵、幻觉与真相、罪与罚、疚与爱等等"。[2] 小说围绕刑事犯罪事件展开的侦查、走访、问询,密切关联案件的推理、进展,在生活画面的展开和现实细节的捕

---

[1] 亨利·詹姆斯:《小说的艺术和意识的中心》,刘保瑞译,参见崔道怡、朱伟等编《"冰山"理论:对话与潜对话——外国名作家论现代小说艺术》(上),工人出版社,1987年。
[2] 东西:《现实与回声》,《小说选刊》2021年第4期。

捉中，体现着一种理性、智性的介入。这方面的叙事可谓社会心理和社会行为研究，通过对现实生活的深层进入，体现着一种置身事外却持续追踪和观察案件进展的"抽离性"快感。小说的另一部分，关乎丰富的情感、家庭、婚姻内容，作者对这些关涉道德伦理向度的情节的表现，是将日常生活和工作关系，转换为"心理"关系，从心理层面抵达生活深处。相对于第一部分内容的"抽离感"，它带来的是充满情感内容的"浸入感"，这是关于爱情与谋杀、亲情与疏离、信任与背叛、爱与恨、哀与痛等充满张力和激情的、让人沉醉其中的心理和情感世界。《回响》提供了一种深度文学经验，对人的智性和心理、情感分别进行了富有高度和深度的发掘，延伸和扩展了我们的人性认知和体验，丰富了作为整体存在的人的理解。

　　相对而言，《回响》虽围绕案件侦破展开叙述，关联城乡诸多阶层和群体人物，描画变动中的生活场景，但其主要目的却不是要展现一个客观世界，表现当下中国的现实。小说中的世界不是作为"（典型）环境"而存在的，不是我们所看到的作为客观存在的世界。作家更多时候是通过人物包括案犯们的讲述，提供他们对这个世界和自我的理解的，因此这个世界是一个"人"的世界，人所生存的（实然）世界和人想要或所欲生存的（或然）世界。由案件侦破关联和建构的是"社会""生活"，由情感状态、心理活动建构的是"心灵""情感"，前者关乎"公"，后者切近"私"，二者尽管分为并行的奇数偶数章，但实际上却并没有泾渭分明的界限。相反，公与私、智性与心理共同表达了一种普遍的经验，建立了一种"阐释"（这一点使小说具有明显的智性色彩，即使对心理、情感的表现，也呈现出细腻的辨析色彩）和表述经验的可能的模式。

因此，《回响》具有突出的"智性写作"特征。它是一部以案件和情感为主要内容和叙事线索，以"大坑案"侦破和慕达夫与冉咚咚的婚姻、家庭走向为"问题"导向的分析性、剖析性小说。不同于常见的侦探破案故事和爱情伦理故事，小说有着严肃的"问题"聚焦和人性追问。它还是一部以人类理性和情感、智性与心理为主，以社会现实生活为辅的小说。它关注人性的复杂结构，整体性观照人的心理、情感、理性和社会性。它是小说、文学与心理学、案情推理学的"合作"。对案件的侦查、推理，对人心的推测、研究，嵌入了小说叙事，构成其基本内容，影响了叙事节奏的快慢。小说在很大程度上体现着一种环环相扣、迂回曲折却又步步推进、深入人心的探究案件和情感真相的思维方式。小说以心理和推理作为基本内容和情节结构形式，对人性人心状况进行了较为广阔、细致和全面的想象性辨析和考察，揭示了隐藏在日常生活、情感和伦理关系之中却被遮掩或无法说出的"真实"，揭示了那些隐秘的不欲示人的思想和欲念在它自身轨迹上的运动。

当下中国正处于剧烈而复杂的历史转型期，"如何在中国社会和现实这一复杂的意义场域中，突破带自然主义色彩的日常化诗学和着重'个体''私人''内心'的叙事模式，将'我'从流行性写实模式中释放出来，并重新写进'我们''现实'以及与之内在关联着的'世界'和'历史'之中,重构一个'我'/'我们'、'生活'/'历史'、'内心'/'现实'相互沟通、对话的'大叙事',是现时代对文学尤其是现实主义文学提出的迫切命题"①。在叙事方式上,《回响》无疑提供了崭新的具有启示性的文学经验。

二、形式感与"小说精神"

文学存在于一个以"人"为中心的世界,它关心和表达的现实是以"人"为中心的现实。1980年代中期以来,随着个性意识和纯文学意识的觉醒,文学往往被看作以个体为中心的人寻找一种与其"个性""独特性"相关的"形式"。对于年轻一代作家尤其是有过先锋性写作的作家来说,创作不再是一种社会学、政治学或历史学的附庸或隐喻,作品(文本)形式才是文学的本质或本身,历史、现实、社会、时代、意识形态等必须借助这一形式才能成为文学的言说。在此情况下,历史等要么作为非文学因素被淡化、排除,要么以人性的转喻成就某种阴郁的美学趣味。"当日常性私人性成为文学/历史舞台上的唯一主角时,它们就放弃了对自身内在的省思而专注于'展示'自己的形象,文学话语的历史性维度、政治意涵和尖锐性

---

① 王金胜:《现实主义总体性重建与文化中国想象——论陈彦〈主角〉兼及〈白鹿原〉》,《中国当代文学研究》2019年第4期。

以及日常生活的潜在能量，被心安理得地放弃了。"[1] 历史、意识形态包括人本身失去了其硬度、厚度和分量，不再是写作的立足点和目的地，它们被"人性"化和美学化了。

作为一名曾经的新生代作家，东西对此类风格的先锋写作进行了反思，他对"写什么"和"怎么写"怀有同样的兴趣和热情。他既是尖锐现实和苦难生存的发现者和表现者，也是新的形式和修辞的探索者和寻找者。为特定的生活和人寻找和构造特定的形式，是东西一以贯之的追求。同样，在东西那里，"人"与"个人"与特定的群体也不是隔离、对立的，他并无兴趣回归抽象的宏伟话语，同时，个体意义之人虽构成其写作的基点，东西却又不完全认同流行的却同样抽象的个人或私人。因此，东西对"人"的思考及其围绕"人"的实践，便不再是"先锋小说"之前的社会性、政治性和历史性的附庸式写作。其小说中的"人"具有相对独立性，有着属于自己的内心世界和生活世界，但这一世界并不与外界隔绝，而是生活化、社会化乃至政治化的。或者说，这也是一个"历史"之人，只不过，他不再以投入历史、归化历史为归宿，相反，他常常被迫承受历史和现实的挤压。

《回响》中的人物，或是儿子、女儿如慕达夫、冉咚咚，或是财大气粗的老板如徐山川，或是仅能维持生计得不到尊重的打工者如易春阳，或是夫妻、恋人如慕达夫与冉咚咚、贝

---

[1] 王金胜：《"总体性"困境与宏大叙事的可能——论房伟〈猎舌师〉兼谈当代小说的相关问题》，《中国当代文学研究》2020年第6期。

贞与洪安格、刘青与卜之兰，或是刑警如冉咚咚、邵天伟。他们既是社会之人，也是内心之人，具有社会性和心理性双重因素，但后者才是《回响》侧重发掘、"实验"的重点。无论是奇数章所写杀人案件侦破，还是偶数章的情感故事讲述，都以人的心理探测、心灵揭示和灵魂展现为主要内容，以隐秘的心理动机作为智性分析和逻辑推演的对象。在小说中，东西始终让他的主人公在破案和情感生活中保持着一种思索、心理探险和真相揭秘的热情。为此，小说有意设置重重悬念，作为情节推进、演变和进入人物深层心理和无意识领域的动力。被列为第一犯罪嫌疑人的徐山川在案件中究竟扮演了何种角色，求职面试后他究竟在包间对夏冰清做了什么，他是如何利用于己有利的证据实施犯罪行为的，夏冰清留存的录音是不是她被徐山川强奸的证据，慕达夫与贝贞、卜之兰之间是否有过婚外情，等等。这些充满悬疑的故事，不仅推动情节发展，也在逐步接近真相的过程中解开了人性和心理谜团，既有吸引读者的魅力，也有力推动和启示读者进行思考。

东西是一位有着强烈"形式感"的作家，他对"怎么写"的追求不亚于"写什么"。他的小说既有对现实生活题材、内容的选择、掘进，又以日常生活和普通人物的富有新意的发现和表现，吸引读者并让读者在故事的编织、讲述中进入严肃的审视——对现实、他人和自我的审视和反思。《回响》致力寻找与发现，揭示表象与真相、他人与自我、现实与人心之间曲径通幽的奥秘，精神分析的意味极为突出。可以说，这是一部体现了米兰·昆德拉所提倡的"小说精神"的小说。米兰·昆德拉认为,"小说的存在理由是要永恒地照亮'生活世界',保护我们不至于坠入'对存在的遗忘'"。① 为此,他提倡一种"小说的精神",以抵抗大众传媒时代制造的"共同的精神",抵抗那种被简化、被一体化乃至被吞噬和被遗忘的生活、世界和存在之意义。昆德拉将小说的精神概括为"复杂性"和"延续性"。"每部小说都在告诉读者:'事情要比你想象的复杂。'这是小说永恒的真理",他用塞万提斯说明小说的复杂性精神是"有关认知的困难性以及真理的不可把握性的古老智慧"②。《回响》是一部简洁的却并非"简化"生活和世界的长篇。小说主要讲述两个事件——杀人及探案,感情纠缠和离婚,却没有将事件简化为媒体新闻或街谈巷议——如此做法便是背离了小说精神的不幸:文学成了作者、读者和大众传媒共同制造和参与的、瞬间就会被弃之如敝屣的"桃色话题"的狂欢。东西没有将"事件"事件化,而是以全部心智将其小说化、文学化,使其成为一个深长的思考性探寻而不是那种被窥视欲控制下生产出来的简化的俗套——一种叙事精致、经过精心包装的陈词滥调。

《回响》以贴近、切入人物内心的方式描述了现实生活中那些具有"认知的困难性"的人与事,而且通篇运用心理和推理手法去接近这些人和事,对其做出认知和评判。在此过程

---

① 米兰·昆德拉:《小说的艺术》,董强译,上海译文出版社,2004年,第23页。
② 同上,第24页。

中,小说恰恰体现了真理(真相)的难以把握性。东西意识到避免简化和事件化的必要性,并以内心化、心理化作为叙事对策。应该说,这一策略是有效的,他将我们带进了一个情感、思考和思维的世界,发现了被商业化、市场化掩盖的另一种生活态度和生命形式。夏冰清对父母安置自己生活的做法所选择的顺从与反抗,以及她对爱情、物质、金钱的追求让她始终在困扰之中无法自拔,并最终酿成悲剧,却也不无合情合理之处。她离开父母和家庭,离群索居,孤单寂寞,却又能在离世之前以特殊的方式"玩幽默""调侃死亡",表现出意想不到的勇敢和乐观。夏冰清父母自得知女儿死讯开始,直至得知女儿之死的真相,其间的失望、悲伤、酸楚、悲凉、伤感和无奈、自责,也得到过程性、复杂性的细腻揭示。小说对冉咚咚时时陷入案件与感情相互纠缠难以摆脱的心理困惑和生活困境的深入探究,更是通过齐头并进的两条线索得到了完整而饱满的呈现。她在拷问别人,同时也在拷问自己。她在认识别人,同时也在重新认识自己。在此,生活的意义、世界的意义被具体化、个体化和内在化,而《回响》作为一部小说的意义,也通过这一系列复杂性的设置,体现出了其所在的世界的复杂性,世界的复杂性导致"认知的困难性以及真理的不可把握性。冉咚咚是破案高手,精通犯罪心理学,最终她凭借出色的直觉、推理能力和心理学知识,侦破了徐山川杀人案;但当她将心理学知识和直觉、推理能力运用到夫妻、婚姻和家庭领域中,从蛛丝马迹入手,从伪装层到真实层再到伤痛层,深挖丈夫慕达夫的心理，使其几近崩溃，最终婚姻、家庭破裂。这个自信而敏感多疑的女性主人公何尝真正勘破了身边的爱人，又何尝真正勘破了她自己？关于这一点，文学教授慕达夫的认识倒有旁观者清的意味："别以为你破了几个案件就能勘破人性，就能归类概括总结人类的所有感情，这可能吗？你接触到的犯人只不过是有限的几个心理病态标本，他们怎么能代表全人类？感情远比案件复杂，就像心灵远比天空宽广。"东西以执拗的方式在《回响》中写出了人性、世界的复杂与幽微，这也成就了小说言说这个世界的文学复杂性。

昆德拉从小说与"传统"和"现实"的关系出发谈论小说精神的"延续性"："每部作品都是对它之前作品的回应，每部作品都包含着小说以往的一切经验。"他哀叹"时下的事情"占据了太多的空间，"将过去挤出了我们的视线，将时间简化为仅仅是现时的那一秒钟"。在他看来，如果被纳入这种"时代精神"体系中，"小说就不再是作品（即一种注定要持续、要将过去与未来相连的东西），而是现时的事件，跟别的事件一样，是一个没有明天的手势"。[①] 小说不仅要在小说历史发展脉络中确立和确认自己，更要超出某种狭隘的单质的"时代精神"对自身的简化。小说要避免成为"现时的事件"描述，而成为人类历史和变化的世界的一部分或一个环节。一方面，小说具有历史性的特点，正如它所在的世界、现实是历史

---

① 米兰·昆德拉：《小说的艺术》，第24—25页。

性的。另一方面，昆德拉又认为，"小说唯一的存在理由是说出唯有小说才能说出的东西"。①他反对大众化小说对"非小说的知识"的表现。那么，何谓"小说才能说出的东西"？在小说的历史性与"小说才能说出的东西"之间是否存在矛盾？如何理解二者的关系？显然，昆德拉在此强调的其实并非只要"小说性"（"文学性"），否则小说会失去它与社会历史的联系。他强调的关键在于如何言说社会历史和现实，而不是不要言说社会历史和现实。

东西的《回响》在某种意义上也是对昆德拉之"小说精神"的回应，他的自述专门谈到了这部小说"怎么写"的问题——"奇数章专写案件，偶数章专写感情"。其实，不论写案件还是写感情，两个方面、两条线索的叙事，都描述了这一时代的中国城市乡村的社会现实，都有着作家坚实的现实生活经验和体验的有力支撑。但《回响》不是以表现当今时代的现实环境为目的的小说，东西并非要以小说的形式记录现实生活场景、描绘生活画面。相对于对人物人性和心灵、情感的表现，社会现实在小说中更多是作为背景或促成人物做出选择和实施某种行为的心理动因。从主要人物慕达夫、冉咚咚、夏冰清到案犯吴文超、刘青、易春阳乃至沈小迎、卜之兰，小说分别为他们营造了能显示出其存在的处境和心理活动的现实背景和社会文化空间。因此，与其说《回响》表现的是社会现实，

---

① 米兰·昆德拉：《小说的艺术》，第46页。

不如说是人的现实，更深入地说，则是促成人的言语、行为和选择的心理现实和情感现实。相对于可见的经验性生活来说，《回响》着重表现的这种现实是深层的、隐秘的，甚至是被刻意隐瞒或有意无意忽略的，作家细心而又迅速地进入人物内心，并写出现实和时代的"秘密"——由特定历史情境下个体的人共同折射出的某种集体意识或无意识。

三、"发现秘密"的可能性写作

《回响》是探索和发现"秘密"的小说，是作家借助心理和推理进入生活、人和自我的隐秘部分的小说。进一步看，这是一部思考"可能性"的小说。谋杀案最终侦破，涉案人被绳之以法，天道轮回，恶有恶报，真相大白，正义得偿。但这只是就作为事件的案件来说，而关于人性和心灵，关于自我和他者，尚有太多难以勘测和言明的秘密。故事结束了，生活还在继续，秘密仍旧是秘密。小说描述冉咚咚通过否认、压抑、合理化、置换、投射、反向形成、过度补偿、抵消、认同、升华等方法，启动自我防御机制，以避免打开和进入自己的真实心理层。当她主动敞开心扉，卸载部分自我防御时，她感受到自己"心理向好的预兆"，恢复了见自己离婚后一直怕见的前夫慕达夫的勇气。自信的回归，是直面自我、发现那份自己一直未能意识到的歉疚的结果，但人心的隐秘与浩大，又岂是个人心智所能窥破的呢？面对慕达夫"你能勘破你自己吗？"的提问,"她想这才是问题的症结"。能否"认识你自己"是关键,却也是天问式的未解之谜。

小说采用了开放式结尾。冉咚咚的感情归宿如何?是与慕达夫破镜重圆,还是在自己"准备好"以后与等待着的邵天伟走在一起?未能通过邵天伟检测的她,是否能勘破远比案件复杂的人类情感和心灵?与卜之兰大学期间发生婚外情的文学教授是不是慕达夫?卜之兰无意间提到的往事,真相如何?是否会嵌入冉咚咚记忆,成为一个随时可能爆发的"炸弹"?……小说多处预留了开阔的想象空间,这是生活的现象学描写,也是存在之可能性的叙事征候。

开放式结尾是小说思考存在之可能性的表意形式,也是东西一直以来探寻可能性的诗学思想的延续。《没有语言的生活》以两个版本的开放式结尾,直接表明了这种可能性;《篡改的命》思考"底层"改变自己命运的可能性;《回响》在延续东西对生活、人性和文学可能性之探寻的同时,呈现了新的叙事质素。东西此前的"可能性"写作,常常描述严酷残忍的现实对生命的挤压和榨取,故事往往荒诞不经却有着让人触目惊心的真实感,人物被无法摆脱的悲剧性宿命纠缠,叙述具有强烈的无奈感、绝望感和荒诞感、虚无感。正如有学者指出的:"现代主义叙事经营了太多人的危机,将人置于万难拯救的残酷境地,以此探测人的边界和极限。"[①] 在彼时的东西看来,这

---

① 陈培浩:《叙事装置、灵的启示和善的共同体——解读迟子建〈烟火漫卷〉的城市书写》,《中国当代文学研究》2020 年第 6 期。

一切正是生活本身造成的，残酷的现实以强硬的姿态主导着作家的想象。现实的极致性催生了极致性的想象。荒诞意味、戏拟手法、反讽笔调，显示了作家在面对如此现实时的绝望反抗，是作家直面生活和超脱现实的勇气和智慧的表现，但这种极致性写作是否也暗示了作家所对抗的现实及其逻辑也在限制着自己思想、精神和艺术上的创造力和想象力？他在某个方向上写到了某种可能性的极致或某种极致的可能性，使作品具有了问题表现的尖锐性，却同时丧失了更多的可能性，失去了生活和人性的宽广度？作家是否有效抵达了他所要表现的现实与人性的深处，是否真正抵达了人物自身的内在性？——这里的人物内在性不仅指人物被某种强烈、执拗乃至偏执的愿望或欲望控制的心理感觉，也指他们所在的生活环境、他们的现实生存以及支撑着他们生活的价值系统和意义体系。对于这些问题，东西有着不同于此前的思考并在《回响》中有意识地进行了形象化的回应。

小说深刻描述了转型期中国社会随着市场经济和消费文化的兴起整个社会情绪氛围的变化，尤其是人与人关系所发生的微妙却巨大的变动。人与人之间的亲密关系，人们能够共享和分享的情感也在缓慢无声地发生着嬗变。在亲情上，父母和子女之间随着年轻一代个人自由意识的觉醒和更多个人权利的获得，渐生隔膜、嫌隙和矛盾，如冉咚咚、慕达夫、夏冰清、易春阳、吴文超、刘青等，几乎所有的年轻一代与他们各自的父母之间，都产生了生活方式、生活观念和价值观念上的差异。

在爱情这个更具私人性质的领域，曾经让人一往情深、天长地久、甜蜜得让人心醉又伤感得让人心碎的浪漫美好的爱情，出现了明显的现实化、功利化和工具化趋势，"天长地久"未必是爱情追求的目标，"曾经拥有"成为众多人的"信念"或选择。男女之间或因为经济原因、地位差异而抛弃对方，如刘青与卜之兰；或丧失了彼此信任、良好沟通的能力，如冉咚咚与慕达夫虽然彼此仍然相爱，但前者的敏感多疑和后者的言听计从，导致了婚姻和家庭的破裂；或因家庭贫困、自卑心理等原因无法获得异性青睐而陷入空幻的单相思，如患上"被爱妄想症"的易春阳。随着性禁忌在社会意识中的淡化和消失，男男女女或以"爱"之名行"性"之实或纯粹为了"性"走在一起，如徐山川周旋于众多情人之间，洪安格自己暗度陈仓，却以莫须有的婚外情与贝贞离婚，与婚内出轨对象另组家庭。夏冰清与徐山川之间则纠缠着性的暴力、商品化的交易和情感归宿的追求等复杂因素。沈小迎与徐山川之间本已无爱，却默契地维持婚姻幸福家庭和谐的假象，各取所需。友情方面，刘青利用吴文超的信任，背叛友情，骗取巨款实现自己的桃源梦。在巨大的生存竞争压力下，理性的算计和谋划介入感情并使之沦为商品化的存在，而利益追逐过程中的不公平不公正、贫富两极分化和社会分层结构的固化，既催化了人的被伤害感、被剥夺感、挫败感和无能为力感，也发酵了羡慕、郁闷、嫉妒、愤懑和怨恨等社会性情绪氛围。这些经验感受和情绪氛围在东西的长篇《耳光响亮》《后悔录》《篡改的命》等未必直接描写当下现实的小说中均有投射和反应。生活的苦难，精神的磨难，冷酷的生存本相，人与人之间的隔膜、冷漠乃至仇恨，生活的无望和绝望等以荒诞、反讽、黑色幽默等形式表现出来，充满一种敞开思考和意义空间的诗学张力。

如果说东西此前的诸部小说可称为"绝望和反抗绝望"的实践的话，那么，《回响》则在绝望或反抗绝望之外，点亮了希望，在令人失望的土壤里种下了希望的种子，让读者在看到爱的能力衰竭的现实时，也感受到爱的能力缓慢恢复、生长和纯粹化的可能。小说不再以戏拟、调侃、反讽、黑色幽默、荒诞等手法来言说绝望、传达"反抗绝望"的生命意志，而是在暗黑中透出了光亮，在绝望中孕育出了希望，灰暗的调子里也流淌着温暖的汁液。虽然小说人物的内心在复杂的心理追索中呈现出复杂性和矛盾性，但这些人物都是可靠的、立得住的。小说在案件侦破和情感追踪过程中的理性推理，以及对更广阔生活和人性世界的包容，在揭示人物行动的内在依据和人的内在真实的同时，也给他们提供了更为自然和舒展的意义体系和价值体系。人性善恶的复杂性与变动性，不能只由罪犯来证明，即便是罪犯也并不都如徐山川一般。在带着投案自首的刘青离开埃里的路上，"冉咚咚想刘青的罪感既是卜之兰逼出来的，也是村民们逼出来的。由于村庄的生活高度透明，每个人的为人都被他人监督和评价，于是传统伦理才得以保留并执行，就像大自然的自我净化，埃里村也在净化这里的每一个人"。小说结尾，一向自信正确的冉咚咚也产生了对慕达夫的愧疚,"她没想到由内疚产生的'疚爱'会这么强大,就像吴文超的父母因内疚而想安排他逃跑,卜之兰因内疚而重新联系刘青,刘青因内疚而投案自首,易春阳因内疚而想要给夏冰清的父母磕头"。这种"爱"是对绝望的超越而不是直接的对抗和反抗。东西在小说中没有激烈地理解人性,他借助弗洛伊德、荣格等现代人本主义心理学知识触摸和解析了人性,又用现代人文主义信念化解了人本主义非理性的偏执——后者既有对无意识、潜意识和本我的洞见,也造成了对人文主义、现实生活和人的在世生活状态的遮蔽。《回响》的最大启示和意义,或许就在于,它揭示了在充满"现代性"风险的陌生社会中,重建信任的可能性,在"爱"之流逝和"爱"之能力退化的现实缝隙中、在情感的漂移和传统道德的废墟上,重建友爱、互爱的可能性。从这个意义上说,《回响》无疑是作家东西在世界观和文学观上的一次自我重建与自我革命。

在命运的万壑千沟之间

——论东西，以长篇小说《篡改的命》为切入点

张清华，北京师范大学

原载《当代作家评论》2016 年第 1 期

> 不管你怎么去想，当末日审判的号角吹响时；
> 我将手拿此书，站在至高无上的审判者面前。
> ——卢梭《忏悔录》

> 莫之为而为者，天也；莫之致而至者，命也。
> ——《孟子·万章上》

假如说在世界上存在着一种以"忏悔"为模式的思维和叙述的话，那么在没有或较少基督教文化遗传与影响的东方人的思维中，会存在着另一种对人性与罪的思考。这同样是一种哲学性的审视，但不会是从主体自身的"原罪"角度的认识，而是对于"命运"——某种来自客体异己力量的痛苦和惧怕的解释。

在我看来，能够将人世的不公和苦难，以哲学的发问和道

义的审判合二为一表现出来的作家并不多,而东西是一个。眼下,书写底层苦难与社会问题的作品比比皆是。我相信这些描写是出自作家的正义感与责任心,但是有正义感和责任心未必就能成为真正的小说家。在更多的作品中我们所读到的,还只能是某些表层的社会问题,能够将之上升到一种哲学性的思考,将之放置于历史、人性、伦理与法则的多维尺度中来审视与拷问的作家,还是凤毛麟角。而在笔者观之,能够将这样的命题置于上述维度思考的,也未见得就一定是成功的文学作品。真正成功的作品,应该是可以同时使之获得一个"恰当的形式"——用英国批评家克莱夫·贝尔的话说即是"有意味的形式"[1],用更早的康德的话说是"对象的合目的性形式"[2]——给予其符合美学规制的表达,方能认为是成功之作。

显然,《篡改的命》是这样的作品,它可以证明东西是作家当中的艺术家。这样说并非夸张,因为他的手艺好到可以把别人一般性地予以处置的题材,升华为一种历史的、人性的、哲学的甚至宗教的寓言。他还将故事的枝蔓修剪到了纹丝不乱的程度——从故事的逻辑中抽取出一种与之相匹配的人性逻辑或性格逻辑,合成为一种叫作"命运"的东西,使故事与形式、内容与逻辑最终达成了完美的结合。从世纪初的《后悔录》,到眼下的《篡改的命》,我认为东西的小说已臻这样的境界。

---

[1] 克莱夫·贝尔:《艺术》,薛华译,江苏教育出版社,2005年,第4页。
[2] 康德:《判断力批判》,邓晓芒译,人民出版社,2002年,第72页。

与余华等早期的先锋小说家一样，东西是懂得"叙述的减法"的。当然，与其说是"减法"，不如说是"点金术"，或说是"故事的炼金术"。即他可以在"故事的逻辑"、人物的"性格逻辑"与"命运逻辑"同历史或现实的材料之间，找到一个准确无误的、不可替代的、经典的或与经典对称的形式——比如与《忏悔录》对称的《后悔录》。而这是小说家能够成为艺术家的关键。对许多人来说，流水账式的或者无可救药的任性而自我化的叙述，则是常态。严格地说，那样的作品还不是真正的小说，只是未经冶炼的矿石，或者未经处置的材料而已。

一、寓意与及物，作为先锋叙事的延续与变种

假如从当代文学史的角度看，东西这一代作家在1990年代的崛起，恰好处于先锋文学所向披靡的时期，所以无法不受到其影响。而作为年纪略小、出道稍晚的"新生代"的代表，他们又有其明显的标记——更具有当下的现实感与世俗性。在他们那里，早期先锋小说的哲学化和纯形式的写法，为更"接地气"的现实意味所取代或中和。或者说，先锋写作热衷哲学与寓意的形而上趣味，更多地为及物性的现实关怀所取代。这当然是一个不可避免的转向。因为在进入90年代之后，即使是作为先锋小说三剑客的余华、苏童、格非，也表现出了同样的转向，比如《活着》《许三观卖血记》《欲望的旗帜》等作品的问世，便表现出了"对于叙述难度的搁置"和对于近距离现

实中人之命运的痴迷。但在笔者观之，先锋小说留给当代文学的最重要的遗产，是哲学寓意的熟练生成，以及叙事形式的自觉彰显。没有这些就没有当代文学的进步。假如说以莫言、马原、扎西达娃、残雪、王安忆、韩少功等开创和推动的1985年的"新潮小说"开辟了"寓言化"的写作的道路，那么稍后于1988年鹊起的"先锋小说"的主要贡献，便是"形式感"的真正彰显。限于篇幅，本文不拟在这里展开讨论这一文学史问题，但我愿意强调的是，寓意与形式的自觉正是打开文学通向哲学天地的门径，也是其渡向现代艺术的真正通途。

东西显然深受这两份遗产的影响。他早在90年代的作品中，便显示了他对先锋小说写法的迷恋。或者可以说，90年代东西的作品，其实即可纳入先锋小说潮流的范畴。他的短篇小说《反义词大楼》，便是用了寓言的手法，隐喻了黑白颠倒和是非不分的现实逻辑。在一座充满了权力的强制、关禁、暴力甚至色情意味的"十八层大楼"——不免让人联想"十八层地狱"——之中，一位叫作李果的教师，用洗脑的方式，训练数十位年轻人如何将不爱说成爱，将不喜欢和不同意说成喜欢和同意，将痛苦、丑陋、失败分别说成是愉快、英俊和成功……一名叫作麦艳民的女学员不愿意将"接吻"说成是"握手"，便被强行拖了出去，并遭到了保安的强奸。小说中被强奸的女学员在某一刻与"我"在大楼中的被强迫的境遇与反抗的动作是重叠的……也就是说，它隐约意味着作为旁观者的叙事人，同样遭到了强暴。

如果说这样的作品表达的是一种相对确定的寓意，即对历史和现实中一种持久的制度性力量的批判，那么《溺》一类的作品，则表现了先锋小说中另一种常见的寓意，即对历史或存在的某种无解的疑惑，来自偶然与荒诞逻辑的求索。乡村少年关连淹死于村头的水库之中，原因起自与伙伴的较劲，关连之死自然引发了父亲和一家人的悲伤与愤怒，但父亲（关思德）要迁怒的对象却是倡导修水库的人陈兴国。就在关思德磨快斧头显示报仇决心的时候，他想起了关连降生时的情形，孩子落地时突然撒出了一泡尿。照习俗说法，这样的孩子必命克父母，父亲须用手掌在尿中连切三次，且刚好婴孩尿停，方能避过不祥之兆。但关思德的三掌并未止住孩子的尿液，他只好用手捏住婴孩的小东西将其憋了回去，而尿液流在婴孩身上，又意味着将来孩子会有意外之死。这样看来，杀死关连的人居然又是他自己了。这篇小说表明，在死亡和突如其来的灾祸面前，任何解释都是荒诞和无妄的。

还有无意识深度的表达。前者中的关连之死引发的官司，也可以看作一种无意识的作怪。乡村习俗中的集体无意识与个体的无意识活动构成了一种复杂的纠结，它会暗示人的命运，也会解释出无法解释的逻辑。在另一个短篇《你不知道她有多美》中，东西书写了一种类似"牛犊恋"的纯洁而又深入骨髓的情结。作为街坊的念哥娶了公认的美人青葵姐，作为少年的"我"，也就是春雷，在陪同娶亲的这天早上，在三轮车中近距离地审视这位美人时深深地爱上了她。在此后的交往中，少年的"我"都在无意识中坚信她与自己有某种特殊的关联,常常涌起爱、依恋和保护她的冲动。但不幸的是,她居然死于那场人所共知的大地震。在余震中满身伤痕的"我",因为对她的爱的激励,才随着人群艰难地走出了废墟。这篇小说显然是对自己童年某个记忆的祭奠。

细心的读者完全可以从中读出余华、苏童甚至莫言小说的影子。余华小说中对于暴力与规训、阉割与欺瞒的历史的锋利揭露,苏童小说中对于人性弱点与命运无常的温婉悲悯,格非小说中对于个体无意识和存在之虚无的敏感而微妙的书写,都隐约可以在东西的作品中看到影子。尤其在《你不知道她有多美》中,我们甚至可以看出其与莫言的《透明的红萝卜》的异曲同工,其中对"未成年人的爱情悲剧"的描写,简直可以说写到了骨子里,读之令人难以释怀。当然,在更深远的意义上说,我们也可以从中看出更多外国作家的影子,如卡夫卡、萨特、加缪、福克纳……但很显然,从作家的趣味与写法上看,无疑都属于先锋小说这一脉系,可以看出他与稍早出道的作家之间的呼应与联系。这表明,东西的小说从一开始就显示了"纯正的血统"以及很高的起点。

但另一方面,与先锋小说的叙事相比,东西与大部分"新生代"作家一样,其作品在充满寓言意味的同时,也有着强烈的及物性与现实批判的意味。比如发表于 1996 年的另一个短篇《我们的父亲》,便是非常典型的例子。如同戏曲《墙头记》里被儿女遗弃的父亲一样,这似乎是一个司空见惯的故事。

"我们的父亲"从乡下来到城里,依次到了"我"家、姐姐和哥哥家,但出于各种理由,没有一个儿女是认真对待他的。局促而窘迫的父亲转了一圈,最后一个人流落街头。过了许久,"我"通过一个乡人得知,失踪已久的父亲可能已死去且被埋葬了。在公安局,"我们"查到了父亲的遗物,一只上个年代的军用挎包,里面装着父亲的烟斗,还有两件买给"我"即将出生的女儿的衣服。但"我们"互相怀着恼怒一起去寻找父亲的尸骨时,仍然是什么也没有找到。小说以"减法"的形式,几乎将叙事"简化"为了一个典型的哲学寓言,因为意识中是"我们的父亲",所以这个"复数的父亲"便成了事实上无人善待和关心的父亲。但是,它强烈的道德讽喻意味,对人性弱点的鞭辟入里的揭示,又十分具有现实感。

寓意是东西基本的写法,这使他从不轻易模拟和抄袭现实,而是要经过深思熟虑,以寓言方式赋予其构思与题旨深层的含义。发表于1997年的《耳光响亮》是东西长篇小说的处女作,这部作品虽然没有引起批评界太多的关注,但在笔者看来,却是一部不可多得的60年代出生者的成长记忆之书。它的起笔即从1976年毛主席的逝世开始,"失父"成为一代人标记性的精神烙印。精神之父的死亡,与牛家父亲牛正国的出走与生死不明,成为孩子们不得不面对的残酷现实。随后,母亲何碧雪也改嫁他人。在失序与颠倒的混乱以及贫穷而惨淡的物质生存中,一代人无法不在施暴与伤害、压抑与放纵中经历创伤与成长。所谓"耳光"可以理解为一记精神的耳光,同时是成长中现实的耳光，是巨大的时代转换与价值翻覆中最具体而深刻的创伤性记忆。小说的最后，失却"父法"（陈晓明语）与母爱的牛家的孩子们，在姑姑的率领下，历经磨难终于找到了流落到越南（注意，是有着相似的历史与意识形态的越南！）的父亲，但他已经失去了记忆，变成了别人的父亲。他们只能从父亲的一个笔记本上隐约找到了"出走"后的履历：偷东西，误伤人命，逃亡，迫于生计的贩毒，嫖，媾和，生养了另一群孩子……最终忘记了来路。

我不能不说这是一个绝妙的寓意！它甚至已经将"后革命时代"的许多荒诞的历史理解悄无声息地彰显出来，并以此作为"革命时代的成长记忆"的一种结果，一种始料未及和啼笑皆非的后果，使历史呈现出一种巨大的消解逻辑，一种湮灭或反转的荒谬的百感交集。它不是引导读者最终去为某一个人或家庭的悲欢离合而感慨，而是会引向对一种集体记忆的隐喻与整合，对个人记忆与宏大历史的一种"诗意的捏合"——这才是写作的正途，将历史与个人成长熔于一炉的成功处理。

很显然，如果从当代文学史演变的角度看，《耳光响亮》的评价还可以再高一点。因为在1990年代大量的成长小说中，像这样自觉而准确地写出"60年代人"的集体记忆的作品，能够在人物的性格与经历中清晰地表明其文化印记的作品，显然不多。这样的小说对于构建当代中国真实的历史记忆，其意义是不可低估的。正如法国人刘易斯·科瑟在对社会学家莫里斯·哈布瓦赫的评论中所说的，"对重要政治和社会事件的记忆是按照年龄、特别是年轻时的年龄而建构起来的",因为"青春期的记忆和成长早期的记忆比起人们后来经历中的记忆来说,具有更强烈、更普遍深入的影响"。① 东西通过一代人的"耳光中成年的记忆"的叙述,通过个体时间(牛家的孩子们的个人成长史)和更大的历史时间("文革"及"文革"后的社会历史)的双重设置,使得这一叙述在保持了其真实而鲜活的个体性的同时,又得以越出单纯个人创伤的讲述,而能够以更长远的时间坐标,彰显出其历史的戏剧性与荒诞感,并且能够呈现出"后现代"式的"黑色幽默"的意味。这不能不说是一个了不起的高度。而且,东西的作品从一开始就不只显现了高超的手艺,还显现出了鲜明而独立不倚的叙述风格与美学品质,无论如何这都是应该肯定和必须予以重视的。

二、形式与逻辑:通向戏剧性与艺术之途

在讨论语言艺术的内容、材料和形式的关系问题的时候,与克莱夫·贝尔的立场相似,巴赫金也曾提醒我们,"艺术形式是内容的形式","也是整个依靠材料实现,仿佛固着于材料的",但"无论如何不能把形式解释为材料的形式"。② 一直深入探究小说文体规律的巴赫金之所以这样强调形式与内容不可

---

① 刘易斯·科瑟:《导论:莫里斯·哈布瓦赫》,参见莫里斯·哈布瓦赫《论集体记忆》,毕然、郭金华译,上海人民出版社,2002年,第51页。
② 巴赫金:《巴赫金文论选》,佟景韩译,中国社会科学出版社,1996年,第301页。

分割的关系，其实是告诉我们，不要在排除叙事主题的情况下谈论形式的问题，形式其实即是内容。或者变换一下，某种意义上也可以说，主题即是叙事。这给了我们讨论东西小说的另一个基本依据。或者反过来也可以说，东西创造出了内容与形式紧紧生长于一起的叙事典范——这便是他写于新世纪初的另一部长篇《后悔录》。在笔者看来，即便是置于整个当代文学史中来看，其也称得上是一个杰作。它用了细小然而也是巨大的寓言，用了一个内容与形式紧紧生长于一体的叙事，构造了一个"关于命运的故事"，隐喻了当代中国大历史与个人成长之间的脱节与错位的状态。

或许东西在小说的后记中所说的话，对我们理解它是有帮助的，他说，他所试图打开的是一个"记忆的仓库"，要表达的是当代中国人"情感生活的变化"。然而，要书写这一切，最关键的是要寻找到一个有意思的形式：

> 这个小说耗去我最多的时间是构思，我越来越舍得花时间在构思上，那是因为我见过或体会过太多的失败，就像某个城市的一座高楼，刚刚建成就要拆除，就像我们只用一天的时间来设计人生，却要为此付出一生的代价，这都是没有构思的惨痛。所以我宁可慢，也要对小说进行各项评估，试着更准确、更细腻地表达我的感受。[①]

[①] 东西：《后悔录·三年一觉后悔梦》，人民文学出版社，2005年，第293页。

此言不虚，东西找到或创造了一个充满哲学情境与宗教寓意的故事架构，一个与"忏悔录"叙事相对称的叙事。这是至关重要的。从古罗马时代的奥古斯丁，到启蒙主义运动时期的卢梭，西方人已创建了一种深入人心的形式——"忏悔录"的叙事。这种叙事在基督教背景下的文化与文学中，早已成为人所共识的经典，即关于个人成长经历的叙述，但同时，它又是按照反省和忏悔的宗教情感与神性价值来处理的个体记忆。而东西所提供给我们的，恰好是一种对应物，一种"反转思维"的叙事——不是检点个人在历史中的罪错与妄念，而是记述个人与历史之间的错过，或是历史对于个人的玩弄，并由此生成了一种类似"命运"的东西，一种荒诞而戏剧性的逻辑。很显然，如果是置于原罪论的基督教文明中，这样的叙事也许是不合时宜的，因为其思维的起点不是个人之罪，而是个体所蒙受的不公以及对这种不公的质疑与追问。然而，如果是置于中国当代历史的语境之中，"后悔录"模式却是合理的和合逻辑的，因为它既是对于"命运"的最佳书写模式，同时也是对个人精神世界予以解剖的别样通道。

在笔者观之，艺术逻辑是一个艺术作品的生命，它显然同生活逻辑与现实逻辑之间有一种必然的升华关系。现实中，狼吃小羊时是无须理由的，它想吃便吃了，弱肉强食是动物界的普遍法则，但在《伊索寓言》中，狼吃羊时却要进行一番语言的较量，由此便产生了狼与小羊之间的"对话"。从现实逻辑看,这当然是"不真实"的,但按照艺术逻辑,如果没有这番看起来不真实的对话,便不可能使"狼性"的本质获得真实的彰显。因此,艺术逻辑是文学创作的根本之途。它在具体的情形下可以表现为故事的"戏剧逻辑",人物的"性格逻辑"与"命运逻辑",也可以显现为一种作家必须遵从的"叙述逻辑",总之它具有巴赫金所说的"固着于材料"的客观性。如同哈姆雷特在"装疯"之后陷入了一种混乱的性格逻辑与戏剧逻辑一样,这一逻辑的不断延续反过来成了哈姆雷特的命运,以及戏剧家不得不遵从的叙事逻辑与戏剧逻辑。哈姆雷特无法规避地先后用言语伤害了他最爱的人奥菲利娅,用剑误杀了他未来的岳丈波洛涅斯,无可挽回地陷入了与奥菲利娅的哥哥雷欧提斯决斗的悲剧……他从一开始就错了,尽管是出于不得已,但伴疯导致了他逻辑的错乱,铸就了现实中的一错再错,这就是他的命运。而唯有命运最感动人,只有写出了命运的作品才是伟大的艺术。这便是老莎士比亚的哲学,也是一切艺术的通理。深谙这一点的东西,也用了类似的逻辑,写出了一个堪称与之异曲同工的人的命运。

资本家的孙子曾广贤,在无知和压抑中来到了他苦闷而慌乱的16岁的青春期。他的性知识居然是由观赏和虐待一双交配的狗开始的。而刚好时值"文革",在他们祖上留下来的一间仓库中,混居着三个拥挤不堪的家庭。处于性苦闷中的父亲与邻居赵老实的女儿赵山河偷情,这事被无知的"我"——也就是幼稚的曾广贤无意间说了出去,由此导致了赵山河的匆忙出嫁，父亲也蒙受了一顿暴打。由此"我"一生的毛病就种下了。继而是母亲遭动物园的何园长猥亵，恰好被"我"撞见，母亲也因此羞愤而死。妹妹随之失踪，父亲因为"耍流氓"而被到处揪斗。当父亲知道"我"这个儿子竟是告密者时，对"我"痛恨至极而不再相认。离开了家庭呵护的曾广贤，开始了独自的人生之旅。但之前所受的刺激以及所形成的性格逻辑，仍在不可思议地支配着"我"一错再错的行为。当同学小池示爱，"我"竟然失口喊出了"流氓"，当"我"随后无数次写信给受伤害的她试图重归于好，所有的信却如石沉大海，即便贴了两张邮票也没有用。等到"我"鼓起勇气扒火车去见她时，她却早已是于百家的人了。美好的初恋就这样白白被自己的胆小和愚蠢给葬送了。之后，"我"侥幸以接班的名义做了动物园的饲养员，但孤独中"我"最为依恋的一只小狗也背叛了自己，它引出了一连串爱的错讹与混乱的恩怨纠结。"我"先后被诬为赵敬东之死的祸首，失去了本有意于"我"的张闹，并因鬼使神差地钻进张闹的卧室而被判为强奸犯，并获刑八年。

在监狱中，"我"给所有亲朋写信，试图洗刷自己的不白之冤，但所有的信都被扣押了。唯有一个动物园的同事陆小燕，因为一直喜欢"我"而不断来看望和鼓励"我"。但"我"还是干了许多傻事，如试图越狱而获罪被加刑三年。直到监狱生活还剩一年的时候，"我"才明白必须翻案。这时张闹也表示愿意翻供为"我"洗冤，可她的信竟然被"我"的眼泪打湿而模糊了字迹。直到刑期将满,"我"才突然被宣布无罪释放。这时来接"我"的竟是曾诬陷"我"强奸的张闹。"我"到河里洗除身上的污垢,却致使"我"在这个过程中丢失了"平反"的文件。鬼使神差的,"我"没有与一直一心一意待"我"的陆小燕结合,而是娶了脚踩两条船的张闹。结婚之日"我"发现张闹还一直与于百家私通,而这时再想离婚可就难了。"我"只好去找早已嫁给于百家的小池,却又致使她发了疯。之后,曾家被没收的房产获得巨额赔偿,可是这消息却又让父亲情绪激动而中风,并使我离婚的官司一拖再拖。房产被于百家侵吞,在改装为色情场所之后,"我"终于拿到了二十万元的补偿。在赔给张闹十万元之后方才知道,"我"与她之间的结婚证居然也是假的。最后,于百家被抓,"我"仅剩的一点财产也随之被罚没。

在小说的结尾处,"我"对着将死的父亲,说出了一连串"如果……就……"但一切都已晚矣,父亲已永远无法回答"我"。这半生之中竟没有一件事情做对,最终也还是碌碌无为、一事无成,不要说恋爱,连一次真正的肉体接触也不曾有过,有的只是让家人和朋友一个个倒霉。

某种意义上这已是"命运的万壑千沟"了。假如从现实的逻辑看,一个人再倒霉,一生再"点背",也不至于如此的下场凄惨,但从小说看,这样的逻辑却是合理的,合乎大历史的内在逻辑,也合乎小说中人物的性格逻辑。作品中所刻画的这个"我",这个由禁欲、暴力、物质的贫瘠塑造出的畸形儿,形象而戏剧性地寓意了成长于"文革"的一代人的命运；寓意了他们从精神到肉体充满欠缺、挫折、创伤与磨难的成长历程；寓意了他们在争斗与伤害中人性的分裂与异化，以及那些"诚实者的悲剧"，以及祸从口出、冤狱遍地、无处哭告、无法申诉的莫须有的罪错……作家用了错乱与荒诞的叙述逻辑呈现了这个悲剧——因为诚实而获罪，因为"生错了时代"而注定受苦的人的命运。

很显然，"寓意即形式"这一法则在《后悔录》中获得了淋漓尽致的体现。一个注定会与历史冲突、与人生错过的弃儿，百转千回地走过一切人世的苦难，盖因为他的诚实与懦弱。犹如老博尔赫斯笔下的"迷宫"，看似千重遮障，其实是一线相牵，两个博尔赫斯在命运的两端互相等待和寻找，冥冥之中最终会在尽头会合。而这时，戏剧终了，命运彰显，一个"迷宫的图形"也终将显现。这就是形式——或者说叙事的轨迹与逻辑，它与寓意完美地生长于一体。

某种意义上这个主人公也是一个西西弗斯，一个被命运惩罚的劳而无功的推石头者。荒诞是这部作品的主调，也是它的美学。

美学也是叙事的重要参与者。在《后悔录》中，悲剧的内质被外在的荒诞逻辑喜剧化了，使之成为另一种黑色幽默，这种格调反过来控制了作家的叙事。这是艺术创作中难得的佳境，所谓"上帝之手"或神灵附体，所谓"自动写作"，诸种说法其实都是艺术逻辑与人物的性格与命运逻辑自动显现的结果。作者"知道的并不比别人多"[1],"叙述统治了我的写作"[2],余华曾不止一次表达过类似的说法,便是表明对这种叙述逻辑的遵从。换成东西的话来说,就是"在写作的时候不要折磨我们的主人公,好作品要'折磨'读者,但要做到这点,必须要考验作家的想象力"。[3] 所谓折磨读者当然不是一种故意的延宕,而是按照作品的戏剧逻辑和人物的性格与命运所生成的叙事动力前进。这需要一种卓越的提炼和发现能力,驾驭与掌控能力。某种意义上它比"内心的召唤"更有值得服从之处——假如召唤不是出于对叙述逻辑的服膺,而是一种主观的自作主张的话。我之所以说东西是作家中的艺术家,理由应是在这里。

三、由现实通向哪里,或如何处理乡村和底层现实问题?

由"现实"通向哪里?这是我要提给当代作家的问题。当然有人会回答,现实就是现实,现实即是终极。但我所理解的现实绝非表象意义上的部分,而应包含了之上和之下的部分,包括了文化的、人性的、形而上的和哲学的现实。这点在东西早期的《没有语言的生活》一类作品中早有充分的表现。在这个底层家庭中,苦难既是现实,更是象征与命运。东西在繁复和琐细的人物故事之中所精心搭建和呈现的,是这个由哑巴、

---

[1] 余华:《许三观卖血记·中文版自序》,南海出版公司,1998年,第1页。
[2] 余华:《兄弟·后记》,上海文艺出版社,2005年。
[3] 晶报记者:《作家东西:生活其实是在模仿文学》,2007年9月18日,搜狐网文化频道。

聋子和瞎子组成的没有语言的、无法表达一切也无法保护自身的家庭，以及他们备受欺凌、操弄却永远无法改变的命运。他们唯一能够选择的就是承受。看起来这似乎是一个特殊群体的遭际，但东西喻示给我们的，却是整个底层乡村世界的生活——没有文化就没有语言，没有语言就没有表达，没有表达就没有权利和尊严，也无法有正常的情感与生活。这种悲悯与余华的《活着》非常相似，它不是居高临下的批判，而是匍匐于同样高度的生命体察与悲怆的感同身受，甚至也不只是书写一群人和一类人的生活，而是书写和隐喻一切人共同的遭际和可能的命运。

这使我们无法不钦敬：好的作家不会因为人物身份的低下与卑贱而远离他们，甚至作家的灵魂就附着在人物身上，变成了人物的一部分。唯其如此，他们才能真切地写出人物的命运，不但写出高于或深于现实的人性与善恶，揭示出其背后的历史与文化因由，而且会使之变得感人。《篡改的命》便是这样的作品，它让我们震撼于习焉不察的城乡两种生存大环境之间的巨大沟壑与冲突，不只是看到物质的差异与表象，更看到物质背后强烈而畸形的情感与心理，看出一种历史性的逼近和严峻。这种近乎无法填平的物质与精神的沟壑，或许可以从路遥的《人生》《平凡的世界》等作品中看到依稀的来路，但在近二十年乡村迅速变化的现实中，却变得更加血腥和急骤。物质的倾覆与伦理的断裂压垮了无数个汪长尺，变成他们旷世的惨烈与奇异的命运。在由乡村通向城市的道路中，他们展开了史诗般的"出埃及记"一样的跋涉,以血以泪、以死以命——

  这是他想得最多的一天……把林家柏跟他的交集过了无数遍。第一遍:我替他坐过牢。他欠过我工钱。他叫人用刀捅我,我差点失血而死。他谋害黄葵,嫁祸于我,让警察到谷里抓人,害得全村人人自危,集体失眠。我在他的工地摔成阳痿,他竟然不赔我精神损失费,拦车他不赔,打官司他不赔,爬脚手架他也不赔,还跟我玩消失,什么东西?什么货色?毫不夸张地讲,是他毁了我的心情,坏了我的人生……

这是《篡改的命》中汪长尺的控诉,他与林家柏之间恩怨纠结的部分总结。而事实上林家柏直接和间接地、真实和象征地毁掉汪长尺的,远不只这些,还有他的青春、希望、情感和生命。犹如一个血本无归的赌徒,汪长尺在这场命运的赌博中无法不陷于失败,最终只能寄希望于将自己唯一的儿子送与林家柏,并且自尽于浊浪滚滚的河水中,以毁掉证明儿子出身的证据。以这样彻底毁灭的方式,来结束这场旷日持久、在下一代身上还有可能延续的恩怨官司,并将之理解为"对命运的篡改"——偷换了儿子的出身和血缘,一劳永逸地使之由乡村人变成城里人,由穷人变成有钱人,由底层屌丝的矮穷矬变成出身高贵的高富帅……这两个人物之间所形成的"象征性的关系",构成了小说的戏剧逻辑,使之生成了一个形式的骨架,并且得以与作品的主旨生长扭结在一起。

这是怎样的一场绝地的抗争与搏杀？从父亲汪槐的跳楼致残，到汪长尺的代人追债与替人坐牢，从媳妇小文被迫出卖身体从事皮肉生意，到汪长尺因工伤而断送了生育能力，到最后不得不将唯一的骨血送予有钱人。这个家庭唯一的希望就是摆脱乡村的苦海，让后代永远改变自己的出身。如果说前一代人还只是付出了辛劳和健康，还可以生于此也死于此，希望于此也幻灭于此的话，那么汪长尺这一代，则付出了贞洁、爱情、生命和身体，输到一无所有，最终还要失去祖宗血脉和生命记忆，失去那个带给他耻辱和命运的身份……这是比死还要惨烈的变更，不只是肉体的死，还是身份与记忆的死，血缘与根脉的死，彻底消失且埋葬祖先历史的死。

话题至此，我有些犹疑了，我反问自己，东西是不是有些过分？这个过于戏剧化的人物命运是否过于巧合？我是认同、肯定呢，还是应该有所保留？

这个疑问其实还是一开始的问题——如何处理小说中的现实？如何将乡村与城市这个由来已久的二元对立的现代性命题，在当代展开的悲剧性冲突中再次集中而历史地、艺术而形神兼备地书写出来？或许有人会说，东西的处理有过于巧合和夸诞之嫌。确实，如果从"反映社会问题"的角度看，从眼下千差万别的城乡具体矛盾看，东西的故事可能有虚构之嫌，但从中国正面临的数亿人的城镇化进程，从乡村世界的崩毁，从一场"几千年未有之大变局"的巨大历史变迁，从20世纪80

年代以来中国暴风骤雨般的工业化背后的数亿农民工所付出的代价与牺牲来看,他站在底层人群立场上的这一书写,就不但显得真实,而且还切中要害和恰如其分。

如何书写乡村?这需要我们稍稍回溯一下历史。一个有意思的问题是:作为典范的农业社会,中国传统文学中竟然没有"乡土文学"。繁多的传统文学类型中有"归隐"和"田园诗"的主题,却鲜有"乡土"的观念与形象。这表明,所谓的乡土其实是现代性的产物。当城市、工业和现代文化作为一个异己的"先进的他者"出现之后,"乡土的自在体"才获得了一个镜像:原来它是如此的愚昧、贫穷和落后。新文学的确立,某种意义上就是从这种现代性的乡村叙事——鲁迅笔下的鲁镇与故乡——开始的。启蒙主义的立场赋予了这种乡村以与"现代"相对立的"传统"含义,赋予了其作为"国民性"之温床或者封建愚昧之所在的意义。现代中国的作家们基本上是传承和秉持了鲁迅的立场来理解和书写的,直到沈从文写出了另一种意义上的乡村——作为精神乡愁之寄托的"湘西",乡村才具备了另一重含义,具备了浪漫主义文学视域中原始而单纯的美,成了可与"希腊小庙"相提并论的"世外桃源"的承载地,提供了可以与现代文明相对峙的道德优越感及文化的合法性。

上述两种"现代的"和"反现代的"乡村叙事,作为新文学的两种传统,在当代作家笔下演变成了一种混合和暧昧的状态。一方面是类似启蒙主义的对乡土的穷困与落后的叙述占据了主导，另一方面是在某些情况下又将乡村世界描写为原始的精神故乡或者生命乐园。从贾平凹、路遥、莫言、张炜、陈忠实、张承志、阎连科、韩少功、郑义、李锐……到更年轻一代的苏童、格非、毕飞宇，他们的趣味多数是兼而有之，区别仅仅是成分的比重不同而已。但在最近的十余年中，我们不得不说，关于乡村故事的讲述，正面临着另一个合法危机和巨大的变动，那就是它的再度严峻的变化，与随之而出现的我们社会的道德危机。对于在快速工业化和城市化进程中乡村所承受的创伤、农民的相对贫困化，以及在进入城市之后所承受的压力与苦难而言，严峻而非"诗意"的叙事，已变成了唯一得体合适的模式。

这就是《篡改的命》出现的背景。在我看来，东西对于现实的处理不但是合适的，而且获得了真实与寓言性的统一。在汪长尺身上，我们可以看到阿Q、骆驼祥子、多多头、高加林、福贵等农民形象和人物的影子，但又可以看出一个最新的化身：他是千千万万个历经了近二三十年城市化和工业化进程，为之付出了一切的农民青年的代表。他短暂的、诚实但并不弱智的一生可能只有三十几岁或者四十岁的时光，但已足以称得上是"命运的万沟千壑"，经过了无数的沟坎与磨难。他的命运其实就是无论怎样努力也赶不上时间赋予他的差距，贫穷使他无法正常地获得任何机会，而一切努力的结果都只是拉大这先天的距离，同时还要付出更多，鲜血、身体、用命挣来的钱，总难以应付的各种意外伤病与风险，最终还要付出所有

在命运的万壑千沟之间 ‖ 73

的尊严。这个命运一方面是汪长尺个人的，同时也是历史的；是属于一个农民的，但更是整个乡村世界的。城市吸引和召唤着他们，同时也诱惑和改变着他们，最终销蚀和毁灭着他们。在汪长尺的身后和周围，东西也描绘了这个正日益分裂的世界，它的一部分消失于个体同城市的博弈之中——成功者以各种方式"融入"了城市，失败者则成了他们必然的代价或者分母；它的另一部分则留在乡村，不只土地上产出的一切已经无法养活他们，原有的淳朴乡情也已渐渐皮之不存。小说不断地以"返乡"的方式，描写这个日益破败的村庄：

> 回到家，堂屋已坐满乡亲。王东的手指断了两根，说是到深圳打工时被机器切的。刘白条又赌输了，要跟汪长尺借钱。张鲜花因为超生，不仅挨了罚款，老公还结扎了。代军说张五患了一种怪病。二叔说什么狗屁怪病？就是梅毒。汪长尺想张惠靠卖身挣钱，挣到钱后寄给张五，张五又拿钱去嫖，这不就是一个循环吗？……

在这两者之间，汪长尺仿佛是一个奇异的杂糅与混合物，他失败了，最终毁灭于城市这个无情的庞然大物，但他又"成功"了，他的儿子终于"变成"了出身高贵、物质优越、有车有房、生活富足的城里人，他历尽磨难终于以自己的死终结了这一苦难的链条，一举"篡改"了世世代代从未改变过的命运。

这个结果当然就是东西的主题：他要为千千万万个汪长尺，为最终融入城市而迷失了自我的乡村人，为正在一天天消失的乡村本身，它的土地上的一切，包括生活方式、伦理情感、风物民俗，一切美好的和原始的、穷困的和干净的、愚昧的和坚忍的……为这个世界唱一曲无边的挽歌，为汪长尺们的血肉之躯竖一座纪念碑。汪长尺或许就是"我们时代的最后乡村"的一个化身，一个将乡村扛于自己的肩头、存于自己的血液与内心的人。他的死不只是个体肉身的毁灭，更是他身后的整个历史、传统、身份和文化的毁灭。这是城市和资本的胜利。从"大历史"的宏观逻辑看，这似乎是波澜壮阔的进步和风云际会的前进，可是从"人"和文化乃至文明的角度看，在这波澜壮阔与风云际会中又充满了血色的惨淡与命运的荒谬，充满着生的艰难与死的悲怆。这一切最终会消失于历史之中，湮灭于城市的高楼大厦与万家灯火之中，但会长存于东西的悲歌与寓言之中，存在于《篡改的命》的一唱三叹之中。

四、节奏与旋律，或作为艺术的小说叙事

《篡改的命》一直让我想起现代以来最好的小说谱系，《骆驼祥子》《活着》《许三观卖血记》，因为他们都属于有节奏和旋律的小说，如前文所谈及的，是有戏剧性的结构和叙述的波澜起伏的小说。《骆驼祥子》中三起三落扣人心弦的买车过程，《许三观卖血记》中主人公十二次卖血让人刻骨铭心的经

历,《活着》中福贵一步步下地狱(现世意义上)同时一步步上天堂(德行意义上)的让人惊心动魄的交叉曲线,《篡改的命》中汪长尺一步步跌入命运的环套又一步步走上绝境的悲怆历程,都是如此地丝丝入扣。就像余华在《许三观卖血记》的中文版序言中自诩的,"这本书其实是一首很长的民歌,它的节奏是回忆的速度,旋律温和地跳跃着,休止符被韵脚隐藏了起来……"[①]。的确,叙述的节奏让他的小说变成了音乐,在多数篇幅中是从容的慢板,如歌的行板,在某些地方则变成了激越而悲伤的快板。无独有偶,东西的《后悔录》与《篡改的命》有非常接近于音乐作品的节奏,前者像是一首无边际的变奏曲,常伴随着幽默、跳脱与荒诞的不和谐音,而后者则是一首降调的悲怆而离奇的叙事曲,中间穿插着小号和钹镲的怪异碎响,细部跳荡着偶尔温暖的乐句,但它的整体,则汇合为一曲钢琴与大提琴的交响——钢琴是男主人公命运的足迹,大提琴则是作者隐含的怨愤与悲伤。总之我感到主人公最后命运的显现是一种必然,这既可以理解为前文所说的"叙述逻辑",当然也可以理解为音乐的旋律本身使然。

其实,无论是叙述逻辑还是音乐旋律,归根结底它们都是命运的派生之物,而命运是唯一能够感动人的因素,这是《篡改的命》能使我们感到震撼和悲伤、怜悯和恐惧的真正原因。关于这一点,我们不难在小说的后记中找到答案,东西说:

[①] 余华:《许三观卖血记·中文版自序》,第2页。

"我依然坚持'跟着人物走'的写法,让自己与作品中的人物同呼吸共命运,写到汪长尺我就是汪长尺,写到贺小文我就是贺小文。以前,我只跟着主要人物走,但这一次连过路人物我也紧跟,争取让每一个出场的人物都准确,尽量设法让读者能够把他们记住。一路跟下来,跟到最后,我竟失声痛哭……"[①]我相信东西这样说绝不是夸张,他找到了他每个人物的命运与角色,并且完全进入了他们身体与情感的内部,顺从于他们的独立意志,因此才能够写出属于他们内心的声音、属于他们角色的语言。在传统的写作理论中,这叫作"塑造人物",在东西的叙事学中,这就叫"跟着每一个人物走"。我想这就是叙述的佳境了。当他叙述上一代农民父亲汪槐和母亲刘双菊的时候,包括讲述"谷里"的每一个村民,他的表达语气都是如此的贴切。他们的质朴与狡黠,自私与善良,他们"小农经济学"的精打细算和愚昧透顶,他们用一生的代价来换取一个不同命运的决绝,用土里刨食和嘴里省饭的方式来支撑"小农经济的方程式"的意志……都可谓跃然纸上。当他叙述汪长尺、贺小文、张惠这些年轻一代的农民,他们的困境与诉求、欲望与灵魂的时候,也是如此传神和生动。汪长尺由一个怀抱志向的读书青年一步步变成一个身体残损自尊全无的打工者,一个"弱爆"的草根的过程;贺小文由一个淳朴善良的乡下姑娘一步步变成一个为钱奔忙的失足妇女的过程,都自然而然、环

[①] 东西:《篡改的命·后记》,上海文艺出版社,2016年,第310—311页。

环相扣。他描写黄葵与林家柏，写他们作为坏人的行为逻辑，以及他们常振振有词地为自己的厚黑和蛮霸辩护，也是立竿见影、入木三分。可以说，东西完全"入戏"了，只有完全进入了小说的戏剧逻辑，才会写出如此充满对称性的角色感——

> 最让林家柏难以接受的是，汪长尺的眼睛竟然还大还双眼皮，五官竟然端正，眉毛竟然还浓，牙齿竟然还整齐……林家柏想狗日的要不生错地方，那也算个型男。汪长尺想原来骗子杀人犯也长得这么秀气。林家柏想不管他们长得美丑，其诈骗的用心和手段几乎都一样。汪长尺想人不可貌相，海不可斗量，肉食者毒，塘边洗手鱼也死，路过青山草也枯。林家柏想动不动跳楼，动不动撞车，社会都被你们搞乱了。汪长尺想信誉都被你这样的人破坏了。林家柏想是你们拉低了中国人的平均素质。汪长尺想是你们榨干了我们的力气和油水。林家柏想你们随地吐痰，到处大小便。汪长尺想你们行贿受贿，包二奶养小三官商勾结。林家柏想你是人渣。汪长尺想你是蛇蝎。林家柏想真臭呀，你的鞋子。汪长尺想你洒了什么香水，臭得我都想吐……

这是在因工伤索赔的一次对峙中，汪长尺与有钱人林家柏仇人相见时分外眼红的心理活动。东西用了"内心演出的戏剧"的笔法，饱和式地叙述了这个充满角色对峙意味的场景与过程，将人物完全置于其心理的支配中，从而展现了巴赫金所说的"复调的叙述"——两种声音都不是作者能够支配和控制的声音，相反，它让人觉得连作者也被人物的"速度与激情"裹挟了，作者完全听从了人物的召唤与安排。

还有小文的渐变。一个几乎从不为利益和俗物所动的乡村少女，一个本完全死心塌地喜欢着汪长尺的纯情女孩，在城市的逻辑与欲望的熏染下，竟一步步走上了卖身之路。东西将这个过程写得如此平滑自然。在回乡过年的失足妇女张惠的引领与怂恿下，小文走上了无数乡村女孩进军城市的重复道路。东西用了近乎寓言的笔致，将这个"渐变"的过程，一笔勾勒了出来：

> 为了证明小文真是一朵鲜花，张惠一有空就教小文化妆，还把她的长发剪成短发，还把自己的衣服穿到小文的身上。小文一天一变，开始像个民办教师，慢慢地像个公办教师，像乡里的干部，县文工团的演员，电影里的女特务，最后被打扮得像个城市的白领。……

仿佛一个进化与变异的演示图，这个逻辑使得小文在随汪长尺进入省城的那一天起，其命运的方向就已经注定了。某种意义上这也是乐句式的叙事，它将复杂的故事和漫长的时间流程变成了简约的旋律。如同余华在《许三观卖血记》所描写的主人公的十二次卖血经历一样，它可以是展开的变奏，但又是一个原始主题构成的主导旋律。汪长尺一次次考学复读的尝试，一次次打工挣钱的经历，一次次进入城市的努力，一次次受伤破产的遭际，到一次次容忍自己的妻子去洗脚城卖身，一次次在林家柏们的特权和金钱之下败退，到最后的孤注一掷……可以说与许三观卖血的壮举构成了异曲同工的旋律。

在这个过程中，"细节的重复"起到了至关重要的作用。或许与鲁迅、余华小说修辞的影响有关系，至少也可以说受到了某些启示——东西在《篡改的命》中使用了大量类似"重复"的修辞，"汪长尺不想重复他的父亲汪槐，就连讨薪的方式方法他也不想重复，结果他不仅方法重复，命运也重复了""我在写作的时候，力争不重复，不重复情节和信息"①，但事实上这种不得已的重复，细节、场景和人物命运本身的重复，却反而帮了东西，使他的叙事具有了旋律感和戏剧性，以及强烈的寓言意味。这很像耶鲁学派的批评家希利斯·米勒所讨论的，"一个人物可能在重复他的前辈，或重复历史和神话传说中的人物"，而批评家对于重复现象的关注，便是落脚于"分析修辞形式与意义的关系"②。有意味的重复不只成就了鲁迅、余华，成就了他们小说中浓郁的寓言意味、戏剧性和形式感，也成就了东西，成就了《篡改的命》中叙述的节奏性与旋律感，彰显了人物血缘与命运的前赴后继，以及西西弗斯般的

---

① 东西：《篡改的命·后记》，第311页。
② 希利斯·米勒：《小说与重复》，王宏图译，天津人民出版社，2008年，第2页、第4页。

徒劳与困厄的努力。

还有饱蘸的感情。在许多片段中我意识到，东西所说的"失声痛哭"绝不是夸饰。因为他做到了与人物的同呼吸与共命运，所以人物本身的遭际与悲欢便成了他自己的遭际与悲欢，叙述的节奏由此紧紧扼住了他的笔端，使之无法不频频出现激越或华彩的段落，出现不是抒情但胜似抒情的笔墨。比如当汪长尺看到年迈且残疾的父亲与母亲来到城市，沦为乞讨者和拾荒者的时候，作者无法抑制住他如泉涌的笔墨：

> 因为人流量大，汪长尺没有勇气靠近。他躲在一棵树下远远地看着，咬牙强忍，但眼泪却不争气，哗哗地流，流一点，抹一点，恨不得把眼前这幅画面一同抹去。仿佛是有了感应，汪槐抬头朝汪长尺的方向看过来。汪长尺发现他的脸又黑又瘦，眼睛变小，眼窝变深，连胡须也没刮。汪长尺把头磕到树干上，一下，两下，三下，磕得老树皮都掉了。汪槐看了一会，没发现异常，又把头低下。校园里传来上课铃声，马路上的人流量减少。汪长尺抹干眼泪，从树后闪出，走到汪槐面前，把带回来的两万块钱丢进口盅。口盅仿佛不能承受，一歪，滚到汪槐手边。汪槐的手一颤，像被针戳似的。他慢慢抬起头，木然地看着，仿佛眼前是一道强光。但很快，他深陷的眼窝挤出一串泪水，整个脸部瞬间扭曲，似哭非哭，似笑非笑。当他脸部的扭曲波一过，泪水便滑出眼眶，但只滑到半脸

就凝固，仿佛久旱的大地没收雨滴。看着眼前这张干瘦缺水开裂的脸，汪长尺刚刚抹干的眼眶重又噙满泪水。他蹲下来，抱住汪槐，叫了一声爹……汪槐的泪腺好像被这声叫唤打通，眼泪"唰唰"，流过高山流过平畴。汪长尺问妈呢？汪槐指了一下对面小巷。汪长尺抱起汪槐朝小巷走去。他没料到汪槐这么轻，轻得就像一个孩子。他没料到汪槐会这么小，小得就像一个婴儿。汪槐越轻他就越难受，汪槐越小他就越悲伤。

这样的段落与许三观最后一次卖血被拒时的痛哭流涕沿街哭诉，真可谓有异曲同工之妙。作者已经无法按捺其努力的超然，不得不与"复调"的人物意志与声音再度构成了交响或者和声，甚至合二为一，成为一个人的内与外、里与表。由此我可以确信，东西不只是写出了文化和道德意义上的挽歌，也写出了生命与情感意义上的悲歌，写出了作为精神记忆上的哀歌。他遵循着自己的内心情感，不由自主地泼洒下这些真挚而感人的笔墨。

五、荒诞、哲学，或者结语

在《西绪福斯神话》[①]中，阿尔贝·加缪开宗明义说："只有

[①] 阿尔贝·加缪：《加缪文集》，郭宏安等译，译林出版社，1999年。

一个真正的哲学问题，那就是自杀。"如果这话是对的，那么也意味着我们的主人公汪长尺同样具有了哲学处境，或者似乎思考了哲学问题。因为他终于跨越了命运的万壑千沟，完成了奋力而悲壮的一跳，向着那浊浪滚滚的河流中。虽然他的死更多的不是缘于哲学的虚妄与无所事事，而是死于穷困潦倒和对世俗之"命"的抗争，但也正像加缪所说，"人们从来只是把自杀当作一种社会现象来处理"，可"正相反，问题首先在于个人的思想和自杀之间的关系。这样的一个行动如同一件伟大的作品"。① 汪长尺的死在某种意义上也是一件伟大的作品，他结束了自己无法颠覆的人生与命运，终结了世世代代无法替换的卑微与贫穷，完成了父亲不能完成的愿望——用比父亲更多的知识和见识，处心积虑将儿子实实在在地送入了富人之家。毫无疑问这是一个杰作，一个由灵感和奇思妙想构成的杰作。但也正因为如此，它也将小说的美学升华至了加缪所推崇的荒诞之境。"一个突然被剥夺了幻觉和光明的宇宙中，人就感到自己是个局外人。这种放逐无可救药""这种人和生活的分离，演员和布景的分离，正是荒诞感"。② 加缪的推理仿佛是为东西所设，为汪长尺所设，他提醒我们不能只从"现实"的层面来看待这部小说，它确实以异常尖锐和深远的方式，叙述了一种生存历史的终结，一个族类或者群落的消亡，一个时代的悲剧。但更重要的是，这部小说也为我们展示了加缪式的世界观，即"一

---

① 阿尔贝·加缪：《加缪文集》，第624—625页。
② 同上，第626页。

在命运的万壑千沟之间 ‖ 83

个人永远是他的真相的牺牲品"[1]。汪长尺正是这样，他并不知道，他的奋力一搏也许并没有改变任何现实，正如他与林家柏对簿公堂时验证自己儿子的DNA，得出的结论居然不是他亲生的一样。儿子最终也变成了别人的，这一切的努力到头来对于他自己和人类来说，都是一个旷古未有的笑话。

　　东西不愧是加缪的追随者，这个角度也使我看到了更远处的东西，使我对小说的某些直观的问题，某些叙述的不和谐或者不匹配有了合理的解释——比如说，从整个的故事结构与人物经历看，汪长尺之死应该是在2005年左右，因为最后其儿子"汪大志"变成了"林方生"并成长为一名毕业自警察大学的刑侦员，是他偶然"发现了"自己身世的疑点及身份线索。这表明他的出生时间应该是在1990年前后，而汪长尺是在其儿子大志出生后上初中的年纪自沉而死的。这便有了一个问题：东西使用了近年的某些流行文化符号，来描写了他的身份与90年代的故事，用"死磕""弱爆""抓狂"等眼下的流行"热词"，构成小说前几章的题目，甚至还给主人公起了一个隐含着草根之意的名字"长尺"。这当然不是十足恰切的，它使故事本身的情境与叙事的话语之间构成了一种游离或不统一。但假如是以刻意的荒诞美学来看，这却不能算是问题，而是其荒诞逻辑的一部分了。作家用了荒诞的风格与手法，用了眼下的修辞去处理十几年前的事情，反而显示出他的一种鲜明

---

[1] 阿尔贝·加缪：《加缪文集》，第643页。

的态度。

至此,我想我可以收尾了,但我还是要借用加缪的话来作结,他说:

> 如果人们承认荒诞是希望的反面,人们就看到……存在的思想必须以荒诞为前提,但是它论证荒诞只是为了消除荒诞。这种思想的微妙是耍把戏者的一个动人的花招。

加缪分析说,当一位作家"经过充满激情的分析发现了全部存在的根本的荒诞性时,他不说'这就是荒诞',而说'这就是上帝:还是以信赖他为好,即便他不符合我们的任何理性范畴。'"[①] 显然,加缪的意思是想说,荒诞才是这世界的真相或者本质。如果这样的话是可以成立的,那么东西的小说也不只是叙述了现实中的离奇故事,而更是以哲学的面目和骇人的深广,向我们揭示了这个世界的荒诞,人性的,人心的,社会的,历史的,时代的和价值的荒诞。

这也是我肯定东西的理由。

[①] 阿尔贝·加缪:《加缪文集》,第 644—645 页。

发现和直面"没有语言的生活"
——关于东西的片面解读

王尧,苏州大学

原载《当代文坛》2020 年第 4 期

东西是我长期阅读和关注的作家之一,这与我最初读到他的中篇小说《没有语言的生活》有关。九十年代初期,人文知识分子好像都有过一段时间的困顿,然后是期待中的市场经济和我们没有预期的不适应的到来。我说的困顿和不适应,有种种的表现,其中之一是我们无法像以前那样从容和智慧地命名生活。1996 年东西发表了《没有语言的生活》,沉默里的"看不见、听不到、说不出",固然引起了我的好奇甚至震撼,但这篇小说的篇名超出了文本的意涵。从那时到现在,二十多年过去了,我一直觉得"没有语言的生活"是对九十年代以来的这个时代最准确和最深刻的命名之一。

东西是九十年代出道的作家,1992 年他连续在《收获》《花城》《作家》上发表了两篇中篇小说和一篇短篇小说。东西的创作,无论是中短篇小说还是长篇小说,都有着明显的"九十年代"色彩。"九十年代"文化语境最显著的一个特征,是随着社会主义市场经济的逐步展开而发生的文化转型。作为整体的"九十年代"在一定程度上可以理解为"八十年代"后半期的显影和生长,八十年代后半期那些将生未生的矛盾在九十年代新的语境中得以充分地展现。从五十年代初到八十年代末九十年代初的文化经验聚合为一个巨大的重力,九十年代的地平线承接了这一重力并将其反弹。所谓反弹,是指这个巨大的重力在不同的秩序不同的人物那里,或加重,或减轻。正如八十年代中后期、九十年代前半期在国内走红的《不能承受的生命之轻》的题目显示的那样,"轻"与"重"之辨成为九十年代日常生活的一个悖论,然后成为当代中国思想文化以及小说中几乎是永恒的悖论。

我们现在谈论的东西,就处在这样的"轻"与"重"之间。如果从思想与文学资源的渊源上看,东西和他这一代作家是八十年代之子,八十年代是他们的"导师"。八十年代一方面确定了具有经典性的文学秩序,但八十年代同时是未完成的。当东西他们进入写作状态时,既有所依傍,又无所适从。八十年代的经验如此珍贵,但不足以应对无序的文化现实,而且八十年代的部分经验在九十年代已被解构。由是,在所谓的中国后现代式的文化语境之中,那些或嘲讽或无聊或严肃或戏仿的笑声渐次响起。或轻或重的肉体要么引逗本能,要么铭写创痛。东西如果要在无序的文化现实中留下自己的痕迹,他就得以自己的方式出场。

毫无疑问,东西是从八十年代出发的。是否从八十年代出发，其实是个重要问题。我一直觉得，没有"八十年代"的作家是"无根"作家。这一点在当下的文化现实中已经越来越显现出来。在东西看来："从二十世纪八十年代至今，中国人的生活发生了巨变，我们有幸置身于这个巨变的时代，既看到了坚定不移的特色，也看到了灵活多变的市场经济，还看到了声色犬马和人心渐变。我们从关心政治到关心生活，从狂热到冷静，从集体到个体，从禁忌到放荡，从贫穷到富有，从平均到差别，从羞于谈钱到金钱万能……每一点滴的改变都曾让我们的身心紧缩，仿佛瞬间经历冰火。"[1]东西在这里用了一个特别重要词：身心紧缩。这是作家感受现实的方式和特征，中国在世界中变化如此之大，心灵的变化忽然"提速"也就不可避免。东西说："人心的跨度和拉扯度几乎超出了力学的限度，现实像拨弄琵琶一样无时不在拨弄着我们的心弦，刺激我们的神经。"[2]我们都经历了这样的心路历程。

如何面对这样巨大的变化，当代作家选择了不同的应对方式，九十年代以来包括作家在内的知识分子的分歧也因此开始。作为一个作家，东西首先意识到的是如何"直面现实"。在鲁迅那里就非常清晰的"直面现实"理念，一直在不同的方向上"折腾"中国作家。因此，我特别留意东西如何直面现实，以及以什么样的艺术方式直面现实。东西没有从思想与文化的层面分析我们都熟悉的这一现象："面对一桌桌热辣滚烫

---

[1] 东西：《篡改的命·序》，第1页。
[2] 同上。

的现实,我们不仅下不了嘴,还忽然失声,好像连发言都不会了。曾经,作家是重大事件、新鲜现象的第一发言人,他们曾经勇敢地亮出自己的观点,让读者及时明辨是非。但是,今天的作家们已经学会了沉默,他们或者说我们悄悄地背过身去,彻底地丧失了对现实发言的兴趣。"[1]这个表达或许不够周全,个别作家仍然有东西所期待的那种对现实发言的方式。但我在整体上赞成东西的判断。

东西从另一个层面反省了他们或我们失声或失去发言兴趣的原因,这就是在远离传统的现实主义之后对一种技术的迷恋。东西这样谈论"西方"的影响:"他们,包括我,急于恶补写作技术,在短短的几年时间里把西方的各种写作技法都演练了一遍。在练技法的过程中我们渐渐入迷,像相信科学救国那样相信技巧能够拯救文学。然而某天,当我们从技术课里猛地抬起头来,却发现我们已经变成了'哑巴'。"[2]从东西在其他文论或创作谈的内容看,他不满的不是技术,而是这种未加转换的技术在写作中没有能够呈现"中国气味"。

事实上,东西的创作也未完全回到传统的现实主义,他的现实主义是经过现代主义洗礼和融合后的现实主义。这一点不仅在体现在《没有语言的生活》中,长篇小说如《篡改的命》,在传统写实之外,夹带了先锋、荒诞、魔幻和黑色幽默等元素。在文学资源上,东西是一位融会贯通的作家。他自己

---

[1] 东西:《篡改的命·序》,第2页。
[2] 同上。

曾经这样坦陈:"技术上,我没有单一的师承关系,也没有特别的偏好。但我的荒诞感有可能受了卡夫卡的影响,不过已经中国化,甚至那些荒诞就发生在身边,不如说生活影响我更准确,只不过我在卡夫卡的身上找到了自信,觉得这种写法也可以被称之为小说。"① 我留意到,在谈论技术问题时,东西总是强调生活对他的影响,他认为他的灵感大部分来自对生活的感受和思考。现在很多作家都无法像东西这样做如此直白、朴素的表述。其实,即便是东西所说的不期而遇的打击或者刺激在刹那间带来的灵感,也是生活的赐予。

如果,回溯到我们开始所说的作家与现实的关系上,作家为何失声或失去发言的兴趣,根本上是因为缺少自己的世界观。技术在东西这里逐渐变为方法,观照和把握世界的方法。这样,我们讨论东西,就从如何直面现实转到他的诗学观念上,即东西在直面现实时如何落实他自己的现实主义诗学观。在这一点上,我们可以不加任何定语和修饰,而直接地说东西是一位现实主义作家。在阅读东西时,我一直想用他自己的一句话来阐释他。或许,东西以下的夫子自道是合适的,"大学时,我读了一些传统的经典小说。写作的成长阶段,我又读过一些先锋小说。先锋小说的叙述令人着迷,非常喜欢。但是我不会放弃故事,不会放弃人物,特别不会放弃跟现实的摩擦""不管小说怎么变化,有一点我是不会丢的,那就是挖掘

---

① 东西、符二:《不顾一切的写作,反而是最好的写作》,《作家》2013 年第 1 期。

人心。人心比天空还要宽广。在那么宽广的心里头，会有很多人性的秘密，我愿意钻进去"。① 与现实的摩擦既是东西与现实的关系，也是小说中人心生长的机制，东西的现实主义就是在与现实的摩擦中写出人心的秘密。

无论就东西本人三十年的创作而言，还是就八十年代以来的文学史而言，《没有语言的生活》都具有经典意义。这是一篇可遇不可求的小说。小说最初的故事来自东西姐姐关于一个"听不见"的外乡人的讲述，他由此开始构思：为什么不把听不到、看不见、说不出放在一起写呢？当东西把"三不"放在同一个空间中加以叙述时，这是想象的胜利，也是写作的冒险，或者说是一种"不顾一切的写作"。我在这里不重复小说的故事，我在小说中看到了东西的极端、残酷、温情与美好。在重读这篇小说时，我在东西坚硬的故事外壳中触摸到了内心的柔软，我甚至觉得此时的东西也是一个抒情的人道主义者。如果就所谓"题材"而言，东西打开了书写残疾人的新空间，这是前所未有的写作，甚至在一定程度上启示了他者。

东西《没有语言的生活》深刻之处便在于在没有语言的生活中，他呈现了另一种"语言生活"，他发现了没有语言的语言，从而将作为工具的语言变成了意义的语言。在另一个层面上，我们由东西的小说还可以讨论语言作为意义的丧失、分裂和修复。东西的三部长篇小说便提供了这种分析的可能。就小

---

① 东西、符二：《不顾一切的写作，反而是最好的写作》。

说而言,"八十年代"是一个中短篇小说的年代,而九十年代及新世纪则是一个长篇小说兴盛的年代,九十年代的文化现实以及已然和未然的嬗变,在美学上天然地接近"长篇小说"。东西的《耳光响亮》《后悔录》《篡改的命》正是在这样的语境中诞生的。我这里要特别提及在《耳光响亮》与《篡改的命》之间,东西的另一部长篇小说《后悔录》。我之所以把这个文本放在这里论述,是想突出东西对精神生活的命名能力,这是在"没有语言的生活"之后,东西又一次思想的闪光。在这次命名中,东西写出了"后悔的一代"。在禁欲、友谊、冲动、忠贞、身体、放浪这些关键词中间,小说写了小人物曾广贤一生都在犯错又余生都在后悔的荒诞故事。如果将故事置于小说涉及的历史之中,我还认为,小说其实也写了"迷惘的一代"。"后悔"的力量过于强大,几乎将"迷惘"遮蔽了。作为心理活动的"后悔"构成了这部小说叙事的动力和结构的线索,这也是东西对长篇小说的贡献。

《耳光响亮》的起笔就是毛主席的逝世和牛正国的失踪。这原本是一个非常庄重肃穆的"追悼时刻",在叙述者"我"的笔下却显得荒腔走板、漫不经心。悲伤和绝望似乎在过多的泪水之中被稀释,作为意义凝聚仪式的"追悼会"变得文不对题。"泪水"在那一时刻承载的所指显得游移不定,正如母亲在追悼会流泪的瞬间,想到的是"我"外婆的凄惨死亡,而不是"领袖"的离去。领袖之死和父亲失踪意外地叠合在一起,双重的父之离场带来的是根本性的意义的匮乏。这种匮乏像是一个黑洞，召唤出源源不绝的叙事和行动。可以说，正是文本中心这个总体性的"不在"推演出整部小说。小说就是在"无父"的精神氛围中艰难跋涉的产物。因此，《耳光响亮》就不简简单单是一部现实主义的小说，它更像是为时代赋形的一个"寓言"。它讲述的是在暗夜和黎明交叠时分的惶惑和不安，苟活和追寻。小说中所有的行动都可以看作是漫长寻父工程中的一个部件，不过吊诡的恰恰是，寻找的结果不是父的回归，而是父的退场。换言之，"寻找"只不过是再一次确证了"无"。这是《耳光响亮》的现代主义特征，或者说是融合了现代主义之后的现实主义。因此，本该是充满行动性的"寻找"就变成了一种静止的等待。就像荒诞派戏剧《等待戈多》一样，"等待"的全部动量都被"无目的的等待"这一过程消耗殆尽。小说中非常讽刺地引用了一篇文章《耐心等待》。这篇文章的结尾就是"他以等待为乐"。于是，我们在小说中看到了形形色色的"等待"。金大印夫妻等待单位漏发的鸡蛋，牛红梅等待远方的来信。究其根本，这些等待不过是在空耗。因为意义的庞然大物去而未归，所以等待的结果最终也只能是落空的允诺。小说中的人物时时刻刻都在和这些幻影搏斗。

"毛主席的逝世"作为一个根本性的事件，带走了意义的全部来源。小说中一系列的无意义的"行动"都随之变成了"非行动"，于是任何灿烂辉煌的壮举都被降格为"表演"。失去意义来源的任何行动都成了次生性的、无效的滑稽戏仿。小说中描写了一个极具意味的场面。为了报复金大印"抢走"了母亲，牛青松纠集了宁门牙等人在曾经开批斗会的大礼堂殴打金大印。如果说曾经的批斗会指向一个根本性的意义，那么金大印被"没来由"地殴打就变成了对批斗会的戏仿。意义退场了，意义的承载外壳礼堂在小说里显然变成了一处"废墟"般的存在而显得"空空荡荡"，这个废墟保留了"历史"的基本轮廓却抽干了历史的内容，批斗/仪式变成了表演，而表演的目的就仅仅是表演。挣脱了意义的行动都显得是"没来由的"，这些行动中安放的是无处遣散的不安和颓靡。历史主体丧失了行动的来由，最终只能是像演员一样在历史的废墟和残垣上起舞。正像那个空空荡荡的大礼堂，承载的也只是以力比多的直接性展示出来的喧哗和骚动。

小说中最光彩熠熠的人物就是牛红梅。牛红梅这个形象丰富了当代文学史的人物画廊。在我们的文学史中，最常见的女性形象是母亲，其次是妻子。而牛红梅在小说中主要是作为"姐姐"的形象出现的。因为小说叙述者的关系，牛红梅的出现几乎都是在弟弟"我"的视线之内。但是随着故事的推进我们会发现，牛红梅身上非常复杂地叠合了母性、妻性、情人性（"我"不止一次对牛红梅的身体产生了不无情色意味的奇怪的想象）。在弗洛伊德的意义上，女性先天是"被阉割的"，女性在身体意义和最初的文化意义上都显示为一种"匮乏"。因此牛红梅的"身体"在无形中就成了被记录的那段历史的"肉身"，在这肉身之上重叠刻画着历史的丝丝缕缕的消息。这段历史暧昧无明，正如牛红梅暧昧不明、难以界定的"姐姐性"(姐姐性相较于妻性和母性,显得是模棱两可的)。换言之,牛红梅和小说记录的历史是充分同构的。我们大概都不会忘记牛红梅三次"莫名其妙"的怀孕,每一次的怀孕都显得那么的"无来由",不是孩子的生父不明,就是稀里糊涂地流产。匿名的孩子正如匿名的历史,他们都处在一个格外漫长和不安的诞生"之中"。

小说取名为《耳光响亮》。如果把耳光声理解为现实一次次为主人公设置的障碍和困境,那么不该忽略的还有小说中一次次响起的笑声。这些不时响起的笑声正是对耳光声的消解和颠覆。小说中有好几次写到牛红梅的笑声,最意味深长的一次是在看哑剧《吃鸡》时牛红梅肆无忌惮、莫名其妙、滔滔不绝的笑。牛红梅在笑声中流产。牛红梅经常爆发出这种不明来由的笑,就像看《吃鸡》时的这次笑一样,她仿佛凭借本能模模糊糊意识到了生活的荒诞无稽,然而这种倏忽而至的领悟还达不到"语言"的层次,于是只能托身于只有音响而无所指的笑声之中。这种看似随意而至的噪声正是对自身处境的深刻领悟,如果不借由声响传达而出就只能变成沉默和失语。这也正是《耳光响亮》这部小说的发生/发声学,似是而非、不明所指、有声无义正是对于现实的超脱或者说是"刺穿"。

《篡改的命》是一部非常另类的"底层文学"。小说写的是汪长尺被改写命运和主动改写自己儿子命运的故事。"命"这一范畴早在"五四"新文学的初期就被以鲁迅为代表的作家进行过深刻的拆解和批判。鲁迅们"哀其不幸,怒其不争"地将"信命"指认为自欺同时也是欺人。那么颇为吊诡的就是在经历"启蒙"之后,生活在民间世界的人们依然将"命"作为解读自己人生的最为根本的参照。在这里,与其说作家是要零距离地认同于这样一种世界观,毋宁说是通过将这种世界观作为结构文本的依据从而生发一种既同情、体谅,又不无讽刺的关照。"命"成了横亘在主人公与现实世界之间一重深深的"隔膜"。因这层隔膜的存在,他们无法看透自己的困境,而只能与幻影做徒劳的搏斗。他们仿佛身处无物之阵,天真地以为自己能"改写命运"。叙述者正是在这些大大小小的困境及其虚假的突围中,发出了"含泪的笑"。尽管他们看似天真荒谬,谁又能全然嘲笑他们那近乎英雄行为一般的"逆天改命"呢?

将现实境遇命名为"命",而"命"往往以"重复"的、内循环的形式展开。可以说,整部小说展现出的,就是一种"重复的美学"。一方面,小说的内部结构是重复的。汪槐、汪长尺的命运是重复的。甚至小说的开篇和结尾,汪长尺以同样的方式在文本中死亡两次。一次是开端,一次是终结。小说的张力也就表现在重复与挣脱重复的博弈之中。汪长尺有意识地要摆脱重复的命运,可是终局依然是惨淡收场。"重复"成为一种非常本质的境况,而那些"偏移"也就仅仅是无伤本质的短暂离场。"重复"像是中心的磁石,将人物命运一次次吸回它的轨道。另一方面,小说中常常出现"相似情境"的并置。比如汪槐们趴在门外偷听汪长尺的呼声,被奇异地联想为当年的偷听敌台。历史与现实场景的相似仅仅是一种形式的相似，中心意义的丧失使得一切的相似都变得似是而非、文不对题。而正是在这样暧昧的似／不似之间，幽幽的反讽于此滋长。就像马克思在《路易·波拿巴的雾月十八日》中关于"重复"的经典论述，第一次是悲剧，第二次是喜剧。

横亘在城与乡两极之间的鸿沟过于巨大，因此如果想彻底扭转自己的人生道路，只能通过某种"天降神兵"式的帮助。在这里，我们不难看出《篡改的命》与狄更斯小说之间的亲缘性。在《远大前程》中，狄更斯塑造了一个孤儿匹普，突然有一天他被一笔匿名的财富从贫困之家拉入资产阶级的上流社会。狄更斯非常有洞见地把这场财富的降临描绘成一场繁华幻梦，也就是说匹普的财富是"被"给予的一次欲望的虚幻实现。狄更斯再清楚不过地意识到横亘在两个阶级之间那种只有依靠叙事动作才能弥补的巨大鸿沟，从而架空了其在现实生活中实现的可能性。在《篡改的命》中，汪长尺为了改变自己儿子的人生，也只能选择在事实上"抹去"自己这个"生父"的存在。所谓的"篡改"，不过是两个世界之间的转换机关。这两个世界各自闭合，一边是重复不尽的凋敝和没落，一边是蓬勃展开的繁华和富足。东西凭借"篡改"这样一个叙事动作，打通了两个世界之间的联结，并且借由这个微弱的偶然性暴露出了现实逻辑的粗暴和虚妄。也正是借由这前后两次的改命事件，我们得以窥破现代社会身份的易变性和脆弱性。

当然我们也不能仅仅将《篡改的命》读作一个"现实主

义"的故事,"现实主义"只是它的一种读法。我们同样可以用现代主义的策略去解读这部作品。小说里有这样一个情节:汪长尺曾经的好友黄葵意外死亡,警察怀疑是汪长尺为了泄恨,谋杀了黄葵。原本汪长尺与黄葵之死没有任何关系,可是警察走了以后,整个村庄的人都无法入睡。原来,每个人都害怕自己的一些"黑历史"再次把警察招来,因而所有的人都"失眠"了。迫于无奈,汪长尺只得硬着头皮进城"认罪伏法"。原本的无罪在再三的自我拷问之下变得模棱两可,可以说正是"自我认罪"带来了"罪"而不是相反。这样一种因果倒置的荒诞逻辑是卡夫卡笔下K的处境。在《审判》中,原本无罪的K在现实、司法的泥淖中越陷越深,最终沉入一种无逻辑的怪圈里面无法自拔,罪与无罪都变得疑窦丛生,自投罗网成了一种宿命。正像卡夫卡那个言犹在耳的恐怖寓言,一个笼子在寻找一只鸟。汪长尺的人生也是这样,一步步从现实的地平线走入晦暗不明的混沌之中。

除此之外,值得一提的还有这部小说的语言。就像小说封底余华那段评论所说的,《篡改的命》的语言是生机勃勃的。它就像是一块年深日久的沉积岩,沉积着不同年代的词汇,包括死掉的标语式的语言、网络流行语、粗鄙流俗语、书面抒情语。这些性质不同的语言共同奔流在语言的河道里,显得拥堵喧哗,却具有非常庞大的体量和旺盛的生机。这种热闹不休的语言像是爆炸一般,倾泻着现实中种种不堪的欲望和向上的追求。现代文学史上的"左翼小说"在处理这样的底层题材时,尽可以用一个开天辟地般的"革命动作"截断现实的河流使之改向，曾经那些磅礴的激情可以全部倾泻为颇具道德强度的控诉和声讨。但是在后"革命"的氛围之中，表现如此庞杂、不合理的境遇已经无法依靠这样掷地有声的叙事动作强行介入，只能转而凭借情境式的反讽和滔滔不绝的语言洪流来表现这种泥沙俱下的社会现实处境。

　　在或宏观或微观地讨论了东西之后，如果我们集中话题，那么不妨说，当东西写出"没有语言的生活"时，他已经在深刻反思自己的语言、生活，这一过程在东西的写作中是持续的。文学界过于喧闹的、与诗学无关的语言，遮蔽了另一种语言。文坛的沉浮和我们所见的繁荣，有许多是虚假的呓语。在这样混乱的秩序中，东西是沉潜的、坚定的，也是被忽视的。在我们忽视了的"没有语言的生活"中，东西创造了有语言的生活。

东西小说文本的美学
——从《耳光响亮》到《回响》

吴俊，南京大学

原载《中国文学批评》2021年第4期

重读《耳光响亮》：东西小说美学的构造

刚读完作家东西的最新长篇小说《回响》，就想着要写下一点文字。从哪里写起呢？东西不算是特别多产的作家，但二十多年来，不算中短篇作品，长篇小说也已有四部，全部讨论起来恐怕不是短时间内能干的活儿。犹豫间，我其实已经开始重读他的作品了。① 等到差不多再次读完他的长篇后，我的思路也已经清晰起来。如题，就是从重读《耳光响亮》开始。

《耳光响亮》是东西的第一部长篇小说。这部作品对东西而言具有真正的奠基意义和作用。应该几乎同时，他最有名的小说其实是中篇《没有语言的生活》。2005年前后，小说家朱文颖正在苏州古吴轩出版社任职，我受邀编选了两部当代小说

---

① 除《回响》（人民文学出版社，2021年）外，其他作品引用的版本是上海文艺出版社2016年出版的《东西作品系列》，文中对小说作品的直接引用，不重复标注出处。

集,叫作《谁与争锋——世纪之交的经典读本》[1],分了中篇卷、短篇卷两种出版。迄今我都暗暗地认为,这也许是两部能够代表世纪之交中国小说最精粹的选集。"中篇卷"一共选入了十篇小说,其中之一就是东西的《没有语言的生活》,由此可以知道我对东西的评价,以及《没有语言的生活》对于东西的重要意义。相比之下,《耳光响亮》似乎还没有《没有语言的生活》名声响亮。但现在回头看,我以为能够听到这记《耳光响亮》的回响。响声,连起了东西迄今的首尾两部长篇。如此,从《耳光响亮》的重读开始,也该是合适的吧。

《耳光响亮》使东西成为一个经历过长篇小说考验的作家。这是事后才渐渐清晰起来的对一个作家的认识和评价。哪怕对这部长篇还有所不满,但是,东西的小说禀性已在其中基本完整地成形了。如果说这部长篇是他此前小说的归宿,那么更应该说他此后的小说就从这部长篇开始重新出发的。找到一个新的出发点,这对一个成长中的年轻作家非常关键。他从一个相对年轻的、可能还会多少有点被看轻的作家,开始成为一个成熟的、具有当代标志性符号意义的作家。尊重东西及其小说,就明白,《耳光响亮》是必须首先被认真对待的作品,它基本完整地体现了东西小说的美学构造。

首先是它的文本特性。《耳光响亮》是一个隐喻性的文本。这意味着它至少有着双重的文本含义和功能。政治性文本和

---

[1] 林白等著,吴俊主编《谁与争锋——世纪之交的经典读本(中篇卷)》,古吴轩出版社,2005年。

生活性文本构成了它的双重性，也赋予了它文本意义的生成和生产的机制，在两个文本之间形成一种文本间性，或者说互文性。广义的文学、政治、生活都能在现实和审美的意义上构成互文关系。《耳光响亮》的显著特点在于，显性的生活文本隐喻了潜在的政治文本；生活文本的形成构成小说的叙事流程，同时成为政治文本的一种意义生成方式，包括其中的无意义性。从文本意义的生产机制上看，其中的互文性通过一种特定的修辞关系而获得彰显，政治性和生活性交织呈现出文本意义的复杂性和开放性。作为文本意义的生产者，我们读者（接受者）也能从容自由地出入在这互文关系构成的动态意义世界中。东西的成功在于能够恰如其分地处理好小说的隐喻性叙事方式，最终如愿以偿完成了一个隐喻性文本。

与此直接关联的是，《耳光响亮》还是一个具有解构主义特质的文本，这是它的文本特性在形式意义上的终极归宿，与其隐喻性和互文性相辅相成，甚至互为一体。寻找父亲及其过程是小说的主干叙事脉络。在政治意义上，"寻找父亲"可以是一种国家宏大叙事的隐喻，转移到世俗层面，不过是一个家庭的悲欢离合故事。大而言之可以是国家政治想象，小而言之是凡人俗事演绎。对于人间生活、社会关怀、人性追问的题旨，都可以在大小不同层面和意义上得到落实。但从故事或文本上看，意义和价值的实现，最终须取决于过程中的呈现方式及其结果。于是，当《耳光响亮》将一切的幻想、期待、悬念统统粉碎之后，它的故事化作了一堆狗血、一地碎片，实际上就被整个抛弃了。通过厕所地上的一块玻璃碎片的折射，好像是找到了父亲，但失忆了的父亲早已消失在真实意义的生活之外。也许，父亲仍可以在家里的墙壁上留下一张破旧的大照片；也许，一切都将从此被抹去了。这是否隐含着小说的政治投射和现实观照的态度呢？"父亲"已经退场，而且必须退场，形而上的威权裁决时代终结了。"我"的生活从此和"父亲"无关，只是"我的生活"而已。特别的和现实的意义还在于，"寻找父亲"成为一种虚妄，"寻找父亲"的过程就是一种终被证明为无意义过程的展开和对质。但是，一种神话结束了，另一种神话也许已经诞生并填补了真空。在金钱逻辑之下，与母亲同居多年的继父——又是一个父亲的角色——居然要和继女结婚生子，还要以合同来约束和保障。政治和伦理的道德基石相继坍塌、沦陷。最后，这一家人坐在迎亲的豪车上向着理想的，也是虚妄的未来驶去。文本的解构性以戏剧性的方式弥散出了意味深长且充满了不确定性的玄思。

这里，我实际上已经触及了第三点，就是东西小说的戏剧性特点。戏剧性无所不在，尤其是小说、长篇小说这样的叙事作品。但戏剧性也是一把双刃剑。强烈的戏剧性适合舞台剧或影视剧，一般需要在规定的有限时间内完成艺术（欣赏）过程的叙事性作品，文学阅读（审美）并不一定要靠戏剧性来支撑。有时，戏剧性还会伤害到叙事作品的文学性。怎样的戏剧性算是合理且成功的呢？东西小说的戏剧性特点表现何在呢？我以为叙事文学中的戏剧性功能应该在于它的整体结构性作用，即戏剧性如何进入并产生了叙事文学的整体构思和故事流程的推进作用,由此成为叙事中的自然状态、成为叙事本身,而非一种局部的技巧。换言之,只能在叙事文学的整体观中才能评价戏剧性的功能。所以,严格地说,戏剧性并不是一个修辞技术概念,而是一个文体美学的宏观概念。这是我的一个基本看法。东西在小说的整体性方面,可以说非常自觉地(《耳光响亮》并非完美地)体现出了一种对叙事戏剧性的掌控。整部作品都笼罩在戏剧性的结构氛围中,并且也因此解构了戏剧性的故事完整性。他的戏剧性使其作品冲破了戏剧(故事)的通常约束,反噬了单一的、确定性的戏剧(故事)形态和意义。最后发现,意义无所依附,一切落入虚空之中。这是一种终极意义上的戏剧性,或者说经由无数拆解而完成或呈现的无意义性。戏剧性的叙事的虚妄,包围着东西的小说。这是他的小说从《耳光响亮》就开始形成的共性,或者说他自身的个性特点。某种程度上也可以说,东西小说的戏剧性根本上是由隐喻性、解构性的文本特点所决定和支持的,且与其世界观和价值观有直接关系。

  我如此强调东西小说的戏剧性特点,还与他的一种可能会与之混淆的叙事技巧直接有关,即戏谑——直观上看,这恐怕是东西小说最为突出的一种叙事美学风格表征。戏谑的叙事风格,具体体现在小说的行文技巧方式,甚至就在遣词造句的修辞手段运用上。戏谑技巧有别于戏剧性的定位,不是结构性的,主要是在行文过程中可见的细节性的表现。戏谑,或者说东西式的戏谑,已经成为东西小说风格化的一种辨识特征。你能切实体会出,东西的戏谑具有一种"溢出"故事语境的功能,甚至有与故事语境形成对话关系的多义功能和指向。因为这种溢出,你跳脱出了故事语境,故事的真实感被打破,但叙事的美学开始生出魅惑。东西的戏谑是在提醒他的读者,这也是一种审美性叙事的小说文本。他的戏谑同样使故事和小说成为审美生产关系中的文本。这里,举例说明很有必要了。就以《耳光响亮》的第一章为例吧。在庄严、隆重、悲伤的全民追悼会上,突然出现了一个低俗、猥琐、不堪的场景,一个精神病人裸体游荡在哭泣的人群里,难免引人骚动。追悼会结束,"母亲的眼泪像断线的珠子,她用手帕怎么也抹不干。我对母亲说,你的眼泪把你的脸都洗干净了。母亲说你是小孩,懂什么,你的外婆她死得好惨啦"。[1] 孩子回家无所事事,也不当父亲失踪是什么大事,不是下棋就是打架,反抗母亲斥责的理由很搞笑:"我们说不就是四点半吗,为什么不能打架?我们想下军棋,但又没有人给我们当公证。我们不打架我们干什么?母亲说你们就知道打打打,你们知不知道你们的爸爸失踪了?"[2] 那么,做点正事吧,究竟是在家等待还是出门寻找失踪的丈夫或父亲呢?首先是要判断他死了还是活着。全家莫衷一是,居然为此举行了一次举手投票表决。于是,貌似严肃的仪式成为夸张,甚至满含讽意的戏谑场景。然后,全家人就开

---

[1] 东西:《耳光响亮》,第5页。
[2] 同上,第8页。

启了寻找模式,"我"在家守着。等到派出所公安上门搜查之后,"我"认定父亲已经死了,并且必须尽快告诉母亲。但是母亲还没有回来。接着,最具东西辨识度的特色戏谑便达到了阶段性高潮:

> 我像热锅上的蚂蚁,在客厅里坐立不安,我一次又一次地跑出家门,朝静悄悄的巷口张望。我对着巷口喊,妈妈,你在哪里?我对着大海喊,妈妈,你在哪里?我对着森林喊,妈妈你在哪里?你在哪里啊你在哪里?我在心里这么默默地喊着,突然想这喊声很像诗,这喊声一定能写一首诗,如果我是诗人的话。[①]

确实,这喊声就是一首诗,而且是一首谱曲流行一时的诗歌,一首深情款款、款款深情的颂诗。它在这一段叙事中的插入,立即使阅读产生了跳脱出情境的效果,溢出了真实的现场感。但也因此使得几乎所有戏谑的美学效果一下子喷涌而出,让你百感交集、五味杂陈。这正是作家想要达到的效果。小说家的狡黠伎俩真是"坏"透了。叙事在此成为一种文本上线的表演。而且,至少在《耳光响亮》里,这样的戏谑根本就没个完,一个接一个、一浪跟一浪。我想,写《耳光响亮》的时候,东西还不想节制,毕竟还年轻,不吝才华写得一泻千里,

---

① 东西:《耳光响亮》,第18页。

就图个酣畅淋漓。试看接着就还有，牛红梅在国家大丧期间恋爱"不轨"还被抓了个现行，被扭送上门批斗。母亲持刀（家里的菜刀）护女，照着猖狂来犯者挥刀如闪电劈将过去。"我"说："妈妈真勇敢，像贺龙元帅一把菜刀闹革命。我不仅看到了血，还听到了刀子切肉的噗噗声。"① 这写法真有点过去上海滩上的冷面滑稽韵味啊。不笑就得忍得肚子疼。这类例子真是不胜枚举，多到了你简直可以认为东西就是一个戏谑语言表演艺术家——活成了当代的东方朔。

我现在已经不太能确定在 20 世纪末，东西小说的这些特色是否曾被批评家特别关注到，或者受到过充分的评价？应该会有的吧，它们实在是太突出的特征。但只有现在回过头去看，东西小说的这些特征才更有文本美学的意义，而非主要只在技术层面上讨论。世纪之交至今，东西已经成为当代最重要的小说家之一，他的独特美学风格成为他的独一无二的标志。尤其是在当代小说已经相对成熟发展的现在，评估东西创作的意义和价值应该有了更新的参照和坐标。我也接着来谈谈他的最新长篇《回响》。

新读《回响》：东西小说美学的境界

假定必须做一个比较的话，《耳光响亮》体现出东西是位

---

① 东西:《耳光响亮》, 第 29 页。

极具叙事文体特色的小说家，那《回响》几乎就能证明他是一位小说叙事艺术的出色大家了。尤其是小说中对于婚姻生活和情感缠绕的细腻描述、对人物间心理博弈和自我纠结的深广挖掘，东西的小说艺术功力不仅超越了过往的自己，而且跃升到了足以独树一帜、独领风骚的前沿瞩目地位，很难再被"当代作家"这类群体概念覆盖。顺着上述针对《耳光响亮》约略概括出的特点，我仍从隐喻、解构、戏剧、戏谑这几点来续论《回响》的不同凡响。

《回响》的故事起源和构架是破案，而且是一个必须破的恶性凶杀案，案名"大坑"。但从故事和破案的过程展开看，第二条线索脉络和小说的故事构架跟着出现了，而且越来越明显地占据了故事和叙事的主导地位，就是案件负责人公安女警冉咚咚的个人婚姻家庭之间缠绕的情感和心理纠葛线索。简单地说，这是一个双重结构的小说。但比较起来，破案结构应该是次要的、辅助性的，主要结构是由冉、慕夫妇为核心的人物关系构成的。换言之，作家写作这部小说的动机和重心都不在破案，破案只是手段策略，他要写的是人性人心的勘破过程——案件可破，但他怀疑人性人心的隐秘是无法勘破的，或者说，人是经不起勘察勘破的。首先我们就无法勘破自己。这当然已经是一种结论性的说法，小说的叙事过程和内涵显然要丰富得多。

双重结构也就类似构建起了一种互文性，《回响》的互文性要比《耳光响亮》更彻底、更完全、更鲜明。《回响》的双重结构在小说里得到了完全的展开，且呈现为既独立又交互的情节性关联。在叙事艺术上，仅此一点，《回响》就要比《耳光响亮》更精致、更充分、更成熟，对叙事尺度的分寸把握也要求更高了。双重结构展开过程中的接榫点，可谓无处不在，一旦掉以轻心，立刻就有前功尽弃的危险。而且，双重结构的考验往往不在主要、核心结构的展开上，而是在次要、辅助结构的进展中，易被轻视的却又往往关键在此。因为就双重结构关系而言，主要结构往往已经深思熟虑、成竹在胸，是创作规划的主体内容，只是技术上需要找到一个支撑点作为辅助。辅助结构就此成为一种显性故事结构。但这决定了辅助或次要结构的整体支撑作用在叙事关系中是作为一个前提条件或关键路径而成立的。首先看到、读到的就是这个辅助性的故事，它影响甚至决定了接受者的阅读态度。作品的互文性也就在此前提下获得实现。这在文学叙事上几乎就是一个铁律，即核心故事的成立需要辅助条件的合理且圆满的强力支撑。这对破案小说来说尤其一定如此——案件的侦破必须专业而合理，它看起来必须是一部完完全全的侦探小说或悬疑小说。

  《回响》的支撑性结构是一个案件的侦破。它是一个侦破小说、悬疑小说或犯罪小说吗？我把这些细微差别的命名姑且看作一种小说类型吧。但在侦破、揭秘的过程中，类型小说的其他命名渐渐也都有了合理性，包括家庭伦理小说、情感心理小说、社会问题小说等。如果说这些命名都能成立的话，你就忽然觉悟到，原来这部小说的容量和含义居然如此广阔。东西之不简单、小说的包容度真是令人刮目相看了。而且这时，作品文本的特性也随之出现了：它的意义获得了多种解读生成的合理方式。《回响》归根结底成了一个叙事性文本。于是，在东西的小说美学生产序列里，隐喻、解构的审美技术再度诞生了新的形式，也焕发出了新的意境。

还是从名称开始说起。案件发生，案名"大坑"。显然，小说的后续就会使人明白，这个大坑案名就是一个隐喻。助理说"坑太大会填不平"，冉咚咚回应道"填不平就跳进去"。小说后续也终将使人明白，不仅冉咚咚连同她的所有生活，而且我们所有人的人格、人心、人性都"跳进去"了，却还是没能填平这个大坑。恍然大悟，大坑既是隐语，更是隐喻。隐喻为大且深，隐语虽小却巧。大处着眼，小处着手。大小各处都得用心良苦，不得掉以轻心。东西的心思机谋和叙事手段之高而险，于此可见。

稍做展开来说，一"案"即一"坑"，具体的案子最终会破，但这个"坑"却是永远也填不满的。因为这个"坑"就是人心和人性，是一切秘密中的秘密。深不见底，最深的深远处；黑不透光，最黑的黑暗处——所有的秘密才能藏身其中。破案犹如勘察人性。但是如何勘察人性呢？首先，"你能勘破你自己吗"？"大坑案"就此成为人性勘察的隐喻。在小说叙事结构中，它成为一个前置的故事首先出现了。这件凶杀案和人性之恶、之隐也就有了互文性，故事叙述主体和案情同样有了互文性。最重要的是，作为叙事文本的小说整体与人心人性的现实世界产生了全面而深刻的互文性。一切成为隐喻的叙事,也是叙事的隐喻。

父母认尸竟认不出自己的亲生女儿,并非只是心理的回避,或其他难堪的顾虑,也有着人性考验和自我究诘的含义。特别是主人公的日常叙事进入案情侦破的延展过程,一方面是文本叙事更深地陷入了日常生活的人性表达范畴,同时又与破案的叙事形成了参差、反差和对照,造成一种连环套、案中案的悬念甚至期待。比如,到底也没搞清楚冉咚咚的教授丈夫慕达夫是否出轨过。这是作家在小说中最成功的叙事策略之一。还有,冉咚咚算是出轨了吗?小说更在冉咚咚自己都暧昧无解的一种情感迷茫和悬念状态中结束了。从破案转入破案者自身陷入的"案情",这案情已经无法破解,小说叙事也无可继续。文本意义上的故事只能停止,叙事也就此中断。但在这一切的结束处,小说美学和叙事技术方面的一系列问题接踵而至。显然,直到小说结束,它的文本意义仍获得了丰富和深化的推进,并且有了产生新的意义的可能。案情内外两面的关系究竟如何?两者的交集点在哪里?文本叙事与小说故事的关系所构成和提出的形式美学问题,既是技术性的,但同时是否也可以认为不同程度地直接构成了小说或文本的主要内容?这实际上就是在引导我更加接近这样一个主旨:"大坑案"是个大坑,破案者自身的生活也是一个大坑,生活中的人性更是一个大坑,小说叙事方式又重构成一个文本大坑,并就此完成小说的隐喻性生产链——小说的意义生成及意义消解,就在这层累相连造成的连环链接案中递进、深入、提升并获得不断的呈现和隐退,只是最终也未必穷尽其全部的意义,当然还有其中的无意义。难道冉咚咚慕达夫夫妻案之类,不同时是故事中的"大坑案"的隐喻吗?或者反之也能成立吧。但这更重要的不在技术层面的分析,而在于它是一种叙事的真实、文本的真实,也就是小说美学的观念、形而上的真实。这是真实中的真实。"就怕你一辈子都抓不到凶手。"丈夫(慕达夫)揶揄腔调的这句话,说出了这种观念意义上的真相,言外之意、弦外之音的真相。那么,离婚吗?离婚的意义就像离婚的理由一样,究竟是什么呢?现实生活中可见可感可解的真相真能对得上人心人性的真相吗?这是对妻子(冉咚咚)的拷问,也是对我(们)的拷问。最后,我一回头好像有点明白了,"大坑案"应该只是虚晃的一枪。如果说破案好比勘破人性的话,那么,案子终究破了,人性仍为永远难解的谜。这个谜是我们自己心里的一个其深叵测,甚至不能面对的大坑。《回响》则是作家向着这个大坑呼喊的回响。有点像是不可为而为之的徒劳,或理想驱动的莽撞、执着,他(作家)需要用一种自己的方式来重构人的生活和生活的美学。

　　理论上可以阐释,解构也是用一种消解的方式来重构或确证意义,包括无意义的意义吧。当我说隐喻性的时候,我是在正面意义上强调着意义的生成及其价值。但在这正面论证的过程中,无可回避地,我将面对意义消解的一再挑战。既然人性和我们自己都是无法勘破的,那么一切努力的意义和价值又何在呢？这种追问貌似有理，实则无意，有时甚有些无聊。好比人总有一死，活着何义呢？如果因此只有一种肯定性的消极答案，只能认为那是对人间生活缺失思想能力才会导致终极否定的结论。人性勘察的意义和价值正是简单思维、思想空虚的反面；作为一种思想能力和精神存在，人性勘察具有人间生活本身的根本性意义和价值。人性勘察在实际和理论上都支持了人间生活的正当性和正义性。在双重结构的故事形式以外，我以为《回响》的作者应该有过更具深度和广度的观念思考。

　　人生有坑，人生如坑，或者说人生途中多的就是险坑。但是，如果说人心人性就是坑的话，与人心人性之坑对峙、超越的力量和智慧同样就在人心人性之中。人心人性的回响犹是最庞大的交响乐队的奏鸣，而且有着隐身不显的神秘指挥，需要能领会音乐的耳朵去捕捉、体验空中飘逸的音符密码。通俗地说，这也就是所谓生活的辩证法，人心人性的丰富性和深刻性。因此，直面人生之坑说到底是对人生的理性和力量的自信，与虚无和虚妄为邻，哪怕很多时候需要痛苦的挣扎，甚至会是濒死般的挣扎。这就能进一步深化挖掘并理解《回响》的主题意义了。

　　《回响》中的破案和案破的过程、意义及其案结的无解、意义的消解，越来越深地纠结在一起，尤其是面对意义追问的存在与消解的两面，意义价值本身的对峙关系就凸显出了紧张关系。它们彼此在不断地游移、过渡、消长。没有前者（意义的存在）就无所谓后者，而有了后者（意义的消解）也使前者的实在性变得更重要了。但是无论如何，现实的、实在的人间生活仍然是一切存在的基本支撑，思辨的、形而上的生活仍将不能不脚踏实地地站立在人间烟火气息的生活之中。每一步都将是新的出发而非归宿，都是过程而非终点。犹如鲁迅所谓的"历史的中间物"，意义就在中间物的存在方式中生成，它的确定性及必然性消失，中间物的世界就是真实的世界本相。文学和人文的探索，就是在这不确定性，甚至虚幻之境、意义缥缈的宇宙，开拓人性的未知深处和无穷远方。落实到写作上，这也就是文本生产的意义和价值。文学生活、写作实践正是我们人间日常生活的一个象征。它同时可以是哲学上的一种抽象，可以是美学上的一种隐喻，也可以是恋爱中男女的叵测人性。意义无所不在、随物赋形、弥天盖地，一如声音的回响——旷野之声、深井之声、闹市之声、密室之声，既是声音，也是回响。

这种声音和回响在世俗美学的意义上，也构成了人间生活的戏剧性。世俗美学是个比喻性的概念，就是带着审美的眼光和态度看待并发现世俗生活的美感意味，或者在世俗生活中看出、提升出美感经验。从《回响》的双重结构故事看，这部小说几乎可以改编成两部单独的电影、电视剧。《回响》有着类型小说的基本结构和一般特征，作为文化商业产品的生产潜力十分明显且巨大。这与它本身内含的世俗生活内容和生活文化崇尚的气质有直接而密切的关联。《回响》的戏剧性全面落实在了世俗故事层面，而且要比《耳光响亮》更具有通常意义上的戏剧性要素,比如凶杀、阴谋、金钱、情欲、婚变、背叛等,明显少见的要素只有诸如密室政治或商战之类吧。由此也就更能见出《回响》极为突出、极具特色的世俗戏剧性。《耳光响亮》的生活场景、故事演绎的形态虽然相比更显社会底层的世俗相,但其中的戏剧性要素及内在的冲突矛盾,显然在烈度上、色彩上要明显弱于《回响》。经验上我们应该不可能将《耳光响亮》读作类型小说。只有《回响》的文体丰富性、文本多义性才有可能包容类型文学特质的戏剧性。这也就意味着在戏剧性的文本结构功能上,这两部小说可谓异曲同工,殊途同归。只是《回响》的叙事技术性和故事包容度要显得更为凝练且广泛,假如不再刻意要来指摘有些瑕疵的话。

和《耳光响亮》跟着的戏谑性讨论一样,《回响》的戏谑技术特征也是可以从具体案例来做分析的。几乎开篇就是了:

> 冉咚咚接到报警电话后赶到西江大坑段,看见她漂在离岸边两米远的水面,像做俯卧撑做累了再也起不来似的。但经过观察,冉咚咚觉得刚才的比喻欠妥,因为死者已做不了这项运动,她的右手掌不见了……[1]

这就是典型的东西式戏谑标识。除了叙事功能上的技术生动性、形象性等,戏谑还有着悬念制造功能,或者说戏谑的叙

---

[1] 东西:《回响》,第1页。

东西小说文本的美学 ‖ 115

事有机性在一定程度上冲淡了它本身的突兀感、孤立性。在溢出或跳脱叙事语境的同时，产生了推进叙事的故事驱动作用。《回响》的戏谑已经不像《耳光响亮》那么过显极端甚至刻意，戏谑的风格依旧，但戏谑的叙事节制性和叙事有机性显然已经大大加强了。再看一例，是死者父母的认尸描写。死者父母先是互相埋怨手机没信号，继而竟然认不出死者就是自己的女儿，互相甚至还有了这样的对话：

"到底是或不是？"他说。
"好像是又好像不是。"她说。
"你说呢？"
"你说呢？"①

在这样一个悲伤、悲惨至极的时间和地点，作为父母的这种可笑而愚蠢的表现，几乎就是不可理喻的滑稽。但这还并不仅是小说叙事中的戏谑技术性体现，它的有机性功能同样体现得十分突出而有效。父母与女儿的畸形关系，恐惧心理的一再袭击，知识人格的长年蜕化，后续情节的悬念设计等，都在这一认尸过程中有了描述和布局，特别是还对小说的主题有了几乎是直接的辅助性表达：父母女儿彼此明明就住在附近，却假装常年身居异地；最亲近的关系，实际却相距最远，恰是人间

---

① 东西：《回响》，第5页。

不可勘破的真相。多少有些残酷，却是事实。无怪父母就是本能地回避、不敢也不愿认自己的女儿，况且她已经死了。戏谑不是搞笑，悲哀至极的情感深蕴其中。长于戏谑的东西，实在是心肠太硬。有时，还不得不需要柔软一点，冲淡一下其中的血污。当冉咚咚问他们最后一个问题时，"'不知道。'他们异口同声，就像抢答"。[1] 文字的效果就是如此的奇妙，这无论如何也没办法与认尸的现场情绪相匹配，但这恰是一以贯之的戏谑叙事过程，到此戛然而止，几乎正是顺理成章。戏谑的美学到了《回响》中，几乎呈现出炉火纯青的文体技术和文本表意的一体化境界。

东西的意义：完成伟大作品的抱负和期待

我在《谁与争锋——世纪之交的经典读本（中篇卷）》的序文里说，这是一部世纪之交前后十年间"我认为最有价值的小说"的选本。[2] 入选作品中就有东西的《没有语言的生活》。我看重这些作品的基本理由是什么呢？我把当时的观点约略援引如下：

一、它们都具备高度成熟的语言品质。小说的基础在叙事语言。

二、它们都具备突出的个体经验性和想象性。文学意义

---

[1] 东西：《回响》，第 7 页。
[2] 林白等著，吴俊主编《谁与争锋——世纪之交的经典读本（中篇卷）·序》。

上的个体，强调的是"唯一"所包含的丰富性。对个体性的强调，旨在反拨文学评价中的抽象性和普遍性。这是对个体性创造尤其是杰出精神性劳动内涵的基本和必需的尊重。

三、它们都具备某种角度看来的尖锐性和深刻性，都以具体的方式深抵人性的隐幽之处。它们不是对我们的温情抚摸，而是"撕裂"，但你看见的并不一定全是毫无遮蔽的鲜血。对人性无限完美的企求和人性表达的尖锐与深刻，其间并不存有必然的矛盾，但确定存在着极度的困难。

四、它们都具备现实的社会关怀和人文精神关怀。它们都亲切、切肤般地关怀着我们的俗世生活、具体的个体生命存在状态和我们的精神出路。

这些话至今仍使我感觉亲切，当初我一定是用心写下来的。现在，它们也像是在评价东西和他的小说。

东西小说的意义何在？他是一个对小说叙事美学有着执着、独特追求的作家，但他不是一个痴迷于小说形式的炫技型作家。他对叙事美学的追求，源于他对叙事内容和叙事立场的整体性思考，他要完成的是一种在接受传播过程中能够触发意义再生产机制的叙事性文本。在此意义上，我认为他是一个"有机性作家"。所谓有机性是指他将小说创造与生活体验、现实姿态、世界观和价值观都熔铸进了他的小说美学观念和具体写作过程。长期积累而成的经验性兼具了理论和感性的深广积淀，经过了不断的、自觉的写作实践的凝练、粹化、提升，他终于成为一位有着个人风格且高度成熟的不可取代的杰出作家。

统观东西二十多年来的长篇小说,在《耳光响亮》和《回响》之间,还有《后悔录》《篡改的命》等,可以明显看出,对于一般人群的生活境遇、社会现实百态、时代变迁波折、个体命运遭际等具体可感的生态,他都保持了极度敏锐的感知性。他是一个活在当下,尤其是能够感触社会底层困苦和危机颓败意识的作家。但他选择的是一个专业的、从容的、创造性的姿态,用不失为"间离性"美学的方式,重构着当下的人间生活。这是一种真实的、现实的生活,但他呈现的主要是一个具有生活经验性真实的隐喻文本。包括他的特色化的戏谑手法,都在强化着他作品的"间离效果"。可以说这也是东西与其他现实感鲜明的作家在表现方式、写作美学等方面有很大不同的地方。

由此也看得出,东西是一个有着宏大抱负和"野心"的作家。在《回响》的"后记"中,可以看到东西的写作包含着多重对话,作品中的人物在自我认知,作家通过写人物也在自我认知,同时在现实的文学生活中,通过与经典作家作品的对话,达成经验和智慧的认知。这一切都是精神性的对话。他取法的大师中有巴尔扎克、卡夫卡,他视之为师,兼是友人。我想东西是在寻求一种与大师会心的感觉。他要写活人物,首先必须认知自己活着。大师笔下的人物都活过了数百甚至近千年,这也是东西的目标和渴望吧。更早几年,他在上海文艺出版社出版的《东西作品系列》"序言"里说,身处的时代和现实给作家提供了文学的富矿，文学不该只顾着"二手生活"，作家不该是"盲人""聋人"，需要建立并表达出自己所坚信的"正确的道德的态度"。"道德的态度"一语使我动容。现在还有如此朴素的表达，且出自一个小说家笔下，实在是需要强大勇气的。至少，在东西的勇敢中，有着双重感受和驱动力。一是他对于小说责任的专业承担，二是这种承担的方式和内涵。杰出作家的自许期待毋庸讳言，他想做到最好，但是，达到目标的方式、作家的责任内涵，才是真正的考验。这是东西面对的现实，更是他意识到的最重要之处。经由现实的途径才能真正达到目标，现实的途径才是道德的途径。"道德的态度"就是文学的谦卑和真诚，是作家的情感立场，归根结底就是价值观。这就是东西的现实姿态，甚至信仰，他要用小说来完成这一切。在这过程中，"道德的态度"也将提升东西小说的价值地位，伟大作品必将成就在这文学的道德价值期待视野的延伸线上。精神的高度和广度必然依托于人间现实的支持，现实构成精神的内容。东西所执着的是中国传统和世界经典文学史的大道。他的小说创作历程，显示了他作为作家个体、作为一个中国当代作家的文学实践、责任担当、境界高度。从《耳光响亮》到《回响》，东西让我们充分意识到，这个时代的伟大作品需要众多作家共同完成，每个作家都应该为这部伟大的作品做出自己的贡献。东西赋予了自己明确追求和坚守的美学原则、文学目标、道德立场。他的期待眼界和自许激励也激发了我的信心，他将成为这个时代孕育而生的伟大作品的作者。

论东西长篇小说《回响》

王彬彬，南京大学

原载《小说评论》2022 年第 1 期

东西的长篇小说《回响》，由人民文学出版社于 2021 年 6 月出版。我最近读了，读得饶有兴味。在"怎么写"和"写什么"两方面，《回响》都让我有耳目一新之感。

一

小说一开始，推理的意味颇浓。读到几十页时，我有点担心这是一部推理小说。我对纯粹意义上的推理小说没有兴趣。推理小说就是通俗小说，我不喜欢通俗小说。但读着读着，我感到东西的意图并不在推理，这让我很欣慰。读完全书，我可以肯定地说，这不是一部推理小说，尽管有些推理的意味。

小说一开始，心理分析的气息也很强烈，我也很担心这是一部心理分析的小说。我对过分的心理分析缺乏信任。过分的心理分析，往往与对象真实的心理无关，只是分析者在进行自身逻辑能力的表演而已。但读着读着，我感到东西的意图也并不在心理分析，这也让我欣慰。读完全书，我可以肯定地说，这不是一部心理分析的小说，尽管有些心理分析的意味。

那么，《回响》之"新"又"新"在哪里呢？

刑事警察冉咚咚与丈夫慕达夫的婚姻危机与冉咚咚对大坑凶杀案的侦破，两条线索的交叉叙述，构成《回响》的基本结构。这样的构思虽然堪称巧妙，但算不上特别新颖。《回响》在叙述这两条线索时的新颖，表现在把两件故事性极强的事情，叙述得并没有多少故事性。这样的题材，当然有故事，当然有一个又一个的情节，当然有不断出现的悬念。也因此，很容易写成故事性很强的小说。但东西在叙述故事、构造情节和设置悬念时，总是保持着十分节制的态度。故事的展开，情节和悬念的设构，总是到一定"程度"便戛然而止。那么，这个叙述的"程度"以什么为依据呢？答曰：以人性表现的需要为依据。故事的叙述、情节的构造、悬念的设置，都是为揭示人性服务的。

在揭示人性方面，《回响》也颇具新意。探索人性的奥秘是小说的基本使命，是非通俗化的小说存在的理由。小说家通常被人性的深邃和复杂吸引，因而也热衷在作品中揭示、展现人性的深邃和复杂。但东西的《回响》虽然也意在表现人性，却并非意在揭示人性的深邃和展现人性的复杂。东西的《回响》，意在探索人性的不确定性。刻意的说谎和真诚的欺骗，往往难以区别；认识他人不容易而认识自己则远为困难；日常生活中那些道德方面的问题或许是心理疾病的表现；人的精神之正常与异常之间，绝对没有一条截然的界线；对人性的测试常常是冒险，因为人性往往是经不起测试的；人们依靠记忆把握过去，而记忆却又并非那么可靠的……读着《回响》，读完《回响》，我想到的是诸如此类的问题。

坦率地说，读着《回响》，读罢《回响》，我想到的一个词，是"摇摆"。我仿佛看到一个钟摆一样的东西在我眼前不急不慢地摇摆着。摇摆意味着不确定，而人其实生活在一种不确定的情境里。人类的语言是在刻意的说谎和真诚的欺骗之间摇摆着；自我认知与认识他人，都是在可知与不可知之间摇摆着；人类的种种言行，往往是在道德意识与心理疾病之间摇摆着，同时，又是在意识与潜意识之间摇摆着；人类中"正常人"的精神状况，其实总是在正常与异常之间摇摆着；人类的记忆，总是在可靠与不可靠、在真实与幻想之间摇摆着；人的生存处境，总是在说得清与说不清之间摇摆……我甚至觉得，把小说叫作《摇摆》，也挺好。当然，这种种摇摆，都是无声的，是静悄悄的。

揭示人性之深邃和展现人性之复杂的小说，我们读过不少。而像《回响》这样在人性的平面上表现人性之种种不确定性的小说，我们很少读到。

二

刑侦大队的女警官冉咚咚在着手侦办一桩凶杀案时，无意间发现丈夫慕达夫在蓝湖大酒店开过两次房,"一次是上个月二十号,一次是上上个月二十号"。任何一个女性发现丈夫在当地酒店开房而自己并不知晓,都会很警觉,都会产生对丈夫出轨、外遇之类行为的想象,何况,小说的女主人公冉咚咚还是干刑侦的,算得上是资深的警察呢。冉咚咚是单位的业务骨干,有"神探"之称;丈夫慕达夫是赫赫有名的研究文学的大学教授;夫妻二人育有一女,已十岁,正上小学,名叫唤雨。冉咚咚和慕达夫感情很好,这堪称一个幸福的家庭。然而,一切都被冉咚咚在蓝湖大酒店的偶然发现破坏了。这个偶然的发现最终导致了婚姻的终结。

当冉咚咚发现慕达夫在蓝湖大酒店的秘密时,慕达夫便陷入了一种永远说不清的情境。人世间,有些事,是总也说不清的。有些误解,是无论如何都无法消除的。一旦冉咚咚开始怀疑并追究,一旦冉咚咚以妻子的执着和刑警的敏锐要弄清真相,慕达夫即便浑身是嘴也解释不清楚。于是,这样的怀疑一旦开始,便不可阻挡,便一往直前,不摧毁婚姻决不罢休。避免悲剧的唯一条件,是冉咚咚根本不发生怀疑,或者说,是冉咚咚相信了慕达夫的第一次解释。如果第一次解释没用,那就意味着此后的无数次解释,都只能加重冉咚咚的怀疑。然而,冉咚咚凭什么如此信任慕达夫呢?一个人如此信任另一个人的理由何在呢?现实生活中,确实有人与人之间的如此信任,但我们知道,这样的信任常常是建立在某种虚幻的自信之上的。而老刑警、名侦探冉咚咚更知道这一点。要让一个干了多年刑事侦查的人无条件地信任另一个人,那几乎是不可能的。怀疑开始了,追究开始了,冉咚咚有意识的侦探也开始了;与此同时,慕达夫的解释开始了,辩白开始了,绞尽脑汁开始了,痛苦不堪开始了。冉咚咚开始搜寻慕达夫在蓝湖酒店出轨、外遇的证据;慕达夫在搜寻证明自己没有在蓝湖大酒店出轨、外遇的证据。其实,即使冉咚咚什么证据也找不到,也丝毫不能淡化、消解她对慕达夫的怀疑;慕达夫即便找到再多有利于自己的证据,也丝毫不能把自己洗刷得清白一点。有什么证据能够证明慕达夫绝对没有与其他女性发生"不正当关系"?为了证明自己在酒店开房是约朋友打牌,慕达夫请那些朋友写了证明。然而,冉咚咚发出了这样的讥讽:既然这些人是你的朋友,让他们做伪证还不是轻而易举,请他们喝顿酒,让他们签字画押甚至赌咒发誓,都行。冉咚咚一度怀疑慕达夫在酒店做完按摩后又让按摩女进行了"特别服务"。她利用职业的便利,查看了慕达夫开房的那两个晚上酒店所有按摩女的出勤记录,没有发现有人在那个房间进行任何服务。慕达夫与蓝湖大酒店按摩女苟且的可能性虽然可以排除,但是,又岂能排除慕达夫与别的女性有过苟且之事?世界上有那么多可供慕达夫开房的酒店,冉咚咚再神通广大,也不可能一一查问;人世间有那么多可与慕达夫苟且的适龄女性,冉咚咚就是有三头六臂,也不可能挨个确认。既然没有任何证据能够堵死所有别的可能性,既然慕达夫与其他女性偷情的可能性是无穷无尽的,那么,凭什么让冉咚咚相信慕达夫从未背叛过自己?

慕达夫终于陷入无论如何也说不清道不明的境地。他终于绝望地放弃了解释、辩白。任由冉咚咚以各种可能性摧残着他、蹂躏着他。而在这个过程中，冉咚咚同样也陷入过总也说不清的境地。对丈夫慕达夫的怀疑日益严重，负责的凶杀案侦破也很不顺利，冉咚咚心情极度焦虑。她与慕达夫的婚姻危机开始后，就分房睡了。一天晚上，冉咚咚死活睡不着，想着想着就啜泣了。听到动静的慕达夫来到冉咚咚的房间，见冉咚咚虽然醒着但安静地躺在床上。慕达夫正欲离去，却看见门把手上有一丝血迹。慕达夫掀开冉咚咚盖着的毯子，查看她的双手，发现冉咚咚左手手腕上有一道痕。于是：

"现在我终于明白夏冰清割腕时的感受了。"她把手飞快地缩回去，像什么事也没发生似的，"体会一下受害人的绝望，也许能获得破案的灵感。"（第188页）

这样，慕达夫坚信冉咚咚刚才割腕了，属于自杀暂时未遂。夏冰清是冉咚咚正在侦办的凶杀案中的受害者，生前有过割腕行为。所有听说此事的人，同事也好，心理医生也好，没有人会怀疑冉咚咚自杀的真实性；也没有人相信冉咚咚以利刃割自己的腕，仅仅是要体会一下夏冰清曾经有过的绝望。所有人都认为所谓体会夏冰清的绝望是冉咚咚为掩饰自己的绝望而临时找来的理由，就像冉咚咚坚信慕达夫提供的证明自己清白的证据，都是掩饰自己出轨、外遇的伪证。所谓体会夏冰清割腕时的绝望，当然是假。因为冉咚咚那晚上真没有进行有意识的割腕行为。真实的情形是，那天晚上冉咚咚翻来覆去睡不着，遂起身找助眠药，发现在床头柜的抽屉里，竟放着一把老式剃须刀。这是她多年前买给慕达夫的。后来，慕达夫改用电动剃须刀了：

> 但自从他改用电动剃须刀之后，它就像个低调的逃犯，缩头缩脑地躲在抽屉的角落，没人在意。不知道出于什么目的，因为要说清这个目的非常之难，也不可信，唯一合理的也是最接近本质的解释就是无聊。她无聊，反正也睡不着，就打开盒子，发现刀片还卡在架子上，看上去锋利依旧，便用它来刮手上的汗毛，没想到刮着刮着手一偏，刀片就把手腕子割破了。可这个版本谁信？人人都喜欢高大上的理由，事事总得有个理由，如果没理由许多简单的事都说不清楚。（第200—201页）

冉咚咚毕竟是老刑警，对人性有着比常人更为深刻的理解。她没有向任何人细说这晚的情形，而任由他人误解着。她知道，再细致的解释，都是没用的。人们会坚定地相信她是有意识地割腕，是完成了一次未遂的自杀。丈夫与别的女人偷情因此离婚，双方已签好了离婚协议；负责凶杀案侦破却工作极不顺利，以至于局里撤销了她的负责人资格，让她靠边站。这样的自杀理由太充分了。相反，真实的情形太像编造了。何况，她在割腕时还哭了。如果不是有意自杀，那哭什么呢？

是的，哭什么呢？"哭不是因为痛，而是想引起他的注意，但每每这么一想，她就一万个不服气。我为什么要引起他的注意？我都跟他订了离婚协议为什么还要引起他的注意？难道我还留恋他不成？所以，她更愿意相信哭是因为孤独。"（第201页）不是像慕达夫以及其他人认为的那样，是有意识地以割腕的方式自杀，这没有任何疑问。但要做到让任何人相信这一点这是不可能的。这是一件永远说不清的事。但是，究竟是因为何种原因割破了手腕，冉咚咚自己也没能确定。她不能排除潜意识里有着以割腕的方式给慕达夫施加压力的可能。

深夜里废弃的剃须刀割破了手腕，这到底是怎么回事，冉咚咚无法向别人说清楚，也无法向自己说清楚。人生中有些事，甚至有许多事，是总也说不清的。有时自己虽然清楚却无法向别人说清；有时则既不能向别人说清也不能向自己说清。人世间有许多事，甚至是一些很简单的事，人们给出的解释都是为解释而解释，是因为必须有一个解释才寻找到一个解释。为事情安置一个解释，常常就像为断腿的遗体安上一个假肢，好让其以全尸的姿态离开人世。

三

冉咚咚和慕达夫的故事，以婚姻爱情为内容；夏冰清凶杀案，也与男女关系和婚姻爱情纠缠着。东西意在通过人的性、婚姻、爱情方面的表现来揭示人性的不确定性，来呈现人类暧昧、混沌的生存处境。何况，冉咚咚是在开始侦办夏冰清凶杀案时发现了慕达夫的开房记录，从而开始了自己的婚姻危机。这两件事一开始就关联着发生，所以两条线索的交织叙述，便显得十分自然。

　　夏冰清凶杀案的侦破，过程很复杂，故事性更强，情节更为跌宕。但冉咚咚和慕达夫婚姻危机这条线索，却写得更耐人寻味，更能显示东西的叙述智慧。前面说过，虽然是故事性很强的题材，但东西并没有写成一部以故事性取胜的小说。故事、情节、悬念，都是为了表达对人性的感悟、发现，或者说，都是为了表达面对人性的迷茫、困惑。只要恰到好处地实现了这个目的，便不必在故事、情节、悬念上过多用笔。如果说，在夏冰清凶杀案的侦破这条线上，东西在叙述故事、构造情节和设置悬念时都十分节制，那在冉咚咚和慕达夫婚姻危机这条线上，则几乎没有发生什么像样的故事。没有什么剧烈的争吵，更没有鸡飞狗跳的打闹，也没有双方父母、兄弟的上阵，一对恩爱夫妻却不知不觉地自然而然地走向了毫无共同语言的境地。小说忽略现实的打闹争吵，精心展示了冉咚咚心中那强劲的恶念。自从偶然发现慕达夫在蓝湖大酒店开过两次房，冉咚咚便对慕达夫产生了一种恶念，这恶念强劲到这样的程度，以致慕达夫的任何一种言行，都能被恶意地理解；或者说，冉咚咚心中的这恶念强劲到这样的程度，以致把慕达夫的任何言行都同化为恶。明明开始被慕达夫某种善意感动了，但恶念立即冒头，将这感动打消，代之的是对慕达夫行为的恶意理解；明明已经认可了慕达夫天衣无缝的逻辑，但恶念马上出现，将这认可取缔，代之的是对慕达夫恶意的怀疑。慕达夫的任何言行，都是为了掩饰自己的出轨和外遇，都是为了达到与自己离婚从而另寻新欢的目的，即便慕达夫那言行关涉的是远古的事，是太空的事，冉咚咚心中的恶念也能够把它与两人的婚姻勾连在一起。

  事情到了这一步，慕达夫便无所适从，横竖不是人，而离婚也成为唯一的解脱方式。小说把冉咚咚和慕达夫的夫妻关系从恩爱到解体的过程写得十分精彩。这是一种近乎无事的悲剧。而现实生活中的悲剧，往往具有"近乎无事"的性质。当冉咚咚发现慕达夫在蓝湖大酒店开房后，便用种种方式来考验他，想探明慕达夫到底有没有婚外情，而她的这种种考验慕达夫的行为，又总是受潜意识支配。在考验慕达夫时，冉咚咚自然而然地运用着一个老刑警的智慧和手段，这就让文学教授慕达夫毫无招架之力。当冉咚咚偶然发现慕达夫晾晒着的内裤上有一个破洞时，她有这样的反应："她抬头看去，看见慕达夫的一条内裤破了一个小洞。但她越看那个洞越大，大到她羞愧得想从那个洞里钻进去。她想我没有尽到妻子的责任，于是马上掏出手机，在网上匿名给慕达夫刷了五条名牌内裤，留下他单位的地址。这下，悬在头顶上的那个洞渐渐缩小，小到她几乎看不见。"（第123页）这个小小的细节，蕴含着复杂的意识与潜意识。看见慕达夫内裤破了而心生愧疚，这当然是一个"贤妻良母"自然的心理反应,而冉咚咚本来是一个"贤妻良母"式的女性。但给慕达夫网购五条名牌内裤却以匿名的方式,并且留下慕达夫单位的地址,却是反常的表现。慕达夫内裤上的破洞,让冉咚咚羞愧,同时又给了冉咚咚一个考验慕达夫的机会。收到内裤的慕达夫,如果以此来问冉咚咚,那就说明没有别的女性会给慕达夫买内裤。冉咚咚的心理会短暂地舒坦一点。但收到内裤的慕达夫,却陷入两难境地。问冉咚咚吧,万一不是冉咚咚所为,她会很尴尬,会羞了她;不问冉咚咚而万一被她知晓,那就又跳到黄河洗不清了。自从发现慕达夫在酒店开房,冉咚咚就不停地用言语、用行为考验慕达夫,而慕达夫是不可能通过这种种考验的,人世间也没有任何男性能够通过这样的考验。终于,与冉咚咚共同生活了十多年的慕达夫,发现自己不知道怎样与冉咚咚相处了,发现自己找不到与冉咚咚打交道的合适方式了。每说一句话,每做一个动作,每提一个要求,都要事先左思右想,即便如此,仍旧动辄获咎。冉咚咚有意无意地把一对亲密无间的夫妻重新变回相互陌生的人。

冉咚咚用一个又一个计策考验着慕达夫,其实是在用一个又一个伎俩测试着人性。以内裤事件为例。收到匿名寄来的内裤后,慕达夫之所以没有去问冉咚咚,是因为的确存在着冉咚咚以外的女性所为之可能。不能指摘冉咚咚以这种方式测试人性,因为她实在也是下意识地做了这样的测试。"她在网上帮他刷内裤时想到的是尽妻子的责任,脑海里甚至浮现他收到内裤时高兴的样子，没想到潜意识里竟然是想考验他，否则无法解释为什么匿名购买？为什么不留家里的地址？为什么不先跟他打声招呼？原来自己也看不透自己，自己也在骗自己。"（第128—129页）冉咚咚以这样一个行为，测试出了人性是不可测试的。

四

夏冰清凶杀案的侦破这一条线索，本来故事性很强，东西很好地控制着故事的发展，似乎刻意避免以情节、悬念吸引人。于是，吸引我们的，仍然是人性的难以捉摸。在这条线上，夏冰清、徐山川、沈小迎、吴文超、徐海涛、刘青、易春阳等人物，各有着人性的特有表现。人性的变幻莫测，人性的虚虚实实，人性的善恶难辨，往往是通过细弱的神情、言语、动作显露出来的。一个小说家，如果没有精细的想象力，如果没有敏锐地捕捉人物内心律动的能力，如果没有微雕一般叙述人物细弱神情、言语和动作的能力，是不可能把一部以揭示人性之不确定性为主旨的小说写好的。《回响》显示东西具有这几种能力。《回响》中有大量的对人物内心细微波澜的叙述，而且叙述得十分具有微雕感。我以为，这些部分，才是小说的主体，才是小说得以成立的理由。

《回响》在叙述冉咚咚和慕达夫的夫妻关系从恩爱到破灭的过程时，那种幽微细弱的内心波澜的表现特别多，也写得特别好。当冉咚咚发现慕达夫在蓝湖大酒店开过房,便以此质问慕达夫,于是,持续了十多年的"恩爱"开始出现裂缝。亲密无间、不分彼此的夫妻关系开始出现微妙的变化。这天晚上,两人躺在床上,冉咚咚问起了慕达夫开房的事,慕达夫当然自我辩解。但是,此刻夫妻二人可能都没有想到,他们的关系再也回不到过去了。小说写道:

> 次日,他做了一桌丰盛的早餐,她一口都没吃。他用眼角的余光扫她,她的脸上残留着昨晚的情绪,只是不想影响唤雨才勉强保持多云转晴。因为她没吃,所以他也没吃,两个人坐在餐桌边看着女儿。唤雨吃好了,他们每人牵着女儿的一只手下楼,好像什么也没发生。她去上班,他送女儿上学。在楼下分别时,她朝唤雨挥挥手,脸上露出一抹笑容,但他知道这抹笑容与他无关。他第一次发现笑容是有方向的,哪怕你跟笑容站在一条直线上。(第37页)

冉咚咚的怀疑正一点一滴地在心中堆积。如果慕达夫做的不是一桌丰盛的早餐,而是和平时一样的饮食,冉咚咚或许也像平时一样地吃喝。但慕达夫做这一桌丰盛的早餐,显然有"特意"的成分。无论如何,在外面开房,并且两次,却没有让妻子知晓,不管在那房间里干了什么,都是一种错。特意做一桌丰盛的早餐,显然有道歉的意思,有补偿的意思,有将功赎罪的意思。冉咚咚当然感觉到了这一桌早餐中蕴含着的意思。她如果痛痛快快地吃了,岂不等于忘记了昨晚说的事?岂不等于原谅了慕达夫的过错?所以,她不能动一下筷子。既然冉咚咚不动筷,慕达夫又岂能拿勺?他如果尽情吃喝一番,就显得根本没拿昨晚说的事当回事,根本没有歉疚之意。所以,他也只能不吃。慕达夫以做丰盛早餐的方式表达歉意和冉咚咚对慕达夫用心的感觉,都并非明确的意识行为。慕达夫是有意无意之间采取了这种方式,而冉咚咚则是凭直觉把握到了慕达夫内心的小算盘。

　　两人陪女儿下楼,一切都像平常一样,但其实一切都在发生变化。夫妻一人牵着女儿一只手,但两人的动作一定都比平时要稍稍僵硬,稍稍不自然。到了楼下,应有短暂的站定。慕达夫仍然牵着女儿的那只手,他要送女儿上学。冉咚咚松开了女儿的另一只手,她要去上班。松开女儿的手,走出几步后,冉咚咚一定是用那只刚刚拉着女儿手的手,朝女儿挥了挥手,并且笑了笑。这样的场景应该是经常出现的。这天的场景,是对许多次早餐后场景的重复,但又不是对以往场景的简单重复。以往,在同样的地方,同样的时间,冉咚咚的挥手,既是与女儿告别,也是与丈夫告别;冉咚咚脸上的笑容,既是冲着女儿绽放,也是冲着慕达夫绽放。但今天不同了。虽然慕达夫与女儿站在一起,但他感觉到了冉咚咚轻轻挥动的手臂与他无关,脸上绽放的笑容也与他无关。与其说挥手和笑容是有方向的,毋宁说挥手和微笑都是有目标的。冉咚咚挥手的动作和笑容的绽放,都与以往无异,然而,挥手和微笑发送的信息,却对慕达夫进行了屏蔽。冉咚咚用意念关闭了自己身体语言对慕达夫的信息发送。她并非很有意识地这样做了,而是自然而然的、有意无意的行为。在此之前,冉咚咚还可以对慕达夫挥手致意,还可以对慕达夫露出笑容。但从今往后,慕达夫不配与女儿同时接受冉咚咚的挥手和微笑。

这是婚姻危机刚开始的情形。终于,由慕达夫开车,两人到婚姻登记处办理离婚手续,冉咚咚很自然地"坐到副驾位"。手续办完了:

出了大厅,她说如果你回家的话我就搭个顺路车。他想婚都离了,家还能叫家吗?但他没有纠正,空白的脑海顿时百感交集,连鼻子都一阵阵发酸,仿佛十一年时间是拿来浪费的,曾经的生活画面前所未有地清晰。他的心里忽然涌起一股悲壮感,在朝停车场走去时竟然想走出豪感,但当他一头钻进轿车时,孤独感、被抛弃感和委屈感相约袭来,他禁不住伏在方向盘上失声痛哭。可他不能哭得太久,否则会引起她的怀疑。三分钟后,他抹干眼泪,把车开出来停到她身边。她习惯性地打开前车门,但在上车的一刹那忽然把车门关上,捏过门把的手仿佛被烫了一下,不经意地甩了甩。她犹豫着,甚至扭头遥望远处的出租车。他按了一声喇叭。她打开后车门,像一个陌生人似的坐在后排,不喜不悲,不卑不亢,脸上没有任何表情,

好像刚刚处理完一件公务。(第295页)

　　手续一办完，相互就成了路人。一方如果要坐另一方的车，就只能叫"搭车"了。其实，两人都不愿意离婚。冉咚咚虽然始终没有查实慕达夫的婚外情，但心中的恶念非但未有稍减，反而与日俱增。在这恶念的作弄下，两人终于完全无法相处。本不愿离婚的慕达夫，办完手续百感交集。车开过来，冉咚咚不假思索地去开前车门。以往，每次慕达夫开车，冉咚咚都是坐在副驾驶座上，是以妻子的身份坐在丈夫身边。在来的路上，冉咚咚还是坐在慕达夫身边，她丝毫没有意识到有什么不妥。本来也没有什么不妥，因为这时候她的身份还是妻子。但现在，手续办完了，夫妻关系解除了，冉咚咚作为妻子的身份也交还给当初发放这个身份的婚姻登记处了。现在，冉咚咚已没有理由坐在这个叫作慕达夫的男人身边了。如果她再坐在副驾驶位上，就未免不自重了。冉咚咚习惯性地拉开前车门，但很快意识到了不妥，立即把车门关上，甚至要甩一甩手，以此掩饰内心的尴尬。坐在前面不合适，坐在后面就很妥当吗？以二人现在的关系，也不妥当。于是，冉咚咚甚至打算拦一辆出租车了。到终于坐进了后排时，冉咚咚表现得像一个纯粹搭车的人。

　　细微的神情、动作，传达的是人物内心的微妙状态。没有对这些细微的神情、动作的把握和描绘，就谈不上表现人性之幽微。东西的《回响》在这方面做得很出色。

五

　　东西的长篇小说《回响》，让我们产生的思考是多方面的。对于我来说，最深切的感受，是人对自我和对他人的"无知"。如果说《回响》能够上升到哲学层面来理解，那就是在哲学的意义上揭示了人的"无知"。这当然并非新鲜的思想。哈耶克这类理论家、思想家早已以逻辑的方式阐释过人的"无知"。但当东西以文学的方式，把人的"无知"呈现在我们面前时，我仍然触目惊心。我们其实是很难真正认识和理解另一个人的，即便这个人是我们的亲人，是我们的兄弟、父母、子女。我们往往自以为了解他们，而其实一直在误解着他们。我们也很难甚至更难认识和理解自己。我们会做出种种行为，而我们自以为的行为动机，常常不过是自欺欺人。认识他人不容易，认识自己比认识他人更困难。时刻意识到我们的"无知"，是非常必要的。我们的道德观念，我们的政治理想，我们的社会意识，都与此密切相关。意识到人类的"无知"，我们便能够对自负和狂妄保持一份警惕。意识到对他人认识上的"无知"，我们更应该不对他人进行无理的强制，便能够充分尊重他人的意愿而不是替他人安排一切，哪怕这"他人"是我们的子女。意识到对他人认识上的"无知"，我们更应该不轻易对他人的行为做出道德判断。他人的某种行为，可能十分具有道德色彩，或者是十分具有道德光辉，然而，其行为的真实原因，可能完全是非道德的。意识到我们很难真正认识自己，也就让我们少一点刚愎自用，少一点自信傲慢。没有人有资格强制他人，因为没有人能够做到真正认识和理解他人。当然，更没有人有资格强制所有人，因为不可能有人能够认识和理解所有其他人。当然，这不是我的理论创见，是读了东西《回响》后想到了前人的睿思。

《回响》中有许多段落让我反复玩味。但给我留下最深刻印象的，是临近结尾的这番叙述：

> 易春阳被押到彩虹印刷厂来访登记处，登记处的窗侧有个花坛。花坛里的花开得正艳。冉咚咚问你到底把手放在哪里了？易春阳指着一簇怒放的玫瑰。邵天伟拿着铁铲小心地挖掘，忽然当的一声，铁铲碰到了那尊维纳斯铜像。冉咚咚戴上手套，蹲下去，扒开铜像旁的泥土，看见一只惨白的完整的右手趴在泥土里，准确地说是右手指骨，就像一只扇在大地上的掌印。她百感交集，忽然想哭，为死者为自己为众生，但她使了一下劲，把奔涌而至的感性强行憋住（第331—332页）。

最后查明，直接杀害夏冰清的是农民工易春阳。易春阳杀害夏冰清后，又把她的右手砍下连同一尊断臂维纳斯铜像一起，埋在了一个小小印刷厂登记处窗外的花坛里。易春阳之所以如此，是因为印刷厂的登记员姑娘没有右手，她的右手在一次事故中被机器卷断。易春阳杀害夏冰清,先已得到一万元钱,事成之后可能还能得到九万元。人们会坚信易春阳杀人,是为了那笔对他来说是巨款的钱,但真实的动机,或许是为了夏冰清的那只右手。

在花坛里挖掘断手的叙述,让我感到了东西的悲悯情怀。我不禁想:这样的叙述应该更多一些才好。

朴素的现实主义
——评东西

陈众议，中国社会科学院

东西在他的作品中写到了韩少功，并提到了哈金，表示："我有一个错觉，或者说一种焦虑，好像作家、评论家和读者都在等待一部伟大的中国作品，这部作品最好有点像《红楼梦》，又有点像《战争与和平》，还有点像《百年孤独》。"[1]这样的焦虑，不同时代、不同国别的作家、评论家和读者都会有，或多或少，尤以小说家为甚。托尔斯泰们焦虑过，马尔克斯们也焦虑过。他们不是想成为时代社会的镜子，就是要写出国族的《圣经》。然而，自古"阳光下没有新鲜事物"。反之，从来"阳光下充满新鲜事物"。这样完全对立的矛与盾却是文学界的老生常谈。而我素来悲观，大抵偏向矛盾或悖论的消极面，也即相对脆微、虚弱的一方。个中缘由既简单又复杂，且容从实道来。

老实说，我是在林建法先生的逼迫下开始阅读东西的。这

---

[1] 东西：《我们的感情·序》，上海文艺出版社，2016年，第5页。

与前面所谓的消极是一致的，即逐渐对当代文学感到些许失望。而且，我素来运气欠佳，愈期待的事情就愈不会发生，加之本人的专业是外国文学研究，而当代外国文学可谓江河日下。相形之下，我反而觉得中国文学更可期待。但期待归期待，真正亮眼亮心的作品常常可遇而不可求。

唯其如此，我才既梦想，又怕梦想。我梦想忽然间有一部伟大的中国小说横空出世，人们奔走相告，以至万人空巷。但我怕我的梦想搅扰了作家的梦想。因此，我有意同大多数中国作家保持距离，若非朋友竭诚竭力推荐，我还会强忍着不去唤醒那业已掩埋的好奇。诚然，我终究又一次拗不过林建法先生。于是，我走近了东西。

首先，我想说的是东西的小说并不那么令人回肠荡气、欲罢不能。它更像生活本身，而且是我们这代人皆可设身处地、感同身受、轻易想见的物事人等。

《耳光响亮》是东西的第一部长篇小说，1997年发表，倒叙，时间跨度20年，即1976年至1996年左右。叙述者"我"的父亲突然失踪，"我"和姐姐牛红梅、哥哥牛青松在没有父亲的日子里慢慢长大。母亲何碧雪改嫁了。牛红梅懵懵懂懂经历了似是而非的恋情。牛青松因偷窃进了牢房，出狱后寻父未果沉入北仑河。"我"和姑姑牛慧循着牛青松的足迹进入越南。这时父亲已经完全失忆，而且有了新的家庭。"我"为筹拍电视剧，求助继父金大印，后者的条件是迎娶牛红梅。这样一部貌似怪诞的小说，讲述的其实是那个年代最典型不过的现实。

精神父亲的离去和生身父亲的失踪,给出了荒诞故事赖以自圆其说的所有条件。其中,姐姐这个人物相当丰满,是当代小说中比较少见的那一个。她集无知少女、有情姐姐、懵懂恋人、无奈妻子、落寞母亲和第三者的身份于一身,演绎了一个不平常却又再平常不过的女性形象。

《后悔录》写一个叫曾广贤的小人物。他和几乎所有儿童一样,嘴里藏不住东西,于是因为说了一句真话,导致母亲自杀。噩梦从此开始,并一发而不可收,致使后悔魔咒似的跟随着他:因为胆怯,他错过了向他示爱的少女,于是他后悔莫及;因为爱恋,他阴差阳错地被诬告成强奸犯,结果还是后悔莫及;身陷囹圄,他充满幻想,爱神也确实垂青于他了,但获释后一切恰似镜花水月、梦幻泡影……他在后悔的记忆中不断后悔。这绝妙地彰显了小人物的命运。因为诚实,更因为天真,他走一步悔一步。于是,他一生后悔,悔青肠子,但作者字里行间给出的却分明是社会底层生活的本相。无论政治高压的年代,还是金钱挂帅的岁月,小人物的命运都是相似的凄凄惨惨戚戚。

《篡改的命》是三部长篇小说中最具戏剧性的,却也最具可信度。盖因社会上高考分数被调包、冒名顶替上大学的事经常发生。且说有个叫汪长尺的人,高考超分不被录取。他的父亲汪槐怀疑有人调包,便进城抗争,却摔成重伤。从此,汪家的重担压在了汪长尺一人的肩上。为了挣钱还债,他进城打工,因讨薪未果,他甘愿替人坐牢,出狱后继续讨薪,结果挨了两刀。正所谓天无绝人之路，迷茫之际，爱情降临了。贺小文下嫁汪长尺。他们带着改变汪家命运的重任辗转来到省城，想不到等待他们的是无尽的艰辛和酸楚。于是，他们在守望中沉沦，在沉沦中守望。他们的孩子汪大志出生后不久，汪长尺实在无法接受"老鼠生来打地洞"命运的悲摧，竟不顾妻子，偷偷将孩子送给了仇人——一个暴发户。

都说东西的小说灰色。的确。但是，东西指认的远远不是社会的最阴暗面，而仅仅念出了一些小人物亦酸亦楚的生活经。这倒在其次，首要问题是东西的笔法缘何如此朴素，以至于有一种令人不安的新闻报道般的逼真，仿佛信手拈来，恰似随机摄录。关键在于东西出道适逢寻根文学如火如荼、先锋文学风起云涌。从韩少功、莫言、贾平凹、郑义等到马原、余华、格非、苏童等，作家们或多或少借鉴西方现代派和拉美魔幻现实主义，在写作技巧、叙事策略，乃至文学观念上体认域外飘来的风。如是，无论向前向后、向左向右，他们或多或少热衷标新立异。东西则不然，他似乎完全置身事外，像大多数20世纪现实主义作家那样，在风起云涌的现代主义和后现代主义浪潮中"我自岿然不动"。当然，即使20世纪，即使在中国，拥抱现实主义的并非东西一人，稍年长的如史铁生、路遥、梁晓声、张炜等，也一直坚持现实主义方法不动摇。况且古今中外，现实主义也始终是文学的一条永不干涸的河流。无论河面如何波浪翻滚、河底怎样暗流涌动，从绝对数看，现实主义作为世界文学的主流始终是不争的事实。这么想来，东西的现实主义情怀也就不足为怪了。

奇怪的是东西的朴素，太朴素了，使我忽然想起马克思对文学的界定。马克思说要"莎士比亚化"，不要"席勒式"。恩格斯谓"莎士比亚化"是"情节的生动性与丰富性"的完美结合。①但近来重读马恩文集，发现马克思所指的"莎士比亚化"是"用最朴素的形式恰恰把最现代的思想表现出来"。②这应该是"莎士比亚化"的另一层含义，也是最重要的含义之一。

回到东西，朴素于他没有问题，问题是思想，而且是马克思要的最现代的思想。那么哪些是东西最现代的思想呢？愚见如下：

一、看得见的盲

我称东西小说的最大特点是昼如夜或昼之盲。首先是时代之"盲"。时代在东西笔下犹如一团混沌。政治的混沌自不待言，想当初亿万人民陷入政治狂热，夫妻、父子乱了纲常不说，人们在冠冕堂皇的革命旗号下践踏人伦。但历史开了个大玩笑，转眼间最为人所不齿并被打倒且踏上一万只脚的发财致富成为时尚。于是，曾几何时最不起眼的人物摇身一变，成了先富起来的。于是，纲常再次颠倒。于是，耳光真的响亮。主

---

① 中共中央马克思恩格斯列宁斯大林著作编译局编译《马克思恩格斯文集》(第10卷)，人民出版社，2009年，第171页。
② 同上。

人公"我"目睹了姐姐牛红梅与继父、姐夫、宁门牙、刘小奇之间有悖人道却又似乎毫不奇怪的活剧。《后悔录》则是一系列符合逻辑和历史语境的巧合。所谓"无巧不成书",但这些巧合实在太寻常不过,以至于我们不以为它们是巧合,反倒觉得它们理当如此、必然如此。于是,或然论变成了必然论。《篡改的命》当然更加悲不自胜。朗朗乾坤,昭昭日月,在东西笔下,在某些角落黯淡。这样的揭露有案可稽,这是东西最雄辩的地方。他和众人之所以看,并且看见,是因为仍寄希望于乾坤清朗、日月昭然。

其次是人物之"盲"。先是三部小说的主人公皆可谓读过书、上过学的"睁眼瞎"。东西喜用第一人称,《耳光响亮》和《后悔录》都是第一人称叙事,到了《篡改的命》才改用第三人称。三个主人公皆是读过几天书的年轻市民或草根。《篡改的命》中,汪长尺甚至本该是个大学生。但正因为命被篡改了,汪长尺便继续"盲"着。《耳光响亮》和《后悔录》中,"我"的"盲"是"全盲",一路浑浑噩噩、随波逐流。《篡改的命》发生了些许变化,虽然主人公依然"盲着",但最后终于依稀"看见了"一丝希望之光。他忍痛把襁褓中的儿子送给了富有的仇人,从此结束祖祖辈辈的背运。这自然是更大的"盲",人生悲催莫过于此。但这总算是人物自己的选择,或者说是替儿子做出了选择。于是,无论初衷如何、结果何如,被篡改的命在汪家延续……我认为,这是东西小说最大的书眼,着实令人唏嘘,见证了东西小说艺术臻于圆熟的超拔与

朴素的现实主义 ‖ 145

升华。

然而，这些仍然有悖于我等司空见惯的观念小说和形式主义小说，与招摇过市的畅销小说更是相去甚远。小说中的主人公大多是《三岔口》中任堂惠和刘利华式的，而叙述者并非焦赞，社会也没有适时地提供一盏明灯。于是，悲剧就这样悄无声息地发生了。

这里既有命运悲剧，也有性格悲剧，因此是双重的悲剧。东西仿佛于无声处，但此时无声胜有声，是谓"大象无形，大音希声"。

二、看不见的手

人物之"盲"反衬东西之亮。盖因东西看见了人物背后的那一只看不见的手。它无处不在，无所不能，肆意摆弄众生的命运。这只手便是资本，也有人说是市场。但无论如何，资本在市场中起决定作用。这就势必要回到马克思及其《资本论》了。

当金钱代替了政治，或者说金钱成了人们最大的政治，资本这只肮脏的手就所向披靡。《耳光响亮》中，"我"为一点点狭义的资本出卖姐姐；《后悔录》中，"我"还是为了一点点广义的或间接的资本，被结婚、被出卖；《篡改的命》中，汪长尺更是为了一点点既狭义又广义的资本，抛弃了儿子，或者说强行篡改了亲生儿子的命。

如今，资本大潮来临。但是，有良知的作家，依然不约而同地像巴尔扎克那样，无怨无悔地做着这个时代社会的书记员。顺便说一句，随着资本的泛滥，纯文学正在被边缘化，甚至被有意忽略和忘却。呜呼！小心资本将人类变回人猿，他的盲也就彻底了；或者将地球变成地雷，它的命也就被彻底篡改了！

作为一个延宕已久的急就章，最后我想说的是，生活有自己强大的、毋庸置疑的逻辑，甚至反逻辑的逻辑；艺术则常常自立逻辑。马克思眼里的莎士比亚显然不是那个为逗观众开心的环球剧院老板兼戏剧家，而是那个几近无心插柳地写了几出悲剧的大文豪。正因这些悲剧，19世纪的浪漫派在一把鼻涕一把眼泪中将他从历史的烟尘里拯救、激活。东西未必能达到莎士比亚的高度，但他的确像马克思所说的那样，用最朴素的形式表现了最现代的思想。这并非指东西没有谋篇布局，而是说他将谋与布的痕迹消磨到了羚羊挂角的地步。

如是，从马克思的"莎士比亚化"开始，到马克思的资本论结束。这不是有意寻找的机巧，而是无意巧合之然。

文学研究视野里的东西小说

谢有顺,中山大学

原载《当代作家评论》2021年第4期

东西的写作,似乎从未成为文坛热点,但他时有重要作品问世,其写作的独异价值也一直在累积。直至最近的长篇小说《回响》(《人民文学》2021年第3期)发表,我认为他已是中国最具思考力、最重要的作家之一。之前对东西的讨论,皆将他放诸"广西三剑客"或"晚生代"的标签中,或探究东西的写作如何体现了南方风格,或解读20世纪90年代语境下他对先锋文学的接纳与逆反,这些都未必合身。东西的独特,在于他与地方、时代既契合又抽离的关系——在认同"南方"与走出"南方"之间,在现实主义、现代主义与后现代主义的混杂糅合之间。东西小说的写作伦理中,散发着一种"还没有完全被现代城市文明及人道主义驯服"[1]的混沌野性。

1966年,东西生于广西河池市天峨县谷里屯。对给予他痛苦和惊惶的童年回忆,却源源不断为他提供原初写作动力的谷

---

[1] 胡传吉:《〈篡改的命〉:见证革命的创伤》,《名作欣赏》2016年第10期(上旬)。

里，对成全了他，又在某种程度上黏滞了他的广西以至南方，东西感情复杂，"南方于我，最初只是一个小小的村落"，"我记住她，但是还没有确定爱她。她仅仅是一个我不得不接受的生存环境。我甚至还为这块我生存的地方曾经被叫作南蛮之地而感到害羞"。① 屈原、沈从文、福克纳的存在，让东西认可了南方的正当性。但"走出南方"的焦虑仍然围绕着他，如徐勇所说，东西想"从边缘走向中心，以及摆脱中国南方进而走向世界"②。这或许能部分解释，东西的小说何以常常模糊故事地点，淡化人物地域背景，甚至对方言、风俗等元素的应用也极为克制。他有意使"地方"的存在感变得抽象，"这已经没有南北之分，就像随着空调机普遍的使用，无论是北方或者南方，我们时常都处在一种恒温之中"③。可见，东西从一开始就想写出普遍的人性冲突，写出每一个人都会遇见的日常困境。

1992 年，东西在《作家》第 2 期发表《祖先》、在《收获》第 4 期发表《相貌》后，开始进入批评界的视野。1996 年，在《收获》第 1 期发表《没有语言的生活》，其重要性开始凸显出来。张清华认为，东西这代作家既在哲学寓意和叙事形式上受先锋文学影响，又作为"新生代"有自己的明显标记，即"更具有当下的现实感与世俗性"④。苏沙丽以为，东西的先锋

---

① 东西：《走出南方（外一篇）》，《当代广西》2007 年第 2 期。
② 徐勇：《"走出南方"的南方写作——论东西小说的文学地理景观》，《广西民族大学学报》（哲学社会科学版）2014 年第 2 期。
③ 同①。
④ 张清华：《在命运的万壑千沟之间——论东西，以长篇小说〈篡改的命〉为切入点》，《当代作家评论》2016 年第 1 期。

气质在于他对人存在境遇及心灵问题的勘探,其与先锋文学的不同则在于东西小说有更实在的社会历史语境,及对讲故事、塑造人物的传统回归。①胡传吉评价东西"善于在'现实主义'中表现'现代主义'"②。东西小说"题材现实,手法现代",可称为"荒诞现实主义","不是再现式的现实主义,而是表现式的现实主义"。③张柱林则认为东西的写作笼罩在寓言式的氛围中,在讽喻性、象征性的意义上,让作品获得总体性、普遍性和典型性,属于"寓幻现实主义"④……尽管对东西的艺术风貌,大家说法不一,但东西具有直面现实的勇气和力量,却是文学界的共识之一。

一、从荒诞出发

荒诞是东西小说的一个关键词。他所描绘的,多是略显荒诞的现实。在他看来,荒诞是更内在的生活真实。"现实中每天都有荒诞的故事发生,有时甚至超越虚构",荒诞也是"介入现实的有力武器"⑤。张清华、杨希帅认为,东西的《耳光响

---

① 苏沙丽:《小说家的省察之心:东西论》,《广西民族大学学报》(哲学社会科学版)2016年第3期。
② 胡传吉:《〈篡改的命〉:见证革命的创伤》。
③ 胡传吉:《未完成的现代性:20世纪中国文学思想史论》,中山大学出版社,2019年,第120页。
④ 张燕玲、李森等:《东西作品国际研讨会发言纪要》,《南方文坛》2017年第5期。
⑤ 谢有顺、东西:《还能悲伤,世界就有希望——关于〈篡改的命〉的一次对话》,《南方文坛》2015年第6期。

亮》《后悔录》《篡改的命》中,内在于现实的荒诞是这三部长篇小说共同的最重要特点。① 其实,从《没有语言的生活》到《不要问我》《耳光响亮》《篡改的命》《回响》,东西的每一部作品,都书写着不同的痛苦经验,及人类根本性的、无法摆脱的荒诞境遇。在他的小说中,荒诞既是形式,浸润在语言、文体、叙述方式之中,荒诞也是内容,渗透在他小说的各种细部和场景之中。

1996年发表的《没有语言的生活》,是东西早期小说中最重要的一篇。一个家庭集聚了瞎子父亲王老炳、聋人儿子王家宽、哑巴儿媳蔡玉珍的极致设定,当然是有意为之的荒诞。但更深层的荒诞,却是对人在失去语言能力后的真实处境——对这家人而言,"没有语言的生活"反而能孕育温馨的时刻,而试图辨识语言、发出声音的过程,只会加剧自身的孤独。陈舒劼指出,《没有语言的生活》突出了语言在社会生活中的主体性地位——在王胜利(王家宽儿子)身上,现实依赖语言才得以出现。王家人在失去语言的同时,也失去了自身的社会标志及尊严。② 潘颂汉说,聋子、哑巴和瞎子组成的家庭,"表达的正是在言语的机锋面前保持的沉默和相对的隔绝,以期达成个体在伤害前的弱势自保,这是恶托邦里的人性捍卫,也是道德的自我坚守"。③ 以小说探讨语言、交流、失语等生存问题,

---

① 张清华、杨希帅:《命运书、荒诞剧与历史的变身记——论东西的长篇小说创作》,《当代文坛》2020年第4期。
② 陈舒劼:《言语的能量:以东西的小说为中心》,《社会科学论坛》2012年第12期。
③ 潘颂汉:《在人性凌迟的现场——东西小说论》,《中国现代文学论丛》2018年第1期。

这在当时是非常先锋的写法。即便是今天，失语和无声仍然是很多现代人的真实困境。看似众声喧哗，但不少无声的群体，依旧无法找到自己的发声方式。即便他们发出了微弱的声音，很多时候换来的也不过是社会对其苦难的娱乐化、商品化。较之仅以王家人的失语取乐、尚无能力贩卖他们的悲哀的那些村里人，以及尚能以沉默为脆弱屏障的王家人，我们会忽然警觉，今天很多人面临的语言悲剧，或许比二十多年前还要隐蔽和残酷——这正是《没有语言的生活》跨时空的意义所在。

相较《没有语言的生活》，1997年发表于《花城》第6期的长篇小说《耳光响亮》，则用更加谐笑、幽默、反讽的语调，在对政治口号、民间俗语、传统诗句的引用与改造中，尝试还原一个粗俗、失序、野蛮生长的民间，解构传统伦理和革命话语的崇高性。张钧批评《耳光响亮》的人物语言由于戏仿和反讽，失去了个性与实感，变得观念化时，东西也承认自己"有时只顾痛快，也就是手不听脑子的使唤，一味地痛快下去，就犯了这种毛病"。[①] 2005年发表于《收获》第3期的长篇小说《后悔录》，似乎更注意语言的生活化、真实感。故而我们能从曾广贤的饶舌中，看出一个人更有诚意的孤独。发表于2015年《花城》第4期的长篇小说《篡改的命》，则引发了批评界的热议。对东西那坚决进入滚烫现实的敏锐和决心，以及各种语言混用的修辞手法，大家看法不一。丛治辰认为，《篡

[①] 张钧：《在意念与感觉之间寻求一种真实——东西访谈录》，《花城》1999年第1期。

改的命》中的知识分子语言、网络语言是东西故意贴上的标签，意在强化文本的荒诞、彰显作者的在场，使小说的世界观变得更暧昧、丰富。[1]田耳感觉，东西出其不意地安置网络新词，将古典、现代的诗文词句植入农民嘴里的做法，隐含他对语词的敏感、焦虑，"是我们这个难以命名、难以指称的奇葩时代最真实的语言生态"[2]，以狂欢式的表达和聒噪的表象，隐藏一个时代的失语和孤独。双雪涛的看法近于田耳，认为《篡改的命》中《死磕》《弱爆》《屌丝》《抓狂》等章标题"是属于我们这个时代的独特产物，这是我们这个平庸又癫狂时代的官方语言，这是我们无法回避而找上我们的思维逻辑"。[3]徐刚则觉得这些流行词"是一位唯恐'落伍'的作者竭力显示自己'时代见证'的最佳方式"，"多少显得有些做作和轻佻"。[4]但也必须看到，《篡改的命》对流行词、知识术语的拼贴使用，是小说中作者意图的强力凸显，可以带来间离的审美效果，深化故事的荒诞感觉，将过去与现在若即若离地相连，为当下的语言创造更广阔的使用空间。这不仅是对网络语言的活化，也是写作主动回应时代的实例，有了俗语、雅言、热词的熔于一炉，东西的小说语言才更见勃然生机。

东西的许多小说，或淡化背景、时间、地点，如《没有语

---

[1] 陈晓明、李敬泽等：《城乡冲突与小说艺术的自觉——东西〈篡改的命〉研讨会》，《广西文学》2016年第2期。
[2] 田耳：《电贯钨而流明》，《作家》2015年第8期。
[3] 双雪涛：《誓不退下阵地的子弹——评东西〈篡改的命〉》，《作家》2015年第8期。
[4] 徐刚：《绝望感，或虚妄的激情——东西〈篡改的命〉的"苦难叙事"》，《小说评论》2016年第1期。

言的生活》《篡改的命》；或围绕一个主题展开，有强烈的讽喻色彩，如《反义词大楼》《耳光响亮》《后悔录》。正因为如此，评论界有着很多关于东西写作"寓言性"的讨论，这也是理解他小说的重要入口。张学昕认为，东西小说具有极强的寓言性品质，《私了》《没有语言的生活》中词与物的错位，使小说从对现实的描摹延伸为超现实的寓言，呈现出生活荒诞可笑的状态。[1] 张柱林说，东西的《耳光响亮》正式宣告其把情景和结构、具体和普遍、现实和幻想语言杂糅统一的寓幻现实主义登场，《篡改的命》则包含着总体性的国族寓言——不改变结构，就不可能改变命运。[2] 张清华评《篡改的命》为真实性与寓言性的统一，认为小说昭示的一个农民，乃至整个农村的命运寓言，就是农民一切努力的结果都只是拉大时间赋予的、先天的差距，同时还要付出鲜血、身体、卖命钱、意外伤病等代价，甚至所有的尊严，"城市吸引和召唤着他们，同时也诱惑和改变着他们，最终销蚀和毁灭着他们"。[3] 王宏图则认为，东西的《后悔录》中，曾广贤"只是作者意念的化身，为了充分展现后悔这一普遍性的心理状态，作者将其愚蠢推向了极致"；小说中的世界只是图示化的背景，与人物的性格命运未曾水乳交融，这是寓言化写作的印记，也显示出东西身为创作主体，对一种超越性的价值维度的想象失败。[4] 徐刚将"《耳光响亮》

---

[1] 张学昕：《小说是如何变成寓言的——东西的短篇小说》，《长城》2019年第6期。
[2] 张燕玲、李森等：《东西作品国际研讨会发言纪要》，《南方文坛》2017年第5期。
[3] 张清华：《在命运的万壑千沟之间——论东西，以长篇小说〈篡改的命〉为切入点》。
[4] 王宏图：《寓言化的书写与主体精神的衰竭》，《山花》2006年第1期。

《没有语言的生活》等作品寓言化的叙事风格"视为东西"通过荒诞不经的故事情节挖掘文本隐喻意义的惯常模式"①,多少也有暗示东西在一段时间内过于依赖寓言化的写作模式,需更注重艺术的新变之意。其实,《后悔录》中曾广贤的愚蠢,不足以成为小说失真的理由。东西想探问的,并非后悔的普遍性,而是曾广贤"后悔"的原因——是怎样的社会、历史与家庭语境,将他形塑为一个永远在"后悔"、却无法行动的愚者和懦夫。以此看来,《后悔录》的荒诞,未尝不是一种残酷的真实,意念/主题先行、隐喻色彩强烈的写作,未尝不能诞生好作品。

东西小说的荒诞感,相当程度上由重复叙事、极致叙事放大而来,但对这种带有大量巧合和强烈戏剧性的书写,是带来惊心动魄的阅读体验、呈现高度凝结的真实,还是会冲淡小说的真实品质、使叙事失去信任度,学界有不同意见。张清华、杨希帅认为,东西的重复修辞,更突出阶层固化的现实、底层改命的无望,把极端化写作达到极致,强化了人物的命运感和悲剧感;极端化写作的方式,契合于东西的故事内容,使其书写既有接近先锋文学的美学风格,也有异于其他作家的充沛力量感。②丛治辰读《篡改的命》时,既觉其中巧合过多,又觉有时恰恰是那些巧合,给人非常强烈的心理震撼。③彭恬静、

---

① 徐刚:《绝望感,或虚妄的激情——东西〈篡改的命〉的"苦难叙事"》。
② 张清华、杨希帅:《命运书、荒诞剧与历史的变身记——论东西的长篇小说创作》。
③ 陈晓明、李敬泽等:《城乡冲突与小说艺术的自觉——东西〈篡改的命〉研讨会》。

张柱林也持此见。我在当时的一篇评论中也认为,《篡改的命》以苦难叠加、让冲突戏剧化等方式,创造的"超现实的情境",目的是探求生存苦难的根源与本质,以及它变形之后的荒诞面貌。东西没有偏离现实的视界,而是通过强化效果来产生意义,他笔下很多"超现实的情境"依然真实可信。[①]胡传吉认为,《后悔录》"后半部分的叙事对紧张的迷恋显示出作者从容驾驭能力的薄弱,世俗趣味越发往下走"[②],有时在情节荒诞性、戏剧性上的用力过度,使小说内部正在进行的精神追问突然断裂,也使叙事张弛无度;《篡改的命》同样有戏剧化冲突减弱真实度的局限,且过于依赖新闻事件。[③]方岩如此评论《篡改的命》:"作家若为凸显自身的政治/道德诉求,而把小说处理成类似于新闻的同质性话语,他动摇的是文学本身的合法性,从写作伦理的角度而言,这本身就是不道德的。"[④]

确实,《后悔录》《篡改的命》等作品中极致的巧合、重复,有时令人难以置信,但也不能否认,许多人的生活正是以极度重复的苦难为日常的,而更多的人,则无法相信这种现实。这也是东西认为这世界之所以荒诞的原因之一。荒诞是东

[①] 谢有顺:《有喜剧精神的悲剧——读东西〈篡改的命〉》,《当代作家评论》2016 年第 1 期。
[②] 胡传吉:《修复历史记忆 还原身体经验——论东西的长篇小说〈后悔录〉》,《南方文坛》2006 年第 4 期。
[③] 胡传吉:《论 1980 年代以来的城乡伦理书写变化——以高晓声、路遥、东西为中心的考察》,《创作与评论》2016 年第 10 期。
[④] 方岩:《"个人经验"和"小说新闻化"——以 2015 年的几部长篇小说为例》,《中国图书评论》2016 年第 7 期。

西对这个世界的指证,他的所有小说几乎都在陈述这个事实。要说关键词,这是东西所有小说的关键词。我们不断在后悔,同时又都无法避免地生活于荒诞之中。活着是荒诞的,试图摆脱这种荒诞的方式本身也是荒诞的。《救命》中,不守信的人可以随便消失,潇洒活着,只剩下好人去关心他人,被纠缠,被迫陷入困苦烦累,直至自己妻离子散。《肚子的记忆》里,医生姚三才为完成自己的医学论文,将自己想到的各种发病缘由都往病患王小肯身上套,甚至通过和王小肯妻子通奸的方式,询问出王小肯的家庭收入和父子关系等,使尽各种办法让王小肯签字承认自己有病。《篡改的命》中,汪长尺为了改变儿子的命运,决定把儿子送到仇人身边抚养,为了儿子,甚至不惜付出自己的生命。这一切,全是无以复加的荒诞。荒诞是当代社会的真实镜像。面对光怪陆离的当代生活,荒诞已不是一种文学修辞,无须作家刻意去扭曲生活的逻辑,或者用夸张的手法去写一种貌似离奇的生活——荒诞已经成了生活本身。要写出这种生活的荒诞感,光有幽默的才华是不够的,更重要的还要看到荒诞背后有怎样不堪、破败的记忆,又藏着怎样的心酸和悲凉。说实话,能够看穿生活底牌的作家,在骨子里一定是悲哀、绝望的,而东西正是通过荒诞、悲哀和绝望这些事物来反抗生存、批判社会的。[1]

---

[1] 谢有顺:《东西是真正的先锋作家》,《南方文坛》2018年第5期。

二、身体这个囚牢

　　身体是东西小说的另一个关键词。东西对身体感觉的敏锐，对身体语言的重视，使得他总能通过叙事让身体获得独立的存在感。他的小说不乏性的乖张、肉体的浮浪，但那不是东西笔下的重点。东西真正的目的，是把身体从社会秩序、人伦道德、政治意识的层层包裹中解开，还原人本真、自然的状态。但人总是无法脱离各种思想束缚而自为存在，因此，东西小说里的人总是矛盾的、挣扎的。他们既活在一种本能里，又活在一种精神的想象里。

　　发表于《收获》2000年第5期的中篇小说《不要问我》，被一些论者认为是理性对身体的压抑，这当然是一个角度，但《不要问我》隐藏的深层叩问是：人离开身份（社会给定的理性秩序）后，是否能够生存？徐勇认为，小说中卫国逃离的西安是文化秩序的象征，卫国南下去往的北海则代表政治、文化中心之外的自由愿景和浪漫想象，但"即使逃到天涯海角，现实也并不接纳一个没有身份的人"。[①] 黄伟林说，《不要问我》中卫国丢失的皮箱是卫国所有的想象、所有的可能性与所有不能实现的愿望，他需要不断用它证明与确认自己日益模糊的身份，但随着皮箱内容的不断增加，人们对皮箱、对"卫国"这

[①] 徐勇：《"走出南方"的南方写作——论东西小说的文学地理景观》。

一身份的信任也不断减少。[①]卫国丢失的皮箱象征着他在社会中曾被给定的位置,而卫国对皮箱的不断寻找,坚称自己是"卫国,男,现年二十八岁,未婚,副教授……"的举动,多少暗示了他对旧日身份的留恋。卫国之死,不仅是社会对没有身份的身体的拒绝,也是卫国发现自己不能接受"卫国"这一身份的死亡,但又不能重构一个能让自己认同的身份之后的绝望。

把毛主席的逝世和牛家父亲牛正国的失踪放在同一天,并从此开始讲述的长篇小说《耳光响亮》,无疑适合做政治与历史隐喻方面的解读。黄伟林认为东西小说中的"父亲"是"历史"的化身,寻找父亲的过程便是试图重返历史,并在其中或迷失意义,或生产历史。[②]张清华以为,《耳光响亮》在越南寻到父亲下落的设置,隐喻了越南与中国相似的历史与意识形态,使"后'文革'时代"这样一种既戏剧又现实的生活,在别处也成为可能,延伸了小说的荒诞。[③]不过,《耳光响亮》中的"失父",也许是想讨论,失父/弑父后,把传统的家庭伦理乃至更宽泛的人和人之间相处本应遵循的道德法则抛弃之后,生活会变成怎样?潘颂汉的阐释是:"《耳光响亮》中父亲的失踪和母亲的出走使牛家顿时堕入文化、道德与秩序的真

[①] 黄伟林:《后现代语境中人从身份到身体的全方位溃退——解读东西中篇小说〈不要问我〉》,《作家》2008 年第 4 期。

[②] 黄伟林:《论广西三剑客——解读李冯、鬼子、东西的小说》,《南方文坛》1998 年第 1 期。

[③] 东西、张清华、陈晓明:《先锋文学精神的继承者——谈东西和〈篡改的命〉》,《上海文学》2016 年第 7 期。

空,因而造就了强烈的历史断裂感,也助长了文化破碎感与虚无感的升腾。"[1] 在这种真空中,人的本能得到了极大的释放,我们看到年轻美丽的女性(牛红梅)被追逐、被强迫,外来的强壮男性(金大印)有权占有族群(牛家)内的所有女性(何碧雪、牛红梅母女二人),人间仿佛动物世界,充满了野蛮、无耻的生命气息。但在小说结尾,金大印迎娶牛红梅途中对所有人的"不能回头"的要求,正说出了牛家人潜意识的恐慌:"回头",也是象征着以过去的价值体系与感情尺度衡量现在,害怕着在比较中显现出此刻巨大的一无所有,他们不敢回头,不敢面对道德与良心的审判——这恰恰是他们最后的道德感。

如果说,《耳光响亮》某种程度上讨论了人放纵本能之后带来的后果,《后悔录》则是本能极度压抑造就的悲剧。《后悔录》想说,身体本能的错位、性格心理的变态,使"人们已经不能正常地把自己当作一个正常人对待"[2],不能正常地思考和表达,"怯懦与暴戾、无能与妄想,软弱与过激……总是混淆在一起"[3]。通过对个人隐秘空间的扼杀,"清洁""纯净"等幻觉对身体的监管、社会对人的劳动工具化[4],东西写出了从"文革"时代到后"文革"时代的观念巨变如何让人"身心紧缩,仿佛瞬间经历冰火"[5],让人重新思考光明、黑暗、正义、卑鄙、

---

[1] 潘颂汉:《在人性凌迟的现场——东西小说论》。
[2] 陈晓明:《身体穿过历史的荒诞现场——评东西的长篇〈后悔录〉》,《南方文坛》2005年第4期。
[3] 同[2]。
[4] 张柱林:《〈后悔录〉:穿越现实的心灵欲火》,《小说评论》2005年第6期。
[5] 东西:《我们的感情》,上海文艺出版社,2016年,第1页。

流氓等被特定历史语境扭曲过的词语之内涵,并意识到有必要为身与心、欲与理寻找一种既不紧绷也不松弛的合适张力。

"后悔"是曾广贤作为历史与社会中的格格不入者,尝试梳理生命与修复伤痕的方式。曾广贤的"后悔"是一种自省,一种对个人命运的承担,"这样的自省,并非要把曾广贤变成另一个人,而是要让他更坚定地成为现在这个人"。[1] 郜元宝则称,使一切可笑荒唐的性心理、性行为持续下去的,恰恰是这个"后悔",因为后悔拒绝根本的省察,使人满足于片面的反思,重复新一轮的犯错和后悔,在错误中愈陷愈深。[2] 这两种观点看似矛盾,实际上却互为佐证:曾广贤是如此的诚实与有责任感,如此地懦弱与无能,以至于他只能用"后悔"的方式尝试承担自己的命运,而把别人的人生搞得一团糟——小说最后,曾广贤说自己唯一不后悔的一件事,便是没有和父亲的老伴私通。此时,他的父亲眼角有泪花,"好像醒了"。[3] 他父亲如果真的醒了,这"唯一不后悔的一件事",又会变成曾广贤新的后悔。人被剥夺了自主思考和行动的能力,对自身的荒谬处境既无法省思,也无力摆脱,只有日益深陷其中——这或许正是特定时期的意识形态给人造成的最残酷的伤害。

到了东西最新的长篇小说《回响》,他还写出了日常生活对一个人的伤害与摧毁。《回响》里的人物,都是普通人,他

---

[1] 谢有顺:《中国小说的叙事伦理——兼谈东西的〈后悔录〉》,《南方文坛》2005年第4期。
[2] 郜元宝:《可笑的智慧——读东西长篇新作〈后悔录〉》,《南方文坛》2005年第4期。
[3] 东西:《后悔录》,人民文学出版社,2005年,第290页。

们本可以波澜不惊地活着，可他们的生活之所以被摧毁，就在于生活中出现了一些戏剧性时刻——夏冰清烦徐山川，徐山川叫人摆平夏冰清，于是这个"摆平"被层层转包，徐海涛、吴文超、刘青、易春阳都被卷了进来；作为这一案件的"回响"，冉咚咚、慕达夫、邵天伟、洪安格、贝贞等人的情感纠葛也变得错综复杂起来。每一个决定性瞬间的出现，都让人性偏离一次固有的轨道，有些人性弱点更是直接将人导向罪恶的深渊。几乎每一个人都被这些人性的弱点和生活的烦恼裹挟着往前走。一个陌生人的闯入，一件事情的回响，都可能把生活的裂缝越撕越大，直到把生活全部摧毁。每个人都是平凡而充满缺陷的，多少平凡而充满缺陷的人生就是这样被摧毁的。《回响》写出了这种人性裂变的过程，在那些最普通的日子里，美好、宁静被一点点侵蚀。这种不经意间发生的情感、心理变化，令人惊恐，也令人绝望。[1]

---

[1] 谢有顺：《日常生活令人惊骇的一面——评东西的长篇小说〈回响〉》，《南方文坛》2021年第4期。

三、在希望与绝望之间

绝望也是理解东西小说的重要关键词之一。东西写了悲伤、苦难和绝望,但他又不是一味地用强用狠的作家,他的世界观里还深怀善意。这是他小说蕴含的力量既尖锐又隐忍的原因。

城乡困境是东西小说人物的绝望感发生的核心背景。以讨论得很多的《篡改的命》为例,它讲述着城乡之间巨大而不可调和的对立。农村文明在城市文明面前的畏缩与臣服,与"进城"过程中城市对农民的轻蔑、挤压和掠夺,形成了鲜明的对照。潘颂汉认为,背井离乡、挣扎求存的都市新移民对阶层化、价值固化的抗拒是小说最动人心魄的力量。汪长尺的自断其后,代表他对农业文明的核心价值——延续血脉的背叛,象征"工业对农业的文明侵蚀和文化阉割"。[1]张清华认为,汪长尺的死是必然的,他只有通过死来终结自己的身份和肉体,乡村体系才会终结。等他的儿子删掉所有出生的痕迹,变成城市的人,才算"篡改"成功。这个结局也隐喻了中国千万个乡村、千万个农人身份与故事的湮灭。[2]陈晓明则说,《篡改的命》确实有"善与恶、城与乡的二元对立,很明确,甚至很简

---

[1] 潘颂汉:《在人性凌迟的现场——东西小说论》。
[2] 陈晓明、李敬泽等:《城乡冲突与小说艺术的自觉——东西〈篡改的命〉研讨会》。

单"①,但这种简单里仍然有艺术表现的丰富与多样。饶翔觉得小说中城乡、善恶二元的结构不足以"呈现今日中国城乡间、阶层间的复杂性"。②黄德海以为,小说中站在对立面的农村与城市都过于单一、简化,《篡改的命》"表露的是城乡关系中相对已知的部分,并无很多新的发现"。③

　　东西在小说里对城乡差异的描写确有过于绝对之处,有所忽略城乡内部的复杂性。但这也许正是东西小说的叙事策略,他以这种极端化叙事来使问题变得尖锐、无法回避。《篡改的命》中的城乡对立结构,城市和乡村一样,有着同样的欲望与罪恶,东西就是要写出农村对城市既敬畏又利用,既厌恶又模仿,既排斥又与之共生的奇妙关系。胡传吉说:"汪长尺的身上,也有罪恶,这些罪恶,未必全是城市造成的,有些可能就是他的天性,在讨债的过程中,汪长尺也不尽是清白,就这一点,《篡改的命》就与控诉式的现实主义有了很大的区别。不把汪长尺写成一个受难者的形象,而是写成一个追债者的形象,这是值得称赞的写法。"④李云雷认为,东西揭露了一个时代的集体无意识,那就是"即使面临如此巨大的不公,主人公所想的并非改变这一结构,而只是在认可这一结构的前提下,想在这一结构中攀爬至有利的位置"。⑤吴义勤如此评论汪槐、

---

① 陈晓明、李敬泽等:《城乡冲突与小说艺术的自觉——东西〈篡改的命〉研讨会》。
② 同上。
③ 黄德海:《想象的追逐游戏——东西〈篡改的命〉》,《小说评论》2016 年第 1 期。
④ 胡传吉:《〈篡改的命〉:见证革命的创伤》。
⑤ 陈晓明、李敬泽等:《城乡冲突与小说艺术的自觉——东西〈篡改的命〉研讨会》。

汪长尺,"他们既是不公平的社会秩序的受害者和牺牲者,又是他们自身命运的帮凶和催化剂"[①],渴望成为城里人是他们生活的全部目标。他们并无现实的存在感,也没有现代意义上的主体意识。由此可见,东西小说对进城与还乡的两难抉择,对人与苦难命运矛盾而复杂的关系,仍留有深阔的阐释空间。东西选择"漫画化"的写法,也许是有意为之,他通过夸张、变形而塑造的一系列极具个性的人物形象,恰恰代表了他小说独有的艺术风格。

东西正视边缘人群不太容易被人觉察的苦难,并试图把这些苦难类型化、哲思化。从《没有语言的生活》开始,东西对苦难的理解和表达,有两个重要的特质:一、苦难不是彻底和绝对的,其中也夹缠、孕育着温暖和生机。如陈晓明所说,东西"总是把苦难的生活处理得生机勃勃,非常有魅力"。[②] 二、苦难并不总是垂泪,也会寄身于嬉笑,而嬉笑也是对苦难的一种反抗。如王宏图所论,东西让我们看到对待苦难还有宗教虔诚以外的方式,把轻快和幽默感注入传统文化中过分严肃的东西。[③] 不过,也有不少学者认为,东西的部分小说把苦难绝对化了,缺少了一点希望的、温暖的力量。徐刚就说,《篡改的命》虽将现实问题之中的阶层叙事推到了极致,但对绝望中温暖的剖呈与未来可能性的想象,似乎不如《没有语言的生

---

① 吴义勤:《绝望的反抗》,《南方文坛》2015年第6期。
② 王安忆、陈思和等:《"广西作家与当代文学"学术研讨会纪要》,《南方文坛》2018年第5期。
③ 同②。

活》。① 其实，东西的小说虽没有提供从根本上改变人生困境的路径，但也并非全然没有可以慰藉人心的力量。比如在《篡改的命》中，汪长尺死后，刘建平、贺小文前去认尸、火化，还带一双儿女青云、直上送汪长尺的骨灰返乡、守灵。汪槐、刘双菊也把小文、青云、直上当作了家人。这固然有汪长尺把十多年打工的积攒给了青云、直上的缘故，但也有一种超出血缘的人情温暖在里面。而在《回响》中，慕达夫这个自称的无辜者，经过各种调查、逼问，生活疑点越来越多，夫妻间的猜忌越来越大，信任越来越稀薄，感情越来越别扭、不堪，最终他和妻子签字离婚。在误会、伤害、厌弃的另一端，理解、体恤、内疚也在生长。小说的最后，两人在内疚中重新找回了爱的力量——冉咚咚问慕达夫"你还爱我吗"，慕达夫毫不犹豫地回答说"爱"。这是历经苦难之后积攒下来的希望，是美好的瞬间。东西的小说从来不只是对现实秩序的冷峻凝视与结构性质疑，它也让人物在苦难中互相依偎、彼此取暖。一种绝望在哪里诞生，一种希望也在哪里准备出来。几乎所有背负精神重担的作家，都是徘徊在希望与绝望之间的。东西的写作也是如此。

从《没有语言的生活》《不要问我》《猜到尽头》到《私了》，从《耳光响亮》《后悔录》《篡改的命》到《回响》，东西写出了不少出色的短篇、中篇和长篇小说。他的叙事是现

---

① 徐刚：《绝望感，或虚妄的激情——东西〈篡改的命〉的"苦难叙事"》。

代的，人物是独特的，他对时代的理解有自己的角度，他的写作为当代文学留下了"不要问我""私了""猜到尽头""后悔""篡改"等深具现实感的关键词。他的小说是真正关注人类当下生存处境的先锋小说，他的写作所具有的重要意义，还远未被充分讨论、充分认识。

东西论

张学昕，辽宁师范大学

原载《钟山》2022年第6期

一

现在，我们是否可以这样讲，像"东西是谁"这样的发问已然是十分多余的话题。虽然，毕飞宇、东西、艾伟等与苏童、余华、格非、孙甘露同是"1960年代"作家，他们与后者的年龄差都在二至六岁之间，不过因为"出道"时间稍晚，便没有被"纳入"到"先锋作家"之列，成为"新时期"那股强大的文学冲击波和潮流的"弄潮儿"，而被后来的一些文学批评、研究归入所谓"60后"的"新生代"作家范畴。"当东西他们进入写作状态时，既有所依傍，又无所适从。1980年代的经验如此珍贵，但不足以应对无序的文化现实，而且1980年代的部分经验在九十年代已被解构……东西如果要在无序的文化现实中留下自己的痕迹，他就得以自己的方式出场。"[①] 但是，

[①] 王尧：《发现和直面"没有语言的生活"——关于东西的片面解读》，《当代文坛》2020年第4期。

我们逐渐感到,他们几位在 1990 年代后期的先后"发力",以及他们延展至近些年的"可持续性写作",其文本的影响力和叙事格局,俨然蔚然壮观,不时地引发阅读接受层面的强烈震撼,造成不小的冲击力。

无疑,每位作家的写作,与时代、社会及个人写作发生等密不可分。任何作家的写作都必然有自己与时代、生活相互契合的"触点"。我们在东西近二十年的写作中,能够不断看到他对现实、人生和时代生活的"新解",感受到作家在写作过程中审美意识方面的潜心修为。尤其是"从'如果'对必然性和目的论的质疑与反思这条线索开始,我们能发现东西作品中充满了一种追问的精神。因为深知沉默的微妙,所以追问也就能切中要害",可以相信,"小说家用写作打破沉默,用自己的文字追寻现实和存在的踪迹,同时发声追问,为时代留下自己的见证"。[①] 东西的叙述,还不时有苍凉沉郁的意绪及忧患感,不失生命感性的体验。我总能在他文字的缝隙间,感受到当代作家文本里少有的那种古朴的灵气,深究存在世界本然的气力,以及蕴发出的精气和静气。这些,都使得他小说叙事的生命内蕴大为充实,充满张力。近些年,随着小说文本体量的不断增大,他潜心审视生活,在人性、世俗、现实旋涡的"曲径"里出入自如,而我们深入甄别其文本意义和价值的工作,就显得意味无穷且意义重大。

---

① 张柱林:《小说家何为——东西写作中的沉默与追问》,《当代文坛》2020 年第 4 期。

那么，现在我们该如何从整体上描述、阐释、概括东西的小说写作呢？其小说叙事的精神逻辑起点在哪里？他的审美方式体现出怎样的人文文化价值观念？决定他伦理情感及其文本形态特征的写作初衷是什么？支撑东西向生活、人性纵深处的隐秘进行挖掘的心理动力是什么？与同时代作家相比，他的文本给我们时代的写作增加了哪些新的审美元素？还有，在文本中隐约透露出的纠结、困扰、想象力，以及他所承载的现实的包容力、穿透力如何受到理性的限制？这些都成为我们破译东西小说意蕴的聚焦点。

当然，关于东西，我们已经感受到他带来的太多惊奇，所以，对他也便充满更大的期待。我们在他近年的文本里愈发体味到叙事的谨严、灵动、自由、朴素等艺术特质的共生状态，也感受到他直面现实和描写人性的曲张时所表现出的骨力。在我看来，尽管东西并不是一位特别乐观的作家，但他具有执着于洞悉现实"暗物质"的决心，有丝丝入扣地书写周遭生活的嘈杂与变异的勇气，有揭示罪与罚的渊薮的叙事策略。我认为，这一点，正是东西在一个更高的阶段和层面上再造自己品质的开端。

仔细梳理东西的写作历程，最早引起人们瞩目的，是1997年发表于《花城》的长篇小说《耳光响亮》和1996年发表于《收获》的中篇小说《没有语言的生活》。这两篇是东西早期创作最重要的作品，显示出他出色的叙事才华和不凡的想象力。我们注意到，2005年长篇小说《后悔录》发表之后，东西一度略显沉寂，偶有几部中短篇小说问世。我想，这个时期，或许是东西的一次自我盘整，他在蕴蓄着力量重新出发。直到十年后，长篇小说《篡改的命》发表，旋即引起不小的轰动。应该说，这时候东西的写作，似乎正在接近自己的某一个"峰值"。而2021年出版的《回响》，无疑是东西对自己写作品质的又一次"拉升"。其实，前几年当我读到他的第三部长篇《篡改的命》时，我开始真正地相信，东西已然成为我们时代不可忽视的、最重要的作家之一。同时我感到，东西也是这些年来一直被评论界和研究界忽略的作家之一。当然，东西还是一位难以归类命名的作家。

　　长篇小说《篡改的命》的确令人感到无比震撼。我感动在我们这个时代，像东西这样的写作者，能够具有如此直面残酷现实的勇气。尤其是，他对现实、个人经验充满力量和沉实的审美化处理，以及深刻的道德意识、伦理意识和勇于担当的信念，猛烈撞击着我们的心灵，将我们拖曳进对现实的思考，不断审视灵魂，叩问自我，诘问人性和生存价值究竟是什么。东西笔力矫健，叙述站在严谨、冷峻、体恤、伦理的维度，"贴紧了"生活来写，揭示出当代现实的种种矛盾，呈示出个人道德的多重困境，深描出一个时代社会生活中"灵魂的叹息"。可以说，正是《篡改的命》这部作品，让我开始重新理解并相信现实主义、批判现实主义文学应有的震撼力和崇高品质，让我体味到形而下的叙述所凝聚的强大的思想和批判性力量。我认为，《篡改的命》是东西小说创作中新的、具有重要标志性的代表作，预示着其写作正在获得更大的叙事空间和精神纵深度。果然，几年后，东西拿出了长篇小说《回响》，让我们再次看到他不竭的审美创造力，对现实生活的感受力、判断力和辨识度。

不能忽视的是，写出了优秀的长篇小说《耳光响亮》《后悔录》《篡改的命》《回响》的作家东西，中、短篇小说创作成就也极为引人瞩目，《没有语言的生活》《我为什么没有小蜜》《救命》《我们的父亲》《私了》等，都堪称佳作。与很多作家不同，二十多年来，东西在长篇小说、中短篇小说、话剧和电影剧本几种文体之间游弋。他的不同文体的写作，都给人们留下深刻印象。他的文字、叙事结构、叙事节奏，都表现得稳健、厚重；感受力、想象力和虚构力的沉实，体现出东西对多种叙述可能性的自觉探索。可以说，东西坚守自己的艺术审美原则，始终保持着安静、平稳的创作心态，而且，不断地尝试以更准确、更细腻的方式来表达灵魂深处的真切感受。东西写作的速度并不快，但他相信，写作最终依赖的是作家的毅力和耐性，少些功利性，才可能使叙述更接近事物本身。"慢工出细活"，看似是一种作家写作的心态、状态，其实也体现着有远大抱负的作家叙述的耐心和虔诚。东西执着地追求并建立自己小说文本的理想状态，始终拥有对这样的写作理想状态持续性的、永不终止的渴望。因此，对于坚实的叙述结构和好故事的寻找，对存在世界和人的灵魂的探索，已经成为东西写作不懈的追求。他对于历史和现实的记忆打捞，对日常生活的悉心筛选、梳理、廓清"现实结构"并在叙述中重构文本结构的信念，包括对于自己价值观的不妥协，都令他从容地直面人性、苦难和生活的隐秘。那么，如何审视、评价东西的写作？在精神和美学的层面深入分析、阐释、厘定其叙事文本的成就，让东西的作品深度参与到文学"经典化"的过程之中，则是当代小说精神性探索和叙事研究的重要课题。

二

对于东西的小说创作，最不能忽略的，应该是其寓言性、寓言品质。正是深邃的寓言品质，使得东西的文本能越过表象世界的模糊性和不确定性，抵达人性和存在世相的纵深处。这也凸显出他基于写实主义叙事策略而极力建构、扩张文本的美学意图，更是他写作的精神主体自觉的表现。东西在作家个体的有限经验世界里，寻找、确立、获取对具有无限可能性的存在世界整体性的判断、追踪的编码逻辑，对现实和人性做出抽象性切割和破译。同时，他捕捉复杂人性结构中每一个伦理、道德层面的情感碎片，呈现其分裂和异化、荒谬和夸张。这些构成故事背后的隐喻系统，成为作家个人对人性世界的逻辑思考与推断，清晰地展露出文本所焕发的想象力的解放。于是，这里面就产生了东西自己的哲学，这也构成东西小说魅力的重要方面。

因此，美国美学家桑塔耶纳在《美感》中，所极力强调的审美的"第一项"和"第二项",可能更适合于对东西小说文本进行解析、阐释。对"第二项"的重视,即小说叙述对于隐喻、象征意义的深度彰显,是东西叙事美学的重要特征。与众不同的是,东西在表现复杂的社会生活和人性时,叙述、叙事结构里蕴藉的深层含义,都在他的勘察、检视之下,产生出某种见证生活的力量。而且,东西从不让存在世界的辛酸、苦难、窘境和无奈等世相直接"登场",而只在文字里以沉重的基调呈现。那些令人极度悲观、压抑的事物和情境,常常被他涂抹上"轻喜剧"的悲情色泽,从骨子里渗透出悲怆。也就是,东西以一种"轻"的叙事形态,对现实与人性进行抽丝剥茧般的抽离。所以,存在的创伤,人性的纽变,生活的困窘和情感的撕裂,性格与命运,等等,这些叙述中永远也绕不过的话题,在东西的笔下既有正剧的谨严,也有悲剧的沉重,更有喜剧的诙谐、讽刺、荒诞,又不乏苦涩的冷色调的幽默。这样,东西小说的意义或者说精神史、生活史价值,就表现出多维度的、具有符号编码的转换性质和功能。

表象的信息和形象,纷繁的人物和有关人生、生命的故事,都在东西强大的叙事伦理规约之内,引申、揭示出逼仄的生活、人生场景,诸如茫然的命运、悲情的人生、人性的极端或异常、身与心的多维度纠结,无意识、潜意识和非理性层面,等等。那些属于存在世界的边缘化样貌,诸多俗世生活的碎片和粗粝的"毛边",那些看似被"轻描淡写"的带有凄凉滑稽色彩的、发生在世界极小角落的生命故事,在东西小说中不断地向着喜剧变种的方向铺陈开来。其中的人物，常常表现为一种离奇、荒诞、滑稽、虚妄甚至狂躁不宁的、向下的生命形态，或者呈现出那种命运的不知觉、不自觉的随波逐流的状态。东西仿佛要彻底挖掘出人性及其命运的可能性层面，将难以自拔和逆转的、被毁损的人生再次撕碎给人看。在东西的小说里，我们所说的"轻"的叙事状态，即那种具有喜剧元素的叙事，始终显现为一种内在的、令人惊悸的戏剧品质。它蕴藏着潜在的无限悲伤、悲怆、悲悯的生命意识。作家似乎"浑然不觉"或"零度叙事"地描述几近不堪、凌乱的日常生活表象，同时，暗示着不规则的普通行为和姿态背后的沉痛和辛酸。文本小心翼翼的"轻"叙事，与现实的不可承受之重形成不可逆转的反差。每个人物的故事和命运，都在以某种根本不属于自己的方式从生活、命运场域向自身退却，并滋生出过度的令人绝望的悲情。这里的"零度叙事"，在作家的"骨子里"也是一种"哲学之思"。也许，每一位优秀的作家都有自己的哲学，但是，这个哲学绝非是从书本上移植来的抽象的概念，而是源自作家对形象世界塑形时尝试建立的编码程序。东西的哲学及其表现，则完全生发于对生活的"事实"层面的"追究"和叩问，它附着于文本的想象力之上，挣脱"浑然不觉"的状态，呈示出生活的莫测高深甚至不可思议。悲伤、悲凉的母题，一度成为东西叙事的"主旋律"。

《目光愈拉愈长》写的就是这样一个极为悲凉、令人无限怅然的人生故事。或者说，它叙述的仍是一个关于人究竟应该如何"活着"的故事。这篇小说的情节并不复杂,讲述一个三口之家的生存状态是如何从庸常渐次走向"破败"和彻底衰颓,最终走向绝望,几近崩溃。我想,东西写这篇小说的时候,内心的悲凉一定是达到了最顶点,或者说是"审美的冰点"状态。由此,我们也感受到作家本人内在的精神气度和心理承受力、忍耐力。叙述主要围绕一位乡村女性的善良、隐忍、愚痴及其与乡村和家庭的伦理关系,试图写出人性的乖张和生活的残酷。在这里,东西让我们思考的,并不是呈现某种苦难的重要性,或者描述一位勤劳的妻子刘井的遭遇、她极度隐忍的现实,而是让我们感受面对荒凉、残酷、无奈的苦楚和酸痛时,乡村女性刘井选择的倍加艰难。小说叙事话语"轻"、朴素、"潜幽默",貌似要将愚昧、混沌的现实险恶转化为一个平淡的故事。实质上,却向我们展现出生存、人性与外部世界裂开的一道鸿沟。

刘井的丈夫马男方,是一个典型的无所事事、好吃懒做、游手好闲的乡间无赖酒徒,不仅对家庭没有任何担当和责任感,而且肆意地猜忌、打骂、凌辱自己的妻子。如同刑讯一般,马男方将妻子吊起来,用烧红的铁块烫焦她的大腿内侧。家暴的具体细节和残忍,已经远远超出我们的想象。刘井就是在这样一种没有爱、没有尊严的身心疼痛中,勉强维系家庭的存在。她一度坚定地选择离婚,但是"组织上"一句"分居两年才可离异"的劝阻,就成为一道律令,让她继续在隐忍的道路上忍受。而马男方却另觅新欢,携手情妇一起走街串巷给人算命，欺骗乡里乡亲，而将家里一切活计都甩给刘井一个人。这期间，他们的儿子马一定，又被自己的姑姑骗走卖掉，致使刘井的生活雪上加霜，心理、精神备受折磨和煎熬。那么，引发我们思考的是，东西为什么要如此"细描"一个乡村女性的隐忍和执拗？他在一位普通乡村女性的情感世界里，洞悉到怎样的深层隐秘？实际上，刘井的隐忍，真正地镌刻出了生活难以言说却正在被不断复制的真实。人性的悲哀和心理的失衡，已经不仅是无数乡村家庭生活中夫妇的情感变奏，而是成为乡村社会人们无法直面的卑微无奈的人生现实情景，成为乡村俗世生活的常态。所以，我们可以从"这一个"乡村家庭的实际状态，感知到整个乡土世界的现实窘态。当然，东西所表现的既是乡土世界一个恒久常新的主题，也是千百年来乡村生活很难摆脱的尴尬、无奈的幽暗。我们在东西的叙事里，依然能体察、厘清并找寻到百年乡土文学的"斑斑泪痕"，甚至血迹。从"无声的中国"到"无声的乡村"，再到沉默的女性，这一切，构成锁住、毁损掉乡村世界田园生活无形的链条。乡土中国内在的忧伤，无法越过充满渴求的、沉重的目光。或者，我们可以这样发问：刘井的眺望和渴望，究竟是怎样一种无望的瞭望和渴望？

东西在叙述中始终不断地选择、使用着一个特别的视角——"目光愈拉愈长"。他试图让刘井的"目光"成为想象的延长线，填充存在的可能性和不可知性。小说叙述的能量，由此充分地凸显出来。而且，存在世界里人性的品质和本性，被刘井的目光真正地掏空了。每当刘井面对现实困顿，感到生活无望时，她都会"登高远望"，越过渺茫视线的藩篱，进入想象的维度。在这个目光的"长度"里，不仅有她的遭遇、辛酸和无奈，也有愤怒、期待和抗争。显然，东西小说的深层，隐藏的是作家对乡村伦理、道德沦丧的深刻反思。

乡村女性刘井对存在的木然和幻想，源于固有的乡村局限性。由此产生的无法自救的绝望，体现出乡村世界的混沌之暗。家庭、婚姻的变局和乱象同样折射出乡村伦理的塌陷。马男方也有自己的目光和想象，但它是基于恶、愚顽和良知丧失的前提下的歇斯底里。当然，这里也有乡村文化和民俗的悖论，有其难以挽救的、难以廓清的模糊性边界。就是说，当这种"目光"成为隐喻或象征时，我们分明感到"看"所蕴藉的希望。同时，叙事让我们对结局有一种想象性体验和批判性的质疑。这也是东西小说经常试图给予我们的审美活动能继续阐释文本价值的期待。

长久以来，当我们论及长篇小说和中、短篇小说的文体，以及作家写作中的文体意识时，就会发现不同文体的文本，所能够释放出来的价值容量对于作家写作的实际意义。或许，文体本身之间，并没有实质性的区别。因为，无论文本的长度如何，叙述价值的比拼，主要是考量其意义能指。它不仅体现着小说的容量、叙事格局和纵深度，而且，体现了一部小说文本最重要的美学价值所在。一部真正杰出的小说文本，必会充溢着令人震撼的象征义和宽广的隐喻义，或奇崛瑰玮，或朴实无华，或虚拟抒情，或语言迷狂，或写实，或魔幻。这些，在文本复杂或简洁的叙事平面上，都会涨溢、蔓延着由词语生长出来的隐喻意义和灵魂修辞。这样的文本，古今中外，历历可数。卡夫卡的《变形记》、海明威的《老人与海》、博尔赫斯的《交叉小径的花园》、贾平凹的《废都》《秦腔》《古炉》、莫言的《生死疲劳》《丰乳肥臀》、余华的《活着》《许三观卖血记》、阎连科的《日光流年》《受活》、苏童的《米》《蛇为什么会飞》《黄雀记》、迟子建的《白雪乌鸦》《候鸟的勇敢》，等等，它们都无处不充溢着象征，无不是巨大的隐喻和引人深思的寓言，当然，它们更是一个个令人终生难忘的故事。

东西的小说同样具有极强的寓言性品质。我们首先聚焦他的中短篇小说，就会发现并惊叹这些文本的寓言品质的精到。如《没有语言的生活》。最初，读到这篇小说的时候，我立刻想到余华的长篇小说《活着》。进一步说，在某种意义上，东西《没有语言的生活》就是余华《活着》的"中篇版"。虽然一个是长篇，一个是中篇，但是，两者有太多相似和相近的元素，令它们在当代叙事文学的高地上相互辉映。文本凸显出的人的灵魂、人性的质地，以及生命中不可思议的巨大忍耐力和坚韧，都在两种不同的文体里"蛰伏"着，在叙述的字里行间充盈着无限的张力。无疑，这两部小说已经成为近几十年来书写生命、生存和人之命运的重要文本。尤其是，我们从寓言性的层面考量它们的美学价值，完全可以认定、认可东西和余华叙事的独特状态。当然，这也是作家叙事发生的自觉状态。

如果从消除中、短篇文体差异的层面看，中篇小说《没有语言的生活》拥有一个极其扎实、坚硬的叙述结构和内在的情感逻辑链条。它在有限但富有张力的篇幅里，几近完美地将一个关于生命、生存和人性的故事演绎成生命的寓言。通过对这个文本的解读，我们也许能真正明了一个文本是怎样从故事演变为寓言的。而且，我们还会在一个貌似平淡、平静而简洁的叙事中感受到惊人的绚烂。当叙述使故事超越了故事本身的语境时，智慧、玄思、幽默、深邃、气度等文本气象和格局都瞬间呈现出来。而想象力和虚构力，最终让叙述摆脱了故事的内核，在静穆中升华为不可阻挡的新的语词的洪流，并让我们感受到一个故事成为寓言之后，它更具内暴力与冲击力的生成可能。其实，小说中的几个主要人物，足以支撑起文本强有力的叙事结构并呈现坚实的生存主题，但是，让文本从一个具有一定虚构性的"故事"，衍生成一则寓言，这中间的确需要一个较大的精神"跨度"。那么，如何极其自然地实现这样的文本转化，完成从"故事"到寓言的"嬗变"过程？其中主要依赖的就是作家的想象力和虚构力。作家的这种能力，定然可以将其经验世界中本质化和"非本质化"的品性有效地传达出来，但同时还要克服作家自身经验局限所带来的判断上的偏狭或肤浅。这是使一个故事在讲述过程中抵达寓言层面的障碍和困扰。实际上，当代的现实生活，正以其多变的复杂性不断地超越我们的想象力。小说文本，无论中、短篇还是长篇，都越来越难以创造令人惊奇的故事。作家的叙述，可能只是讲述了一个实实在在的故事而已,其中并没有超越事物本身的精神判断和灵魂升华。而从故事到寓言之间具有本质性的转换,就是作家对于事物和世界所进行的新的文本建构。作家对于事物、生活、存在、世界的看法的改变,使故事的功能处于不断地扩大和延伸之中。可见,一个作家对"事实"的"看法",不仅基本确定了叙述的方向,而且决定着作家如何超越经验的局限,一旦他找到有关世界和事物新的语言和结构,这个文本就可能由故事层面大踏步地真正进入寓言的层面。这时,小说的文本结构便呈现出一个新的空间维度。无疑,这也是作家的文本写作从审美的"第一项"进入到"第二项"的起点。

我在《小说是如何变成寓言的》一文中,曾对东西《没有语言的生活》做过较为仔细的分析和阐释:我们首先会发问,"没有语言的生活"究竟是怎样的一种生活?无疑,这种没有语言又碍于精神沟通的生活是一种可怕的、令人难以想象的、惊悸甚至恐惧的存在。就如同世界只有黑夜没有白昼,无疑是一种无奈和绝望的现实。其实,这个小说讲述的故事,是一个单纯的关于生存的故事。表层上它写瞎、聋、哑三个人组成了一个"看不见、听不到、说不出"的特殊家庭的故事,实质上它是一个书写人生、人性和苦难的故事。应该说将三个分别失明、失聪、失语的人置放于一个家庭里,让他们借助彼此的感官,共同面对这个世界,相濡以沫,共同担当,既需要作家的想象力,也需要作家具备相当大的叙事勇气。这样的组合会产生怎样的生活情境,如何想象这样的生活,尤其是,怎样呈现这种具体的、艰涩的生活状态，只有切入文本叙述的细部，才能见出作家的功力，这的确是难以想象的想象。从身体、大脑和心理的层面，一个人如何才能够逻辑清晰地意识到世界的存在？与正常人不同的是，一方面，聋哑人没有自己的声音史，盲人则存在于没有光的黑暗里，这样的人群都是在有缺陷的世界里寻找生机，保持尊严；另一方面，他们与存在世界之间，由于残缺的、有限空间窗口的逼仄及通道的断裂，他们就以迥异于正常人的方式进行思维，无论心灵是敞开的还是封闭的，内心的秩序都可能会呈现出一种认知、感知上的锐角。人们常说，上帝向你关闭了一扇门，就可能会为你打开另一扇窗子。但问题是，这扇窗子是怎样打开的。

父亲王老炳不是天生的盲人，因为无意间捅了马蜂窝而使自己从此遁入了黑暗，一切不幸、磨难、酸楚从此纷至沓来。东西并没有发掘、描述这样的遭遇给王老炳带来的心理和精神上的痛苦，而是让他继续承受现实生活不断的挤兑和碾压，由此考量着一个"后天"失明者的隐忍和自我挣脱。于是，没有期待、没有力量、无边无际的"狂想"，构成了他对世界进行判断的现实。儿子王家宽的听力，先天就在声音的世界里消遁了。虽然他可以看到和说出世界的模样，但是这种"看到"，就是一部关于存在世界的"默片"，因为，在他这里人们的动作和口型是不可靠的。为了不在寂静的世界里死去，他只能借助他人的"演绎"，来求证自己看到的一切的真伪。儿媳蔡玉珍是一个"哑巴"，她面对的是无法说出的世界，是无法呈现的存在"片段",是永远也不能抵达的交流。这是一种生存之虞,身体的、器官的残缺已经使她无法维持自己起码的尊严。① 也就是说,如果不合理地、逻辑地整合这一家人的生活,他们的世界将永远是破碎的、割裂的、毁损的。因此,三个人必须相互支撑,相互借力,整合成一体。当儿媳蔡玉珍遭到侮辱和强暴后,这样的一家人,似乎终于顿悟到他们破碎的生活究竟应该怎样维系。这似乎也是存在世界某种宿命般的存在"结构"。

  蔡玉珍走到王老炳床前,王老炳说你看清是谁了吗?蔡玉珍摇头。王家宽说爹,她摇头,她摇头做什么?王老炳说你没看清楚他是谁,那么你在他身上留下什么伤口了吗?蔡玉珍点头。王家宽说爹,她又点头了。王老炳说伤口留在什么地方?蔡玉珍用双手抓脸,又用手摸下巴。王家宽说爹,她用手抓脸还用手摸下巴。王老炳说你用手抓了他的脸还有下巴?蔡玉珍点头又摇头。王家宽说现在她点了一下头又摇了一下头。王老炳说你抓了他脸?蔡玉珍点头。王家宽说她点头。王老炳说你抓了他下巴?蔡玉珍摇头。王家宽说她摇头。蔡玉珍想说那人有胡须,她嘴巴张了一下,但什么也没有说出来。她急得想哭。她看到王老炳的嘴巴上下,长满了浓密粗壮的胡须,她伸手在上面

---

① 张学昕:《小说是如何变成寓言的——东西的短篇小说》。

摸了一把。王家宽说她摸你的胡须。王老炳说玉珍,你是想说那人长有胡须吗?蔡玉珍点头。王家宽说她点头。王老炳说家宽他听不到我说话,即使我懂得那人的脸被抓破,嘴上长满胡须,这仇也没法报啊。如果我的眼睛不瞎,那人哪怕跑到天边,我也会把他抓出来。孩子,你委屈啦。

蔡玉珍哇的一声哭了,她的哭声十分响亮。她看见王老炳瞎了的眼窝里冒出两行泪。泪水滚过他皱纹纵横的脸,挂在胡须上。

可以说,我们所看到的是一个令人感到无比酸楚、沉重的场景。即便是在充斥着生存荆棘和苦涩的窘境中,仍然会不断遭遇恶的袭扰。王老炳一家人的生活,不禁会让我想起加缪那部著名的《西西弗神话》[1]。加缪在谈及人类的终极命运时,认为除了荒谬和苦难外,必须特别地引入"阳光"一词。因为,倘若没有生活之绝望,自然也就不会有对生活真正的挚爱。加缪理论的深刻之处,不仅仅在于他所体悟和判断的阳光唯有以苦难为底色,才可能更有热度,才可能会更弥足珍贵。而且,正是阳光、爱和美好,在相当大的程度上,才是战胜人生苦难和艰涩的根基。在加缪看来,苦难,也许正是通向阳光的唯一一条道路,尽管痛苦并不比幸福具有更多的意义。面对人

---

[1] 阿尔贝·加缪:《西西弗神话》,沈志明译,上海译文出版社,2013年。

性之恶，任何一种突围都是必要的选择，对王老炳一家更是如此。无论怎样讲，"看不见、听不到、说不出"三者的生命状态都是极其可怕的存在。东西用并不变异的、并不夸张的叙述，从容地写出他们的成功突围，并深度呈现出他们在生命、命运的"逃亡"之路上的善良、虔诚和隐忍的力量。令我们振奋的还有，在整个叙述中，看上去"语言"根本无法"在场"，但语言又无处不在。三位一体的神秘交流，使语言就像是文本中的"第四位人物"，也像一股股苦涩却温暖的泉流，传导出人间的温暖和爱。我们在这篇小说里，深深地感受到东西内在的"狠"。他先是在文本里建立起王老炳一家人生活的支撑点，铺设了一条充满希望的道路，搭建起一块尚可以缅想的"灵地"。但是，语言这个"第四位人物"并非可以永久充当他们一家人和谐共生的中介。当"语言成为思想的直接现实"时，语言的河流干涸了，只空余一个虚无的河床。

不同于《没有语言的生活》和《目光愈拉愈长》，《祖先》这篇中篇，不仅是一篇更具寓言品质的文本，还是一篇将纯粹的个人命运置放于人性、人物欲望的空间，并对"反道德""反伦理"的维度做出终极考量的文本。从本质上讲，这是一篇酷似余华《现实一种》的小说。《祖先》竭力表达出世情的虚幻化和存在的不确定性。整个叙事没有启蒙的诉求，而是对"中心"题旨或本源的"拆除"，对宏大历史叙事完整性的消解，对自我与人物的祛魅或符号化，对情感的中性化，对欲望、暴力、死亡、逃亡等行动的极端表现，并且利用错位和意外构造故事，使得小说在结构逻辑上与传统小说构成本质性差异。当然，其中也不乏宿命论式的神秘主义色彩。这一点，我们的分析甚至可以延伸至胡塞尔"现象学"层面去考量。文本在描述人性的蒙昧或心理残破时，体现出"审父"尤其是"审母"倾向。从这个角度讲，《祖先》是一篇想从根上刨除人性的愚顽和非理性层面的作品。开始读《祖先》的时候，我就隐约意识到这篇年代、背景都略显模糊的中篇小说所具有的浓郁隐喻性。但是，它更偏重从个人命运史角度呈现、剖析一个年代的生活常态，聚焦人性最脆弱、最愚顽、最无奈的褶皱和悖谬。这种悖谬在我们今天的当代人看来，几近于荒唐。我们因此看到东西表达乡土世界历史的沉重和悲情，抑或它是在彰显着潜在的历史偈语。实质上，东西在此致力在审父、审母——隐喻——乡土历史的沉重和背景之间，建立"大叙述"之外的隐秘联系，由此来找寻历史本身内在的逻辑顺承，重温"历史的味道"。

莫言写作《红高粱》时，曾使用"我爷爷""我奶奶"的称谓作为叙事的"引线"。当然，这里有叙事策略层面的考虑，也是作为叙事时间、叙事视角切入历史的方法，但还有其真正的内涵的加持。《祖先》讲述的是一个有关家族的故事，竭力地通过文本以保持记忆、反抗遗忘。那么，对于东西来讲，"如何讲述"同样构成叙述的难题，怎样唤醒沉寂的往事，与祖辈做一次对话，依然是需要勇气的。但是，东西没有虚拟或虚构祖辈的梦想与荣光，而是不惜挖掘、深描祖辈的愚顽、困窘、原始冲动、异化甚至劣迹。

小说叙述女子冬草历经艰辛,引领船工们一起漂流数百里,经过黔江、红水河、枫树河,护送因代人讨债被杀死的情侣光寿回归故里。没有料到的是,光寿的妻子竹芝扣留、拘禁了冬草。于是,冬草成了竹芝敛财的工具。冬草常常是以泪洗面、忍辱负重地接待竹芝引诱来的那些乡里的嫖客。竹芝却因此攫取了大量的水田。一个女子,为自己爱情的信念而沦落他乡,惨遭百般蹂躏,无法返回自己的家乡,最终嫁给扁担,彻底地遗忘了故乡——桂平。或许,令人惊诧的是,冬草竟然无奈地"适应"了这难以想象的乡村之恶,她自己也仿佛成了在遥远异乡开放的"恶之花"。竹芝之恶,见远的放纵和变态,从另一个层面揭示了乡村藏匿弥深的病态和堕落。虽然,东西无意在文本里掩饰人物的历史并给予修复的本意,而是保持其近于"原生态"的"生活流""超伦理"状态,并极力将唤回时间的欲望化空间并置,但我们在此盘桓的祖辈的昔日,追忆者与被追忆者都没有化为乌有,亦并非不可捉摸。我感到,表面上看,东西似乎在呈现乡村的民俗、欲望的传奇性和神秘性。实质上,他是想爬梳出人性、记忆和历史的"断层",做一次生命的"寻根"。因此,当"我父亲"雾生问及奶奶"从哪里来"时,作为母亲的冬草将手势指向河流的那一边——一棵枫。

其实,东西就是要呈现人性的变奏。虽没有任何启蒙的诉求,但隐约再现了人与历史的苍凉和忧郁。尽管冬草年轻的生命本能尚可与沉重的肉身相媾和、跃动,她残余不尽的欲望,还能够在激烈扭曲中变形、涌动,但她却无法实现与所有人在精神和身体的双重交合。在近乎被无端压抑的疯狂里,她对男性世界、乡村世界的所有幻想终于彻底坍塌。在这里,我们既可以看到人的心智的沦陷,以致心理、灵魂被颠覆后难以逾越现实的羁绊,也看到冬草凭着自己的生命本能竭力挣扎、叛逆,以及疯癫后发狂的潜力。显然,这样的遭遇,让她意识到人心无法抹除的罪恶,周遭世界的芜杂、破碎与变异,让残留于心的些许浪漫荡然无存。无疑,一个落难女性的惨烈,被书写得丝丝入扣,气韵横生。而且,文本叙述深深触动我们的,还有冬草对男性世界、乡土淳厚民风缺失而难以持守的最大绝望。关键是,作家还写出冬草被无形而巨大的环境压抑乃至吞噬时,骨髓里仿佛渗透出隐隐冷气和骨气。这里,文本营构并散发出那种凄楚之美,在富有神秘气息的乡土文化土壤里滋生出无尽的哀婉。也许,那个莫名的时代,到处充满了怪胎。东西就是要进入迥异寻常的历史空间。当冬草与奇丑无比的船工扁担生出一个男婴时,叙事者方才宣告"我"的"祖先"的诞生。至此,有关"祖先"的传说和传奇性,被"狼藉"般和盘呈现出来。在"解构主义"盛行的时日,东西特立独行、避雅趋俗,他立足本土,沉浸于藏污纳垢的乡村世界,探索生命、命运和人性的奥义。虽然,其"寻根"意在"建构"历史和记忆的完整性,但是"母亲"的记忆仍然是如此破碎,如此悲伤。

事实上，东西未曾参与1980年代以后的"寻根文学"和"先锋写作"潮流，也未曾沉浸于所谓"新写实主义"的潮流。前文提及，东西的"写作角色"介于"先锋"群落和"70后"之间。他十分清楚，在审美思维层面必须另辟蹊径，既要对生活有感性直觉的体悟，有还原生活的策略，也要有以理性思辨判断、认识世界和人生本原、结构的逻辑向度。就是说，东西很早就意识到他们这一代作家写作的可能性。因此，他一直试图在文本中建立一种新的结构。我也曾猜测，东西的写作是否更多地受到了胡塞尔现象学哲学的影响。

可以说，拥有较高审美价值的小说文本，唯有进入到哲学或象征、隐喻的框架之内，进而进入到审美思辨的层面，文本的引申义和寓意，才会凸显出其应有的价值和丰厚内涵。就原创的故事本身而言，还可以特别地生成一种全新的意义结构。我们在此也充分地意识到东西小说强烈的结构意识、结构感。结构主义学者霍金斯说，"结构主义基本上是关于世界的一种思维方式"，在这一思维方式中，"事物的真正本质不在于事物本身，而在于我们在各种事物之间……感觉到的那种关系"。[1]作家余华也曾反复强调人作为创作主体同现实世界及经验主体的"结构关系"。他认为，"生活是不真实的，只有人的精神才是真实时……人只有进入广阔的精神领域才能真正体会世界的无边无际……在人的精神世界里，一切常识提供的价值都开始

---

[1] 霍金斯：《结构主义和符号学》，上海人民出版社，1990年，第8页。

摇摇欲坠，一切旧有的事物都将获得新的意义。在那里，时间固有的意义被取消"。[①]也就是说，只有创作主体对生活重新进行结构，捕捉或寻找"在各种事物之间感觉到的那种关系"或者"取消时间固有的意义"，才能在小说文本貌似封闭性的文学空间中，获得对世界新的认知和理解，真正体会到世界的无边无际。

我们还能感觉到，在小说的叙述语言和叙事结构中，时空最终消失，进而抽象出寓言性所隐喻的关于现实、存在世界的道理，给我们以审美的愉悦和发现生活的旷达。这才是作家在时间之流和空间结构中做出的对于世界新的建构。"我们在各种事物之间感觉到的那种关系"，既是指人与人之间的关系，也指人与事物之间的关系，或许还有事物与事物之间的难以言说的隐秘联系。当作家感受到各种事物之间深层的隐秘关系，便会建立起叙述中的"关系与结构"。显然，这种"没有语言的生活"，俨然成为世俗生活的一种存在方式，呈现出存在世界的某种生命之间的依存关系。我们在其间看到了人性及其内在心理、精神的真实性。

写作伊始，东西就重视中短篇小说文体形式，前面提及的中短篇小说可以证明他拥有极好的结构感，并且善于驾驭这种结构，呈现、虚构出另一种真实。"短篇就是一口气"，我们知道，东西对短篇小说写作的理解是独特的，"短篇不仅是一口

[①] 余华:《我能否相信自己·虚伪的作品》，人民日报出版社，1999年，第165页。

气写完的，它还必须能够让读者一口气读完"。① 其中"必须能够让读者一口气读完"，也能体现出东西对短篇小说叙事技术层面的要求。这是一个作家对文体、文本结构要传达出深刻的精神意蕴的要求，其中蕴含着强烈的责任感。

三

在这里，我想将《回响》和《篡改的命》联系在一起，对东西近几年的创作进行考量，以此阐释东西小说中新的叙事元素及其内在精神品质。由此，我们也会感受到他在叙事中体现出的对时代、社会生活的穿透力。我相信东西发现了生活内在的、可怕的戏剧性，体察到人性最幽微和晦暗的角落。人性的丰富性和欲望的被压抑，分离出生活极其狭窄、逼仄的灵魂空间。唯有小说的叙述，才可能在作家出色的想象力及扭转生活的虚构力驱动下，建构起文本的美学秩序。当然，我们也发现东西写作的内在矛盾性。他在触摸到人性与生活的摩擦时，也不免产生自我的精神龃龉和迷惘。或许，这也是许多作家不可避免的问题。因为《篡改的命》和《回响》，既凸显出东西的深邃，同时，也彰显出东西难以摆脱的、无形的自身矛盾和束缚。

无疑，《篡改的命》和《回响》这两部作品，都是东西沿

---

① 东西：《我们内心的尴尬》，河南文艺出版社，2018年。

着自身个人性的精神价值取向，直接参与对现实细部的勘察，以非常"策略"的手法"反策略"的重要文本。这两部长篇小说的写作，让我们更加认识到，东西真正并且彻底放下了自己的所谓"身段"。前一篇，他丝毫不规避现实的"新闻"品质；后一篇，他更不忌讳文本被"怀疑"或厘定为所谓的"侦探小说"。这样，他也就不刻意算计文本叙述本身或文类层面的技术性要求、规约，而是率性地直面现实、对决生活、逼视生活，识别"仿真"和伪饰，提炼、概括、整饬发散性的"碎片化"迷乱的现实，在悲怆的事实层面，发掘存在世界的精神性缺失和人性真实。应该说，《篡改的命》将现实、命运和人性一起置入存在价值、意义的罗盘，沉淀着作家的智慧和痛苦。东西明显要在叙述中重建审美理想和道德规约。因此，批判现实主义在当代中国文学的源流、发展和命运，在这样的时间节点上，就由这部小说"沉潜"并且接续上来，进而产生强烈的震荡力。而《回响》让我们更进一步看到东西思考现实的纵深度，也可以说，它还体现出当代"写实主义"创作的新高度。处理现实所呈现的"异质性"，凸显人性在精神层面的暗角、畸形和诡异形态，人在社会生活中的暧昧处境，是判断作家感受力、洞察力和表现力的关键。以此，我们可以考量当代作家处理生活、存在和经验的文本"容积率"，以及作家试探人性命脉、情感状态、价值和终极意义诉求的高度和深度。

那么，《回响》究竟是一部怎样的小说？吴义勤如是概括：

它是一部以案件和情感为主要内容和叙事线索,以"大坑案"侦破和慕达夫与冉咚咚的婚姻、家庭走向为"问题"导向的分析性、剖析性小说。不同于常见的侦探破案故事、爱情伦理故事,小说有着严肃的"问题"聚焦和人性追问。它还是一部以人类理性和情感、智性与心理为主,以社会现实生活为辅的小说。它关注人性的复杂结构,整体性观照人的心理、情感、理性和社会性。它是小说、文学与心理学、案情推理学的"合作"。对案件的侦查、推理,对人心的推测、研究,嵌入了小说叙事,构成其基本内容,影响了叙事节奏的快慢。小说在很大程度上体现着一种环环相扣、迂回曲折却又步步推进、深入人心的探究案件和情感真相的思维方式。小说以心理和推理作为基本内容和情节结构形式,对人性人心状况进行了较为广阔、细致和全面的想象性辨析和考察,揭示了隐藏在日常生活、情感和伦理关系之中却被遮掩或无法说出的"真实",揭示了那些隐秘的不欲示人的思想和欲念在它自身轨迹上的运动。[1]

"它是小说、文学与心理学和案情推理学的'合作'",在这里,吴义勤精准地强调了东西叙事中心理学对叙事的"主导"作用,其策略旨在描摹出人性的复杂结构如何成为可能。

---

[1] 吴义勤:《探寻生活和自我的"真相"》,《南方文坛》2021年第4期。

小说中主要人物、办案人冉咚咚，与每一位当事人的对峙、冲突，以及与自我的内在矛盾相互切换，相互"磨损"，反复地比拼，实现各自在心理场域的能量守恒。而文本细节上的千变万化，都是作家捕捉的能够代表人性特征的阴影部分。心理问题，始终是东西叙事想要破除的一道防线，厘清人物个人的心理逻辑空间、心理维度的"事实"，并建构事物存在的可能性映像。就像心理学家所掌握的"心理的比较解剖学"，往往会通过梦的试验来破译人性的密码，而东西所使用的则是人物自身与"他者"之间的心理"对冲"和自我博弈，包括人性的纽变、扩张。作家想要凭借自己的认知，将人物的感性和理智全部置放、渗透进虚构的世界。于是，他认为存在世界可以捕捉到、可以把握的那一部分，就能够体现出探索的光芒，而不可捉摸和断定的那一部分，也可能在他的虚拟情境中呈现出不可捉摸的意义。或许，勘察人性的"模糊地带"，是东西叙事的重要聚焦点。那么，在《回响》里，哪些是清晰的？哪些是模糊的部分呢？究竟什么是"什么"的回响呢？东西所叩问的终极问题是什么呢？

虽然，刑侦专家、警察冉咚咚被精神科医生测试、确诊，结论是并没有心理问题，只是她的自恋型人格和强迫型人格维度略略偏高。其实，这是她主体刻意控制回答医生问询的结果，而其人格的张力和潜滋暗长的分裂性，时刻潜伏在灵魂的幽暗处。现实的压力导致心理承受力的下降，造成焦虑甚至隐伏的狂躁，修改着人格。主体与环境等客体冲撞时，行为变形，愈发缺少对生命的内在领悟，加之强势的自我求证所形成的困境，以致人格裂变一触即发。对于冉咚咚来说，并不是自信心的重建问题，而是亟待调整心理的压迫式焦虑，迷失在职业性思维惯性的心理畸变。东西特别细腻地书写冉咚咚和慕达夫夫妇爱情、婚姻的波澜起伏，揭示浪漫情怀渐失之后，由于喧嚣、骚动的生活引发的残酷现实对"原生态"情感的覆盖。夏冰清的人格系统，也同样是如此充满尖锐性和不可平衡性。她的价值观及其人生选择也呈现偏执和狂躁，钻进自己预设的怪圈。最终，她殒命于幻象，也终结于梦魇。可以说，她生于幻象和梦境，死于欲望的沟壑。

可以说，小说叙述的几个主要人物，都具有极端的幻想性。进入幻觉的状态，似乎是既想剔除现实的瑕疵，保留自由的幻想，也想通过满足欲望以求证自身的价值，但欲望的伸张无法实现"个体化的过程"。人可以生长于欲望，也可能毁于欲望的嚣张。东西要挖掘、剥离的就是意识的种种幻觉，描摹出深层意识中的阴影。说到底，《回响》就是一部表达欲望、爱、心理、灵魂和人性真实"生态"的小说，也是一部"情感"小说或"情感教育"小说。我们都清楚，任何人面对生活、存在世界，面对自身，都不可能真正地超脱俗世烟火气的浸染。俗世的种种复杂性，都起源于人性的"变迁"和人的认知能力及其方向。进一步说，阿城曾推崇："世俗既无悲观，亦无乐观，它其实是无观的自在。喜它恼它都是因为我们有个

'观'。"① 问题在于,世俗常常都会超出我们的任何一种"观"。我们在《回响》里所体味到的俗世情境,可谓展现出世道人心微妙的变易,常常令我们自为的认知和阐释变得无所适从。无论是冉咚咚、慕达夫,还是夏冰清、徐山川,他们存在性的纠结、焦虑,甚至一定程度的"疯癫",似乎总是伴随着阴影的笼罩,不能自拔。因此他们的"悲"和"乐",皆成"无观的自在",皆为幻象而失。可以看出来,东西骨子里的现实激愤,时而会转化成"冷幽默",呈示出人性的尴尬状态。

《回响》的叙事形态,让我再次想到东西最重要的短篇小说之一《私了》。后者是一篇简洁、精致、引人深思又令人不胜唏嘘、深感沉重的小说,揭示了一种负载着巨大的难言之隐的现实之痛。小说埋藏着一个可能让人的精神、心理或意志坍塌的结局,一个足以令人不寒而栗的结局,一个几乎可以"焊死"存在的希望的结局。它是一个将文学的叙述、语言、感觉和个人的独特经验推到极致的经典文本。这篇小说讲述男主人公如何谨小慎微、如履薄冰地对妻子虚构、隐藏儿子不幸身亡的真相,细致地摹写了这对夫妇如何面对一场家庭灾难,描述其漫长的、煎熬的、隐忍的心理过程。整篇小说充满着无数精神、心理的悬疑,充满着苍凉和纠结。父亲究竟向自己妻子隐藏了什么样的真相?他为什么要隐瞒真相?最终真相如何大白?这是一个怎样的故事?故事的后面还有什么?"后面"还

---

① 阿城:《闲话闲说——中国世俗与中国小说》,作家出版社,1997年,第89页。

将发生什么？这一切，可知又不可知。极其普通的农民的儿子李堂在外地打工，在一场轮渡倾覆的事故中丧生。父亲被通知到现场处理后事，然后带着一张存有"巨款"的存折回来。丧子的父亲如何面对妻子？如何克服自身巨大的隐痛，向妻子交代并消解妻子的悲痛？这是一个难以想象的难题。也许，在日常现实生活中，这应该算是一个"正常"的意外或惯常性的悲剧，但是，由于这个文本叙述的内在精神和思考起点的独到，使这个"极其"现实主义的文本，生长出与众不同的隐喻性和寓言性。看得出来，东西在讲述它的时候，内心充满隐痛和悲怆。这是来自现实的灵魂困扰，也是来自社会、时代病症引发的"阵痛"。

进一步说，在文学叙事的心理、精神和美学层面，《回响》与《篡改的命》《私了》有着极大的"同质性"。它们的叙述，同样埋藏着一个可能让人的精神、心理或意志坍塌的结局，一个足以令人不寒而栗的结局。这是一个脆弱的、容易毁损的人性的防线，形成一个永远处于悬而未决状态的危境。而且，在这几部小说里，叙事已彻底突破了神秘主义的屏障，甚至将人性的可能性推衍至吴义勤提出的"无法说出的'真实'，揭示了那些隐秘的不欲示人的思想和欲念在它自身轨迹上的运动"[1]。因此，我们就会看到东西书写人性真实状态的轨迹和精神链条。应该说，他写出了一个时代生活里，那些具有道德缺

---

[1] 吴义勤：《探寻生活和自我的"真相"》。

陷的人内心的虚弱和空洞。不夸张地讲，《篡改的命》和《回响》是我们这个时代心理特性、精神特征和灵魂样态的真实写照。

关于《篡改的命》，东西写这部长篇的时候，一定是克服了很大的现实压力，也自觉放弃了许多功利性的考虑。我相信他是满怀"真正的经典都曾是九死一生"的叙事雄心和胆魄动笔写作的。这部长篇小说，让我联想起余华写于1990年代末的《活着》。它们有着大致相近的文本诉求趋向，都试图进入现实生活和生命状态的最底部。这两部小说都在讲述关于人的命运的故事。在展示人生、命运和人性的基本层面，叙事驱动力和所依照的结构"原型"，都有"命运小说""人生小说"的诸多元素。汪长尺、李三层这两个人物，都是有血有肉的男人。在生活的苦难面前，他们无力主宰自己凄苦的命运，存在的窘境、尴尬、无奈和穷困反倒尽显无遗。如何书写他们的尊严？哪里有他们灵魂生长的道路？作家东西在这部小说里也想要找到"人性真实状态的轨迹和精神链条"，拧干虚构的水分，让现实产生撼人心魄的震慑力，挑战我们的视觉和内心，让我们真切地看到生活的残酷。

与《回响》相近，《篡改的命》里也有诸多人，像是被拴在一个无奈的情感、利益、欲望的绳索之上，都挣扎着朝向一个没有出路的方向蜂拥而去。他们都坚信，其中一定会有实现幻象、梦想的可能，寻觅自我实现的可能。生活却如洪荒般喧嚣、驳杂，狡黠的人性的暗影，疯狂地覆盖、吞噬着那些最简单、最普通、最基本的生存需求、欲望和企盼。现实的既有秩序，正悄然改变着存在的基本伦理，使人性发生荒诞、悖谬的变异。就是这样的人性变异，鼓动着东西潜心倾听灵魂"回响"的激情和冲动。可以说，《篡改的命》有着非常结实的文本叙事结构，现实生活、世道人心、人性、情感、欲望，在这部小说里如同囚笼中的"困兽"，在这里，人人都充满了不可思议的力量和欲望、冲动。但是，这种力量最终被强大的现实毁损、销蚀，而人性的粗粝和乖张，无法控制住对于命运的激愤；个体灵魂中激烈的自我矛盾和冲动，抵御着精神的、心理的、肉体的深重磨难，而在谋求"幸福""尊严"的道路上屡屡受挫，不堪重负。东西凭借坚韧的勇气和自信，潜入当代人的灵魂深处，探寻命运之魔缘何给人造成如此痛苦的境遇。唯有进入灵魂深处，才可能破译生活本身的"潜结构"，揭示事物内在的玄机。这两部小说的意义，除了把握时代生活氛围里表象的"构象"，还在于意欲打碎现实的既有模型，从而进入个人逻辑和心理空间的事实形态。其实，东西一直在寻找切入人性深处最乖舛、最隐秘、最闭环的个体"经验"的视角，探勘俗世灵魂的情感变奏。两者叙述的"故事"里，各自都有需要破译的现实密码，人性、情感、欲望、心理、命运，隐含着偌大的生命之谜，仿佛中国版的"变形记"，形成令人目眩的叙事体，扑朔迷离，直指当代现实本身的断层。《回响》中的"案件"，在很大程度上构成文本叙事的"圈套"，它始终不停地拉动人事、情感的因缘际会，内心幽微深处的灵魂悸动。与其说，这部小说借壳于一桩刑事案件，毋宁说它细腻地解剖的是现实中的"心理案件"，在这里，叙事的结构本身促使我们视其为一则寓言，并揣摩其心理动机。

我感到，《回响》刻意强化了文本叙事的心理辨识度。这也是东西叙事策略的一次大调整。这一次，东西的写作实现了自身的"解放"，让自己"变"成了自己，再通过自己的视野和认知勾勒出人性和存在现场的基本图像。同时，东西在个体人格即将分裂的瞬间，将世界当作有限的整体，触摸到令人敬畏的那种神秘的感觉。东西在《回响》这部小说里，全力地考量人性内部的自我抉择和情感参数。从另一角度讲，所谓"案件"也是叙事的一件"外套"，更多的是从心理层面切入人性在当代社会生活的纠结和变异，并非文学叙事的新视角和新异的写作面向。但是，东西的思考和呈现，更多地增添了小说想象的力度、生命的意识和精神内力。看来，小说写作实在是需要更为深刻的认知维度。或许，这才是文学叙事应该必备的智性要求。

四

可以说，东西的小说叙事，始终坚持"写实主义"的手法，而且，一直是"贴着人物"写下来的。其中，人性、欲望、尊严、道德和伦理之间激烈的碰撞，得到有力呈现。从整体上看，东西的创作，在表现形式方面，虽然不乏灵动和变化,但他对经验、生活并没有做太多的艺术变形的处理,只是竭力而踏实地"写实",以逼真地呈现出现实自身的纽变。并且,在叙事中尽可能地延展出故事、"事件"、人物的种种可能性。正是在东西的写作中,我再次感受到写实主义的强大表现力。即使没有前面那种所谓"寓言性"的加持,他所选取的进入生活的视角,勘察人以及事物的清晰度、纵深度,都是令人信服和敬畏的。

史铁生在评价洪峰的写作时曾说:"我看洪峰这人主要不是想写小说,主要是借纸笔以悟死生,以看清人的处境,以不断追问那个俗而又俗却万古难灭的问题——生之意义。"[①]"悟死生""生之意义"的问题,断然不能说属于"俗"的范畴,重要的是写作者是否以身心的直觉经验,去揣度俗世的生死,冷静地审视种种欲望,深度思考如何去面对苦难。我们早已体会到东西的小说,具有许多作家少有的沉郁和沉重,而且他永远也不会"冷静"地与现实保持距离,淡然处之。东西深怀忧患和悲悯,对现实不仅有所"悟",更有所痛,有所发。实际上,一部文本的"现实性"力量如何能够"大于"一己的经验,并在叙述中生长出超越"寓言性"的审美冲击力和文本纵深度,直接体现着作家对现实的本质性追问的深广度。这是我们把握东西写作现实性和理想性之间关系的重要侧面,也是认识东西作品审美价值、精神取向"先进性"程度的重要参照。

---

① 胡河清:《灵地的缅想》,学林出版社,1994年,第1页。

我认为，1980年代以来的中国当代作家，特别是进入1990年代之后，他们所面对的当代现实太过复杂，而且他们已建立起令人惊叹的精神的比拼高度。这就需要作家具有较高的心理段位和崇高境界，需要能够沉得住气，不辜负这个时代。今天的物质性诱惑太多，人们的精神普遍处于极端焦虑的状态，对作家来说，再没有什么比发现时代的病症、生活的隐秘、寻找人性的出路更为迫切和艰难。所以，作家写作本身，其文化和灵魂层面的要求，就具有更大的难度和审美力度的要求。而且，写作所涉及的作家人格、格局和精神底蕴的要求，直接关系到文本品质的高下及其局限性的大小。

很清楚，写到现在的份上，东西似乎也在"借纸笔以悟死生"。我想，对于作家的写作，并非从哲学就可以悟到生活，而是要从生活悟出哲学。也非唯有才情，才能彰显文本的意义和价值，而更需要勇气、格局和境界拉升品质。从人性的光泽或微澜中，洞悉存在世界的方寸和肌理，需要道德、灵魂、正义、伦理等多维的向度。由此，作家的文字所能涵盖的，就不仅仅是呈现现实的儿女情长、生死歌哭，而且还有讴歌的诗意。实际上，东西不断地在提醒自己："也许潜意识就是所谓写作的悟性。大凡及格的写作者，都晓得小说藏在什么地方，并且，掌握获取它的方法。这种天然的直觉，就是把写字变成写作的根本。"[①] 我也认可王安忆"艺术家都是工

---

① 东西:《我们内心的尴尬》。

匠，都是做活"①的说法，但我绝不同意"工匠就是要做一个东西，这个东西好像和他自身没什么关系"②，是符合作家实际心理和精神状态的一种判定。可以肯定，无论作家、艺术家是否天才，除了技术层面的才华，个人心灵、情怀、情感和信仰这些因素，必然主导他能否创造出高于生活、高于现实的独特的审美世界。谈及《篡改的命》，东西认为："我依然坚持'跟着人物走'的写法，让自己与作品中的人物同呼吸共命运，写到汪长尺我就是汪长尺，写到贺小文我就是贺小文。以前，我只跟着主要人物走，但这一次连过路人物我也紧跟，争取让每一个出场的人物都准确，尽量设法让读者能够把他们记住。一路跟下来，跟到最后，我竟失声痛哭。"③显然，这就是基于道德、灵魂、正义、伦理等多维向度的"直觉的力量"。一个作家唯有与自己笔下的人物发生灵魂的共振，休戚相关，才可能将叙事演绎成坚实的艺术文本。东西在处理人物时的自觉性，深受沈从文和汪曾祺的影响。我想东西的"贴"，一定是贴近人物的灵魂而非以自己的内心取代人物，但是，他通过叙事必然会在人物的内心嵌入自己的体温和情怀。东西的这种深度介入现实、融入人物的写作姿态，让我们想起日本作家三岛由纪夫。三岛由纪夫的写作，就是混淆了写作和生活的界线，模糊了道德和伦理的边界，而将写作与生活彻底重叠到了一起，最

---

① 王安忆、张新颖：《谈话录》，广西师范大学出版社，2008年，第44页。
② 同上。
③ 东西：《叙述的走神》，上海文艺出版社，2016年，第113页。

后连他自己也无法分清存在的理由和意义所在。而东西是十分清醒的，他彻底地站在了直面现实的良知、道德和正义的边界之内。

毋庸置疑，最早为东西赢得声誉的，是他早期写作的若干中、短篇小说。前文提及，东西是一位短篇、中篇、长篇、散文、随笔都擅长的作家。众所周知，他经常"触电"，写过多部电影和电视剧本，影片和电视剧都获得很大成功。所幸的是，剧本的写作，并没有"写坏"他手里的小说之笔，这或许与东西持有的文学信念和叙事方式密切相关。重要的是，这些文本都保有作家探究存在本相的勇气和初衷。现在看，《没有语言的生活》《祖先》《我为什么没有小蜜》《私了》《请勿谈论庄天海》《蹲下时看到了什么》《目光愈拉愈长》等，应该说都是东西最重要的中、短篇小说。这时，我们已经看到东西写作的现实担当和勇气，他竭力透过生活本身的表象捕捉人性的善与恶的"存在之虞"，去寻找民族心理结构中的"凛然之气"；从他的叙述里，可以发掘出我们时代最隐痛、令人惊悸，也最需要反思的诸多问题和病症。现在，即使重读东西这类小说，我依然无法摆脱阅读《后悔录》和《篡改的命》时所感受到的灵魂的冲击力。它们构成东西文本的精神场域和"互文"的回响："我甚至隐约地意识到，这些'故事'并非他虚构出来的，仿佛前不久某一份晚报登载过的'事实'。我猛然想到，'篡改''私了''小蜜''没有语言'这些特定的概念，会否成为几十年之后人们谈论东西的小说和我们时代时需要使用的关键词。也许,文学所记录的现实中发生的一切,包括在某一个时代'可能发生的事情',都将成为保持记忆、反抗遗忘的'记事簿'。"①

任何一位有良知的作家,都无法斩断与生活千丝万缕的联系,必须保有与时代共振的心弦。这样的作家,都是从"现实"中走出,再经由自己的文本回到现实中去的。或许,探索存在的可能性,是每一位作家从虚构的世界重返现实、重新判断人性和生活的重要途径,也是超越既有"事实"、走出现实的方式。叙事经由作家对经验的重构,凸显、指证、整理出现实的隐秘,发出批判或褒扬的声音,重新将我们带回到生活的现场,爬梳出时间、空间与认知错置的理路,以"小叙述"修正、变形、补充、整饬"大叙述"的偏差和遗漏。这些,需要作家何等的智慧和担当的气度!格非在评论霍桑的小说《威克菲尔德》时,对于作家写作中的取材有过质疑。他认为霍桑叙述的故事的"本事",乃是出于作者的杜撰,并非霍桑自己所说的取自某一个媒体的新闻写作。② 在这里,格非做出如此判断的理由,是霍桑不断地将与此类似的故事或细节,频繁地改头换面写入自己的其他文本之中。从这个"文案"可以看出,作家有时会在"现实""故事""虚构"几者之间混淆不清。其实,生活本身的传奇性有时会大于作家的虚构力量,问题的关键是作家处理"事实"的逻辑底线在哪里。任何离奇的巧合,

---

① 张学昕:《无法"篡改"的叙述——东西小说论》,《扬子江文学评论》2020 年第 2 期。
② 格非:《文学的邀约》,清华大学出版社,2010 年,第 74 页。

都无法摆脱作家叙事的伦理起点，都会被作家手中那根照亮现实的"灯绳"牵引。有人说"诗比历史更永久"所强调的，无非是现实或"事实"被虚构、被"扭转"之后作家"重构"世界和生活的价值及其意义。就是说，一位好作家的功德在于对现实的超越，以及发现存在世界的内在玄机。许多小说家是实实在在地讲故事，东西则是演绎并发掘存在世相的玄机。

读罢东西的大量小说，我体味到"篡改"这个词语具有强大的颠覆性力量，它体现为人的精神、心理、欲望聚合后的乖张和秩序的"重组"。在一定程度上，这个词语的隐喻意义和引申义有"指鹿为马"的含义，它能够将历史、现实、人性、欲望、意识都融入日常生活或存在的所有可能性之中。而在可能性和现实性之间，总会有一个重要的"机关"或"环节"，令现实发生神秘莫测、不可思议的变化。这一点，也非常像格非小说的"空缺"。面对存在世界的现实，作家的叙事就像是科学家寻找或证实宇宙"黑洞"的存在及其物质能量，需要试探无数的可能性、不确定性、能量、质量、引力和压力。我们的现实生活，在叙事性文本中就由作家的想象力和判断力聚合成人的"外宇宙""内宇宙"图像，成为对生活真实的记叙。叙述的"空白"其实是生活给我们留下的难题。

东西善于捕捉生活与人性的"黑洞"，尝试以独特的叙事策略和盘托出人性的深层意识和"无意识"状态。对现实生活做出荒诞化处理，是东西向存在纵深处开掘的重要手段。我们看到，短篇小说《关于钞票的几种用法》，就是通过将个人心理、命运与现实进行荒诞化的处理,从而揭示特殊生活情境里欲望的生长和人性的纽变。东西十分清楚,生活超出人的想象的那部分就是荒诞,这就是存在的另一种可能性。吊诡的事件产生的前提,必然是荒诞的开始,这也是作家作为叙事和创作主体与生活对话的辩证学。那么,人性的最大的隐秘是什么?或者说,什么是"黑洞"?"黑洞"在哪里?所谓"黑洞",这个从天体物理学挪用过来的概念,已经成为形容、描述人性、心理和精神世界生态的代名词。现实世界在我们的视域里,永远仅仅是有限的整体,而当作家将世界当成无限的整体时,将涉及大量的不可知性,这时,作家的感觉和描摹,就可能触摸到生活和人性的神秘。

《关于钞票的几种用法》叙述的是刚刚被宣布下岗失业的主人公孙朝,整个人仿佛处于一种恍惚状态,在不自觉或不知觉的模糊意识的驱动下,莫名地坠入一个桃色陷阱。对于孙朝,下岗失业并没有衍生为一种失落或者绝望,他尚来不及揣摩现实的境遇,仿佛终获解脱,却又无所依凭。我们看到,从孙朝被召唤"到财务室领工资"再到"隔壁李副厂长那里去一趟",直到李副厂长举起详细写着"关于钞票的几种用法"的黑板,头伏在办公桌上"发出了微微的鼾声",孙朝与同样被通知先去财务室领取三百元工资,然后下岗失业的工友一起,似乎立即进入了一种"疯癫"的状态。此刻,这些糖果厂的工人,依然没有体会到随之而来的生活的苦涩,竟然为一袋糖果——工厂最后派发的福利——在保管室扭打起来。很难想象,李副厂长在办公室向所有下岗者展示出若干种"关于钞票的几种用法",貌似组织的一场严肃的宽慰,实际上却充满荒诞、滑稽,以极端的方式将失业者逼入一个无法逾越的死角,甚至是妄想症的状态。孙朝手提一袋糖果,怀揣刚刚领取的三百元钱,站在糖果厂门前的时候,由茫然渐渐遁入充满幻觉、幻境和任由感觉、下意识统摄的状态之中。"反正从这一刻起我自由了,我爱去哪里就去哪里。去哪里呢?"东西让孙朝开始逐渐丧失理性的规约,意识错乱,信马由缰,茫然无措地一意孤行。此刻的孙朝,已经无法找到改变现实、摆脱人生窘境的端口。他用硬币的正反面来赌自己的行为选择,决定追踪一个萍水相逢的陌生女子。"他从她的背部看到了李副厂长那块黑板上的内容:关于钞票的几种用法",于是,一方面,他仿佛被某种魔力驱使,无法止住自己的脚步;另一方面,陌生"小姐"的肆意诱惑和"引领"及钳制,也令孙朝神魂颠倒,欲望获得前所未有的刺激,不能自持。他在马路上以查数路上车辆的奇、偶数来赌自己的走向,结果迫使他"不得不跟她走了"。最后,孙朝以下岗"抚恤金"为代价,在迷蒙与混沌的情境里,虚拟般地与"小姐"完成了交易,"下岗金"瞬间成为欲望交易的赌注。

与其说这是孙朝被欲望引诱、落入圈套的过程,毋宁说,孙朝茫然地被套上欲望的枷锁。显然,这是自甘放弃自我、迷失生活坐标的堕落的开始,生命主体意识和意志品质由此丧失。无疑,孙朝已经完全迷失掉道德底线,兀自在瞬间就形成吊诡的生存状态，他已无法实现灵魂的自我救赎。可以说，东西在文本里诉诸人物以"堕落身体"的哲性思考，让人物陷入无法逾越欲望羁绊的悬置状态，生命的本能扼住了理性的喉咙，孙朝难以有所作为。在这里，东西的叙述虚实相生，实中有虚，虚中有实。可以说，孙朝一直处在恍惚、虚幻的状态，性行为是否发生已经变得不再重要。人物的纽变，虽以荒诞的形式写出，但毕竟是有迹可循，最终浮出命运的荒诞、心理的自残与人格伤害的水面。一个原本可能重建尊严的期待，成为一代失业者疗之不愈的创痕。孙朝离开糖果厂不足一个小时，就完成了啃噬、祭奠自己灵魂的仪式。生命荒凉、荒诞、虚无的本质，在孙朝这个人物身上透射出来。东西没有借道德之名揭示生活和人性的糟粕，而是让我们直面脆弱的现实和存在。或者说，东西仅凭借一个人物几个小时内的"本我"心理、精神和灵魂振荡，就完成了对生活表象世界的剥离，扭转了我们的理念和惯性，令人拍案称奇。不妨说，《关于钞票的几种用法》这个文本，在一定程度上还可能引发我们对"人从哪里来，要到哪里去"这样的哲学问题的思索。当然，这就是东西乐于探索的存在世界的"黑洞"。

另一篇短篇小说《我们的感情》，也是一篇以"混淆现实和幻觉"之间的边界为叙事手段的"超现实"文本。小说讲述了一对男女同事延安和肖文，公出到另一个城市，他们在沿途和目的地所发生的故事。这同样是东西捕捉、体悟现实的表象之后，从对现实的"写实"到让叙事"纵身跌入"想象的虚幻之境,进而呈现、拆解人性的复杂心态。东西特别聚焦人物的心理变形与荒诞的情形,以此凸显人在现实生活中可能出现的不可理喻的错乱。这两个在办公室面对面坐了七年的同事,可谓经历过一种别样的"七年之痒",他们双双出行究竟会发生什么样的故事,着实令人充满好奇和想象的冲动。果然,他们不可避免地共同落入一个隐秘的心理和身体的"黑洞"。东西将这两个人物的微妙感情和关系,描摹成诱惑和被诱惑的对峙形态,他们之间难以相互信任,难有真情的遣怀。而没有真情实感的欲望,在道德缺失的情境下,只能为无奈的亢奋激情的消费埋单,一切都是徒然消逝的白日梦魇。他们在宾馆房间里彼此的诱惑或者"勾引",不是"半途而废",就是枉费心机,就是逢场作戏之后的虚无缥缈、怅然若失。因为两者都无法、无意将自己的身心交给对方,也无法将真实的自己交给自己,就连"激动也可以做假""所有的激动都是装出来的"。延安说肖文:"你的身体好像不是血肉做成的。"同在一个办公室工作长达七年之久,他们在相互的调侃中,早已磨损、销蚀掉"暧昧""风情"的躯壳,并未滋生出感性和理性共融、变奏的憧憬。我想,作家的叙事动机,主要是想挖掘出他们各自内心世界的隐秘角落和变异之态,所以,在叙事策略上,有意让现实与幻觉交织、缠绕、错位,呈现记忆的"断片"和"残简",生长出文本想象的张力。最终,彻底迷失在"被侮辱""被损害""被戏谑"处境里的延安,完全混淆了生活现实和欲望幻觉的关系,"假作真时真亦假,无为有处有还无"。在肖文的同学邀请的一次郊区打猎中，延安为"验证"本事，即前夜恍惚的记忆或凌晨的回忆是否真实，竟然向肖文举起猎枪，扣动扳机。随即，延安仿佛再次进入梦境般的幻觉："就像昨天深夜里钻进肖文房间的那一个梦，没准什么也没有发生。"东西细腻地写出了可怖的人性状态，构筑了一个无法逃匿的心理迷宫，其间有无数撕咬灵魂的虫虱，形成无法抵御、无法把握的黑洞。

世界在每一个人的眼里都是全然不同的，作家需要进入人性的隧道，发现并建构一个真实的、超越我们俗世目光的世界，它是物质的，也是精神和心理的，更是灵魂的。也就是说，作家一定要克服自身的惰性和惯性，具备对生活"重构"的力量和勇气，充分展示出对经验的处理和审美架构的能力。所以，只有叙事本身，方可证明一位真正的作家写作的价值和意义。

那么，什么样的作品才能证明自己还是作家呢？首先，它是内心的秘密。正如福克纳所说："必须发自肺腑，方能真正唤起共鸣。"我们的内心就像一个复杂的文件柜，上层放的是大众读物，中层放的是内部参考，下层放的是绝密文件。假若我是一个懒汉，就会停留在顶层，照搬生活，贩卖常识，用文字把读者知道的记录一遍。但是，一个真正的写作者就会不断地向下钻探，直到把底层的秘密翻出来为止。这好像不是才华，而是勇气，就像卡夫卡敢把人变成甲虫,纳博科夫挑战道德禁令。①

我坚信,东西有属于自己的强大的写作、叙事伦理,无时不寻找、发掘叙述过程中文学符号蕴含意义的增值。他心中的"真正的写作者"——福克纳和卡夫卡,在一定意义上都是"现代主义"作家,都是向人性深处掘进的高手,他们都试图寻找并揭示出人的内心的"秘密文件"。而东西本人乐于从细小、细微和细部出发,慢慢地盘整日常生活和俗世人生中被困扰和纠结的事物,以此直面现实,通过文字整饬现实,扭转现实,书写当代社会生活、人性和存在世界的尴尬,发现并揭示人的内心悖论、灵魂变奏。无疑,这就是一位小说家的责任和使命。东西执着于"真正的写作者就会不断地向下钻探",而且,之所以能够揭示存在世界的秘密,并"不是才华,而是勇气"。因为勇气,才华方可释放和张扬。东西曾将自己的作品与外国作家的作品比较,找出自己与他们想象力的差异性和审美向度的趋同。在此,他特别谈到《没有语言的生活》《目光愈拉愈长》两个中篇:

> 我的中篇小说《没有语言的生活》写了聋、哑、瞎三人,组成一个"看不见、听不到、说不出"的家庭故事。能把这三个人放到一个家庭里,是需要想象力的。因此,

---

① 东西:《我们内心的尴尬》。

这个小说在中国获得了好评。但是有一天，我看到了日本作家川端康成的传记，说他小时候为了跟瞎了的祖父共同读完一封信，要不停地在祖父手心写下认不得的字。我为这样的细节没出现在小说里而自责，终于明白想象比任何道路都长。乡村成长的背景，年少时对远方的强烈渴望，使我的想象力变得贪婪。我的中篇小说《目光愈拉愈长》写儿子失踪之后，母亲刘井的目光竟然可以穿越山梁、天空，到达城市，看见儿子穿着一件洁白的衬衣，坐在一张餐桌前吃着雪白的米饭。法国作家米兰·昆德拉在《雅克和他的主人》中写道，当雅克和主人不知走向何方时，雅克说朝前走。主人说朝前走是往何处走？雅克说前面就是任何地方！我以为，这就是小说的想象力。[①]

虽然，东西没有写出类似卡夫卡、米兰·昆德拉"类型"的文本、故事，制造出别样的美学奇观，但是，他对"中国经验"的处理、叙述方式，同样产生创造了令人触目惊心的直击现实的文本，依然以坚实的写实主义的韧性和力道，立足于反思，在对人与事物的深描中默默地证实并建立具有哲学意蕴的转喻。从写作发生学角度看，东西格外注意汲取外国文学丰厚的营养，检视自己的优长与差距，不时地回望、比照，不断淬炼小说叙事的精深功底，将摆脱、消解劣势作为自己下一次书

---

① 东西：《我们内心的尴尬》。

写的起点。

　　从本质上讲，文学的虚构，并不是重建现实，而是引导我们在一场"面对虚构的游戏"中寻找到存在的巨大的隐喻性。从另一角度讲，现实不过是人们对现实应有秩序的某种幻想、理想化诉求。现实本身并没有某种本源性的存在，它实质上就是话语构造的产物。那么，无论是我们对现实的幻想，还是对历史的想象、理解，都可以被重新建构和虚拟，以一种新的思维方式、审美规约和修辞策略，使"现实"或"历史"再度复活，进入一种全新的叙述和想象境地。现实性、可能性和传奇性构成的文学叙事，必然会生成一种符号化审美功能。这种艺术表达，不再是僵死的词汇堆积的"现实"故事载体，而是借助对词语的歧义性想象，复活心灵，激活事物。这样，叙事便创造了新的现实和生命，同时也成为主体对现实和存在的再度书写和引申。

　　其实，《私了》所描述的，就是现实的一场"词与物"之间的深层错位。实质上，丈夫李三层与妻子采菊之间的所有对话、"猜谜"，都是"对不存在之物的言及"，成为夫妻"私了"的逻辑起点。甚至，我感觉李三层这个人物的名字，也被东西赋予了特别寓意："里三层""外三层"。就像"俄罗斯套娃"，叙述始终都在包裹着的真相里旋转，在李三层制造的相似的谜面里层层游走。在不断"出尔反尔"的过程里，夫妻最终一起耗尽了各自的耐力。所以，从一定意义上讲，谎言就是"不存在之物"，它意味着词与物之间的错误联系。这样的情境，只能导致人的灵魂的重生或涅槃。

在《没有语言的生活》中，东西格外注重"倾诉和聆听"之间的关系。瞎父王老炳让聋儿王家宽去买长方形的肥皂，结果王家宽却买回了一块毛巾。显然，这是无法解决的错误联系，是没有词语的手语制造的词与物的错位。这更容易将谎言变成"事实"。正是因为这样的错位，小说从现实的描摹引申为超现实的寓言，呈现出生活的荒谬性和可笑性。这样看，也许我们可能会更加犹疑——现实、存在和小说，到底哪个更为荒谬？也许，很多时候它们都是"无法言说"的存在。东西的写作，就是要"闯入"一种"无法言说"的生活。

东西坚信："不顾一切的写作，反而是最好的写作。"[①] 所谓"不顾一切的写作"，就是作家所具有的对现实、存在世界的担当的勇气。这种担当，无疑是数年来东西在写作中所坚守的写实主义精神——无论对历史、现实还是人性，直指当代生活中种种精神、思想意识的断层。特别是，他的文本能够超越逻辑的、虚拟的、冰冷的理性框架。虽然其中埋藏着对我们民族血缘和玄机的深刻感受和忧虑、反省和批判，但他始终怀揣深入挖掘人性的复杂性的决心，让文本成为保持记忆、反抗遗忘、重建人性的尊严的精神文档。因此，东西审慎地把持历史空间、叙述与时间、主体与现实之间的复杂关系，重视文本细部修辞的力量，又不失文体和叙述方法的智慧与灵动，不断地

[①] 东西、符二：《不顾一切的写作，反而是最好的写作——与符二对话》。

拓展叙事视野和格局，展示出一位当代中国作家真切的人文情怀和情感、精神、心理的反省能力。或许，这就是东西的"底气"和信念所在。这也体现出他逐渐在自己最有精神控制力的文学叙事空间，滋生出更大的叙事耐心的写作定力。看得出，人到中年的东西，并没有对近年来的写作进行什么自我"变法"，只是愈发意识到自己担当的精神文化的创造性劳动的意义和价值。而且，他勇于向存在世界和人性的幽闭处勘探，这一点，已经成为他的优势。我们也因此相信，东西的叙述无论在今天还是未来，都不会徒然、虚无和消弭，也正是东西代表了这一代作家的最后坚守。

在"绝密文件"的谱系里
——评东西的长篇小说《回响》

孟繁华,沈阳师范大学

原载《文学报》2021 年 3 月 18 日

《经典是内心的绝密文件》,是东西谈创作的文章。东西说:"什么样的作品才能证明自己还是作家呢?首先,它是内心的秘密,正如福克纳所说,'必须发自肺腑,方能真正唤起共鸣'。我们的内心就像一个复杂的文件柜,上层放的是大众读物,中层放的是内部参考,下层放的是绝密文件。假若我是一个懒汉,就会停留在顶层,照搬生活,贩卖常识,用文字把读者知道的记录一遍。但是,一个真正的写作者就会不断地向下钻探,直到把底层的秘密翻出来为止。这好像不是才华,而是勇气,就像卡夫卡敢把人变成甲虫,纳博科夫挑战道德禁令。"这段话,可见东西自我期许之高,文学抱负之远大。当然,我们也可以将其看作理解东西小说的"绝密文件"。我们现在讨论东西的新长篇小说《回响》,也在他的"秘密文件"的谱系里。这是一部推理和心理齐头并进的小说,奇数章写案件,写夏冰清被杀案件的推理和侦破过程;偶数章写感情,以侦破负责人冉咚咚和教授慕达夫的情感纠葛为中心。两条线的人物在推理和心理活动中产生互文关系，于是便有了"回响"。

小说开篇触目惊心：青年女子夏冰清被杀，头部被钝器击伤，右手被切断，现场惨不忍睹。警察冉咚咚接到报案后介入了侦破过程。最先出现的嫌疑人是徐山川，一个其貌不扬家财万贯的老板，两个孩子父亲，三个情人——夏冰清、刘玉萌和小尹的情夫。徐山川一定不会承认自己是凶手。于是冉咚咚进入了案件漫长的侦破和推理过程。小说这条线索极端复杂：徐山川让侄子徐海涛搞定夏冰清，目的是不让她"再烦"自己；徐海涛找到策划人吴文超策划"摆平"夏冰清的方案；吴文超找到刘青，试图通过帮助夏冰清办理移民手续或私奔了结；然后刘青偶遇民工诗人易春阳，以一万元的价格将夏冰清杀死在一个"大坑"里。大致情节和冉咚咚的推理基本吻合。但是，推理不是定罪的依据。讲述方式的后叙事的视角，使小说的这条线索更加扑朔迷离真假难辨。案件发生的真实过程，讲述者、当事人都不比读者知道得更多。因此，这条线有推理、侦破、悬疑小说的全部特征。这是《回响》令人着迷难以释卷的重要原因。

事实也的确如此，当凶手被捕后，案件侦破负责人冉咚咚还是不满意。在她看来，与案件相关的所有当事人都可以找到脱罪的理由：徐山川会说他只是借钱给徐海涛买房，并不知道徐海涛找吴文超摆平夏冰清；徐海涛会说他找吴文超策划是不让夏冰清再骚扰徐山川，不是让吴文超杀人；吴文超会说他找刘青合作，是让他帮助夏冰清办理移民或爱上夏冰清，没有让他去行凶；刘青会说，他找易春阳是让他搞定夏冰清，而不是谋害；易春阳尽管承认杀人，但精神科莫医生和另外两位权威专家鉴定他患有间歇性精神疾病，律师正在准备为他做无罪辩护。因此，抓到凶手易春阳，并不是案件的彻底侦破。推理、侦破、悬疑要素的介入，血雨腥风机锋暗藏，谜底一直深不可测，使小说具有了极大的阅读吸引力。冉咚咚作为一个职业警察的身份和她个人性格原因，决定了她的穷追不舍。最终，在审问徐山川妻子沈小迎的过程中，真相终于大白。

案件真实的情况是：徐山川的合法妻子沈小迎知道丈夫的所有情感劣迹，但表面上并不在意，甚至称互不干涉个人的私生活。沈小迎和健身教练生下了女儿，徐山川不知道女儿不是他亲生的。表面不在乎的沈小迎一直在报复徐山川。她甚至在徐山川的车里和雪茄屋里安装了窃听器，窃听器里是徐山川和徐海涛的对话。导火索是夏冰清试图告徐山川强奸，徐山川找到徐海涛想办法除掉夏冰清。于是，便有了后来的情节。尽管徐山川恨沈小迎恨得咬牙切齿，但一切为时已晚。

推理这条线索有通俗小说的元素，一波三折非常好看。因此，我们不能忽略世俗生活和通俗文学的价值，一如不能忽略通俗文艺在文化生活中的价值一样。我想东西显然看清这些知识分子是怎么回事。就像 80 年代，批评界的学者们大谈现代派、后现代文学的时候，背后却通宵达旦地读金庸谈金庸。大家面对通俗文艺的时候都不那么诚实，对世俗事物总会情不自禁地表示不屑。这当然是在制造权力关系。但是，在东西这里，他知道生活未必都那么精致，那些庸俗制造的效果场景，几乎都是套路，但有几人能够拒绝它的诱惑？同样的道理，在这部《回响》中，如果没有夏冰清命案的侦破情节，可以说，小说的可读性会大打折扣。而那些制造效果的煽情套路，在这里依然楚楚动人。当然，推理线索的设置不只是为了小说的可读性，更重要的还有形成的人物比较关系。那些涉案的人物都魂不守舍谎话连篇，试图逃脱罪行，而心理和情感线索的人物，都在检讨和反省自己。这是好人和坏人在人格和认知方式上的巨大差异。

情感线索中，冉咚咚还是核心人物。一方面她要侦破以徐山川为中心的杀害夏冰清的命案；是一方面，她要破解和丈夫慕达夫情感上的"重重疑团"。按说，冉咚咚和慕达夫的结合，可称才子佳人，珠联璧合。他们的恋爱史花团锦簇，结婚十一年亦风调雨顺。在办案过程中冉咚咚无意中发现慕达夫在蓝湖大酒店开了两次房，尽管两次开房慕达夫都没有叫按摩技师，但这成了冉咚咚挥之难去的情感疑团。慕达夫想尽办法解释开房缘由，结果都是弄巧成拙雪上加霜。无独有偶，当冉咚咚发现慕达夫的内裤有了洞，便匿名买了几条内裤寄到慕达夫的单位。慕达夫不知是谁寄的，未敢在冉咚咚面前声张，欲盖弥彰的行为更留下了无穷后患。两人的情感冷战逐渐升级，有情感洁癖的冉咚咚最终与慕达夫签了离婚协议。

随着徐山川案的发展，慕达夫与作家贝贞的关系也渐次浮上水面。慕达夫教授真的没有出轨。慕达夫签署了离婚协议之后，作家贝贞也已经离婚，他们一起到了贝贞家。当贝贞一切准备就绪时，慕达夫还是逃之夭夭了。这是非常不准确地对冉咚咚、慕达夫两人情感纠结的描述。两人阴云密布的情感纠葛发生在他们的心理活动中——尤其是在冉咚咚的心理活动中。那里面隐含的细微的敏感，除了高超的语言能力外，不诉诸对情感复杂性的诚恳体悟，几乎是难以完成的。在讲述者看来，男女之间的情感关系有三个阶段：第一阶段是"口香糖期"——撕都撕不开；第二阶段是"鸡尾酒期"——从怀孕到孩子三岁，情感被分享了；第三阶段是"飞行模式期"——爱情被忘记了，虽然开着手机却没有信号。"三段论"的分析具有极大的普遍性，这是东西对人的情感关系的深刻洞悉。

在冉咚咚那里，她和慕达夫之间是否还有爱情，成了她难以破解的情感大案，她长久地陷入困境难以自拔。小说对冉咚咚心理的精准描摹，是小说中最具难度的。心理活动是一种隐秘的内心活动，几乎是不能转述的，就像我们看到的优美的景观，越是要描述越是发现词不达意。但是，东西对冉咚咚以及所有人物心理活动的刻画，令人叹为观止，特别是对冉咚咚的心理塑造。一如东西在后记中所说："认知别人也许不那么难，而最难的是认知自己。小说中的人物在认知自己，作者通过写人物得到自我认知。我们虚构如此多的情节和细节，不就是为了一个崭新的'认知'吗？世界上每天都有奇事发生，和奇事比起来，作家们不仅写得不够快，而且还写得不够稀奇。

因此，奇事于我已无太多吸引力，而对心灵的探寻却依然让我着迷。"

冉咚咚和慕达夫已经签了离婚协议，夏冰清的命案也已经告破，但冉咚咚仍对慕达夫耿耿于怀。她仍然怀疑慕达夫的"背叛"。这时慕达夫说："别以为你破了几个案件就能勘破人性，就能归类概括总结人类的所有感情，这可能吗？……感情远比案件复杂，就像心灵远比天空宽广。"这时的冉咚咚才意识到，慕达夫在宾馆开房被她发现后，她揪住不放，层层深挖他的心理，从伪装层挖到真实层再挖到创痛层，让他几近崩溃。没有几个人的心理经得起这样的深挖，包括她自己。因此，她觉得对他太狠了。特别是邵天伟吻了她之后，她构建的道理崩塌了。于是她有了对慕达夫深深的愧疚。

当然，冉咚咚的心理转变不是空穴来风。此前，她曾请求慕达夫不要将离婚的事情告诉女儿，怕女儿受不了这样的刺激，一如她看到吴文超被押走时其母亲的绝望。冉咚咚腿一软坐到了床上，她也是一个母亲。当慕达夫在离婚协议上签字后，她也曾责问他为什么没有坚持拒绝。这些细节从不同的方面反映了冉咚咚矛盾的心态，为后来的"疼爱"做了水到渠成的铺垫。冉咚咚不曾想到的是，这种"疼爱"的力量居然这样强大。最后冉咚咚问慕达夫："你还爱我吗？"回答是"爱"。小说戛然而止，精彩绝伦。

小说中徐山川和夏冰清的关系，是欲望关系。徐山川要的是美色，夏冰清要的是金钱。这个钱色交易关系极其简单，但是欲望无边、欲壑难填，简单明了的关系因不能满足欲望而骤然酿成惊天大案，最后走向了不可收拾的境地。那是欲望之恶导致的。冉咚咚和慕达夫争论的是爱情和爱的关系，他们几乎也走向了不可收拾的境地，但最终的和解、原谅、宽容，使他们拥有了新的选择的可能。因此，小说血雨腥风、机锋暗藏，但是，流淌在小说最深层也最汹涌的暗流，还是情感的纠结和一言难尽。这里不只是说冉咚咚和慕达夫之间，同时包括慕达夫和贝贞，冉咚咚和邵天伟，刘青和卜之兰，徐山川与沈小迎、夏冰清，吴文超与夏冰清。在人类的情感关系里，谁都可能做过错事，有过不切实际的想法和冲动。但只有对人性的同情、理解和宽容，才有可能使遭遇挫败的情感化险为夷绝处逢生。这不是那种道德化的评价。道德化是最没有力量的虚伪说教。人越缺乏什么越要凸显什么，缺乏道德的人才要凸显道德。

在具体的写作方法上，强大又具体的细节，复式交叉的结构方式以及精准的文学语言，使小说具有极高的艺术品格。可以说，这是我近期读到的最具文学性的小说。东西以极端化的方式将人的情感和人性最深层的模糊样貌呈现出来，他找到了潜藏在人性情感最深处和最神秘的开关，这也是所有作家最关心和一直在寻找的关键事物。东西在同一篇谈创作的文章中说："35岁之后的某个下午，我站在一所校园的走廊，看见一群可爱的女孩从面前走过，内心忽地掠过一丝亨伯特似的邪恶，仅仅一刹那，我就用巨大的道德力量压死了内心的闪电。

但是，我的内心毕竟撕开了，哪怕仅有万分之一秒，却让我感到脊背发凉。使我发凉的原因当然不是法律，因为法律不能对我的心理活动判刑。那么，是什么使我如此害怕？是我尊敬的文学大师纳博科夫。他怎么会在那么遥远的地方，提前50年窥视到我的内心？"如果说纳博科夫50年前就发现了东西的内心，现在，我们也可以这样说，东西通过冉咚咚、慕达夫等，也看到了我们内心最隐秘的情感，我们似乎已经没有秘密可言。如果是这样，那么，东西已经找到了他希望找到的东西。这个东西是人类的基本困境之一，福楼拜、司汤达、托尔斯泰、菲茨杰拉德、纳博科夫等，都在这个寻找的谱系里。而这些作家作品，是东西内心的"绝密文件"。如果将这些"绝密文件"公之于世，你会发现，那里无论怎样错综复杂深不可测，但最终写满的是人类的同情、悲悯、宽容的大爱，这些"秘密文件"就是人类大爱的回响。东西接续了他前辈的文学传统并创造了新的可能，这是《回响》最大的贡献。

人生的光影与人性的回响

——东西《回响》中的冉咚咚以及其他

（张燕玲，《南方文坛》杂志社）

● 原载《文艺报》2021年4月2日

《回响》(《人民文学》2021年第3期)，是作家东西继《耳光响亮》《后悔录》《篡改的命》之后的第四部长篇小说。我以为，读《回响》是需要智力与精力的。小说从公安局案件负责人冉咚咚破案切入，以心理开掘悬疑推进故事，作品角度新颖，情节跌宕起伏，人物群像复杂鲜活。其中东西成功塑造了一个新的深刻的文学形象：冉咚咚。这位在看不见的战线上成长的女英雄，敏感求真，敬业坚执。除了刻画她坚定的职业精神，东西还在冉咚咚人生的光影与人性的回响中，展现了广阔而丰富的人心面向，繁复裂变，至明至暗，那些心理生命艰苦而卓越的战斗力透纸背，如芒在刺，一切都出乎意料，令人过目不忘。

《回响》大俗开首，凶杀案，突兀，残忍。女侦探冉咚咚接到报警赶到西江，女青年夏冰清被抛尸江上，右手被切断，暴虐惨烈……不适感不期而至，令我不能直视，本能放下手稿：东西写通俗小说？一位优秀作家应该不会如此简单。再读，居然就引人入胜。在作者开首营造的沉重氛围里，案情一波三折，人心幽暗至深，压抑而惊心。这个极具戏剧张力、看似不可思议的悬疑故事，是以冉咚咚破案作为小说的悬念和推动力的。在案件中，对人生追问到底的冉咚咚穷追猛打，疑犯却步步为营，一时凶犯现影，却又曲径通幽，回到原点再出发，死结不断解开，又被系紧。在不断反复的解扣中，抖落出冉咚咚一地的人生光影，及其周遭一切人事的人性回响。她无所不在的人生光影是人性的幽明与裂变，乃至异化。于是，所有的线索与缠绕的人物，在套中套里激荡着人性的回响，敏感缠绕、无边无际，刀光剑影、犀利震撼，小说止于大雅。

小说"奇数章专写案件，偶数章专写感情，最后一章两线合并，一条线的情节跌宕起伏，另一条线的情节近乎静止，但两条线上的人物都内心翻滚，相互缠绕形成'回响'。这么一路写下来，我找到了有意思的对应关系：现实与回声、案件与情感、行为与心灵、幻觉与真相、罪与罚、疚与爱等等"①。

如此紧密的内在逻辑，便形成了小说井然密实的结构。小说以案件启笔，是为了从现实的光影中探寻人物内心，开掘出复杂的人性面向与深邃的回声。冉咚咚视侦查为志业，对情感理想而清洁，对自我严谨自律。她敬业，坚执，对一切追问到底，不仅要追问疑犯、追问丈夫，还要追问自我。这种似要征

---

① 东西：《现实与回声》。

服一切，尤其在红尘滚滚中像侦破案件一样去侦破自我和爱情，而主观性的情感又是最多变、最脆弱的。如此精神洁癖且身为女性，冉咚咚难免头破血流。因为，女性的宿命有着太多无解的羁绊，同时一名名侦探认知他人也许难度不大，难的是认知自我，认知心灵。在小说的奇数章冉咚咚"念念不忘"侦破，偶数章便是她情感的"必有回响"。心灵是现实的回音，于是所有的人事与面向都有了呼应，光影错落，亦真亦幻。

那么，东西是如何在缠绕冉咚咚案情、情感与自我的三重困境中，进行有难度的写作的？东西挖掘犀利，他耐心而精细地一一讲述了冉咚咚如何冲破这三个障碍，其复杂性超乎想象。因为每种情绪障碍都有多种面向，随情境转换成系统所能识别的变量和函数。东西在此复杂边界上以强烈的破案情绪为基本，是情感、社会、人心等两种或多种情绪的混合，并不时达到胶着的状态，其张力令人震撼。

一是案情的扑朔迷离，对疑难的侦破，给名侦探冉咚咚巨大的压力。案件离奇，冉咚咚为了完成任务，也为了证明自己敏锐的直觉，凭借一己之力去冲破三重疑难。这对一位女性无异于自我冲突。东西却偏偏把主人公系在这个环环相扣的死结里，以极端化的叙述、强悍的逻辑推理和深入的心理探索，融入推理、侦破、悬疑小说，光影交错、扑朔迷离，峰回路转、跌宕起伏，刀光剑影、机锋闪烁。侦探小说疑难不断，证人的不合作，导致案件黑洞幽暗、深不可测。咚咚不顾一切寻找蛛丝马迹，以还原事情真相。推理步步深入，有理有据。一个谎言往往需要更大的谎言去掩盖真相，罪恶往往会被更深的罪恶掩盖。当谎言和罪恶上演的时候，唯有用心中的正义和善良来照亮黑暗……案件最终告破，但作者对人性复杂的犀利挖掘，给读者留下深刻的印象。

　　二是情感的疑难。冉咚咚执着于破案，逐渐失却对人心的信任，包括对相亲相爱十多年的丈夫慕达夫。慕达夫说在酒店"开房，是与朋友打牌"之言，她自然耿耿于怀，认定是丈夫的"背叛"。当然，在作者笔端，名气颇大的文学评论家慕达夫教授，评论作品常有点石成金之功，也时有指鹿为马的类比与敷衍，但他十余年如一日，甘愿做妻子负面情绪的垃圾桶，嘘寒问暖，无怨无悔，堪称冉咚咚人生的花光柳影。一位女性无法挣脱对深爱她的丈夫的怀疑，其后果当然很严重。心理学告诉我们无益的情绪大多起因于大脑杏仁核区域的生理反应，其负面影响可以经由理性思考而获得改变，如有效的沟通。但她居然多次以冷战和离婚考验丈夫，夫妻双方烦恼的心绪与过于自尊的情绪，都没有用逻辑的情境分析来重估各自的非理性情绪，从而阻隔了双方的有效沟通，导致了情绪的激发事件，最终不愿离婚的夫妻真的离婚了。因而，冉咚咚虽冲破了惊心动魄的复杂案情障碍，但并不意味着她能冲破面临的每个障碍。因为"感情远比案件复杂，就像心灵远比天空宽广"。深受折磨的慕达夫，宁愿委屈签字离婚也不愿失去自尊，他郑重告诉咚咚："别以为你破了几个案件就能勘破人性，就能归类概括总结人类的所有感情，这可能吗？……"至此，被冉咚咚揪住不放的所有人都抵达绝境，崩溃的不只慕达夫，还有崇拜冉咚咚并获一吻的邵天伟，还包括冉咚咚自己，心灵的创痛重重叠叠，刃刃见血。

　　三是精神与情感洁癖的冉咚咚如何理解自己，战胜自我。案件、情感与自我的三重疑难导致的心灵撕扯与冲突缠绕，使敏感的她有难以承受之感。尤其作为一名心无旁骛以破案为志业的敬业者，只要案件一天不破，她就一刻也难以安心，幻想不断，怀疑不止，包括怀疑家人，怀疑一切。当失去后，她方才自我明白，世事难以成全，一个人完成正义需要牺牲多少自我乃至他人。要坚持自我，只能无问西东。其实冉咚咚的"自我"在小说里，很大程度上是不能忍受婚姻的"出轨"，包括徐山川和夏冰清、沈小迎，慕达夫和贝贞，刘青和卜之兰，沈小迎与健身教练，吴文超与夏冰清，冉咚咚和慕达夫、邵天伟等复杂而微妙的两性关系，以及多面向的幻觉与真相、罪与罚、愧疚与爱恋。"开房事件"如同鬼影，使冉咚咚始终陷入困境不能自拔，以致她难以确定自己与慕达夫之间是否还有爱情。这个她无法破解的情感大案，即使在离婚后她也未能实现"门罗式"的自我逃离。面对自己对家庭的愧疚念想，以及自我无法真正接受年轻同事邵天伟的缠绕，当她看清自己仅有事业成功，没有健康的身体和美满的家庭，不是好妻子、好母亲时，光影已失，她开始有了自我怀疑。"她没想到由内疚产生的'疚爱'会这么强大，就像吴文超的父母因内疚而想安排他逃跑，卜之兰因内疚而重新联系刘青，刘青因内疚而投案自首,易春阳因内疚而想要给夏冰清的父母磕头",小说也给了冉咚咚因内疚而产生"疚爱",她问已离婚的丈夫:"你还爱我吗?""'爱。'他回答。"

小说戛然而止。这闪烁着人性之光的结尾,一反故事紧张压抑的情绪,成为全书情绪的高光时刻,映照着冉咚咚无所不在的人生光影,及其周遭一切人事的人性回响。其"爱"的呼唤,一如钱锺书先生所言,好的作品能"唤起你腔子里潜伏着的回响的音乐"。至此,冉咚咚才开始知道自己的灵魂是什么样子的,也开始有了英雄的气象。因为这世上真正的英雄主义,是洞穿生活的本相之后,冲破黑暗之后,依然热爱生活,依然相信爱情,依然心中有光。

东西让冉咚咚自己教育了自己,其复杂的女性多面向,同样也呈现在其他女性身上。挣扎在情欲与钱财交易之间的夏冰清,在优柔寡断和患得患失之间不仅失却自我,还惨烈地丢了卿卿性命。颇有才情的女作家贝贞的热烈与做作,竟是一场"一个人的战争"。而给人牧歌田园风之感的女神卜之兰,她的"远方与诗歌",只是其师生恋的疗伤之举罢了。最惊心动魄的还是大老板徐山川的"佛系"太太沈小迎,很难想象这个表面与丈夫互不干涉的温润妻子,却是对丈夫出轨劣迹了然于胸的复仇女神……一个个复杂的女性,在冉咚咚坚决要破解的三个疑难问题及其社会关系中,呈现出各个不同的差异性。阶层、经济和文化差异导致了她们不同的性格和命运,但在密不透风的生活隧道里,她们都活得压抑黯然。她们虽不是"恶之花",却难有向阳而生的活力,也难成上善之心。她们魂不守舍地在情感的黑洞深处,妄想征服世界,生活的迷人光影自然难照她们的心地。其实,女性的强大不是征服了什么,而是承受了什么,并有所守持,择善而生。读着读着,女性的悲情不期而至。

在这个意义上,对人性开掘犀利的东西,多少还是有些大男子主义的。敏感的他让笔下的人物敏感和黑暗到底,敏感到让冉咚咚发展至神经质,其中蕴含着一个女性如何理解自己的问题;黑暗到让冉咚咚忽略了自己的母性。个人的意志固然是新女性独立的标志,但在三个疑难面前,冉咚咚的母亲角色与痛苦是最轻的,读者需要以冉咚咚的心面对她的孩子,包括她的父母。因为大多数女性,父母儿女影响的深刻性超越一切,尤其母性的面向,对孩子唤雨的烙印深入骨髓,不可忽视。虽然作者动人地写到吴文超母亲的绝望,写到冉咚咚请求慕达夫不要将离婚的事情告诉女儿,怕女儿受不了这样的刺激,但离婚期间,母女与父女的关系却着笔不多。可以说,作者对心灵探寻的深刻是令人叹为观止的,但是否少了些许同情的理解,少了些许对女性巨大的隐忍与包容能力的认识?是否对冉咚咚心灵与人性的冲突还需要进一步打开,以便让身为读者的我们对冉咚咚多一点理解的同情?而不是现在这般让她过于高冷坚硬甚至固执己见、封闭自我,以致情感与猜疑频频错位,性格与命运一路陡转、折返,迷失自我而不近情义,不惜家庭破裂。很难想象一个相亲相爱的典范家庭,可以瞬间缺少正常人正常家庭的相互包容和理解。我以为,冉咚咚极具精神劲道和深度,但少了女性洞穿世事后的常道和宽度,虽可敬,却不太可爱。

《回响》虽不太像东西以往的小说,却始终继续笔下生风,继续简约灵动和机锋闪烁的紧致叙述,尤其一以贯之刃刃见血见骨的劲道。悬疑叠加的精彩叙事,散发着颇具质感而活泼泼的叙事气韵,体现了作者出色的结构意识和美学形态的艺术自觉,令我感受到他的名篇《没有语言的生活》里,那种极端化的叙事方式、野气横生的叙述张力。这在同质化与注水叙述现象普遍的今天,弥足珍贵,值得称道。著名评论家、《人民文学》主编施战军在小说刊发当期的卷首称"《回响》是一部可以无限延展的长篇小说",其丰富而深邃、神秘而迷人的人生光影和人性回响,值得广大读者进一步深入发掘。无论如何,这都是一部优秀之著。

小说家何为

——东西写作中的沉默与追问

张柱林，广西民族大学

原载《当代文坛》2020年第4期

东西是对语言有一种高度的敏感，同时非常自觉的作家。如果我们仔细阅读他的作品，会发现他的叙述语言在几十年间曾几度变化。在1990年代初期，他受先锋派中某些作家的影响，语言比较倾向于抒情和华丽，可称为"抒情时代"；到1990年代中后期，他的语言虽然仍然有华彩的底子，但更加追求用词的准确性；进入新世纪后，有一段时间其重点放在叙述语言的统一和流畅上，以长篇小说《后悔录》为代表；发展到最近，以长篇小说《篡改的命》为典型，他开始改造自己的叙述语言，杂用方言俗语、典雅的文学语言和流行的网络语言，力图别开生面，其效果，"网络热词和诗文词句生硬而又合理地杂糅一块，形成一种狂欢式的表达"[1]。毫无疑问，语言的狂欢化是东西小说一直具有的特征，可以说是他诸多变化中不

---

[1] 田耳：《电贯钨而流明》。

变的因素。作为一位对自己的技艺要求比较苛刻的小说家，其对语言的雕琢固然有审美和艺术上的重要考量，也取得了重要的成就，但与此同时，我们必须注意，除了力图"自铸伟辞"外，他对语言的社会性和政治性的一面，也有深刻的洞察。我认为，这是他的小说写作中更为根本的方面，值得认真探讨。

一、沉默的源起

当今之世，人类从未面对如此众多的语言炸弹的轰炸，各种与语言文字相关的口头或书面信息泛滥成灾，但同时，这些海量的材料里面，基本都是无用的冗余信息，由此导致语言的空洞化、黑话化、黑化，而在某些社会形态中，如比较封闭的社会中，这种情形由于有效信息的垄断与隔绝而愈加恶化。最简单的情形就是名实分离，"道德巷无道德，白医生不白医"（《经过》）。在《耳光响亮》中有这样一个情节：从事"特种行业"的刘小奇举办了一个按摩小姐心理素质培训班，目的是"改变大家的观念，清洗大家的脑袋"，这样才能更好地接受自己的身份和工作任务。培训班的教员要求学员们学会一种语言技巧：比如把接吻说成握手。这种技巧中最重要的是正话反说，如作者举的例子："不爱——说爱……同意——说不不不……痛苦——说愉快……流氓——说英雄……黑暗——说灯火通明……拍马屁——说志向远大。"这当然已经是赤裸裸的语言污染和腐败。值得注意的是，这种现象并非市场社会的特产,也绝非东西个人的发明。比如,王小波的《黄金时代》反映的是插队知青的生活,而那正是意识形态至高无上、拥有绝对权力的时代。小说的女主人公陈清扬被人称为破鞋,但她名不副实,根本没偷过人,却被当作确凿无疑的异端对待。叙述者也即主人公"我"认为:"她根本不是破鞋……她确实是个破鞋,还举出一些理由来:所谓破鞋者,乃是一个指称,大家都说你是破鞋,你就是破鞋,没什么道理可讲。"这种从逻辑上讲完全属于谬误的推论结构不容辩驳,因为它认为自己认定的道理和事实是不言自明的。所以主人公也发明了一套理论来与这种荒谬的意识形态进行徒劳的对抗:"大家都说存在的东西一定不存在,这是因为眼前的一切都是骗局。大家都说不存在的东西一定存在……"东西和王小波一样,意识到现在世界的日常语言失去了生命力,这点颇像战后的德语,"德语成了噪音。人们仍在用德语交流,但却创造不出交流的意义"。[1]

可能因为认识到语言的污染和腐败的普遍性,后来东西把这个培训班的情节敷衍成一篇充满寓言色彩的短篇小说《反义词大楼》,从而将其更为深广的内涵展现了出来。表面上看,这篇小说逻辑不严密,主题不够集中,离题的地方不少,甚至有一些技术上的瑕疵。如保安强奸麦艳民的一段,叙述突然越界进入保安的内心。但这些无损于作品的内在逻辑,甚至反而提供了一些引人遐想的阐释空间。让我们先来看看作家对这栋

---

[1] 斯坦纳:《语言与沉默:论语言、文学与非人道》,李小均译,上海人民出版社,第109页。

楼的构造的描述:"凡是进入这幢大楼的人员,必须经过一楼的培训合格之后,才能上到二楼,以此类推,一层又一层,当你每一层都合格之后,才能到达 18 楼。"不管这个 18 层有什么寓意,整个结构的寓意无疑就是往上爬,而通往上面一级的必要条件,就是要通过培训学会一种别出心裁的技巧——正话反说。这是"为了使顾客高兴而来满意而归,为了能够保护自己,又能多拿钱"。小说到最后也没有表明,二楼及以上各层的情形如何,而是转到了另外的方向,即如果不按老师的指示把接吻说成握手将会是什么结果。麦艳民拒绝按老师的要求说话后,被保安强制带到一个封闭的房间惩罚——让她听音乐。本来是一种审美享受的行为,此刻却成了残酷的折磨,音乐变成了噪音,她无法入睡,最终屈服了。她受不了音乐带给她的痛苦,宁可选择将接吻说成握手。东西出色地描绘出了她的心理进程,为了将自己的行为合理化,她在思想中接受了老师的说法,因为"握手和接吻一样,是皮肤接触皮肤"。最微妙的地方在于,培训班的老师,也即语言学教授李果本人并不相信自己的理论。他动用保安制服不愿说反话的学员,并以音乐使其屈服,进而允许保安强奸麦艳民。这些暴力形式说明,他并不需要你真的相信接吻就是握手,但你必须把接吻说成握手。这种梦魇般的场景,令人想起卡夫卡《诉讼》(或译为《审判》)结尾 K 和神父的对话,当时神父为了安抚无辜受审的主人公,谈到法律门前的守门人,辩称其"受雇于法律,怀疑他的尊严就是怀疑法律本身"。K 不同意这种观点,他说这等于

"必须把守门人说的每一句话都当成真理",十分荒唐。可神父说的话与李果做的事遵循同一种逻辑——"用不着把他的每句话都看作真理,只要当成必须如此就行了",K因此沮丧——"谎言构成了世界的秩序"①。可以想见,如此一来,真相或真理将湮没无闻。《反义词大楼》的结尾,东西通过叙述者"我"的遭遇,进一步揭示出,由于无法支付说话的代价,人只能选择沉默:"我们大家都沉默吧。你一说话,我就害怕。"

显然,由于必须使用反语的方式来进行表达,正常的人类交流失去了意义,沉默出于无奈。《没有语言的生活》则提供了人之所以沉默的其他想象。细绎之下,我们可以发现,东西在小说中将沉默分成了三种状况。第一种是人的生理缺陷导致,比如小说设计了一个由瞎子、聋子、哑巴组成的家庭,他们各自的残疾使他们失明、失聪、失语,只能过着没有语言的生活——当然语言在这里指的是更宽泛的信息交流手段——对这家人来说,即由视觉、听觉和语言表达组成的信息沟通的匮乏。如果东西停留在这里,我们也可以说,这是一个绝妙的构思。不过,他没有停留在这里。当聋子王家宽请求张复宝为他写信向朱灵求爱的时候,人类的又一种沉默出现了,只不过这次是一种交流方式,即与对话这种有声的交流相对的沉默的文字书写。如果说王老炳一家人由于身体残疾而受到沉默的伤害,是由于自身原因而无法避免的话,这次的伤害是人为

---

① 卡夫卡:《诉讼》,见《卡夫卡全集》(第3卷),河北教育出版社,1996年,第177页。

的，即张复宝利用王家宽不识字来欺骗他。本来是人类文明产物的文字，却可以对人造成损害，当然这不是文字的错，而是人性的错——按小说的描述我们可以这样理解。东西展现了犀利的洞察力，触及了人间的恶与黑暗，但他的小说仍然试图给世界一点温暖和希望，那就是王家宽和蔡玉珍生下了一个健康的孩子，看得见，听得见，能正常说话。如果小说在这里结束的话，将是一个光明的故事。但不，那个取名王胜利的孩子失败了。他上学的第一天，学会的竟是一首侮辱自己父母聋哑的歌谣。他知道实情后，从此"变得沉默寡言，他跟瞎子、聋子和哑巴没什么两样"。这种沉默是一种根本的沉默，这种跟外界拒绝交流的情形，源自外界的恶意，却以一种主动的面目出现。

  在写作《没有语言的生活》十多年后，东西又写下了一篇充满寓/预言色彩的小说《请勿谈论庄天海》，深入描述了沉默的机理。主人公孟泥，不能听人提到庄天海这个名字，凡和这个名字沾上边的，都是倒霉的事情。最悲惨的一幕，是孟泥的前男友王小尚，他来和自己的前女友讨论他们碰到的这些糟糕的事，到底是不是庄天海在搞破坏。他一出孟泥的家门，就无端被车撞死了。蹊跷的是，谁也不认识庄天海，他/她/它从不现身，却又像一个幽灵一样，无处不在。这个名字仿佛代表着一种巨大而神秘的力量，人们无从把握，任何情况下也不能谈论。因为不能怀孕等原因，孟泥把庄天海视为禁忌，以至发展到不敢直呼其名。实在要提及，就称"庄大爷"或更简单的尊称"您"。可能因为这种小心翼翼起了作用,结婚几年后,她终于怀孕诞下一子。意外的是,这个孩子患了语言障碍症,无法说话。但从后面的情节中,我们知道,孩子很正常,可以发声。也许只是由于害怕"庄爷爷",他才选择了沉默。

二、写作与发声

在其他一些重要的作品中,东西对于沉默的思考、想象和描述,也构成其小说叙事的重要动力。如《后悔录》里,曾广贤响应号召,举报自己的父亲曾长风,导致一家人遭受无妄之灾,他自觉祸从口出,曾发誓不再乱讲话,也曾被母亲带去找人做法事封嘴。虽然他始终无法克制自己言说的欲望,但他父亲却从此三十年没有跟他说过话。显然,这是由于语言的创伤导致的,其目的与其说是惩罚曾广贤,还不如说是用沉默的方式自我疗愈。相反,《篡改的命》里,改名为林方生的汪大志,为了自己的富贵生活,不惜通过盗取照片、销毁档案卷宗等方式,隐瞒生父和自己的真实身份,让这一切陷入沉默中。沉默意味着真相的遮蔽,现实中的人可能出于各种原因成为共谋。半个多世纪前,加缪曾将 20 世纪总结为"恐惧的世纪"。在他看来,在我们生活的世界上,最令人震惊的是世界上的大多数人都没有前程可言,他们在绝望中挣扎,生活没有价值。以前的人们"会通过发表言论和呐喊来战胜这种情况。他们会呼唤能给他们带来希望的其他社会准则。今天,没有人还在呼喊（除了那些不断重复其观点的人们），因为看来世界正在被一股盲目的力量牵着走，这股力量既对人们发出的警告、呼喊无动于衷，也听不进任何的建议和祈求"[1]，加缪将这种恐惧归因于这种盲目的力量所引起的对人类的暴力迫害，相互没有对话，失去了言论表达能力。然而，对于作家来说，他必须发声，除非他选择停笔。

在《哑巴说话》一文中，东西表示，那些缺乏语言交流手段的人也在"默默地抗争"，而他的写作就是要为那些"哑巴"代言和说话。这样我们就可以理解，哑巴蔡玉珍危急时刻能喊出"我要杀死你"，孟泥的孩子不会说话，但在惊恐中也会叫"庄、庄、庄爷爷……"。如果要梳理现代中国文学中关于沉默的谱系，鲁迅的《纪念刘和珍君》当然不可忽略，《反义词大楼》的结尾就是"沉默啊沉默……"。而王小波的"沉默的大多数"有指责"平庸的恶"的意思，似乎并非东西的同道。无论出于何种理由，作家只要不停止写作，就得突破沉默。问题不在于是否发声，只在于如何发声。"太初有言"，但"道可道，非常道"。所以对于一个有追求的小说家来说，人物说话的方式，与写作方式之间，会通过语言而取得巧妙的平衡，在与现实的紧张博弈中走钢丝。东西曾经深入描绘过语言表达困难的内在机理。比如在《我们内心的尴尬》一文中，在谈及有关小说《救命》创作意图时东西曾表示，"救命"时该不该说

---

[1] 加缪：《不做受害者，也不当刽子手》，参见《加缪全集》（第4卷），河北教育出版社，2002年，第73页。

假话。这是一个类似"囚徒困境"的问题。《猜到尽头》也是差不多的用意。而《私了》，则将人被迫说谎的真实原因隐藏起来，曲曲折折地暗示。一个谎言必须用更多的谎言来掩盖，所以人的表达变得吞吞吐吐，疙疙瘩瘩，云山雾罩，老是在绕弯子。

《后悔录》里有关沉默与言说的辩证，是一个最好的例子。小说抽丝剥茧地描绘了数十年间现实的反复，已经用了六章的篇幅细致地刻画了曾广贤其间的心灵历程，但仍增加了一个第七章，把整个故事复述了一遍。那么，这个重复的第七章在叙事学的意义上，是不是多余的呢？作为一个成熟的小说家，东西当然不会犯那种低级的错误，所以，这种重复一定有一种内在的需要。曾广贤是一个喜欢讲述的人，也是一个饶舌的人，他的反复讲述是可以理解的。而作为一种心理创伤，他也可能想通过重复讲述来释放、移置内心的压力，也即精神分析中的"事后性"或"延迟反应"，或向"被压抑者的回归"（弗洛伊德）。马克思在《路易·波拿巴的雾月十八日》一开头，就是那句关于重复的名言，"黑格尔在某个地方说过，一切伟大的世界历史事变和人物，可以说都出现两次。他忘记补充一点：第一次是作为悲剧出现，第二次是作为笑剧出现"[1]。但很显然，这两位伟人对重复的阐述可以帮助我们加深对曾广贤重复讲述的理解，却无法准确运用于此处的文本解释中，我们只能另寻

---

[1]《马克思恩格斯选集》（第1卷），人民出版社，1972年，第603页。

他途。这一章的标题《如果》,似乎隐藏着最关键的信息。"如果"意味着某种最原始的质询:事情本来可以变得更好。"如果"的想象暗含着一种偶然性的幽灵:一切我们称为必然性的东西,如所谓颠扑不破的客观规律等,常常是一种事后追认,绝不是"自然的",如果初始条件稍有变化,事情将可能呈现不同的面貌。曾广贤用自己的"如果",既展示了自己对美好生活的向往,又讽刺了各种僵化的教条,进而宣告了某种目的论的破产。这当然与"后现代"的某些时代思潮暗合,"目的论消失,而历史成为开放式的,从而为对历史本可能选择某个或多个进程的猜想腾出了空间"[①],但对曾广贤而言,通过"如果"对生活和历史进行假设,就能在仿佛是铁板一块的现实中撕开一个裂口,让生命的光照进来,进而将"后悔"变成一种超出个人意义的行为,就像小说结尾,他的讲述让自己已成植物人的父亲感动一样。在某种讽喻式的理解中,我们可以将曾广贤的讲述读作小说家的写作行为本身。

三、追问与见证

从"如果"对必然性和目的论的质疑与反思这条线索开始,我们能发现东西作品中充满了一种追问的精神。因为深知沉默的微妙,所以追问也就能切中要害,就像打蛇打中七寸一

---

① 埃文斯:《历史的另一种可能》,晏奎、吴蕾译,中信出版社,2016年,第47页。

样。《我为什么没有小蜜》,就是以一连串的追问开始的,米金德被上司说他碰了一位女同事(她其实是上司的小蜜)的胸部,他为自己辩解,上司就一直发问:"知道……算怎么回事吗?""怎么会……?""……会……吗?""难道就不要……了吗?"……读到后面,我们就知道,这原来是仗势欺人,米金德被上司的语言迫害打蒙了。审讯般的发问,展现了语言权力背后的不平等,这和张复宝利用文字来欺负王家宽是一样的。米金德所做的任何解释都被视作狡辩,任何回答都被当作顶嘴。这只是小说的开始,其后的重心转向米金德自己找情人的过程,除了他,他熟悉的绝大多数男人都有小蜜,因此他也要找。可是他没有任何资源可以"寻租",当然也就无从遂愿。皇天不负有心人,最后一个长相不好的大龄单身女同学赏赐给他一个机会,他却失败了。"老弟,你怎么就这么不争气呢?"这里自然不能排除文本中的调侃意味,但必须承认,作家呈现的其实是一种不公平的处境,米金德的追问与其说是针对自身,不如说是在反思出现这种状况的原因。他的追问与米金德的质问,其含义正好相反。作为这篇小说的关键词,"为什么"与"如果"一样,充满了对所谓"事实"的质疑,进而对现实关系进行反思,其间不仅是要说明"我们所给定的理由塑造了我们与接收者之间的关系"或"别人给你的理由反映了他们如何看待与你的关系"[1],更重要的是,这种对理由的不懈

---

[1] 蒂利:《为什么?》,李钧鹏译,北京时代华文书局,2014年,第164页。

追问构成怀疑和反思精神的基础。《耳光响亮》里的叙述者何翠柏,就如此大声质问:"我们还不满十八岁,我们要控告你们,你既然生下我们,为什么不把我们养大?为什么抛下我们不管?"这可以说是一种根本性的质询。令人疑惑的追问发生于当家人知道父亲何正国还活着时,何翠柏表示,"他为什么还要活着?为什么在消失十年后,又回来打乱我们的生活?只要他还活着,就说明我们全错了……因为他的出现,我们所做的一切,包括我们为他流过的眼泪,全部变得没有意义了"。两相对照,才能更准确地理解这几个"为什么"的含义。整部《耳光响亮》,都包含着对现实的追问。比如牛青松为了证明手表不是偷而是捡来的,竟拿起刀割掉了一节小手指。他质问公安,"你们为什么不相信我","你们干吗对真话那么恨之入骨"。东西的写作令人觉得匪夷所思的地方很多,构思绝妙之处不时让人拍案。有关追问最精彩的一段情节,发生在《篡改的命》中。当时汪槐请人做法事,为孙子治病失败,他上坟咒骂自己的父亲。按中国传统和农村习惯,天下没有不是的父母,哪有骂长辈的,更何况已经离世多年?可是东西就是这样,让自己的人物冒天下之大不韪。这种越轨的笔致,收到了出其不意的效果。那些让人胆战心惊的质问,连珠炮似的:"难道社会上的风气都吹到阴间里去了吗?……莫非你到阴间当了大官,腐败变质了?……"将语言的狂欢与人物的悲愤无奈融会交杂,奇诡而锐利。

可以说,这种追问本身,反映的其实是一种抗争的诉求。

"哑巴说话"不妨理解为作家对自己写作活动的一种象征性的表达,是要让读者感受、听到人物在生活中的抗争与喊叫,让"没有语言的生活"绽现在语言中。经由作家的书写,读者能目睹人物的抵抗与挣扎,同时能听到他们的呼喊。呼喊有可能出自兴奋和激动,如《痛苦比赛》里,"仇饼冲到阳台上,对着楼下的马路喊阳爽朗……我爱你,我爱你群山巍峨,我爱你秋日的硕果,我爱你的征婚广告,我爱你呼唤大舅的声音朝气蓬勃"。在东西的小说里,呼喊主要还是"不平之鸣"。《不要问我》中四处碰壁的卫国,用呼喊来提醒自己还活着。《耳光响亮》以呼喊开始:牛翠柏喊爹喊妈,因为他们不见了。"我对着巷口喊,妈妈,你在哪里?我对着大海喊,妈妈,你在哪里?我对着森林喊,妈妈你在哪里?你在哪里啊你在哪里?我在心里这么默默地喊着,突然想这喊声很像诗,这喊声一定能写一首诗,如果我是诗人的话。"一位作家自然是一位诗人,所以小说《耳光响亮》就可以当作一首呼告的诗篇来读。牛翠柏在整个小说中最重要的动作,就是一种象征性的呼喊。而东西本人对小说写作本身的理解,也总是同呼喊、倾诉、告白等有关。

力图追问与表达的困难之间,东西的作品中也反映了某种命名的不可能。《美丽金边的衣裳》里,丁松在酒吧喝咖啡时,不但为一个空位点了一杯咖啡,还"对着那个空位喃喃地说着什么,他不时还伸手过去为对方搅动咖啡、加糖,仿佛他的面前真的坐着一个什么人",那种对真实关系的渴望溢于言表。

不过，当他和希光兰做爱时，丁松和希光兰喊叫的，却是明星们的名字。通过这种命名，在想象里，他们摆脱了现存肉身的限制，变成了想象中的明星。小说家和诗人一样，负有对世界命名的使命。他们能够通过命名行为再现自己的写作对于世界的把握与理解。为客体命名意味着控制，而对象却时时力图挣脱这种控制。希光兰和丁松第一次做爱的时候，听到丁松叫她的名字，她马上就失去了兴致。她不希望别人知道她的真实姓名，她自己也不想知道对方的姓名。她跟人打交道，常用一个字母来代表自己，如Ａ、Ｂ或Ｋ。命名就这样变成了一个匿名化的也即失效的过程。

《慢慢成长》中马雄改名的情节，是对创作过程进行自我观照，是也对命名的一次反讽。马雄出生前一个月的天空全是阴霾，他出生那天突然放晴，于是得名马湛蓝。这显示出命名并非随意的事，它可能和命运息息相关。讽刺的是，东西用戏谑的笔墨，写出了命名中的吊诡因素。比如，大家嫌湛蓝难写难念，就把他叫成了马淡蓝、马蛋蓝、马蛋。马家军做了派出所所长以后，命名变成了一件荒唐的事情，他可以随心所欲地为人改名，由此体会到无穷无尽的快乐。马雄也染上了改名的嗜好，但改名却没有改变他的命运，甚至，他的名字他也不能做主，因为大家都叫他马雄，这个名字他并不认可。最后当叙述者碰到他时，已经记不起马雄现在的名字，无奈之下称其为马湛蓝，但马雄却不知道马湛蓝是谁了。这种不断的改名，在这里成了命运无常的征兆。

《耳光响亮》中的牛红梅，不断为未出生的孩子命名，可以理解为试图以此来和她无法生育的命运对抗。小说对某些人物的命名，含有戏谑的意味，如碧雪、红梅、青松、翠柏，都是中国传统文化中高洁气节的象征符号，可在小说中不仅没有呈现出他们标榜的性格特征，还时常走向反面。这种命名不仅是将特殊性概括为普遍性，在很大程度上还将自相矛盾的含义赋予它们。这几位被命名作红梅、青松、翠柏的人，要傲雪独立，又谈何容易。至于《篡改的命》里，汪大志变身为林方生，意蕴更是复杂。林方生显然并不是另一个汪大志，他改名意味着对汪大志的否定。他重新命名过了，才有可能获得新的命运。但名改命变，在现实中谈何容易？在《没有语言的生活》里，王胜利的命名过程也是极富象征意味的。王老炳曾经想过许多名字，要其和各种宏大叙事联系到一起，总之要"声音响亮"，而最终定名为王胜利的原因，就是"再也不会有什么难处，能战胜一切，能打败这个世界"。而在王家宽的视野里，有钱就意味着愉快和美妙，所以他把儿子叫作王有钱。很显然，没有什么胜利可言，有钱也不一定带来愉快和美妙。

　　海德格尔在《诗人何为》中，讨论荷尔德林的诗歌，认为诗人意味着在贫乏的时代也即世界黑夜里言说，并且，"诗人职权和诗人之天职出于时代的贫困而首先成为诗人的诗意追问"[①]。这话同样适用于东西这样敏锐而认真的小说家。在言语

---

① 海德格尔：《林中路》，孙周兴译，上海译文出版社，2008年，第245页。

泛滥而真正的信息匮乏的时代，小说家用写作打破沉默，用自己的文字追寻现实和存在的踪迹，同时发声追问，为时代留下自己的见证。对于一位负责任的作家来说，守护民族语言义不容辞，"语言是一个巨大的奥秘；我们对语言、对保持语言纯洁性所肩负的责任具有象征性和精神性，它不仅具有艺术意义，而且具有道德意义，它是责任本身，是符合人性的责任，是对自己的民族、对保持它在民族之林的纯洁形象所担负的责任"。①

---

① 托马斯·曼：《致波恩大学哲学系主任的公开信》，参见《托马斯·曼散文》，黄燎宇等译，人民文学出版社，2012年，第205页。

"所有荒诞的写作都是希望这个世界不再荒诞"[1]

何平，南京师范大学；王一梅，南京师范大学

原载《当代作家评论》2021 年第 4 期

一

20 世纪最后的十几年，我们通常说的"60 后"作家经由代际内部的洗牌，文学意义和生理意义的代际出现了非对称的文学史断代分布。以小说为例，生于 1960 年的余华、1963 年的苏童和 1964 年的格非成为"1980 年代"的先锋作家，而和他们年龄相差无几的迟子建、毕飞宇、麦家、北村、李洱、东西、艾伟、邱华栋和朱文等则比他们"晚熟"十年左右。这些文学史上后起的"60 后"崛起不久，新媒体助推的"70 后"，甚至是"80 后"作家纷纷登场，不同代际的作家同时在场。以写作从业者的数量而论，世纪之交的中国似乎迎来一个"群星闪耀"的文学时代，但与之相较，有重要作品的"大作家"

---

[1] 谢有顺、东西：《还能悲伤，世界就有希望——关于〈篡改的命〉的一次对话》。

却没有如想象般"群星闪耀"。我们只要看看当时所谓"新生代"中后起的"60后"那部分,能够坚持到现在且持续有重要作品面世的也就迟子建、毕飞宇、麦家、北村、李洱、东西、艾伟、邱华栋和朱文等。

东西生于1966年。1997年,他在《花城》第6期发表长篇小说《耳光响亮》。以长篇小说衡量,东西差不多可以说是上面这群"60后"后起者中最早有重要作品的。2005年,东西的《后悔录》在《收获》第3期发表。随后的《收获》第4、5期发表了毕飞宇的《平原》。此前,迟子建、麦家、艾伟和李洱也分别在《钟山》《当代》《花城》等重要文学期刊发表他们的重要作品《伪满洲国》《解密》《越野赛跑》《花腔》等。"60后"的后起者在新世纪前后的集中发力是一个应该引起关注的文学现象。

《耳光响亮》《后悔录》发表十年后,东西的长篇小说《篡改的命》(2015)和《回响》(2021)先后发表。从《耳光响亮》追溯,东西于1990年代初的成名本就兼有因循承续和革故鼎新的双重意义。近三十年的个人文学史,东西的小说关乎神秘的秩序和未知的强力,意义的匮乏和存在的困惑,无尽的后悔和荒诞的现实,作为失败者的个体和找寻道路的失败,等等,所有这一切使东西成为东西。同时,三十年的时间距离也为研究者提供了立于"高处"、重返"历史"和观照"整体"的契机。由此我们看到,小说家东西是如何介入历史与现实,又是如何处理当代经验,巧妙地将关于过去的知识和对现在的意识捏合在一起，改变了 1980 年代中后期以来的文学"语法"——直面 1990 年代至今的社会文化现实，创造性地形成了新的小说语法。

根据东西的自述，他的文学创作萌蘖于 1980 年代中期，此后至 1992 年，他陆续在地方报刊和西部文学期刊上以原名田代琳发表作品。值得注意的是，改革开放以来中国当代文学真正意义上的新变也正好产生于这一时期：启蒙、主体性、人性/人情、人道主义、现代主义等"话题"或"观念"，在历经探索与争鸣后逐渐成为文学的"主旋律"；中国当代文学从单一的"苏联影响"中走出来，接受西方文学和拉美文学的洗礼；"寻根文学""先锋文学""新写实小说""新历史主义小说"等文学思潮依次"登场"……面对个人文学史的"田代琳时期"的"少作"，作家并不讳言自己跟随潮流写作的经历："当时中国的几个文学流派我是一直跟踪着的，比如就寻根呀，伤痕呀，先锋呀，新写实呀，等等吧，我都跟踪过。那个时候我在边缘上，但是我在看，在研究。当初，我写的小说关于农村的多一些，受到过寻根的影响。然后慢慢地又受先锋小说的影响。"[①]

1992 年，小说家田代琳以笔名"东西"分别在《作家》《花城》《收获》上刊发了两篇中篇小说和一篇短篇小说。今天看来，《祖先》《幻想村庄》《相貌》似乎依旧是作家于写作

[①] 张钧：《在意念与感觉之间寻求一种真实——东西访谈录》。

学徒期那种渐进的模仿的延续——现代寓言、寻根故事或先锋小说——形式技巧方面的探索仍是三篇作品的着力之处,然而其间关涉人性伦理、文化命脉与生命经历的审视已然展露出一位真正作家的"早期风格"。毫无疑问,这些作品帮助东西成功登上了全国性的文学舞台,实现了"北上""南下"和"东征"。

事实上,在1992年不仅是东西获得小说上的声名的开始,而且在诸多层面上,它都是一个富有意义的时间节点或逻辑起点。

如若从中国当代文学史的发展脉络看,行至1990年代初,由上一个时代转折所开启的"新时期文学"已步入"尾声"。1992年,针对1980年代中后期以来当代文学外部环境和内部要素的转化与裂变,学术界开始提出并集中开展关于"后新时期文学"的命名与研讨[①]。联系同年南方谈话的发表和改革开放的重启,这一脱胎于当时流行的西方"后学"概念的新名词就兼具时代性与开创性。关于命名的意图,当时《文艺争鸣》中"编者的话"这样阐述:

> 当前我国的改革开放事业已进入了一个新的发展阶段,文化和文学近年来也呈现出种种新的迹象,怎样概括

[①] 如1992年秋,北京大学中国语言文学研究所和《作家报》联合举办的"后新时期:走出80年代的中国文学"研讨会;《文艺争鸣》杂志于1992年第6期推出的关于"后新时期文学"的"文艺百家讨论会专号";《当代作家评论》杂志在1992年第6期刊发的谢冕、宋遂良、陈骏涛有关"后新时期文学"的争鸣文章等。

和评估近年来的文化和文学，确是摆在我们面前的一个重要课题。至于用"后"来表述亦或用其他词语来表述倒无关紧要，重要的是面对时代新文学，我们应启动思考，并开始真正富有意义的争鸣与探讨。①

由此可见，尽管"后新时期文学"在当时是一个聚讼纷纭且并未得以沿用的概念，但它于"1992年"出现并非偶然，而是与改革开放进入新的发展阶段保持同频共振的。命名讨论的参与者们均承认且强调社会市场化和商品经济浪潮对文学的影响与冲击。21世纪以来，随着学术界对"90年代文学"的进一步研究和论证，"1992年"也愈发凸显出其关键要义——"这个变动无疑是从90年代初期开始的建设社会主义市场经济的历史进程。90年代的中国文学正是以社会主义经济基础所经历的这样的一场革命性的变动为其新的历史起点，与此同时，它的新的一轮逻辑的行程也由此开始"②——循此思路，明确建立社会主义市场经济体制这一改革目标的"1992年"就应该作为"90年代文学"的逻辑起点。近年来，还有学者从"90年代断代"的角度，直接将"1992年"指认为"中国的1990年代的开始"。③回望历史，东西这一批"新生代"作

---

① 《讨论会前的讨论·编者的话》，《文艺争鸣》1992年第6期。
② 於可训：《当代文学：建构与阐释》，武汉大学出版社，2005年，第113页。
③ 杨庆祥指出："在1992年,这些讲话的内容被总结为一个更微妙复杂的政治修辞名词：中国特色社会主义市场经济。也正是在这个时候，我们才可以说中国的1990年代开始了。"参见杨庆祥《九十年代断代》，张悦然主编《鲤·我去二〇〇〇年》，民主与建设出版社，2019年，第44页。

家的"出场"恰好处于时代和文学的转轨处。因此,是否可以这么认为:于1990年代初集中登场的这批"晚熟"的"60后"真正开启并参与建构了"90年代文学"?

二

作为以"走出80年代"为重要特征的"新生代"作家[①],东西一方面从"先锋派"处习得形式技巧,另一方面则着手处理异于前代的现实生活和新的时代经验,同时将对"90年代"的理解内置于他的小说实践中。东西于90年代创作的中短篇,其中不乏《迈出时间的门槛》(1993)、《商品》(1994)、《城外》(1994)、《经过》(1994)、《跟踪高动》(1995)、《反义词大楼》(1997)、《权力》(1997)、《痛苦比赛》(1998)、《闪过》(1998)、《把嘴角挂在耳边》(1999)、《我和我的机器》(1999)、《肚子的记忆》(1999)这类张扬着野心勃勃的技术的实验探索之作。虽然它们都是发生在本土的"中国故事",但是拨开精微而繁复的形式外壳,细心的读者或可从中发现卡夫卡式的荒诞寓言、福克纳式的意识流、萨特式的存在主义、加缪式的局外人或罗兰·巴特式的文体。作家本人大概也无法抹去这些作品在表现手法和叙事技巧上与上述世界性文本之间的文本间性。不可否认,东西此时的创作技法和写作趣味与前辈"先锋

---

① 李洁非认为,"新生代"作家摆脱了80年代的文学问题,逐渐"走出80年代"。参见李洁非《新生代小说(1994—)》,《当代作家评论》1997年第1期。

派"有着千丝万缕割舍不断的联系,然而写作艺术日臻成熟的"追随者"并不等于真正走进文学的小说家。东西及这一批"新生代"作家之所以能成为1990年代引发关注的创作群体,还在于他们对现实持续性的关注和创造性的理解。正如东西于三十年后总结:"'新生代'作家们掌握了创作技术之后,没有放弃对现实的关注和介入,具有正面强攻的天然性。"[①]在他们的作品中,"智性"和"感性"开始取得微妙的平衡:迷恋先锋的技法高度却不耽于艺术修辞的"游戏",与现实发生关系且能充分揭示其背后的形而上的寓意;能洞见生活的真相而不囿于及物的表达,一边提炼有意味的形式,一边又能传达个体的经验与想象。

东西1990年代的小说,除开引发广泛关注的,或者说已渐臻经典的中篇《没有语言的生活》(1996)和长篇《耳光响亮》(1997),《关于钞票的几种用法》这篇"非著名"短篇实则是"新生代"小说中的一篇典范之作。小说首发于1998年第5期的《花城》杂志。彼时的《花城》在经过1990年代初的转型后,已成为世纪末持续专注小说形式探索的一方"重镇"[②]。《关于钞票的几种用法》也不例外,这篇有着文体自觉意识的小说在保持挑战的姿态和放大局部的夸张之时,又将个体的生存境况和时代的复杂变化凝合在一起。如果说此前东西

[①] 毕飞宇、李洱、艾伟、东西、张清华:《三十年,四重奏——新生代作家四人谈》,《花城》2020年第2期。
[②] 田瑛、申霞艳:《九十年代:转型与尴尬》,《花城》2009年第5期。

是在虚构的小说中加入金钱、权力、肉欲等大量具象化的欲望符号来书写"90年代"的文学寓言，那么《关于钞票的几种用法》则以一个现实主义的故事基底展现了东西对当代经验的处理方式。小说以糖果厂工人孙朝从财务处领取最后一笔工资开始，讲述了与孙朝一样领到微薄"遣散费"的工人们齐聚李副厂长的办公室，听其一本正经地宣讲"关于钞票的几种用法"——宏大愿景和残酷现实的荒诞对立形成一种反讽的张力。随后揣着三百元钱和一袋糖果的孙朝切断了与工厂的所有联系，"下岗"的他在街上偶遇并尾随性感的赵小姐，在欲望的驱使下思考这笔钞票的用法。

参与时代变革、行将倒闭的工厂和被迫卷入市场无所适从的下岗工人，熟悉的情节模式和人物设定无不让人想起从1996年开始席卷文坛的"现实主义冲击波"。然而这股以"现实主义"为名的文学创作潮流却在"回归写实"的"名头"下，旋即陷入"肤浅的现实主义"[①]以及"泡沫的现实和文学"[②]等批评声中。两相对比，可以看到，"新生代"作家东西面对同类题材，在贴近现实的写作和直击时代的现状之时，回避了对个人"分享艰难"式的道德要求，而是以荒诞昭示荒诞，用现实打破现实，将平凡的个体还归平凡的生活，道出了小人物面对大时代的无力、懦弱与悲剧。

---

① 王彬彬：《肤浅的现实主义》，《钟山》1997年第1期。
② 萧夏林：《泡沫的现实和文学——我看"现实主义冲击波"》，《北京文学》1997年第6期。

从某种意义上看,《关于钞票的几种用法》具有真正现实主义的艺术品格和质地——当所谓的"现实主义"没有能力处理当代经验,只能对社会现实进行平庸甚至是虚假的"摹写"之时,或者说这种"现实主义"还停留在之前的认识阶段,离改革开放时代,尤其是 90 年代的语境太远——东西则以夸张变形的艺术方式完成了一次准现实主义式的写作,为现实主义创作提供了又一种思路。我们不妨再以同时期莫言的中篇小说《师傅越来越幽默》(《收获》1999 年第 2 期)作为参照。这篇以下岗劳模丁十田"再就业"为主线的小说,同样有着"现实主义冲击波"式的故事模式。贫病交加的丁师傅面对生存难题,因地制宜地将树林中报废的公共汽车外壳改造成供情侣幽会的"林间休闲小屋",由此找到了"谋生之道"。这日丁师傅做了最后一单生意。一对神情悲戚的男女进了小屋迟迟未出,丁师傅心生恐惧,担忧两人于屋内殉情,连忙找来警察,结果却是虚惊一场,徒弟因此嗔怪丁师傅越来越幽默。小说综合了现实主义的创作手法和后现代主义的反讽艺术,于黑色幽默和荒诞不经的桥段中消解了下岗工人"从头再来"的宏大意义,形成了一种新的小说文本形态。因此,不管是东西的《关于钞票的几种用法》,还是莫言的《师傅越来越幽默》,其中除了作家直面现实的写作立场,还提供了这种小说文本形态的"新"。

三

由"60后"的后起者和最早到场的"70后"混编而成的所谓"新生代"作家,其成长与《钟山》《大家》《作家》《山花》四家文学期刊从1995年至2001年共同主办的"联网四重奏"栏目密切相关。某种意义上看,传统文学期刊"操作"了这场具有更新换代意义的"仪式",发起者也不否认此举"更重要是对这样一些年轻作家创作成绩和创作地位的确认"[①]。然而正如对"新生代"这个创作群体的"命名","意义"的提炼与概括或许不是最核心的要义,新文本的"诞生"——回归文学创作本身对新的可能性的不断寻求——也许更富魅力。东西应该是"新生代"群体中长篇创作的"先行者"[②]。1997年,刚成为广西首期专业作家的东西在同年第6期《花城》上发表了长篇处女作《耳光响亮》,此时与他同为"新生代"的毕飞宇、李洱、艾伟还未有代表性的长篇小说问世。而在此之前,前辈"先锋派"中的余华、格非已分别通过《呼喊与细雨》(1991)、《活着》(1992)、《许三观卖血记》(1995)、《欲望的旗帜》(1996)这些长篇开始触探文学写实的深度与力度。《耳

[①] 王干:《仪式的完成——对"联网四重奏"有关问题的说明》,《边缘与暧昧·王干文集》,作家出版社,2018年,第134页。
[②] 1998年1月,长春出版社出版了"新生代长篇小说文库","出版说明"中强调文库"以集束形式出版60年代以后出生的作家创作的长篇小说力作"。包括毕飞宇《孔子》《那个夏天,那个秋季》、邱华栋《蝇眼》、曾维浩《弑父》、荆歌《漂移》、李冯《碎爸爸》、祁智《呼吸》、东西《耳光响亮》。

光响亮》这部"现实主义型的成长小说"①的价值不仅在于上溯并梳理了一代人的私人史和成长史,更在于对荒诞和黑色幽默的"纵横驰骋"中找到了处理当代经验的恰当方式。"从现在开始,我倒退着行走……我沉醉在倒走的姿态里,走过20年漫长的路程"②,小说以第一人称视角倒叙开始,以"失父—寻父"作为小说的起点,这个极具隐喻色彩的开篇传递了诸多信息,作家也由此打开了回溯"60年代人"精神史和心灵史的入口。这一代人在短暂地接受特殊时代的"形塑"与"规训"后,又急速地迎来了改革开放时代的"新浪潮"——身处90年代的东西开始勘察并着手处理时代变革中的种种转型、碰撞与震荡。《耳光响亮》的意义在于提供了一个中介物式的文本,逐步摒弃了那些"大词",打通了个人经验与公共经验的边界,在摆脱小说技法束缚后的自由与快慰中完成了对时代的精准剖析。

《耳光响亮》发表之前,东西创作了一篇与"父亲"有关的短篇《我们的父亲》(1996),这篇短篇或可视为《耳光响亮》的"前奏"。背着绣有革命标语"一不怕苦,二不怕死"军用挎包的父亲进城探望"我们",面对崭新的时代环境和空间环境,已经"落伍"的父亲在众子女的相互推诿中离家出走,随后失踪。"我"在"寻父"的途中意外得知父亲亡故的

---

① 巴赫金:《教育小说及其在现实主义历史中的意义》,《巴赫金全集·第三卷》,白春仁、晓河译,河北教育出版社,2009年,第228页。
② 东西:《耳光响亮》,《花城》1997年第6期。

消息,众人抬着棺材准备将父亲的尸骨重新入殓,却不想已经入土的父亲竟消失得无影无踪。小说中有一处颇具反讽意味的情节,"我"带着父亲的遗物去县公安局查找他失踪时的接警电话,发现协查通报上签着局长大哥东方红的大名——这个饶有时代革命色彩的名字为父亲所取,然而大哥却未能认出自己的父亲。小说并不止于呈现亲人间惊心动魄的人性战争,"父亲"既是肉身之父也是精神之父,他的死亡宣告了一个时代的落幕。众人寻父而不得——"我们的父亲到哪里去了呢"[①]——小说结尾处的疑问喻指了后革命时代意义的匮乏和存在的困惑,"我们"在时代的断裂中不见来时路。

《耳光响亮》接续并延展了这一题旨,将"寻父"这一行为置于更大的时空。牛氏三姐弟在父亲牛正国失踪、母亲何碧雪改嫁后,堕入物质和精神双重匮乏的生活,于急遽变化的时代开始了漫长的"寻父"之路。无论是背负着被失序时代强加的"污名"沦为"被侮辱与被损害者"的姐姐牛红梅,还是在出狱后执意寻找父亲最终客死他乡的哥哥牛青松,抑或"我"这个所有事件的见证者与回忆者,最终都不得不"接受"那个谶言似的标题"耳光响亮"——"寻父"无功而返,抗争徒劳无功,"我们"在成长中一再被荒诞的现实"打耳光"。

如果说自"伤痕文学"始,当代文学开始以"写什么"为中心探索如何处理当代经验,那么到了1985年之后,"写什

[①] 东西:《我们的父亲》,《作家》1996年第5期。

么"同"怎么写"则成为文学创作的核心命题。参与实践的作家们大都直接从西方现代主义和后现代主义写作处习得技巧,然而值得注意的是,这些异域性,尤其是像拉美魔幻现实主义这种充满"异国情调"的技法实则"诞生"于此前的历史阶段,已经与当代的语境拉开一段距离。因此,它们能否处理,或者说能否有效处理中国的当代经验就成为值得思考的问题。当然不可否认,"怎么写"在艺术的高度和哲学的深度两个层面为当代文学开拓出新意。虽说进入 90 年代,这些作家,特别是坚持形式探索的先锋作家纷纷开始了写实的转向,但市场化浪潮中的这种"转型"之举显得颇为无奈与后继乏力。因此,在"写什么"和"怎么写"都不再成为"话题"的年代,"新生代"作家东西必须在处理当代经验这一问题上"另辟他径"。与前辈作家相比,东西是一位讲故事的高手,仅就《耳光响亮》这部长篇处女作而言,作家开始在"写什么"与"怎么写"之间找到微妙的平衡点。这一特点也在后来的《后悔录》和《篡改的命》中得以发扬。东西在《耳光响亮》中精心设计了一个个荒谬的小故事,诸如金大印在编辑马艳的指导下"成为"英雄的故事,杨春光和牛红梅之间那场羽毛球比赛,牛红梅被刘小奇囚禁并遭受奇怪"刑罚"的情节……甚至由此旁逸斜出两篇短篇《反义词大楼》和《权力》。这些极具可读性的片段消解了形而上的技法所带来的艰涩与晦暗,不动声色地将荒诞、黑暗幽默和反讽这些题中之义呈现出来。

四

新的世纪，2005年东西发表了第二部长篇小说《后悔录》，同年他在《内心的秘密》一文中自问自答了"什么样的作品才能证明自己还是作家"这一问题：

> 首先，它是内心的秘密，正如福克纳所说："必须发自肺腑，方能真正唤起共鸣。"我们的内心就像一个复杂的文件柜，上层放的是大众读物，中层放的是内部参考，下层放的是绝密文件。假如我是一个懒汉，就会停留在顶层，照搬生活，贩卖常识，用文字把读者知道的记录一遍，但是，一个真正的写作者就会不断地向下钻探，直到把底层的秘密翻出来为止。这好像不是才华，而是勇气，就像卡夫卡敢把人变成甲虫，纳博科夫挑战道德禁令。
>
> 其次，才会是写作的技巧。要用技巧证明自己是一个作家非常容易，有时仅仅是技巧中的一项，就有可能被人吹到云层里，比如语言，现在好多作家就是用这一基本项去拿奖牌，还有风景描写等等。但是，爬了二十年的格子之后，我已经丧失了谈论技巧的兴趣，不是说我不讲技巧，关心我的读者会通过作品来给我的技巧打分，只是与内心的秘密比起来，所有的技巧都将黯然失色。[1]

---

[1] 东西：《内心的秘密》，《青年文学》2005年第21期。

由此可见，经过二十年文学创作的东西已逐渐从对"术"的迷恋中脱离出来，坚持对"内心的秘密"的深度勘探。这段关于"内心的秘密"的自白或许也为重新理解《后悔录》提供了一种思路：通过这部记录无尽的后悔与荒诞的现实的长篇，作家意在完成对某种内心"绝密文件"的发掘，一种心灵真实的呈现，而这一过程是富有创造性与开拓性的。

不妨从小说的最后一章《如果》进入《后悔录》，这一章节标题对应着小说的核心关键词"后悔"：曾广贤对成为植物人的爸爸曾长风诉说这三十年里不断集聚叠加的"后悔"，从革命年代到改革开放时代，看似毫不相干的件件往事层层嵌套，环环相扣，它们之间存在着某种命定的逻辑。曾广贤在不断的回忆和假设中将种种已成的事实一一推倒重来，上溯至一切的起点……《后悔录》的主人公曾广贤始终笼罩在"坏运气"的阴影下，"倒霉"伴随着他的成长。每当他历经坎坷终于触及"转运"的希望之时，却又阴差阳错地与命运擦肩而过。最后，曾广贤在对父亲的倾诉中最大程度地敞开了自我，有勇气道出了最后悔的事——身体禁欲像无法打破的魔咒，从少年直到中年——他在肉体与精神的双重压迫下成为一个畸形儿。于作家而言，对曾广贤内心"绝命文件"的发掘过程是一场作为申辩的写作。正如东西在上述自白中列举卡夫卡和纳博科夫的勇气之举，"后悔录"的形式，尤其是《如果》一章中"如果我不……就不会……"的句法结构实则也是东西的一项写作创举，作家在专注荒诞写作的同时找到了切入一代人成长生活和精神世界的方法。

《篡改的命》是东西的第三部长篇小说。抛开作家标志性的荒诞化表达与戏剧化姿态，这个讲述汪氏三代人"改命—换命"的故事并不新颖。我们可以从余华的《活着》甚至是高晓声的《李顺大造屋》中辨识出相似的情节谱系。比之《耳光响亮》和《后悔录》，这部作品在情节内容、形式技法和小说语言上都更接地气，或者说更为传统，也更加直面现实。城乡对立与阶层固化，中国底层命运与当代性表达，小说的这些主题无不直击时代的痛点与敏感点。虽说东西一直在探索如何有效地达成现实、通俗、奇诡和寓意的有机结合，但是他始终未在叙事艺术和哲学寓意上打折扣。然而当看到《死磕》《弱爆》《屌丝》《抓狂》《篡改》《拼爹》《投胎》这些极具口语色彩，或者说近乎粗俗的章节标题时，我们不得不对这部作品产生合理的怀疑——东西是否放下了将残酷的人性和赤裸裸的现实升华为真正的形而上寓意的执着？

当我们带着上述怀疑进入《篡改的命》后，这一疑问随即被这出写满绝望和无力的生活荒诞剧打破。农村青年汪长尺被父亲汪槐寄予厚望，父亲希望他借由高考这条唯一的出路进城落户，改变个人和家族的命运。不料造化弄人，儿子的高考成绩被人冒名顶替，命运由此被篡改，父亲也在去县教育局讨要说法的过程中意外致残。极度的窘困让汪长尺准备认命，然而汪槐却不放弃抗争的希望，儿子被父亲逼着继续"改命"。汪长尺与勤劳朴实的农村姑娘贺小文结婚，夫妇二人携手进城务工。面对巨大的城乡差异，夫妻俩在奔波挣扎中逐渐认识到自身"改命"无望。于是汪长尺自觉地接过了为儿子汪大志"换命"的重任……汪家的命运彻底改变，却是以汪大志成为富商林家柏儿子的方式来实现的。小说的末章《投胎》中已成为警察的林方生于案件侦查中意外得知了自己的身世，也查清了生父汪长尺当年被篡改的命运。最后知晓来路的林方生却并未认祖归宗，而是亲手销毁了所有能证明自己身世的物证，"林方生的秘密从此被埋，只要他不自我出卖，谁都不会知道他的原产地"。① 小说于意外反转的结局中宣告了汪氏父子找寻道路的失败。在此之前，已成亡魂的汪长尺在汪槐为他做的法事中转世投胎成为林家柏的儿子，饱受磨难的他以这种荒诞离奇的方式完成了命运的篡改。从矢志升学到转世投胎，从现实到虚妄，某种意义上，汪长尺个人命运的改写过程是启蒙主义向经验主义的一次"回归"。

《篡改的命》发表的前一年，东西曾在短文《相信身体的写作》中对"身体写作"做了如下阐释：

这才是真正的"身体写作"，它不是"脱"也不是"下半身"，而是强调身体的体验和反应，每一个词语都经由五官核实，每一个细节都有切肤之感，所谓"热泪盈

---

① 东西：《篡改的命》，《花城》2015年第4期。

眶、心头一暖"都在这个范围。如果写作者的身体不先响了一下,那读者的脊背就绝对不会震颤。所以,每一次写作之前,我都得找到让自己身体响起来的人物或者故事,我愿意花更多的时间来寻找和发现。①

从这个意义上看,《篡改的命》正是作家"相信身体的写作"的结果。东西自言在创作时坚持跟着人物走,他找到了汪长尺这一"让自己身体响起来的人物","一路跟下来,跟到最后,我竟失声痛哭。我把自己写哭了,因为我和汪长尺一样,都是从农村出来的,每一步都像走钢索"②。这一刻也是东西与虚构人物汪长尺以信仰和命运相知的时刻。因此,作家才能在这个虚构的文本中"用生机勃勃的语言写下了生机勃勃的欺压和生机勃勃的抵抗"③。底层和苦难似乎是社会手术的最佳切口,作家总能由此精确地解剖一切无望、无奈与不堪。

在《篡改的命》出版后,东西似乎放慢了写作的速度。在第四部长篇小说《回响》发表之前,除了一些散文、诗歌和对谈,他仅创作了一篇短篇小说《私了》(2016)和一部三幕戏剧《瘟疫来了》(2016)。2016年,东西在《寻找中国式的灵感》一文中坦言,巨变的时代为文学提供了足够的现实素材,"我们不缺技术,缺的是对现实的提炼和概括,缺的是直面现

---

① 东西:《相信身体的写作》,《南方文学》2014年第12期。
② 东西:《长篇小说〈篡改的命〉后记》,《东吴学术》2015年第5期。
③ 余华:《生机勃勃的语言》,《中国出版传媒商报》2015年9月15日第12版。

实的勇气,缺的是舍不得放下自己的身段……现实虽然丰富,却绝对没有一个灵感等着我们去捡拾"[1]。这篇文章或可作为我们对《回响》的"前理解"——面对日益繁复丰盈的现实,作家正在寻找一个恰当的灵感。与前三部长篇相比,《回响》更为迫近现实,或者说与当下中国贴合得更紧。仅就小说奇数章的故事主线而言,如果以沈小迎和徐山川在北京奥运会的初遇作为一切的缘起,那么《回响》无疑是一部紧贴当下现实的文本。迅速发展的现代都市、受过良好教育生活优渥的独立女性、令人艳羡的模范家庭……一桩命案的侦破却逐渐揭开了隐藏在光鲜表象下的丑陋与危机。在一次次的颠覆与反转中,我们发现,原来每个人物都早已深陷情感的深渊和欲望的沟壑。

首发于《人民文学》2021 年第 3 期的《回响》是东西的第四部长篇小说。相较前三部长篇或先锋或荒诞或批判现实的锋芒与力度,这部围绕一桩命案侦破展开的新作则披着侦探故事或案情小说的通俗"外衣"。加之缠绕其间的多角男女关系,《回响》极易被认为是作家"挪用"或"改写"某件"社会新闻"并施以艺术加工的"奇情片"。东西最大程度地发挥了罪案之于文本的功能意义,将命案侦破化为叙事的内驱力,保持小说的速度。正义战胜罪恶的基本题旨之下,主人公冉咚咚于抽丝剥茧的逻辑演绎中揭开晦涩的往事与秘密的罪。错综复杂的"大坑案"最终告破,奇数章的故事告一段落。然而小说并

---

[1] 东西:《寻找中国式的灵感》,《江南》2016 年第 6 期。

未滑向社会法制新闻里"人性的泯灭"或"道德的沦丧"式的庸俗追问。面对无法"填补"的人之欲望"大坑",东西又在偶数章透过翔实缜密的心理剖析窥探人心"隐秘的角落",将不可言诠的内心世界和繁复丰盈的现实生活推向极致——对心理谜题和生活谜团的探索其实也是一个破案过程。由此,小说不仅在情节内容层面构成了"念念不忘,必有回响"的效果,而且又于"妥帖的形式"中形成了"对话"与"回响"。

更为重要的是,东西并不急于提供结论或轻易下道德判断,而是借由罪案这一人性试炼场牵连出对道德困境、人心、善恶、信任和爱欲等经典哲学问题的探讨与思索。《回响》在呈现生命深刻的困惑之时,也昭示了人最不愿意放弃的便是那些关于生命、自我、爱、尊严与恐惧的观念以及探问。《回响》是东西个人写作史自然而然的结果,必须探入到当代中国人的精神秘境,也必须听得见黑暗中孤独的生命回响。如其反复强调和申言的"直面现实的写作",这应该是东西写作持续有力直面的"现实"。东西在一篇对谈里曾经说过:"所有荒诞的写作都是希望这个世界不再荒诞。"[1] 一定意义上,这为东西写作提供了精神支援,亦可看作东西写作的意义所在。

---

[1] 谢有顺、东西:《还能悲伤,世界就有希望——关于〈篡改的命〉的一次对话》。

我们时代的情感危机
——读东西《回响》

张莉，北京师范大学

原载《中国文学批评》2021年第4期

东西是一位深具先锋意识和探索精神的写作者，他总是渴望穿越时代的表象进入我们的心灵内部去书写。从《没有语言的生活》《耳光响亮》《后悔录》到《篡改的命》都是如此。2021年他出版的长篇小说《回响》依旧不负期待。这是一部有阅读快感又引人深思的作品，关注都市人的情感生活，却非我们通常读到的"鸡飞狗跳"的生活——小说家再次潜入我们时代的深海，进入我们生活的内部，书写我们情感深处的刀光剑影。

一、以推理方式写日常生活

《回响》由两条线索构成。一条以侦破案件为线索，年轻女性夏冰清被杀了。那么，到底是谁杀了她？顺着这条线推进，我们看到了一个年轻女性的人生波折，刚踏入社会便被强暴、被迫介入他人的婚姻、渴望获得婚姻而不得,最后被欺骗、谋害,人生陷入不幸的结局。故事的另一条线则围绕办案女警冉咚咚,事实上,她是小说的女主角。小说追踪"大坑案"的同时,聚焦冉咚咚的情感及婚姻。这位女性看起来克制、严肃、行事果断,但内心对情感有着极度的依赖。正是由一位女警察的经历出发,小说触及了我们这代人的情感际遇。

与一般的都市小说不同,《回响》使用推理办案的方法观照我们的日常,阅读过程中读者时时会有意外的快感——我们原本以为故事发展到这里已经够惊险了,但没想到接下来还有一个反转、再有一个反转。小说家抽丝剥茧,使我们得以窥见日常生活的另一面:原来人与人的关系如此层层叠叠、山重水复,原来人的内心还有这样更深更暗的一面。与侦破推理相契合,小说的叙述声音冷静而清醒,作家缜密处理每对人物关系,不拖泥带水,也不煽情。

侦破推理的方式与冷静的叙述时时带给读者震惊感,比如夏冰清父母得知女儿被害时的表现。办案人员询问是否知道夏冰清在哪里时,父母说女儿在北京,她很乖,每周都会给他们寄东西。但事实是,夏冰清一直在本市生活。第二次再去问询时,父母才告诉办案人员,女儿并不在北京,也不是他们所描述的那样,而为何这样欺骗,只是因为他们想隐藏一个真相,他们不愿意面对那个真相。当然,小说结尾处,读者又看到了另一重真相,那是父母听到了女儿临死之前调侃式的录音,他们慢慢接受了事实,"她的死亡不再是单纯的死亡,而是掺和了她的人生态度。他们不再痛哭,只是啜泣,好像啜泣才配得上她幽默的人生观。直到这时,他们才知道他们并不了解她,而之前他们却自信地认为他们是最了解她的人"。① 每一个时代都有它的表象和它的内里,正如日常生活中的人。日常生活中的人表面上有一套"说辞",但夜深人静时,内心还有另外一套"说辞"。今天的大部分写作者,往往止步于书写现实的表象、人的表象,而《回响》则试图面对世界的另一面、心灵的另一面。

在此书的后记里,东西也坦承过他的写作理想,即渴望对心灵世界的探寻:"我们虚构如此多的情节和细节,不就是为了一个崭新的'认知'吗?世界上每天都有奇事发生,和奇事比起来,作家们不仅写得不够快,而且还写得不够稀奇。因此,奇事于我已无太多吸引力,而对心灵的探寻却依然让我着迷。"② 恐怕正是对探寻心灵世界的着迷,作家最终选择用推理办案的方式观照我们的生活,以一种陌生化的方式重新审视我们熟悉的一切,层层推倒、层层揭秘,探寻人内心世界的涟漪、波折、风暴、反转,引领读者辨认此在的生活、此时的情感以及我们的情感逻辑。这让人再次想到"写什么"与"怎么写"的关系问题,"写什么"是重要的,但"怎么写"也尤为重要。事实上,"怎么写"和"写什么"密不可分,在作家考虑"怎么写"的时候,其实也代表了作家对"写什么"的

---

① 东西:《回响》,第337页。
② 同上,第348页。

理解。

二、来自"不完美受害人"的暗黑力量

《回响》使用了女性视角与女性声音，聚焦女性情感和女性际遇。小说书写了一种女性力量，比如女性的敏感、缜密、强大，但作家对女性并非纯粹的赞美和歌颂，而是深具同情和理解的多维度呈现。对女性的尊重并不是将之视为"神"，认为女性一定无所不能、十全十美，对女性真正的尊重，是要把她当作真正的人来写。《回响》令人印象深刻之处在于，虽然它也书写女性的软弱、反抗，但更书写了一种来自弱者的"暗黑力量"，一种情感关系里隐在的反转。

《回响》里有两位女性，都是通常所说的"不完美受害人"。一位是夏冰清。小说写了夏冰清与徐山川的点滴交往，从中可以看到一个青年女性如何一点点陷入生活的巨大泥坑。交往之初，夏冰清是一名优秀的面试者，但是，作为面试人的徐山川给了她极大的蔑视。夏冰清被刷掉了，这令人难堪，于是她向徐山川讨个公道。而殊不知这是个圈套，是某种"PUA"关系的开始。夏冰清和徐山川见面后，他强暴了她，并给予她承诺，于是两人开始了婚外情。从一开始不甘，到后来心甘情愿，再到后来渴望获得真正的认可和接纳……隐性的"强暴关系"一直存于她和徐山川的关系里。当一切破灭后，夏冰清开始了她的反抗，她想杀掉他。从和他人密谋开始，这位女性

成了"暗黑力量"。当然，最终夏冰清并没有真正杀掉他，反而是他教唆他人将她置于死地。

徐山川与夏冰清的关系始于男性对女性的轻视与禁锢。自始至终，夏冰清都未能从最初被强暴的场景里走出来。"这里好黑呀，放我出去，放我出去。"小说中多次出现这一场景，年轻女孩的呼唤令人心痛，但最终没有人能帮助她走出去，来救她的正是那位刚刚强暴她的人。于是，她只能慢慢接受。夏冰清的际遇让人唏嘘，某种意义上，这位女性身上，有我们时代大多数"不完美受害人"的影子。在男女关系中，她单纯、轻信，慢慢患上"斯德哥尔摩综合征"，意识到问题后渴望自救，最终她要不惜一切反抗，但也只是走入死胡同。夏冰清们不是纯洁无瑕的，也并非完美。但是，并不能因为她们的软弱和不完美而否定她们本身的受害者身份。《回响》写出了如夏冰清一般的女性的走投无路、可悲可怜，同时，也传达了对这类人物的深切同情。

另一位"不完美受害人"是沈小迎，徐山川的妻子。这位家庭主妇看起来如此贤惠，丈夫如何花天酒地，她都无动于衷，只是想维护好家庭。表面上看，这是风平浪静、岁月静好的一家，但是，小说最后终于揭出真相，温良的妻子有她强悍的另一面：

"这位你认识吗？"冉咚咚掏出一张肌肉男的照片，摆在沈小迎面前。

我们时代的情感危机 ‖ 273

沈小迎一瞥："认识，我的健身教练。"

"徐山川知道你跟教练的那些事吗？比如你去他的住处，比如你们开房。"

"我跟徐山川有过约定，私生活互不干涉。"

"那么这个秘密呢，徐山川知不知道？"冉咚咚掏出沈小迎女儿的照片，摆到教练照片的旁边，"女儿的血型与徐山川的不匹配，据我们了解，你在进产房前就找医生把女儿的出生卡提前填好了。如果徐山川知道女儿不是他亲生的，他还会跟你互不干涉吗？"

沈小迎低头不语，仿佛在回忆往事。其实她一直在暗暗报复徐山川，只是表面上像个"佛系"，装得什么都不在乎。①

小说中最大的反转力量正来自沈小迎，她在徐山川的车里放了窃听器。在冉咚咚的追问之下，她从手提包里掏出U盘，那里有徐山川和他侄子的对话。而正是因为这一证据，审讯室里的徐山川不得不认罪，"他恨得咬牙切齿，说早知道沈小迎监听我，出卖我，那我做掉的就是她而不是夏冰清。我想过跟她离婚，娶夏冰清为妻，但看在孩子的分上我没有离，我当初怎么会爱上这么一个狠人？"②

《回响》中，夏冰清和沈小迎是被徐山川欺骗和玩弄的对

---

① 东西：《回响》，第339页。
② 同上，第340页。

象,是情感关系里的受害者,但同时,这两位女性也没有束手就擒。看起来她们柔和而逆来顺受,但内在一直在反抗。处于劣势的女性在某个时刻迸发能量时,那能量是摧毁性的。小说家没有美化,也没有用道德过滤器去要求她们,他遵守的是生活的伦理和逻辑——受害者有可能不是完美的,但并不妨碍我们对施害者罪恶的理解。要求受害者洁白无瑕是一种苛责,将不完美受害人视为一个普通人,作为普通人,她有可能软弱,也有可能暗黑。这才是一位作家对写作对象的理解、包容和平等以待。

三、对亲密情感关系的不信任

《回响》的主人公是女警察冉咚咚,这是一位性格鲜明的女性,工作上办事果断,雷厉风行。她渴望掌控一切,对许多事情都像在侦破案件,处理情感也是如此。但是,在办案方面无坚不摧的女警察,却遇到了情感的深水区,尤其是在她的婚姻里。身为大学知名教授的丈夫慕达夫,深爱冉咚咚,后者也一直信任丈夫。但是,在宾馆里办案时,她无意间发现了丈夫的开房记录,都是在某个月20号。于是,她开始像审问犯人一样审问他。他的理由在她看来很牵强,她不信,即使别人签字证明那天他们去打牌,她依然不信。裂隙一点点扩大。

冉咚咚像对待案件一样对待家里的蛛丝马迹,像追踪犯人一样追踪丈夫的行踪。小说中,她多次追问慕达夫"你爱我吗",即使得到确定和肯定的答案,依然半信半疑。最终她无法说服自己相信,于是选择和丈夫离婚。但是,内心又极不希望丈夫真的像她想的那样。矛盾与纠结中,她进退两难。即使是办理离婚手续时,她依然在徘徊。

其实,我一直希望你坚持,从提出离婚的那一刻起。我希望你不要在协议上签字,可你不仅签了,签的时候还甩了一个飞笔,好像挺潇洒,好像彻底解脱了。别人离婚要么一哭二闹三上吊,可你一招都没用,生怕一用就像买股票被套牢似的。无论是生活或者工作你一直都在使用逆反心理,但唯独在跟我离婚这件事情上你不逆反。我知道你并不在乎我们的婚姻,虽然你口口声声说不想离,但潜意识却在搭顺风车,就坡下驴,既能顺利把婚离了又不用背负道德责任,既能假装痛苦地摆脱旧爱又能暗暗高兴地投奔新欢。好一个慕达夫,原来你一直在跟我将计就计。[①]

丈夫是专一的,丈夫是深爱她的,但是,执迷与不信任却在冉咚咚的婚姻里占了极大比重,近乎病态与偏执。《回响》写的是情感,写的也是当代人理解爱情的方式。在这部小说里,陷在情感旋涡里的人都被"不信"与"怀疑"控制,怀疑对方不爱自己、怀疑对方出轨,所以,一定要追查到底。

---

① 东西:《回响》,第295页。

有个场景意味深长。沈小迎开车载着冉咚咚,她们几乎同时看到双方丈夫曾出入过的大酒店,沈小迎注意到冉咚咚脸上的表情,马上做出了对冉咚咚婚姻状况的判断。这是属于我们时代人的微表情,当微妙的信号在两个人之间达成某种默契和心照不宣时,那正意味着一种难以名状的情感传染病在蔓延——原来你我都是爱的怀疑者、匮乏者,原来我们内心都有对完整心灵世界的渴望,那是对那种稳定的、踏实的情感的渴望。某种意义上,冉咚咚在办别人的案件的时候也在办自己的案,案件犹如镜子,她在解别人的情感之惑时也在解自己的谜团,她在观照他人情感时其实也在观照自己。就此而言,《回响》并不是严格意义上的推理小说,推理只是它进入我们时代的入口,它所探讨的问题是:我们的情感关系到底哪里出了问题?

在冉咚咚身上,《回响》饶有意味地写了我们时代情感力量关系的某种反转,这种情感关系已不能单纯地由男强女弱、女强男弱来解读了。在今天的情感关系里面,谁爱得多、谁付出得多、谁更在意爱,谁就是输者和弱者。小说中,几乎所有人物都卷入这样的情感旋涡里。看起来冉咚咚是强者,但其实她一直是依赖情感关系的人,是对亲密情感关系产生习惯性怀疑的人。

当然,最终读者也发现,就连冉咚咚自己也并不是可信的,她也欺骗她的丈夫、欺骗精神科大夫。在质疑丈夫的过程中她不得不发现,自己一面要求丈夫证明他爱她,同时她心里

也爱着刑警队里年轻的邵天伟。她意识到,当她怀疑丈夫出轨时,其实她心里也已经有了别人。她甚至也享受被新的爱人亲吻的美妙:

> 她已经好久没体会到这种战栗了,时而把自己忘情地交给他,时而又害怕把自己彻底地交给他,忘情时是那么愉悦和幸福,犹豫时是那么紧张和害怕,她从来没经历过既紧张又害怕的吻……他说嫁给我吧。她嗯嗯地应着,说你爱我吗?他说爱。她说我要的是爱我一辈子。他说我一辈子爱你。①

冉咚咚相信爱情、享受爱情,但那并不是人格平等的爱,也不是基于信任的爱,而是因为极度渴望掌控爱情,对爱情的一种执迷、一种极端的占有欲。当她不断追问丈夫或邵天伟是否爱自己时,恰恰表明了她对亲密关系的不安。对爱情的极度依恋、对情感的绝对掌控、对恋爱对象的绝对控制真的是强大,真的是爱吗?这让人困惑生疑。

什么是真正的爱?爱的强大指的是什么?强势的人就是强大的人吗?执着地要求对方爱自己的人真正懂得爱吗?某种意义上,不断追问爱不爱的人,正是情感关系里面有不安全感的人,越渴望成为掌控者其实越是虚弱者。事实上,在今天的社

---

① 东西:《回响》,第334页。

交媒体里,关于爱的执迷、爱的确认以及对爱人的怀疑的讨论比比皆是,这让人想到,我们时代成千上万人像冉咚咚一样,在情感里缺少安全感,对情感与人性极度依赖又极度怀疑,她身上带有我们时代情感的症候,她是"内卷"到我们时代爱情话语中的典型女性。

因此,小说的题目《回响》也更深有意味,那是我们时代情感模式在现实生活中的一次回响,是现实世界在我们心灵世界的回响,也是他人情感处境在自我身上的回响。在爱情关系里,我们如何自证爱?今天,什么是真正的爱?如果一个人要通过他人的爱确认自我,他/她是不是强大、自由而独立的人?作为作家,东西写出了我们每个人都遇到的伦理困境。

《回响》的宣传语是"像侦破案件一样侦破爱情",但这不过是一个有趣的宣传语罢了。谁能像破案一样破解爱的谜题?作为优秀警察的冉咚咚不能,作为普通人的我们也不能。事实上,小说中作者借慕达夫表达了质疑:"别以为你破了几个案件就能勘破人性,就能归类概括总结人类的所有感情,这可能吗?你接触到的犯人只不过是有限的几个心理病态标本,他们怎么能代表全人类?感情远比案件复杂,就像心灵远比天空宽广。"[①]

是的,"感情远比案件复杂,就像心灵远比天空宽广",而写出感情的复杂、心灵的宽广又何其难。好在,作家已进入我

---

① 东西:《回响》,第345页。

们这个时代和社会的深水区。也许《回响》没有告诉我们何为真正的爱和真正的情感，但是，它深刻地写出了我们在爱面前的犹疑、纠结、软弱、不安，它在某个部分切实写出了我们时代人内心的情感危机，那是平时我们不愿承认也不愿面对的部分。

一桩命案的三重真相与再造文体的多种可能

——论东西《回响》

丛治辰，北京大学

原载《中国文学批评》2021 年第 4 期

一

东西的长篇新作《回响》是从一桩残忍的刑事案件开始的，并沿着侦破案件的进程一路向前。这让一些熟悉他的批评家初读小说时多少都感到有些错愕——优秀的严肃作家东西怎么开始写通俗小说了？

其实推理小说等通俗文学亚文类和所谓"纯文学"的耦合早已不算新奇。至迟在 2015 年刘慈欣斩获国际大奖之后，科幻小说便再次进入严肃文学视野，引发广泛关注。批评家在科幻文学中再次发现了"纯文学"业已失落的某种活力与敏感，将之视为在今天这样琐碎的时代里重建宏大叙事的一种可能。李宏伟、王威廉等一批烙有"纯文学"印记的作家，纷纷尝试以疑似科幻的方式去触及重要的现实问题与哲学命题，亦成为一时风尚。"纯文学"对推理小说的借鉴更是屡见不鲜：麦家的谍战题材小说中即有相当鲜明的推理因素；须一瓜因政法记者出身，常以刑事案件作为小说叙述的核心；近年来颇受关注的"铁西三剑客"（双雪涛、班宇、郑执），在讲述东北老工业区的兴衰往事时，也时常聚焦于陈年旧案。事实上，几年前在讨论弋舟的《刘晓东》时，笔者即指出，即便那些表面看来毋庸置疑属于"纯文学"的写作，也在相当内在的层面吸收了推理小说的要素。①

历史地来看，无论中国还是西方，小说这一文体都是从市井当中生长出来的世俗艺术。中国的白话小说，无论脱胎于佛教的讲经还是产生自勾栏瓦肆中的说书，都与随城市经济繁荣而滋长的市民娱乐需求不无关系。而狄更斯这样如今被奉为圭臬的现实主义大师，不也是因为在供一般市民阅读的报刊上连载作品，才获得了最初的名声？新文化运动之后，为取悦读者而撰稿的通俗小说，被志在开启民智的闯将们鄙弃，但最初梁启超在《论小说与群治之关系》中倡导这一文体时，不也说先要令读者沉浸其中，才能起警醒提高之效？现代文学三十年，新文学固然是主流，但是以张恨水为代表的通俗文学作家从来都不缺乏读者，而且《太平花》《满城风雨》《东北四连长》这样抗战时期的作品里，又何尝少了事关家国的严肃主题？新时期之后，图书出版与发行渠道日益多元。在渐趋纷纭的审美

---

① 丛治辰：《侦探、游荡者与提线木偶——评弋舟〈刘晓东〉》，《青年作家》2016年第6期。

立场当中，文学"向内转"造成一种相对专业而小众的文学趣味认同，某种程度而言倒更像是保守的防御。通俗文学与所谓"纯文学"的分野于是再度分明，前者在市场占有率上远胜后者，而后者却从艺术的角度对前者充满偏见。

"纯文学"看低通俗小说的理由之一大概是：通俗小说以获取商业利润为鹄的，难免刻意迎合读者，降低精神追求，损伤启蒙能力，以模式化的反复生产耗尽了文学的思考功能，从而沦为仅仅供人虚耗时间的工具。那些有着严肃精神追求的作家们认为，现代生活是如此复杂，又如此容易陷入精神的混乱与贫弱当中，因此必须以更为深刻的思考与更为精巧的技术来对其加以处理；粗糙地使用套路化叙事去表现世界，未免有失文学的尊严。如此质疑当然出自文学的正道，但既然小说本就出于市井，对通俗小说的摒弃就未免过于傲慢。并且，如果小说这一文体作为现代文学分类中最庞杂而精密的一种，真有包罗和开拓世间一切知识的野心，则通俗小说又何必被排除在它可资借鉴的资源以外？何况就现实境遇而言，过分强调"纯文学"趣味，其弊端也已日益显露。20世纪80年代以来文学的社会反响衰减，固然与社会结构的变化、娱乐方式的丰富以及媒体环境的变迁有着密不可分的关系，但文学自身的封闭与狭隘，以及对非专业读者的拒绝姿态，恐怕也是原因之一。对一种想象中的艺术标准执拗坚守，将使文学逐渐丧失和外部世界的有机联络，从而逐渐枯萎。

今天，有些所谓的"纯文学"作品已经可以完全不面对广阔的现实,而只需要多翻几遍被指定的古旧经典,摆弄几个早成常识的陈旧主题,就被生产出来。某种意义上,这样的"纯文学"反而成为创意贫瘠的类型文学,远不如那些被斥为"通俗"的类型文学受众广大。对通俗小说嗤之以鼻的那部分"纯文学"作家或许无暇思考,如果一种叙事模式已遭反复使用却还能长久地为读者所欢迎,是否说明其本身亦具备更新的能力?是否其在相当程度上准确地切中了我们时代的要害和读者的内心隐痛?对类型化叙事所触及的社会与人性问题加以深度关注,本就应该是"纯文学"思考的题中应有之义。参照历史经验亦不难发现,通俗文学和"纯文学"从来都不是边界判然,而是保持着一种有益的互动。在精英文学趋于僵化的时候,往往都是因为吸纳了那些来自市井的新鲜审美元素,文学才被一次次激活。即便从最肤浅功利的角度说,吸取推理小说等通俗文类之优长,至少可以令"纯文学"得到更多关注,其精巧的匠心与严肃的思考,也能够获得更广泛的传播。今时今日,采纳一切可采纳的新鲜物料,使文学变得更加丰盈、充实而富有活力,无论如何都是值得肯定的尝试。

具体到东西这部《回响》。首先不得不说,选择推理小说作为新鲜的叙事参照,对东西来说实在再合适不过,东西显然对此经过了认真的考量。推理小说的核心通常是离奇惊悚的刑事案件,它们是现代都市生活中的奇观,而东西从来都热衷于也擅长于奇观化书写。他的成名作《没有语言的生活》,让三个残障人士组成一个非常态的家庭,本身不就足够传奇?《后悔录》里，他不断将人物逼到绝境，去探讨在极端条件下人性的卑微及从中绽放的微光，不也是奇观吗？而他的上一部长篇小说《篡改的命》中人物偷梁换柱、逆天改命，其离奇程度简直可以与网络小说相比了。东西喜欢传奇，更擅长从传奇当中探寻世界与人性的秘密。就此而言，东西从来没有那种固守"纯文学"的藩篱之见。即便在一个信息爆炸、神经麻木的碎片化时代，他也依然保持着一个传统说书艺人的好奇心，目光炯炯地关切着那些非常之事，并围绕这些非常之事组织起他对于世界的想象，从中发掘相当现代的命题与意蕴。

对《回响》而言，更重要的是东西选择以推理小说的方式展开故事，的确让他的叙述如虎添翼，令这部新作成为他所有作品中最具阅读快感的一部。这当然不是说他此前的作品可读性差，但必须承认，严肃文学的思考力度与深度难免会造成阅读迟缓甚至停滞，单就阅读快感而言，毕竟会造成损耗。为表现世界与人的复杂性，"纯文学"长篇小说的结构往往呈网络状展开，繁复又繁复，纠缠再纠缠。那诚然足够深刻，却也对读者提出了相当高的要求。事实上，"纯文学"作品往往以种种方式设置门槛，自觉地对读者进行挑选甄别。如前所述，这或许也是受众日减的原因之一。但在《回响》中，读者从一开始就被大坑浮尸吸引，下意识地紧跟女警官冉咚咚的视线，并被卷入某种紧张而魅人的氛围当中。

推理小说以刑事案件为核心隐秘，并承诺一切看似枝蔓的讲述都是揭开谜底的必要条件，在不断旁逸斜出的抒情、论辩与心理独白之后，一定会给出一个令人满意的结局。强劲的叙事动力与阅读动力由此形成，令读者有足够的耐心与热情，跟随冉咚咚从夏冰清找到徐山川，由徐山川找到沈小迎，而后顺藤摸瓜将徐海涛、吴文超、刘青依次接续到这一链条上，直到最后一环易春阳。庞大的社会网络，就通过这一环扣一环的探案/解谜链条依次展开。受惠于推理小说这一文类天然的线性叙事模式，东西在《回响》中建造的复杂世界丝毫不显杂乱，而有一种明晰的美感。

或许，也唯有借助推理小说的明晰结构与强劲叙事动力，东西才有可能讲出那么复杂的故事。在后记中，东西自述《回响》既要谈家庭，也要谈案件，涉及推理和心理两个领域，为此他甚至不得不写了两个开头。[1]而诸多论者也都指出，这部小说是以单双章交错推进，单章讲案件，双章讲婚姻。[2]话的确是分了两头，但又岂能截然分开？事实上，小说中冉咚咚和慕达夫的婚姻、情感纠葛，始终与案件推理的部分缠绕在一起。若不是为破案而调阅蓝湖大酒店的资料，冉咚咚便不可能发现丈夫慕达夫两度开房的记录，夫妻之间的矛盾也就没了由头；两人每一次争吵与疏远，几乎都与冉咚咚负责的案件遇阻有关；两人约定的离婚时间，也是"大坑案"告破的时候；尽

---

[1] 东西：《回响》，第347—348页。
[2] 参见孟繁华《在"绝密文件"的谱系里——评东西的长篇小说〈回响〉》,《文学报》2021年3月18日第9版；张燕玲《东西长篇小说〈回响〉：人生的光影与人性的回响》,《文艺报》2021年4月2日第3版；郑文丰《东西〈回响〉：像侦破案件一样"侦破"爱情》,《贵阳日报》2021年7月25日第4版。

管感情破裂的速度远远超过理性承诺的约束力，但案情水落石出之日，在冉咚咚的情感生活中果然也随之发生重要事件——她终于可以坦然直面自己对邵天伟的感情了。

东西将两条线索缠绕得如此自然，以至于我们很容易忽略，如果没有推理作为叙事强有力的主轴，则有关冉咚咚情感婚姻的部分可能根本就难以为继。须知无论婚姻还是情感，重要的往往都是大量琐碎的日常生活细节，否则很难形成面目清楚的事件，更何况冉咚咚婚变中唯一可供聚焦的出轨事件，完全出自子虚乌有的猜测与幻觉。如果东西单纯讲述这部分故事，可想而知，小说的速度感和吸引力都会与现在全然不同。而借用推理小说的机制，"纯文学"找到了一个相当具有效率和力量的叙事结构。

不过，尽管不少"纯文学"作家始终对通俗文学的艺术性表示轻蔑，而不少读者，甚至包括"纯文学"的读者，恐怕也会在心底隐隐表示赞同。通俗文学其实也自有其特殊的规范与技巧，其复杂程度未必比"纯文学"低。通俗文学和所谓"纯文学"之间的关系，不是低级文学与高级文学的分野，而是不同审美趣味、不同写作法则的差别。那种差别有如天堑，任何写作者想要跨越边界，侵入另一领域，都绝非易事。那么，作为长期从事"纯文学"创作的严肃作家，东西突然写起推理小说，真的就能够天衣无缝、顺利转型吗？

二

　　熟读推理小说的读者其实不难发现，尽管东西以"大坑案"为筋骨结构了《回响》，这部小说实在还不能算是真正的推理小说。这倒不是因为东西缺乏设计严密推理的逻辑能力。作为从事创作多年的小说家，东西在这方面的技艺，绝不会比一名推理小说家差。长篇小说对作者的逻辑能力要求极高，就此而言，写小说和推理案件实有异曲同工之妙：都是要先设下一个谜底，然后小心翼翼地引导读者躲过真相，同时又一步一步逼近真相。在此过程中，小说家相当于兼任了罪犯和侦探双重身份。作为前者，小说家需要设计犯罪计划，使真相得以成立；作为后者，小说家则要埋下线索，使读者能够按图索骥，发现"罪犯"的所作所为。《回响》之所以成功，就因为东西不仅在事理层面令"大坑案"能够成立，并且将人物情感变化的分寸掌握得滴水不漏，而其中伏脉千里、草蛇灰线的笔法，尤其令叙述本身有如完美的犯罪般精巧：吴文超、徐海涛和刘青在案件侦破中都几度出现，每次交代皆有所保留，直到最终才和盘托出，前后所述并不一致，但前一次的表现总是既隐藏了后一次的变化，又让人感觉那变化顺理成章，足以自圆其说；冉咚咚对邵天伟的情愫，直到小说接近尾声才显露出来，但此前冉咚咚索吻和慕达夫求助的情节，同样既突兀又合理地为结局做好了准备。

　　尽管在细节和逻辑上有如此匠心，但大概是由于对推理小说不甚熟悉，东西依然留下了一个明显的破绽：夏冰清的尸体最引人注目之处在于，她的右手被齐腕割去。冉咚咚在案发现场便注意到这一细节，并因此产生了强烈的心理不适。若在推理小说中，侦探不可能放过这一线索，则何以在那么长时间的案件侦破过程中，它却被冉咚咚完全忽略呢？其实不仅于此，几乎现场所有确凿的证据与痕迹，都被东西一笔带过，或简单地排除了：法医在发现尸体的地方和疑似案发现场都基本一无所获，这给了冉咚咚充分的理由可以不依赖物证去推断案情。无论是现实生活中刑事案件的侦破，还是在推理小说的叙事传统里，这样毫无物证线索的推理，恐怕都是相当罕见。正是这一破绽露出了东西的"纯文学"马脚——他执拗地选择通过揣测人物心理来逼近命案真相。

　　推理小说当然也不拒绝探究心理。完全依赖物证与理性的推理小说固然存在，但在推理过程中依据涉案人心理动机判定凶手，亦是常用手段；而制造心理恐惧并加以渲染，以营造悬疑气氛，更是推理小说家惯用的手法。那些最为经典的推理小说，从来就不是单纯的智力游戏。但无论如何，像《回响》里的冉咚咚这样完全信任心理推测，以至于几乎忘记那只断腕的情况，仍然太过反常了。夏冰清的尸体被发现之后，局里将这一案件交由冉咚咚负责，理由是"王副局长相信从受害者的角度来寻找凶手更有把握，而且女性之间容易产生共情或同理心"[1]。这从一开始便暗示读者,女警官用以破案的主要手法将会是"共情或同理心",而且她也具备共情或同理的能力。冉咚咚的心理不适证明了这一点:她迅速就在情感甚至感官层面与夏冰清建立起某种联系,以至于精神上感到无法承受——当然,这种共情体验显然也与她即将发生的家庭变故不无关系。在此后的侦破过程里,冉咚咚果然更多以"共情或同理心"去揣摩那些嫌疑人在各自的身份、立场与情感关系中,应该做出怎样的反应。

事实上,很多时候还不是"共情或同理心",而是"直觉",这才是冉咚咚反复提及的私藏利器。"直觉"当然未必是神秘不可知的,我们往往将复杂到难以分析的心理过程含混地命名为"直觉",正如我们会将难以理解或不愿承认的成功条件称为"运气"。但是这种或许最深不可测最微妙复杂的心理过程,一旦被含混地命名,便客观上成为一种完全反理性的东西,并的确带来了反理性的后果。当一个人对自己的直觉充满信心,直觉便成为一种强大的心理暗示,冉咚咚就是在这种心理暗示的作用下变得过分自信、自恋,乃至刚愎自用的。"直觉"的积极效能与消极影响,同时或交替地作用于案件和人物,恰成为使这部小说如此惊心动魄的最重要张力。

可惜的是,冉咚咚的直觉其实远不如她自己相信的那么可靠。她几次启用直觉,指向的却都不是案件的直接凶手。尽

---

[1] 东西:《回响》,第2页。

管,的确,她或多或少都发现了她所怀疑之人的某些罪行,但那些罪行却无法在法律层面加以指控。它们可能是不正义的、不道德的,却大多不能说是触犯了法律。就此意义而言,冉咚咚的直觉断案法所能够揭露的,果然多限于心理犯罪。以共情与同理为主要手段的侦破,其具体操作方法是不断问话,语言因此在这部小说中占据大量篇幅。因而仔细玩味整部小说的第一组对话,或许不无意义。那是冉咚咚在发现尸体的江边询问报案者:

"有没有看见可疑的人在这一带闲逛?"
"在这一带闲逛的人就是我。"[1]

这样的对话显然带有揶揄反讽意味,正预示了此后冉咚咚的心理预判和现实相遇时将一再出现的窘况:她一直坚持不懈地依据直觉寻找可疑之人,但遭她指控之人却总能轻松地逃脱,并不忘向她发出一声不怀好意的冷笑。与之参照,尤为耐人寻味的,是她最终如何找到真凶:在刘青和卜之兰定居的埃里村,冉咚咚恰恰是(至少表面上)放弃了她的怀疑与追问,代之以有关案件本身的沉默,才反而造成强大的心理威慑,从而逼迫刘青自首。

当冉咚咚自以为是的直觉和心理战术不仅施展在她的工作

---

[1] 东西:《回响》,第1—2页。

上，还挪用到日常生活时，情况就变得更加糟糕。慕达夫在饱受折磨之后对冉咚咚坦率地表示，她的所谓直觉顶多只有百分之六十的正确率，而关于家庭、情感及她的丈夫也就是慕达夫本人的直觉判断，不在那正确的百分之六十当中。作为上帝视角的读者，我们当然清楚慕达夫即便在离婚之后，对那位妩媚的女作家也完全如柳下惠般坐怀不乱。因此，冉咚咚的猜疑显得格外无理取闹。她猜疑，慕达夫解释，她提出新的怀疑，慕达夫继续解释……如此周而复始，正如一切丧失信任的夫妻一样。就连冉咚咚自己也深感苦恼："我怎么会变成这样？明明被他感动了却对他恶语相向，明明自己输了却故意对他打压，我是输不起呢还是在他面前放肆惯了？我怎么活成了自己的反义词？"[1]冉咚咚的焦虑与任性一定令慕达夫极为痛苦，也造成一种特殊的艺术效果：无论在审讯嫌犯时，还是在和慕达夫进行日常的交流时（二者也可能是同一回事），冉咚咚大多数情况下都是一边说话，一边进行着激烈的心理活动。东西刻意没有使用引号，也不分段，令话语和心理密不透风地衔接在一起，给人一种极为压抑的感觉。读者犹是如此，身在其中的慕达夫心情如何也就可想而知。当然，同样受折磨的或许还包括冉咚咚本人。

待到案件告破，小说行将结束，读者对冉咚咚的隐约不满很可能转变为明确的厌恶——不过，也可能会是同情。彼时

---

[1] 东西：《回响》，第204页。

从巨大工作压力下解脱出来的冉咚咚终于能够较为冷静地清理自己的个人生活。我们才和她一起赫然发现，原来那个毫不起眼的配角邵天伟居然暗恋冉咚咚已久，而冉咚咚本人也早已动心，只是因家庭羁绊而长期压抑了自己的感情。于是此前冉咚咚一切诡异的心理活动和所有因之产生的激烈行为，就都有了合理的解释——她对于慕达夫的那种纠缠不休的怀疑，归根结底是出于对自己的怀疑。小说由此发生翻转，案件突然从一个变成两个，且"大坑案"可能才是相对不重要的那个。

真正的案件是关于冉咚咚自己的，这位习惯于将自己放在正义位置的女警官或许才是最可疑的那个。她内心深处被压抑的那一点不甚正当的情爱欲念，让与她有关的所有叙述，尤其是她的心理独白，一下子失去了合法性。类似的情况在阿加莎·克里斯蒂的推理名作《罗杰疑案》中早已发生。那个向来被读者不假思索予以信任的叙述者"我"，最终被发现正是凶手本人。这让小说中探寻真相的整个过程都变成了谎言，而《罗杰疑案》也因此成为叙事学的一个经典案例。但《回响》与之相比仍有不同：《罗杰疑案》中的"我"乃是在清醒自觉的状态下有意隐瞒，使这部小说依然保持了推理小说的理性结构；冉咚咚的情愫则连她自己也未能觉察，是以一种扭曲变形的方式作用于她的感知、判断与行为，于是由冉咚咚主要负责推动的逻辑推理彻底破碎了，化作一团迷雾，在迷雾中隐藏着的是人性之幽深。

不过，可疑的就只有冉咚咚一人吗？慕达夫两度开房，究竟是要做什么呢？小说其实并没有明确肯定他确是用于打牌。那么，在故事结尾处尽管他斩钉截铁地回答了"爱"，夫妻二人究竟能否破镜重圆，或许还不仅取决于冉咚咚。戏到了散场的时候，理应真相大白，却越发迷雾浓重。就此而言，《回响》哪里是一部推理小说呢？吴义勤在评论中指出，东西的这部小说实际上始终在追问关于"人"的一些重要哲学命题。[①] 如果我们将"纯文学"视作20世纪80年代为挣脱过分政治化的文学教条而发明的新概念，那么《回响》对于"人"内心世界的关切，及其在小说形式方面的努力，不正构成"纯文学"的核心内涵？

三

关于慕达夫，另有一处情节，或也可以算是《回响》的叙事破绽。冉咚咚在埃里村等待真相的时候，慕达夫向她提起过一首题为《故乡》的诗，并提醒她"侦破案件最好先读读这首诗"。诗是这样写的，"故乡，像一个巨大的鸟巢静静地站立/许多小鸟在春天从鸟巢里飞出去/到冬季又伤痕累累地飞回来……有的一只手臂回来，另外一只没有回来/有的五个手指回来，另外五个没有回来"。[②]《故乡》讲述的显然是进城务工的农民们可哀的命运，而这一命运的确与"大坑案"的谜底

[①] 吴义勤：《探寻生活和自我的"真相"》。
[②] 东西：《回响》，第301页。

密切相关：一个打工人为一万块钱（九万尾款毕竟只是想象），就不惜铤而走险，结束了一个如花似玉的生命。但问题也恰在于此：即便慕达夫出于对冉咚咚的深情，在离婚之后依然关注这一案件，也绝无可能比冉咚咚更了解案情细节，更无可能发现破案的关键。更加奇怪的在于，其实无须这一提醒，冉咚咚的心理战术也即将奏效：刘青马上就要走进她的民宿，向她坦白一切。就叙事而言，《故乡》唯一的价值，是让冉咚咚想起夏冰清那只被割掉的右手。然而《故乡》和右手，其实不过是彼此印证：它们只是因为对方而具有意义，对破案则毫无帮助；如果将它们一同从小说中删去，基本逻辑不会遭受任何损伤。在一部设计精密的小说中，出现如此显而易见的破绽当然不会毫无缘由。唯一的解释是东西刻意将此赘余之物放置进来，正是要借以提醒我们：这起案件、这部小说最终的真相，非但不是易春阳的犯罪，也不是冉咚咚的隐私，而是另有所在。

唯有回顾全部案情，追溯这一凶案究竟因何发生，才能找到罪恶的源头。冉咚咚直到最后，也不愿将易春阳落网作为侦破的结果，在她内心有法律之外的更高准绳：如果不是徐山川倚仗财势强行且长期占有夏冰清，夏冰清就不会纠缠徐山川，徐海涛就不必去找吴文超来为自己的老板排忧解难，吴文超也就无须怂恿刘青去劝说甚至"色诱"夏冰清出国，刘青亦不至于在无法可想的时候利用打工诗人易春阳去杀死夏冰清。在整个犯罪链条中，源头当然是徐山川，或许还应该包括一个从犯沈小迎——尽管她也以一种诡异的方式对徐山川施加了报复，但若非她因贪恋身份地位和物质享受纵容了徐山川的恶,后者又何至于那么肆无忌惮?在小说中,东西几乎对所有涉案人物都寄予了相当的同情,从徐海涛、吴文超到刘青、易春阳,更不要说夏冰清。唯有徐山川和沈小迎,东西几乎没有为他们提供任何可以在道德上脱罪的借口,甚至叙及这两人时,愤慨与厌恶都按捺不住地要从字里行间跃出。在东西和冉咚咚看来,凶手从来都是徐山川,而不是其他任何人,无论他用五十万层层嫁祸,雇用了多少凶手。为此,东西才特意让夏冰清失去右手,让慕达夫带来《故乡》,从而令易春阳这样的进城务工者得以讲出他的故事,让我们看到来自一个脆弱劳动者的温情与善意,是如何被扭曲成一朵恶之花。因此,这部小说何尝只是关乎一桩刑事案件和一场家庭变故?它指向的分明是贫富分化、城乡有别的大命题,正如东西上一部长篇小说《篡改的命》一样。

但是,东西的愤怒与批判又绝不只是简单地指向无节制的资本,他写出的是一个复杂社会结构里人的复杂认知,以及因此而注定发生的悲剧。徐山川的确可鄙可厌,但小说里的其他人物又何尝外在于徐山川的逻辑?冉咚咚对爱情不切实际也不负责任的浪漫幻想,不也是在某种自私、浮华和势利的社会价值观之下形成的?她对于初恋的想象便足够耐人寻味了——或许不能称之为"想象",而应该叫作"幻觉"。长期以来她居然将幻想中的校园爱情笃信为真,更证实人性之丰富幽昧远远超出想象。从她的想象不难发现,冉咚咚的理想男友除了样子要帅,经济实力也必须雄厚,否则像乘坐头等舱出国旅行这样远超一般学生消费能力的物质享受,哪里能够实现呢?所以,正义的冉咚咚当真和徐山川毫无相似之处吗?如果冉咚咚也有了那么多钱,她会怎么样?夏冰清、吴文超和徐海涛呢?他们的选择和结果是由性格决定,他们的性格与家庭教育不无关系,那么他们的家庭教育模式又是在怎样的社会结构里生长出来的?至于易春阳的悲剧到底根源在哪里,就更不必多说了。作为一名从农村走出的作家,东西始终将城乡差异与阶层分化作为他思考和写作的重要课题,在《回响》中,他的思考较之此前的任何一部作品都更加深入了。

当案件真相和小说的野心抵达了这样深广的层面,我们无论将这部小说视为通俗小说向"纯文学"的渗透,还是看作"纯文学"对通俗小说的收编,恐怕都是有失公允的。东西的深层关切令《回响》超越了个人主义和精英主义意义上的"纯文学",为推理小说这一通俗文类打开了更为开阔的可能性,从而也为今天的文学如何自我激活、不断创新,提供了有趣且有益的参照。

恶托邦想象与乌托邦冲动

——论东西的乡村叙事

叶君，广西民族大学

原载《小说评论》2022 年第 1 期

百余年来，现当代作家对于中国乡村的情感态度与想象方式，很大程度上受到"农裔城籍"[①]这一共同身份的宰制。曾经的乡村经验、写作当时之于乡村的空间位移与回望乡村往事时的时序错置，本源性决定了他们笔下的乡村甚至城市的文学景观。对于乡村叙事而言，早在 20 世纪二三十年代，就已然形成以鲁迅《故乡》为代表的基于启蒙立场和以沈从文《边城》为代表的基于精神返乡立场的叙事模式。前者批判性写实，风格庄重、严正，情感沉郁、顿挫，让人感受到哀伤与愤怒；后者则是浪漫牧歌，清新、秀丽，在淡淡感伤中接近美的极致，让人面对一处纸上乌托邦而生出一份诗意的喜悦。这两种乡村书写和抒情方式，在其后的文学世代各自迁延不已，代有传人。

[①] 李星：《论"农裔城籍"作家的心理世界——陕西作家论之一》，《当代作家评论》1989 年第 2 期。

进入当代文学，高晓声、何士光、张炜，甚至近年以"乡村非虚构"叙事而引人注目的梁鸿等人，显然承继了对乡村的批判性立场；汪曾祺、贾平凹、何立伟等则多半延续的是将乡村浪漫化的"《边城》模式"。亦有论者指出，以上这两种"'现代的'和'反现代的'乡村叙事，作为新文学的两种传统，在当代作家笔下演变成了一种混合和暧昧的状态"，两种趣味许多作家"兼而有之，区别仅仅是成分的比重不同而已"。① 然而，在我看来晚生代作家东西的乡村叙事可谓独树一帜，提供了一种全然不同的乡村图景，彰显一种判然有别于以上两种乡村叙事模式的叙事立场与情感态度，并形成了属于作家个人的独特标识。某种意义上，东西开创了中国"乡村恶托邦叙事"，情感冷漠，却让人感受到深切而无处不在的痛感。

一、"肉中刺"与"恶托邦"

对于那些出生于农村，成年后才离开乡村，定居城市的作家而言，无法消抹的乡村经验和难以斩断的情感牵绊，往往成为终其一生的文字纠缠。这也是一种与生俱来的文学资源。中国当代小说家的代际分野与文本面貌的不同，很大程度上取决于乡村经验的差异。作为出生于桂西北山区农村的"60后"，东西每每被问及过往乡村生活对日后创作的影响，除了

---

① 张清华：《在命运的万壑千沟之间——论东西，以长篇小说〈篡改的命〉为切入点》。

描述山村自然风光的美好，他更强调那些乡村经验作为写作资源的意义：早年对自然的认识，对人性的看法，对美好的向往，还有对山外世界的想象都融入血脉，在日后的写作中慢慢流出来[①]。对"农裔城籍"作家而言，这无疑是过于切实的事实，东西此说并无甚新意。一个人的过往，除了保留在记忆里的往事，表征其存在的还有那些曾经一起生活的人。随着岁月流逝，个人记忆会风化、漫漶，那些表征过去的亲故也会一个个逝去。因不断面对乡下亲人的亡故，东西坦言不敢轻易触摸过去，"但有时捏捏自己膘肥的肉，总是感觉到它就像一根刺躲在里面，不时会划破我的手指。于是我现在就把它从肉里挤出来，使自己在短暂的痛中获得长久的舒心"[②]。如此，东西以文字反顾过往，便是一次挤出"肉中刺"的行为。综观其现有创作，大致表现为乡村、都市、成长三个叙事层面，都市叙事之于其写作行为本身而言，大多关涉当下；过去，亦即那根躲在肉中之"刺"，无疑便是曾经的乡村生活。

以"肉中刺"来指涉早年乡村经验，是我所见过的同类作家中最为触目惊心的表述，透着尖锐与疼痛。这无疑前定了东西对于乡村的情感立场、叙事方式与图景呈现。不同于鲁迅式的沉郁与哀伤、沈从文式的浪漫与喜悦，东西的乡村叙事极具痛感，充满反讽，追求真实是其守持的叙事伦理，"我不喜欢沉溺于假想的乡村和风景，用童话来自我安慰，那是旅游文

[①] 东西、符二：《不顾一切的写作，反而是最好的写作》。
[②] 东西：《叙述的走神·朝着谷里飞奔》，上海文艺出版社，2016年，第65页。

学，不是真的现实"。①长期以来，现当代作家基于原乡情结而生成的乡愁，在很多人那里不自觉演变成一种低首蹙眉甚至无病呻吟的情感预设。有论者认为东西"突破了乡愁的预设，既没有过去的黄金时代，也没有对宁静的乡村生活的怀念"，呈现出的是"悖反的乡愁"；强调东西虽然在创作上受沈从文的影响比较深，但对沈的浪漫倾向则是"满怀狐疑，自觉不自觉地加以抵制"，正因如此东西小说展现乡村人物命运的诸多细节，比起"那些描绘'大地乌托邦'的作品要显得真实多了"。②极致叙事往往是东西的美学追求，与《边城》式乌托邦乡村图景相对，东西在《一个不劳动的下午》《没有语言的生活》《篡改的命》等短、中、长篇小说里，极力呈现一种相反向度的乡村图景。似乎唯有极致叙事才能挤出"肉中刺"，获得暂时的安宁与畅快，才能传达出自己所感受到的乡村真实，才能恪守自身的叙事伦理。

1868年英国著名哲学家、经济学家密尔（John Stuart Mill）在下议院的一次演讲中，谴责政府的爱尔兰政策时说道："或许称他们为乌托邦主义者都有过誉之嫌，他们更应该叫恶托邦主义者（dystopians）。乌托邦通常是指美好得不切实际的理想国，而他们支持的却是一个穷凶极恶到难以想象的社会。"这是形容词"dystopian"的最早使用，其后"dystopia"慢慢进入大众视野，现如今成为英文常见词之一。其间，中西学界

---

① 东西、侯虹斌:《最厉害的写作是写出宽广的内心》，《南方都市报》2006年4月8日。
② 张柱林:《小说的边界——东西论》，广西师范大学出版社，2011年，第166—168页。

关于"乌托邦（utopia）""反乌托邦（anti-utopia）""恶托邦（dystopia）"三者的所指以及含义辨析众说纷纭，莫衷一是。本文无意纠结于此，而高度认同美国学者萨金特对"恶托邦（dystopia）"的定义："一个与读者处于平行时空的虚构社会，作者意在通过细致的描写，展现一个比现实社会更加险恶的世界。"① 在萨金特看来，"恶托邦"是消极的乌托邦。

参照萨金特的定义，东西的大部分小说可谓是典型的"恶托邦叙事"。毋庸置疑，东西鲜明的写作个性，极大程度上源于他将先锋写作的寓言性与日常生活的现实指向性紧密结合在一起，充满了戏谑、荒诞与反讽。东西近年创作愈益趋向写实，及物性越来越强，但神秘、荒诞、反讽始终是其表达现实不可或缺的元素，传达着作家对现实、人性的理解。有论者将此种特征概括为"寓幻现实主义"②，可谓切中肯綮。东西的小说世界时空兼备，日常生活细节的叙写传神、密实，而其文字所呈现的时空却让人感到明显的虚指性，甚至是一个预设的空间，就在于其笔下的人物行为以及人际关系，总是不自觉地彰显出一种寓言品格。如似乎很难将小说中的谷里村／屯，跟东西故乡谷里屯等同起来。值得注意的是，东西小说所呈现的乡村图景，确乎让人看到了一个"比现实社会更加险恶的世界"——那些乡村人物往往受困于不能遏制的情欲（《原始坑

---

① Sargent, L. T. (1994). *The three faces of utopianism*. Utopian Studies, 5(1), 9.
② 张柱林：《"改天换地"的想象与真实——兼及东西寓幻现实主义小说的叙事特征》，《当代作家评论》2016年第1期。

洞》)、人性的贪婪(《祖先》),还有难以消除的劣根(《蹲下时看到了什么》)而无法自拔。整体来看,东西以极其冷静的叙述,呈现了一个"恶"的世界,在那里善意不是没有,而是如此稀少,且会被更大的恶所淹没。某种意义上,"寓幻现实主义"在东西乡村叙事文本里的表现,便是建构了一处乡村恶托邦。

有意味的是,东西常常谈到沈从文对自己的深刻影响,而在创作上其乡村叙事跟其所敬重的文学前辈却是完全相对的两个向度。如果说沈从文笔下的湘西边城是现实的"别处",那么,东西笔下桂西北山村同样也是一个"别处"。乌托邦的"别处"是对"此处"的诗意逃避,而恶托邦的"别处"之于东西,不过是对其早年乡村创伤性记忆的试图治愈。正如东西坦言其最开始的写作源于倾诉的冲动:"少年时,我看到过许多不平,受过不少的欺凌。因为受'出身论'的影响,再加上阶级划分,我没有犯错却要背负罪名,于是就有了倾诉的冲动,这也许就是我小说荒诞的源头。"[①] 从《祖先》(1992)到《篡改的命》(2015),让我无法忽视的是,东西的乡村恶托邦叙事立场、美学趣味始终没有变化,这似乎印证了那个说法:有些人的童年经验需要用一生来治愈。写作是东西治愈的方式,亦即挤出肉中刺的方式。而这种治愈式写作之所以迁延不已,原因在于对于任何个体来说,过去的经验已然成为自身经历的

---

① 东西、符二:《不顾一切的写作,反而是最好的写作》。

一部分，即便不适如肉中刺，亦无法彻底拔除。每一次言说不过是自我暂时消释痛感的努力——那根刺已然成为肉身的一部分。

东西的乡村叙事主要集中在屈指可数的几篇中短篇小说和长篇小说《篡改的命》里。早期的《雨天的粮食》《一个不劳动的下午》等短篇，呈现了乡村权力之恶。前者写到粮所所长故意刁难交公粮的乡民，暗示妇女奉献身体供其淫乐，村妇忍气吞声只能照办，而且还要承担被逼奉献身体的后果——抚养两人的孩子；后者叙述在劳动间隙，队长一时淫欲顿生，想占有女孩冬妹的身体，便故意用烧荒来转移村民注意力，为其猎获冬妹的身体提供方便，不想火势失控，两人一起葬身火海。两篇小说的时代背景都是20世纪六七十年代，细节详尽，时空兼备，只是无论小说中的人物，还是小说叙述人，对这些乡村恶人恶事的态度都极其淡然，人物行为诡异、怪诞，乡村图景黑暗，如处非人间。乡村叙事只是长篇小说《篡改的命》的一个叙事层面，小说所呈现的新世纪之后的乡村图景，体现了现代化进程加快之后的诸多乡村变貌。但谷里村作为乡村恶托邦的存在事实却丝毫没有改变。村民对汪槐、汪长尺父子，以及彼此之间所表现出的人性之恶，并不因时代进入新世纪而有所改易。东西对乡村始终秉持着自己独有的观照角度，其乡村叙事的独特性，很大程度上亦表现为乡村恶托邦建构的持久性。而在我看来，最能体现东西乡村恶托邦想象的，是集中出现于20世纪90年代的三部中篇小说。下文主要以《祖先》《原始坑洞》《没有语言的生活》为观照对象,探析东西笔下诸般乡村图景之"恶"。

二、乡村之恶

《祖先》(《作家》1992年第2期)呈现于读者面前的乡村社会一棵枫,近乎一个非人的"动物世界",人性之恶得到淋漓尽致的展示。年轻漂亮的冬草不顾父亲的坚决反对,行千里水路护送亡夫光寿已然开始腐败的遗体返乡。此举是作为一棵枫的他者冬草,对横死异乡的丈夫表达爱情的方式。只是进入一棵枫后,才知道光寿已有老婆竹芝和儿子见远。她意识到自己被骗,更感受到爱情的虚妄。在一棵枫的世界里全然没有爱的位置,一如竹芝的那句反问:"爱情能顶得几亩水田?"[1] 事实上,这个世界不仅没有爱的位置,也没有良善的空间。竹芝完全控制了弱女子冬草,利用其身体在家里招引嫖客,换取水田作为自己和儿子后半生的生活保障。福八沉迷于冬草的身体不能自拔,向竹芝交出一亩亩水田,直至败光所有。福八妻子力图制止丈夫的疯狂,被竹芝谋杀于河边。在竹芝操持之下,冬草和福八之间的性交易,对见远是最直接的启蒙。他变成了另一个福八,将冬草用身体换来的水田又一亩亩地嫖出去。一如福嫂,竹芝同样无法制止儿子的疯狂,甚至建议他将精力发

---

[1] 东西:《没有语言的生活》,上海文艺出版社,2016年,第249页。

泄在冬草身上。见远对此的回应是嫌冬草脏。水田没有了，生活捉襟见肘，竹芝最终将冬草卖给奇丑无比的船夫扁担，换得水田十亩。然而，这笔财富又被发财夫妇合谋讹去。见远"强奸"发财老婆时，甚至得到了对方的主动配合，只是性事未遂，便被发财带人抓了现形。发财当着竹芝面痛打见远，逼着竹芝不得不交出那十亩水田平事。见远伤好后，误食魔芋跳河而死，竹芝从此一无所有，靠着做魔芋的手艺糊口。冬草得到了扁担的善待，桂平老家却已回不去。扁担将对冬草身体有所觊觎的光圈打残，亦断绝了她关于男人的所有念想。

从发表年份来看，《祖先》是东西的出道之作，初步彰显其写作实力和独特个性。作家对笔下人物的行为、价值取向不做任何主观评判，几是"零度写作"的典范。整体来看，《祖先》里的人物，要么被本能欲望，要么被攫取财富的贪欲控制，为了达到目的不择手段，看不到任何理性与良善，唯见人心深处之恶。小说貌似带有"新写实"印记，却与新写实小说大异其趣。如果将《祖先》与刘恒的《伏羲伏羲》《狗日的粮食》稍加比照便可见出二者的分野。作为乡村世界的"一棵枫"和"洪水峪"，事实上都带有虚指性，但两作所呈现的乡村图景完全不同。"洪水峪"的荒野景观源于物质的极度匮乏，生存环境对"活着"的人们进行了无情的挤压，逼着他们向动物还原，不断冲犯人世伦理。然而，刘恒笔下那些基于"活着"的本能，不断"去人化"的人物的言行举止，让人几乎无法以洪水峪之外的道德标准加以评判甚至谴责。究其根本，洪水峪的荒原式生存,源于穷困而非人性之恶。但是,在一棵枫欲望几乎挤占了良善的所有空间,而填以丑陋和邪恶。在某种意义上,这是东西为了彰显恶的极致,而刻意虚拟的一个世界。小说更像是一则关于"恶"的寓言,是一次彻底的恶托邦想象。

作为东西笔下诸多"极致形象"之一,竹芝让读者看到一个女人/人,到底可以有多"恶"。以十亩水田的价格,将冬草一次性卖出的消息一经发布,便不时有男人上门相看。竹芝陪着冬草坐在门口,迎来送往的间隙里,她想到冬草虽是来自大地方的千金,却被自己"捏成了软糍粑",男人看中的是她的身体,却要求着自己,她有一种解恨的快意。而恨从何来?她恨冬草比自己漂亮,她甚至想到这个女人在光寿面前撒过多少娇,获得了光寿多少温存,两人上演过多少风流。一旦想到这些,其恨意便愈积愈厚。可见,生成于嫉妒之上的阴损、残忍、恶毒,让竹芝完全堕入内心的黑暗里。当与扁担的交易达成,冬草被抬走的那一刻,她还抢走了冬草手上的那只玉镯。贪婪以及对弱者的欺凌,让人在竹芝身上看不到任何属人的特征。一棵枫的乡村世界正是由竹芝、发财夫妇,再加上福八、见远、光圈等人组成,诚然是一个典型的"恶托邦"。

比起《祖先》,中篇小说《原始坑洞》(《花城》1994年第5期)的现实指向性更加分明,寓言色彩淡化,但乡村作为恶托邦的图景却愈益强化。面对血腥与暴力,还有人在绝境中的无助,叙述人的态度依然冷漠如故。这是一个能充分激发出人的恶心感的故事。人性之恶在两个家庭之间辗转、盘旋，一众人被缠绕、消耗其中，直至以暴力终结恶心。一对山村夫妻婚后不能生育，急于传宗接代的母亲六甲从医生金光口中得知原因在儿子身上，于是借故将儿子萧玉良支出去一段时间，给儿媳孔力提供"借种"的机会。自然，作为乡村妇女，六甲无从考量儿媳借种生子又与"宗""代"何干，但人性之恶，就此开始上演。萧玉良前脚离开，孔力便开始勾引路过的谋子，暗示他晚上前来偷情。不想，萧玉良当晚返回家里，等到孔力和谋子好事完毕，手持凿刀进入房间，结果在搏斗中反被对方杀害。一桩乡村血案就此酿成，行凶后谋子遁入后山，躲在一处坑洞中。唯有母亲秦娥知道其藏身之所，她在警察龙坪、仇人六甲的严密监视下，想尽各种办法给谋子提供衣食，以维持他那行尸走肉般的生命。在无望的迁延中，谋子开始怀疑生命如此持续下去的意义。时日一长，透过蛛丝马迹，六甲找到了后山坑洞边奄奄一息的谋子。看见抱着干柴的六甲身影酷似母亲，谋子幻听到母亲的召唤主动走到六甲跟前，最终被对方残忍棒杀。六甲替儿子报了仇，却也毁了自己；秦娥最终还是失去了儿子，却被金光告知孔力所怀的孩子就是自己的孙子。

小说所叙仿佛是两个母亲之间的角力，但细绎故事头绪，无论如何复述似乎都不是小说的全部，因为小说用力最多之处，是作为母亲的秦娥如何像一个雌性动物般不辨立场地护着儿子，延续其生命的过程。其间，她甚至要面对丈夫和另外两个儿子的跟踪、威胁与告密。为此，这位母亲本能地调动了所有资源，包括自己作为五十岁女人的身体。进入坑洞前，她故意在草丛里撒尿，以避开跟踪者的耳目；谋子身体越来越差，她想到以自己的身体跟金光进行交换，让医生提供药物救命；为了躲避大儿子的跟踪，她甚至在坑洞前故意用身体亲近金光，让对方跟自己亲热，以此赶走儿子。小说里的诸多场景充满了类似的恶心感，为了延续儿子的生命，这个年过半百的母亲早已无从顾及羞耻。在不洁、恶心的背后，却是一种难以言说的痛感。对于另一位母亲六甲而言，儿媳明明怀上了仇人的孩子，却同样令她喜出望外，因为怀上便意味着没有绝后。担任传宗接代大任的孔力被其当作菩萨一般供养。当被婆婆问及到后山干什么，她可以任性地回应："去玩，去会野汉子，去偷人。"[①]六甲无从意识到，传宗接代对她来说本就是一个笑话。

小说以杀戮始，又以杀戮终。古老的观念，如同一个原始、锈迹斑驳的牢笼，将乡村众人囚入其中，毁掉了两个家庭。而那个原始坑洞，更是一个现实的牢笼，因于其中的谋子早已丧失生趣，但他为六甲杀，反过来证明秦娥的所有努力终成一场空无。如果说，《祖先》让人看到因贪欲而形成的一个恶托邦世界的话，那么，《原始坑洞》则让人看到愚昧的复仇法则，以及原始的无立场的护犊心理，同样将人带入恶恶相因的"原始

[①] 东西：《没有语言的生活》，第240页。

坑洞"——人性的牢笼。小说中的那个原始坑洞，对谋子来说是庇护也是囚禁，更喻指人心的黑暗与幽深。某种意义上，小说呈现了一个因理性丧失而导致的乡村恶托邦。

《没有语言的生活》(《收获》1996 年第 1 期)呈现的是各有残疾的一家三口的乡村处境。父亲王老炳盲于目，儿子王家宽病于耳，儿媳蔡玉珍口不能言。一部中篇小说如此人设，自然是作家的刻意安排，一以贯之地彰显东西那极致叙事的追求。只是，比起前两部作品，此篇人设虽然极端，叙事却较为平和。叙述人的立场即便刻意保持中立，但还是明显透出一种温厚的倾向。文字里的乡村日常生活场景人间烟火气浓郁，而或许就因为这种极端的人设，很多人从中读出了寓意和形而上的意味。我想说的是，如果说《没有语言的生活》有什么寓意的话，亦是从具有乡间烟火气的日常生活里自然透露而出，而非刻意加载其上。这篇小说立意精巧，且浑然天成，是东西迄今最为成功的中篇。

三个残疾人相濡以沫地过着一种"没有语言的生活"，最为常见的叙事套路不外乎表现人世的苦难与温情，追求一种显在的诗意。但是，如果这样那就不是东西了。他所要表现的，还是在一个乡村恶托邦世界里，语言成为多余之物的一家三口会遭遇什么。结果是"恶"并不因这一家三口的"弱"而放过他们。蔡玉珍没有进门之前，王家腊肉被顽劣少年偷走，当小偷被送到王家父子面前任其处罚时，王老炳只是恳求那孩子往后别再偷自己的就行了。面对小偷父亲刘顺昌的不解，他说出了极其心酸的话:"我是瞎子,家宽耳朵又聋,他们要偷我的东西,就像拿自家的东西,易如反掌,我得罪不起他们。"① 面对类似偷腊肉之类的小恶,作为弱者王老炳只能恳请对方放过自己,即便对方是孩子。腊肉被偷,只是王家遭遇到的微末侵犯,随着情节的推进,周围那更为深重的恶意,一步步逼近这个特殊的家庭。因交流障碍,王家宽错过了朱灵的示爱,当他想向对方求爱时,却无法表达,于是想以五十担水换得由小学老师张复宝代笔的五十字求爱信。一个目不识丁的聋子,向意中人求爱,以自己的体力意欲换得小学老师代写的情书,这自然是一个温情而诗意的故事。但恶托邦没有温情与诗意,张复宝将求爱者换成了自己,而王家宽"由求爱者变成了邮递员"②。对于王家宽而言,没有什么比这份欺骗和愚弄更残忍,里边蕴藏着让人无法直视的恶意。其后,朱灵感情错付并怀上了张的孩子,局面不可收拾,她试图让王家宽"顶岗",不成,便投井自尽。朱灵之死带走了其身体的秘密,但其母将这一切责任算在王家宽头上,甚至夜里在王家屋后的桃林作法诅咒王家人。王家三人的处境愈发恶劣,无法在村子里待下去,他们挖掉小河对面的祖坟,辟出宅基,重新建屋,避开原来的环境,以求安宁。但更大的侵犯还是随即跟来,哑巴蔡玉珍被过小河来的谢西烛强奸了,因为王家的弱势,谢还不以一次得手为满足。王家三人早已预料到会这样,便利用各自身上没有残

---

① 东西:《没有语言的生活》,第12页。
② 同上,第16页。

疾的器官达成艰难的交流，默契地制服了再次前来的侵犯者。稍加回味这貌似带有喜感的配合与结果，便让人感到彻骨的悲凉，在一个稍有道德感的社会里，人世之恶，莫过于对弱者无止境的欺凌。

为了求得安宁，王家拆掉小河上的木桥，断绝跟河对面的联系。但孩子王胜利的出世再次打破了这份安宁，他上学第一天学会的那首儿歌便是对自己残障父母的嘲笑与诅咒。当王老炳让孙子明白这一切之后，孩子从此变得沉默寡言，"跟瞎子、聋子和哑巴没什么两样"①。小说就在这恶意弥漫的绝望中结束。在恶的世界里，残障弱者的命运便是没有来由地被愚弄、被侵犯、被欺凌，而且无处可逃。几乎没有比这更为直截而显豁的恶托邦叙事了。

贪婪的欲望、阴损的内心、残暴的伤害，还有对弱者的愚弄、侵犯与霸凌，是作家东西表现乡村之"恶"的多重侧面。他以一种极致化叙述，在某种意义上开拓了当代乡村叙事的新维度，让人看到一种别样的乡村图景。将乡村浪漫化和诗意化是最常见的叙事维度，亦不乏荒原式的乡村想象，但在东西笔下，乡村之"恶"无关物质的匮乏，而生成于真实的世道人心。作为一种叙事方式，乡村恶托邦叙事无疑传达出了东西对乡村的认知和理解，这一想象方式无疑受其早年乡村经验的宰制。由此看来，所谓"肉中刺"云云，不过是东西难以放下

---

① 东西：《没有语言的生活》，第48页。

那横亘于经验深处的乡村之恶的体验,那是一种难以治愈的创伤性记忆。然而,值得注意的是,在东西极致化的恶托邦叙事里仍旧存在裂隙。即便恶意弥漫令人绝望,但乡村对于东西来说到底是如此特殊的经验和经历,在整体貌似极为板结、密实的恶托邦叙事里,读者还是可以不时见到文字背后的乌托邦冲动。

三、乌托邦冲动及其表征

众所周知,"乌托邦"意为"乌有之乡""无场所的事物",是一种只存在于想象之中的完美无缺的地域空间或社会图景。自莫尔的《乌托邦》一书问世以来,"乌托邦"一词的含义有了多层面引申,很大程度上成了人文科学领域各种想象中的美好社会或理想境界的通行语。从中外文学对乌托邦图景绵延不绝的想象与建构中可以看出,人类精神深处共同保有强烈的"乌托邦冲动",这近乎一种向美、向善的本能,特别是在面对现景的诸般不堪时,更容易自然激发出来。如果说"乌托邦"是理想之国的完整建构的话,那么,"乌托邦冲动"就是美好和善意的瞬时冲动或碎片化表现。乌托邦及乌托邦的碎片化,或许取决于乌托邦冲动持续的时间长短。具体到中国文学,从《诗经》中的"乐土",到陶渊明笔下的"桃花源",再到《老残游记》里的"桃花山"、沈从文笔下的边城茶峒,直至当代贾平凹笔下的商州,等等,都不乏对这种理想之境的沉浸式建构或片刻遐想。值得注意的是，东西的乡村叙事几近呈现了一处"恶之国"，然而，就在如此持续而彻底的恶之图景呈现的过程中，亦时现难以遏抑的"乌托邦冲动"，让人感受到善意与美好，感受到人性的光辉。"乌托邦冲动"让东西的"恶托邦叙事"出现裂隙，在文本中留下诸多症候。

《祖先》临近尾声，罪孽深重的竹芝自感大限将至，弥留之际想起自己伤害过的那些人，竟然心生忏悔。她想求得冬草的原谅，将其唤至床前，交还那只当年被她抢走的玉镯以求心安。在她看来，只要冬草能原谅自己，那么见远和福嫂也能原谅自己。玉镯虽然令冬草想起太多不堪回首的往事，但她还是将它放在了竹芝枕边以示谅解，竹芝这才瞑目而去。冬草此举令光圈不以为然，他认为手镯应该塞入竹芝的下身，让她也感受一下被侵犯的滋味。小说呈现的乡间诸般恶人、恶事，几乎令人窒息，然而，数十年后作恶者的忏悔、受难者的谅宥，这床前的一幕却充满了温情与诗意。这也是作者在整篇小说里给出的一点亮色，让人感到东西在对一棵枫这个恶托邦的叙述过程中，陡然生出了乌托邦冲动，不然，整篇小说会显得如此压抑。然而，作家那极致美学的追求，让瞬时的美好真的就只是一个"冲动"而已。那只不无象征意味的玉镯，随即召唤出更大的人性之恶——竹芝的坟墓当晚便被挖开，尸体被野狗撕成碎片。见此情景，冬草为自己错放玉镯而懊恼。冬草始终是一棵枫这个恶托邦的异质性存在，即便她被侮辱、被损害，但还是让人感受到人性光辉的朗照。她被召唤至一棵枫便有了一个乌托邦场景的出现；她离开，一棵枫便被更大的恶所淹没。

诚如有论者所说的那样，"东西创作的一个重要特点就是，他的小说其实是从许多作者认为小说已经结束的地方开始的"①。东西在小说结尾一贯彰显其"狠劲"。如前文所述，类似结尾也出现在《没有语言的生活》里。值得注意的是，东西乡村叙事里恶托邦想象与乌托邦冲动的纠缠，在文本层面常常表征为一条河的出现。这条预设的河区隔了善恶。《祖先》里，竹芝最终以十亩水田的价格将冬草卖给扁担。冬草被抬过枫树河，从此与一棵枫分属两个世界。一棵枫里有发财夫妇，有竹芝，有见远，有光圈，这些专注于财富、放纵肉欲的人物让无尽的恶得以迁延不绝。而扁担虽然长相丑陋，却葆有良善，与冬草一夜交欢之后大度地让她回家，只是女人老家已经被仇人血洗而回不去了。冬草断了回家之念，在河对岸与扁担过着平淡自足的生活，虽有光圈隔河对其美色的觊觎，她亦对河那边的男人有短时的意乱情迷，但终究随着扁担对光圈的惩处而戛然终结，归于平静，直至终老，于是，将他乡认作故乡。

这条表征乌托邦冲动的河，同样出现在《没有语言的生活》里。前文说过，从情境预设来看，《没有语言的生活》无疑极其容易写成带有牧歌情调的乡村乌托邦小说，东西却似乎始终在规避这种情调的生成。在我看来，这是一次自觉的反乡村乌托邦书写，充分彰显东西不同于其他现当代作家观照乡

---

① 张柱林：《"改天换地"的想象与真实——兼及东西寓幻现实主义小说的叙事特征》。

村的立场和情感态度。这篇小说的巨大张力在于，在一个原本乌托邦叙事的框架里进行恶托邦建构。乌托邦冲动在这篇小说里，可谓旋生旋灭，旋灭旋生，纠结不已。这一叙事图景传达出了东西对于乡村的态度："大地在东西笔下没有呈现乌托邦的色彩，过去也没有成为乡愁的主题。"[①] 作为"农裔城籍"作家，东西在处理乡村与城市的情理悖谬时，显然以一种决绝的姿态，拒绝乡愁的生成。王老炳、王家宽、蔡玉珍被众乡亲挤兑出村，象征着三个弱者对恶托邦的果决逃离。而他们在彼岸重建家园的无声协作，作者借此岸刘顺昌的眼睛呈现在读者面前。在被一条河区隔开来的世界里，这明显带有世外感的乡村日常生活情景，显然是作家本人乌托邦冲动的外显。除了协作场面，医生刘顺昌在看到蔡玉珍不小心被瓦片砸破脑袋本能为之焦虑时，却见王家宽从容将女人背至河边，为其洗净脸上的血迹，采了草药，放在嘴里嚼烂，为之敷上，然后快乐地背其回家，进门前换了姿势将女人抱进去。接着王老炳摸索着进门，大门无声地关上，三人的一天就这样结束。其乐融融的幸福感，弥漫于字里行间。可以看出《没有语言的生活》的局部，不时出现沈从文《边城》的情调与文字质感，或许可以视为无意中向前辈作家致敬之举。只是，虽然有一条河的屏障，但此时河上有木桥跟对岸相连。木桥意味着"恶"之侵入的可能，以及乌托邦面临的潜在威胁。随之而来的一个秋夜，蔡玉

---

① 张柱林：《小说的边界——东西论》，第173页。

珍便被过河来的乡亲谢西烛强暴。这令人发指的性侵，令蔡玉珍嘴里突然冒出"我要杀死你"。哑巴开口，是弱者在被残忍侵犯之下所出现的奇迹，是对恶的谴责与不能原谅。前述基于乌托邦冲动而来的诗意旋即被消解殆尽。

　　面对侵犯，王家宽这次没有采纳王老炳拆掉木桥的建议，暂时延缓跟对面那个世界的彻底隔离。他想到那个侵犯得手的人，不会就此罢手。一切尽在王家宽的预料之中，而一个瞎子、一个聋子、一个哑巴，齐心协力制服、惩处了再次前来的侵犯者，无疑是《没有语言的生活》最具想象力，亦最具苦涩诗意的乌托邦图景。姑且悬置现实的可能性，但读者分明可以感受到内蕴于作者内心的那股乌托邦冲动，读者与其说感动于故事，倒不如说感动于这份冲动。面对恶，弱势者退无可退之处的协力反抗，一如他们重建家园的协力合作，同样诗意洋溢，只是前者苦涩，后者温馨。在我看来，这是极具想象力的乌托邦想象。

　　蔡玉珍和王家宽将受到惩处的来犯者抬过河去，丢在沙滩上。然后退回自己的世界，边退边拆掉木桥，那些丢在河里的木头和木板，如同溺水的人。这是对对岸世界最为彻底的拒绝与回避。没有了木桥，三人找到了属于自己的安宁。王老炳想到就此过完一生便是最大的满足；蔡玉珍想到虽然只是跟对面隔着一条河，但心却隔得很远，她以为这个家就此可以彻底摆脱"他们"。这不无苦涩的安宁，依然带有乌托邦的诗意。儿子王胜利的出世，进一步强化了这种诗意，这个器官健全的孩子,可以跟祖父王老炳交谈;可以听父亲王家宽说话;可以讲给母亲蔡玉珍听,让这个家庭的语言交流更加顺畅。然而,王胜利只是乌托邦想象的胜利。小说结尾处那东西式的逆转与狠劲一仍其旧。即便没有木桥,河对面的世界到底还是侵入了进来。这是对"胜利"的反讽,亦是对乌托邦或者乌托邦冲动的无情消解。

如果说,在《没有语言的生活》里恶托邦叙事与乌托邦冲动是一种叙事的夹杂与变奏,潜在传达出东西对乡村乌托邦的本能亲近与理性疏离的话,那么,在稍后的《原始坑洞》里,则基本上是来自别一世界的恶托邦叙事图景。只是,即便在那恶意弥漫的叙述里,也还是不时有源于乌托邦冲动的温情的流露。小说开篇不久,谋子偷情、杀人,遁入后山之后,未婚妻腊妹便坐着情人向阳的拖拉机来到谷里村退婚,将聘礼扔到秦娥脚边,令其转告其儿子,她不会爱一个有野老婆的男人,更不会爱一个杀人犯。当秦娥反问她现在不是也有了野老公,腊妹倒是坦承自己有野老公,但没有杀人。这里貌似是一个没有温情与廉耻的地方,人与人攀比的只是"不那么恶",而不是更好。人们对恶意的表达都是如此直接。上天的报应似乎也来得极其及时,就在返回路上,腊妹和向阳在离谷里村三里路的地方翻车而亡。消息传来,秦娥还是做出决定,用为丈夫八贡准备的棺材收敛了腊妹。而对这一温情和善意的回应,出现在小说将近尾声处。秦娥和八贡陷入无边的困境,耕牛死了,眼看田地荒芜、衣食无着,腊妹爹和三个儿子自带耕牛、农具,忙完了秦娥家的农活,悄然离开谷里村。在这篇恶心感弥漫,几乎难觅美好的乡村叙述里,这善意的施与与回应,却让人充分感受到了乡村的和煦与温情。而在恶托邦叙事占绝对主导地位的乡村叙事里,温煦与善意的出现更能体现出乌托邦念想作为"冲动"的品格。在东西的笔下,它一如电光石火,灵光乍现。

进入新世纪,东西以短篇小说《秘密地带》"彻底地告别了对乡村的浪漫怀想"①。小说叙述城里的年轻人成光因不堪恋人离去的打击,投河寻死,被莲花姑娘救起,如此得以进入一个世外桃源般的所在。在莲花河谷,"没有烦恼,没有疾病,没有哭泣,没有脏话,人们平等相处,吃的都是素食;姑娘特别漂亮,人们都很善良,身体健康,长命百岁;有山有水,空气清新,特别适于人类居住……"②见证种种美好,成光爱上了这个地方,更爱上了莲花姑娘,只是对方不辞而别,他追寻到城里,向周围人讲述自己的经历,人们却将此视为神经病加重的表现。成光无法相信自己所经历的一切是一场虚幻,第二年春天卖光家产再次找到莲花河谷,才发现除了几处残垣断壁,此前的村庄荡然无存,而从一块石碑上的文字发现此处原来是夜郎国公主谢莲花的战死之地。所谓世外桃源不过是自己心造的幻影,是人与鬼的纠缠,是个人不能说出的所谓秘密地带。

---

① 张柱林:《小说的边界——东西论》,第169页。
② 东西:《秘密地带》,《大家》2003年第1期。

《秘密地带》的反讽色彩浓郁，貌似是一次乡村乌托邦的沉浸式建构，实则是东西对此前作品中不时出现的乌托邦冲动的戏谑与调侃，喻指人们所看重的那些人世美好，不过是一个神经病患者的臆想。对乌托邦的这种不信任甚至否定的态度，很大程度上规约着东西此后的叙事面貌。此篇之前的《你不知道她有多美》(《作家》2004年第2期)，在我看来，是乌托邦冲动在东西"成长叙事"里的表现。而自此篇之后，无论是乡村叙事还是成长叙事，在东西笔下似乎再也难觅乌托邦冲动的表征。

四、结语

恶托邦和乌托邦不过是两种相对的叙事图景，本质上都是一种想象。作为想象方式，它取决于作家的个人经验和价值判断。在深远的农耕文明的背景下，中国文学中的乌托邦想象大多以乡村作为载体，典型意象如桃花源。在我看来，东西乡村叙事的独特之处，在于他几乎拒绝了乡村的乌托邦想象，且以一种乡村寓言的方式转向了它的反面，着力于乡村恶托邦书写——让人看到一种始终比当下更恶劣的乡村图景和人性状态。然而，或许对于美好与善意的追求始终是人类的原始冲动，东西在恶托邦叙事里亦不乏乌托邦冲动的表征。在当代作家中，这是一种罕见的现象，事实上在东西的都市叙事中亦是如此。进入新世纪，东西以两部短篇小说集中传达出他对乌托邦的反思。自此，恶托邦叙事在其长篇小说《后悔录》和《篡改的命》里更有淋漓尽致的体现。特别是后者，无论其中的乡村叙事还是都市叙事，可以说都是东西恶托邦叙事的极致。

"走出南方"的南方写作
——论东西小说的文学地理景观

徐勇,浙江师范大学

原载《广西民族大学学报(哲学社会科学版)》2014年第2期

一、问题的提出:站在哪里"家山北望"?

对很多作家来说,故乡和亲情是贯穿他们创作生涯的重要"母题","为什么我在伤痛的时候会想起谷里?为什么我在困难时刻'家山北望'?"[1]这样一种"情感结构"的表征,是谷里村(或谷里屯)常常出现在东西的小说世界中。他的《慢慢成长》《原始坑洞》《一个不劳动的下午》《伊拉克的炮弹》《幻想村庄》等,都是以之为背景和前景展开故事情节的。

在东西的小说中,这是一个极富象征性意味并可以从寓言的角度加以解读的文学符号。它既不同于莫言的高密东北乡和贾平凹笔下的商州地区,也迥异于刘震云念兹在兹的河南新乡大榕树下。对于莫言和贾平凹而言,作为故乡的高密或商州,

---

① 东西:《谁看透了我们·故乡,您终于代替了我的母亲》,江苏文艺出版社,2011年,第83页。

往往是寄寓想象和情思，及其逃避城市的居所；在刘震云那里，大榕树下是中原乃至中华文化的隐喻，一个作为现代文明的他者，一个作为东方文明的代表。相比之下，桂西北的谷里村则要"单薄"得多，它没有太多的承重，但也极富症候。谷里屯既是东西小说的地理坐标，也是他欲要突破的界标。小说中的"谷里村"或"谷里大队"，可以从"互文"的角度借助散文中描写的"谷里屯"之形象加以理解。在一篇散文中作者这样描述谷里屯：

> 我们老田家的人是从外省迁徙到广西的汉族，已经过来好几代人。因为是外来民族，所以住在高高的山上。山上立着二十多间歪歪斜斜的房子，生活着百来口人，养育着百来头（只）牲畜。我出生的时候这个地方叫谷里生产队，现在叫谷里屯。它坐落在桂西北天峨县境内，方圆五里全是汉人。①

这当然是作者身处现代城市回顾或追溯自己的家乡时的叙述语调，其间的距离感明显可以感觉到。对于身处谷里的山民特别是那些没有多少文化也识字不多的人，他们显然不会有这样的"空间感"和"地理意识"。毕竟，地理意识的产生需要有"他者"的参照的存在和视角的转变。他们身处其中，既想

---

① 东西：《谁看透了我们·壮族，我的第一个异质文化》，第84页。

象不出肉眼所不能及的远方的具体样子，眼前所呈现出的也往往只能是局部的碎片化的存在。只有当这一远方变得清晰时，他们才能返身视之，发现以前所不曾看到的谷里的不同。

在前引作者的那篇散文中，作者接着写道："我在芝麻开花节节高的日子里，曾多次跟随父母到寄爷家去吃满月酒，过鬼节……因而有了许多新奇的发现。首先，我发现这里门前门后全是稻田，一丘连着一丘，一直绵延到河边，简直可以用'一望无际'来形容……这样的景象……足以令一位没见过世面的小孩呼吸急促。我在这里第一次看到电灯，第一次感受到出生地的落后。"[1]这一幕使我们想起社会学家曼海姆描述中的农村孩子进城时发生的视角变迁。"一个农民的儿子，如果一直在他村庄的狭小的范围里长大成人，并在故土度过其整个一生，那么，对于那个村庄的思维方式和言谈方式在他看来便是天经地义的。但对一个迁居到城市而且逐渐适应了城市生活的乡村少年来说，乡村的生活和思维方式对于他来说便不再是理所当然的事情了。他已经与那种方式有了距离，而且此时也许能有意识地区分乡村的和都市的思想和观念方式。"[2]所不同的是，对于作者/叙述者而言，完成这一视角转变的"他者"，不是城市，而是谷里之外的壮族平地。

可以说，正是因为有了壮族"异质文化"的参照，东西眼中的谷里才会显示如此的地理意识和空间感：谷里虽属汉民栖

---

[1] 东西：《谁看透了我们·壮族，我的第一个异质文化》，第85页。
[2] 卡尔·曼海姆：《意识形态与乌托邦》，商务印书馆，第286—287页。

息地，但其实相当落后；它的子民虽全是汉人，与周边的壮族相比却是真正的少数族群；它位于高山上，被壮族的平地包围；相对于平地之外的整个广西，壮族平地事实上又显得落后。如此种种都使得谷里处于一种独特的位置。就地理空间上的分布和社会学视角的转变而言，作者/叙述者或主人公要想走出谷里，往往必得经历这样两个过程，一是走向平地，一是走向城市。这一过程既是从乡土文化走向城市文化，也是从汉族文化经壮族文化而走向文化融合圈。事实上，两个过程往往互有重叠、难分轩轾。这也使得东西小说的文化地理内涵别具象征。

二、空间地理与文学坐标

在一篇类似创作谈的文章中，作家东西曾把他的写作明确定位为"走出南方"。在这里，所谓的"走出南方"并非物理意义上的出走，而是表明一种精神状态。他并不因身处南方而自卑，相反，福克纳的文字使他"坚定了做南方人的信心"，他想通过一种有关南方的叙事来"走出南方"[1]。这种看似缠绕的表述，传达出如下的意愿：通过对有关南方的叙事达到对南方的更高的扬弃。这显然是一种精神辩证运动的表达。

虽然不很明显，东西的小说故事发生的背景大都在南方，特别是广西。中篇《不要问我》是其中最有代表性的一篇。这

---

[1] 东西：《谁看透了我们·走出南方》，第146—147页。

篇小说讲述的是一个叫卫国的大学副教授因酒后失德被迫逃离陕西西安南下广西北海的故事。小说中广西北海虽然只是作为故事发生的背景，甚至符号性的存在，但因寄寓了有关"他者"的想象，而别具象征意味。如若联系主人公原来工作的城市西安，这一空间——北海的异质性特征更见明显。他想切断自己的过去，让人们忘记自己的身份，故而来到一个陌生异己的城市。如果说西安在小说中被赋予文化秩序的象征，那北海显然就是一个"他者"式的空间。从这点来看，在南下火车上主人公的所有证件包括现金连同箱子一起失踪，恰好是主人公潜在意愿的实现。南方的充沛阳光和无垠大海，以及身处中心（文化、政治等）之外的浪漫想象和自由愿景，如此种种都使得卫国在这样一个"自由"畅通呼吸的都市能以"赤裸之生命"（没有任何身份，而只以纯粹的身体呈现自身）的方式拥抱现实。但事实上，即使逃到天涯海角，现实也并不接纳一个没有身份的人。人必须有身份才能安身立命。

这篇小说虽然可以从名实之间的永恒矛盾加以解读，但不妨从寓言的角度去理解，故事的发生地——北海——仍旧是不可忽视的因素。小说提醒我们，任何赋予地域独特性特征的努力，在现代文明的冲击下都已变得不再可能，城市空间的差异以及地域的南北划分并不重要。任何一个地域，在面对和回答现代文明提出的命题时，其困境和出路都是一样的。从这个角度看，广西北海同陕西西安，并无多大差别。卫国的最终遭遇说明了这点。这样来看短篇《商品》和《好像要出事了》就会发现，两篇小说中的空间旅行——前者中标明湖南麻阳和桂西北间的旅行和后者中从南宁到河池的出差——就空间的规定性而言并没有什么不同。它们的意义在于为故事的上演和人物的出场提供舞台。东西的小说有如一场场"等待戈多"式的舞台剧，变换的常常只是布景。

即便如此，东西还是在努力思考地域的独特意义。这一努力在中篇《没有语言的生活》中有集中的体现。只不过这一地域已不再是现代都市，而是深山，是高地。如果说现代都市在东西这里并不具备个体和独特的意义的话，那么山村特别是山区则有另一重意义了。小说中的聋子、哑巴和瞎子可以从隐喻的角度理解。[1]虽然说现实世界通过语言能达到互相间的理解，但这个世界已愈来愈充满欺骗、狡诈而不可信任。这个由聋子、哑巴和瞎子组成的"没有语言"的世界，虽然彼此不易沟通，但这个世界并不缺乏"倾诉和聆听"，他们通过合作最终能完成交流和沟通，而他们最终从村庄聚居地迁往河对岸的行动也正表明这是两个彼此隔绝的世界。在小说中，山区的背景虽不具备独特的意义——其故事的发生地可以是城市，也可以是乡村——但因为只有山区才能提供聋瞎哑三人远离人群聚居的可能：城市既然使人走向死亡（《不要问我》），山区实际上就成为寄寓人性的最后退守之地了。

---

[1] 东西：《谁看透了我们·关于小说的几种解释》，第16页。

三、走不出去的"谷里"

要想真正理解东西小说中的谷里村，必须放在城乡、南北和边缘/中心的格局与框架下才有可能。虽然说作者在多篇文章中强调故乡之于他的意义，但他并不像贾平凹、莫言或张炜，他的小说中并不存在一个离乡和返乡的结构。而对于后者，这一结构却是笼罩他们创作始终的"情结"，他们的创作某种程度上正是这一"情结"的表征。即使是表现城市生活的小说，乡村或故乡也是贯穿始终的若隐若现的"他者"存在。就贾平凹而言，商州地区不仅作为他小说创作的核心，其故事展开的背景几乎也不离于此。在《商州》这样的小说中，他还集中思考了社会急遽变动时代城/乡与传统/现代之间的复杂关系及其发生的深刻变化。

对于东西而言，城乡之间则似乎缺少必要的关联，也几乎没有这样的紧张关系。他小说中的城市和乡村都还只是在抽象的意义上显示出它们的差异，它们并不具有独特的意义。换言之，作为故事展开的城市和乡村只是背景和影子般的存在，它们投射到故事的外表，并不介入叙事机理的脉络中去。事实上，在东西的小说中，故事发生的背景或前景往往只是一副面孔——标示作家东西的标识。这样来看，他的小说很少从城乡流动或互动的角度来展开，它们即使并置一处往往也只是割裂开来的空间。其最为典型的莫过于《我们的父亲》和《保佑》。在前者中，叙述者"我们"的父亲，从故乡先后来到城里和县城——县城在中国当代的语境中常被作为城市看待——"我们"兄妹几个人的家,又因种种原因先后离去最后倒毙于街头。小说中,"父亲"作为城市现代文明的冷漠的牺牲者出现,而其乡土身份似乎并不重要。至于父亲为什么要离乡进城则只是作为前景出现,与小说主旨无关。后者中,城市只是乡民李遇遗弃傻儿子李南瓜的"他者"。城乡之间虽交叉相遇,却并没有构成彼此对立的紧张关系。

虽然说城乡在东西的小说中并没有构成某种紧密的联系,但它们却在全球化的语境下不可避免地纠缠在一起。《目光愈拉愈长》从这一个角度——全球化角度——思考了城乡之间的错综关系。在这篇小说中,城市既充满诱惑也满是陷阱,而事实上两者纠缠在一起。农村小孩马一定被外出打工的姑姑马红英拐卖到广州。这看似悲剧,但又不尽如此。小说中马一定两次离开家乡的场景极富象征意味。相比第一次的十分不愿,第二次则是自动逃离。这种反差终究源于落后贫瘠的乡村同大都市间的巨大反差。对于封闭环境中的农村小孩,当要外出到陌生的都市时,心里的恐惧可想而知,可一旦来到新奇的都市空间后,即使是被拐卖,视野突然开阔后,也不愿再回到农村,其最后被解救回家后的再次出走即说明这点。

这篇小说中出现的"广州"意象,虽看似随意,其实大有深意。在这篇小说中,"广州"显然是同邻省广西的城市(如小说中出现的"柳州")相对立的,这种对立表明"广州"是异于"柳州"等广西都市的地方。若联系马红英的打工地——

广州——便可明白这一空间差异中的全球化表征。在这篇文本中,"广州"之于"柳州"正同于"全球性都市"之于"地方性都市"的区别。我们虽然不能确定马一定最后是走向地方性都市,抑或全球性都市,但这无论如何不是一个可有可无的命题。这似乎是一个预言。某种程度上,也预示了东西写作中的"走出南方"之不可避免的困惑。

事实上,不仅城乡之间的差别很少显示出来,即使民族间的殊异也同样在东西的小说中被有意无意地"遮蔽"了。作者曾坦言壮族文化对他的重大影响,但这一影响却很少得见于其小说,至少表面上我们看不到东西小说中的民俗民风,遑论民族差异。东西的小说中,主人公的出身大都模糊不清,他们只如一个个符号或面具,我们既不清楚其具体的籍贯,也不知道他们的民族,而这,在地处广西特别是汉族作为真正意义上的"少数民族"的桂西北,并非不是一个问题。作者的这种有意淡化出身和虚化背景的做法,说明了什么?事实上,作者并非没有明确的"民族意识":"在汉民族被严重阉割的年代,在我内心充满恐惧的发育期……使我有幸地接触了壮民族文化。这个民族的文化有情有趣,大胆开放,它让我在禁欲的时代看到了人性,在贫困的日子体会富裕,在无趣的年头感受快乐,而更为重要的是我在与壮民族的交往和对比中,发现了真正的人,看到了天地间无拘无束的自由。"[①] 东西小说中的不涉民

---

① 东西:《谁看透了我们·壮族我的第一个异质文化》,第87页。

族,并不表明他的小说中看不到民族,而只说明,民族差异在他这里是以相反的姿态存在:汉族文化并非就比壮族文化人性得多。在东西看来,倒是被壮族包围着的汉族聚居区谷里屯显得保守和封建得多。汉族落后于壮族,故而民族的差异在这里其实就被置换成人性的差异,这时,再去谈论具体的民族身份似乎已经多余且毫无必要了。

壮族文化是作为秩序和理性之外的"异质"和冲击存在的,而这恰恰与西方的人性话语互有重叠,故而东西的"走出南方"并不意味着走向西方,或有同西方对接融合之意。他或弱化甚而遮蔽民族话语,正是他"走出南方"之必须而必备的。

四、人性无边界:"南方写作"与"走出南方"

东西非常清楚,地域之于地域的规定性,在于其有明确的界限,不管这个界线所划何处。而对于"人性"之类的问题,则似乎并不如此。在东西的写作中,沈从文和福克纳是常被提到的两个作家。"他们都不是用南方的风景去打动读者。拨开他们像荒草一样的文字,你会看见一种被称为人性的东西慢慢地浮出来,抓住我们的心灵,使北方和南方一起感动。"[①] 这段表述中,有两点值得注意。第一,东西创作中"人性"范畴

---

① 东西:《谁看透了我们·走出南方》,第147页。

的内涵、理论资源及其构成。福克纳是一位现代主义作家，而沈从文却常常被称为浪漫主义作家，作者把他们并置，虽多少有点不伦不类，但也正表明他眼中"人性"内涵的丰富性。第二，文化地理的隐喻。在这里，"北方"同"南方"一样，都是隐喻式的表达。北方不仅可以理解成中国的北方，也可以理解成全球世界的"北方"，故而东西所谓的"走出南方"其实就有了从边缘走向中心，以及摆脱南方地区，进而走向世界、融入世界的双重含义了。而至于如何走出，以及凭借什么，显然非"人性"话语莫属了："人性"不仅能抓住中国人的"心灵"，也能抓住西方人的内心。

虽然说，"人性"是东西写作的核心命题，但只有明白了"人性"所针对的对象，或批判的对象，我们才能对"何为人性"有一个清楚的认识。在沈从文那里，人性话语是抵御现代文明的最后的避难所，是自造的希腊小庙。正如王德威所言："如果现代社会为他（指沈从文——引注）所批判，那也是在与传统社会的参差对照下进行。"[1] 沈的小说常常存在一个城乡对立的结构，这一结构同现代文明的反人性与边城乡土的人性的对立结构正相对应。在这里，乡土社会几可等同于传统社会，故而传统社会的静的美好的一面被小说家夸大凸显，乡土的独异性成了对抗现代文明的普世性的他者。在这一逻辑框架下，沈从文的小说世界中充满了对湘西民俗民风以及苗族风情

---

[1] 王德威：《写实主义小说的虚构：茅盾，老舍，沈从文》，复旦大学出版社，2011年，第225页。

的表现。相比之下，东西的小说中的人性话语则明显不同。它有时是作为对"文革"等特定年代的反拨，有时是作为现代社会的反思出现的。

  这种复杂性在《后悔录》中有集中的呈现。小说的前半部分，也就是曾广贤出狱之前，讲述的是"文革"及以前的事；后半部分，即出狱后，讲述的是"文革"结束后的事。虽然说叙述者即曾广贤终其一生都处在后悔当中，但他的前半生与后半生的"后悔"所指向的并不相同。如果说前半生的后悔与"文革"的荒谬语境息息相关，后半生的后悔则指向现实社会的乖违和悖谬了。这篇小说虽然可以从"荒诞"的角度加以解读①，但"荒诞"的内涵在小说的前后半部分却不尽一致。主人公曾广贤的前半生恰逢"日常生活政治化"的"革命"年代，日常生活中的一切包括欲望皆被改写，并以"纯洁化"和"审美化"的方式呈现出来。曾广贤和他的母亲都是被这种话语塑造的人，他们不仅因此改写了自己的欲望话语，也以之观度他人，故而一旦发现与这种话语不符的父亲便会视之为"流氓犯"，其后的一系列荒谬事情也因此发生。但事实上，这种话语往往只能表现在理论层面上，它与生理事实上的正常欲望或渴望构成矛盾。曾广贤和他的母亲皆非纯粹的人，因而就有了主人公母亲的死亡和主人公因"强奸"入狱等一系列的让人悔恨之事。所谓"后悔"正在于话语矛盾和裂缝式的存在，如

---

① 陈晓明：《身体穿过历史的荒诞现场——评东西的长篇〈后悔录〉》，《南方文坛》2005年第4期。

果话语实践（或表述）严丝合缝的话，"后悔"是无从发生的。可见，"后悔"正是人性话语被扭曲变形之后的产物，小说以一系列略显夸张的情节彰显合乎人性的欲望的合理的一面。

小说的后半部分，写的是"文革"结束后社会急遽变动的年代，主导社会的"知识型"随之发生改动。而此时，曾被监狱生活彻底改写的曾广贤还在操持原先的话语形式，他与变动社会的错位由此而生，新的后悔形式亦随之而来。如果说小说前半部分的荒诞源于一种荒诞的现实处境对人的深刻影响的话，那么后半部分的荒诞则源于现实本身的荒诞不经，导致了人与人的隔阂。精神上停留在"文革"时期的曾广贤自然要被"新时期"甚至"新世纪"淘汰。

《后悔录》在东西的小说创作中很有代表性。他的小说背景（如长篇《耳光响亮》等）大都限定在这部小说所展现的两个时代上。从这个角度看，其小说中的人性话语也呈现出两种面目来。以此观之，东西小说中的"人性"就非一般意义上的人道主义或人文主义可比，它是一种夹杂人道主义在内的存在主义意义上的人性话语。他的小说因而兼具现实主义和现代主义（各种现代主义也曾被视为浪漫主义的一种变体，这里取浪漫主义的广义之说）的两端。

五、结语:"幻想""村庄"与"南方"

虽然说,作者坚定了要做一个南方人,但其实南方于他,就像人性一样,并非一个本质化的范畴,也非福克纳意义上的"约克纳帕塔法县"。南方在东西这里,首先是故乡谷里屯(河池天峨县境内),其次是谷里屯周边的壮族平地,然后才是广西,乃至南方,甚至全球化背景下的南方。可见,南方并非简单意义上的空间地理范畴,还是一个政治文化地理概念。也正是因为南方的抽象特征,所以它不涉及穷乡僻壤的铺写,不事奇观的展现,因而很难从"民族寓言"的角度去加以解读。也正是"南方"的非确定性,让东西的小说虽然具有"南方写作"的特征,但是南方的特征并不明显。这一南方写作显然与沈从文的南方写作殊异。虽然作者常把沈从文挂在嘴边,并把他视为自己的同乡[①],但他的小说中却很少涉及地方民俗,也无意去表现民间或民族两重意义上的民风。虽然他本人是汉族,又生活在少数民族(主要是壮族)地区。而这些恰恰是他的同乡沈从文所热衷的对象。

他的小说中,多次出现谷里村,但谷里只是一个符号或标记。正如他的小说虽常常以南方作为背景,南方并不具有规定性的意义。事实上,东西的小说大都背景模糊,其故事展开的空间并不具有特别的意义,既可以是广西,也可以是广东,或

---

① 东西:《谁看透了我们·从此地到彼地》,第 175—177 页。

者河北。正如短篇《你不知道她有多美》一样，以发生在唐山的大地震作为背景，只是为了表现爱情的力量对一个人的意义。空间往往只是为了满足情节发展的需要。在这个意义上，短篇《过了今年再说》中主人公跪平面对中国地图和火车时刻表时的茫然就别具象征意义：

  售票室里人头浮动，五颜六色的背包挂在不同的肩膀上。方便面的气味混合着青草的苦涩。看来这才是味道十足的春天，人们都从屋子里走出来，去比较遥远的地方。跪平想我去哪里呢？他站在火车时刻表前，不知道自己要去哪里，北京？上海？广州？西藏？桂林？

  在这一大串城市中，对于跪平而言，去哪里和为什么要去似乎都已无关紧要，重要的是必须"从屋子里走出来"，走向另一个空间。它们被并置一处，从象征的角度看，正表明它们之间区别的消弭。这时再来看置身其中的"桂林"，就能明白，在全球化时代的今天，"南方"又何须走出？立足某一基点，扎下根来，即已意味着身处世界的中心。东西不涉民俗民风和奇观的"南方写作"，实际上已经融入了全球化写作的大潮。从这个意义上看，发生在谷里村的故事，也就是发生在我们身边的故事；同样，千里之外发生的事情，也就是发生在谷里村的事情。

  以此观之，《伊拉克的炮弹》中的谷里村村民王长跑也就不再仅仅是王长跑。因为电视的出现,中国南方的一个偏僻的村庄(谷里村)同万里之外的伊拉克战争发生了联系,这是表层。体现在深层次上,是伊拉克居民的生死安危牵系着中国村民的内心。这既可以视为一种人性之光的闪耀,又何尝不是全球化时代"地球村"的最好隐喻呢?这篇小说通过夸张的故事情节表现的正是这种时代历史的伟力和威力,而也是从这里,可以看出东西那种"走出南方"的"南方写作"方向——小说故事背景在南方,但指向的主题或思考却是在南方之外。他的小说背景可以很具体,情节可以很离奇,主旨却往往抽象、深刻而有超越性。从这个意义上说,想象、惊奇和叙述上的逻辑推动力正是作者通向"人性"之岸的"涉渡之舟"。他的小说往往以夸张甚至荒诞的故事情节来表现主题,这使得他小说中的地理空间具有漫画化的特征,呈现出超越特定地理限制的普世性。

或许,正因为东西小说中地理的不确定性,使他的"南方写作"具有了"幻想"的"镜像"风格。他的短篇小说《幻想村庄》即其最好的隐喻表达。"父亲在我写小说的这个季节朝我直面走来。"小说的开头如此写道。这不禁让人疑惑:究竟是"父亲"和村庄活在"我"的小说中,还是"我"的小说活在对"父亲"和村庄的想象中?或许,正如父亲不懂得品酒却始终要为早已离自己而去的桃子酿酒一样,这注定是三位一体:一旦"幻想"这根贯穿其中的银线崩断,"酒死了桃子便死了,父亲也就死了"。东西的"南方写作"也是这样一场永无止息的"酒酿"过程。至于其中的南方(或谷里村,或桃村)是实是虚并不重要,重要的是通过文学写作这一"幻想"的实践自能酿制出一个"镜中之城"。身在其中,自然能获得一种自我镜像中的圆满。

"拨开他们像荒草一样的文字"
——论东西的小说

黄伟林,广西师范大学

原载《文艺争鸣》2008 年第 8 期

长期以来,或许是因为现代性的强力牵引,也或许是因为边缘身份的长期压抑,评论家或作家本人都有意无意地淡化广西三剑客写作的地域特质。确实,像李冯这样出身知识分子家庭又长期在大都市求学的小说家的乡土色彩是不明显的。广西三剑客中,东西可能是唯一承认自己写作的地域色彩的。在一篇题为《走出南方》的创作谈中,东西谈到了南方文学的一些特质,诸如"故事都在这种易于使物体变质的气候中发酵","幻想和错觉像青草蓬勃生长,写出来的东西就像是高烧 40 度的人吐出来的胡言乱语"。他把南方称为"我的南方","她火热、潮湿,易于腐烂,到处都是风湿病和矮个子,鬼魅之气不时浮出民间","水汽淋漓,雾霭缭绕,需要福克纳情感饱满的烦琐的文字覆盖的南方"。[1]

---

[1] 东西:《时代的孤儿》,昆仑出版社,2002 年。

不过，东西小说的南方特质不像他的前辈那样往往表现为南方风俗，而是表现为一种充满想象力和情绪的文字。东西对此有一个比喻：像荒草一样的文字。长期以来，中国文化以中原文化为主流，语言以北方语言为标准。南方被视为由尚未开化、语言不畅的蛮子所占据的领地。这种意识无疑造就了南方特别是广西作家先天的自卑感，造就了南方作家自觉不自觉地认同中原作家的意识。一方面，东西是一个纯粹的南方人，祖上都生活在南方，他本人所受的启蒙教育和高等教育都是在他生活的区域进行的。三十而立以前，他几乎一直生活在那个"树木凌乱不堪，阳光里全是腐败的气息，泥巴沾满人们的双腿，有时要沾上好几天，一块一块的像鱼的鳞片。更多的时候，热浪扑人，苍蝇飞舞，水潭里的落叶正以高于北方五倍的速度腐烂"的南方。这种生活的纯粹性使他保留了相当完整的南方思维，不像大多数现代南方人在思维尚未成熟的时候就已经接受了许多中原思维的影响。另一方面，东西在其创作的过程中有意识地认同那些具有南方气质的经典作家，如屈原、沈从文、福克纳，这些南方的大师给了东西南方的自信。与此同时，东西开始创作小说的年代刚好是寻根文学兴起的年代，寻根小说对楚文化的推崇使东西的南方气质不仅没有受到损害，而且得以张扬。可以说，正是这种种因素造就了东西小说文字的独特性。与大多数同时代小说家语言文字的逻辑性、明晰性，如同北方城市格局的整齐划一、北方气候的四季分明不同，东西小说的语言文字确如南方：意象丛生、曲径通幽、隐喻深奥、意绪暧昧、情绪无常。如果说我们在北方作家的小说里更容易看出人对语言文字的控制力，那么，在东西小说那里，其语言文字更接近苏东坡所说的万斛泉源，不择地而出，文字在自然中自由流动，造就浮想联翩、神思飞扬的语境，宛如天籁。像这样的句子：

> 到了秋天，那些巴掌大的树叶从树上飘落，它们像人的手掌拍向大地，乡村到处都是噼噼啪啪的拍打声。无数的手掌贴在地面，它们再也回不到原来的地方，要等到第二年春天，树枝上才长出新的手掌。王家宽想树叶落了明年还会长，我的耳朵割了却不会再长出来。
> ——《没有语言的生活》

> 第二年夏天，洪水像一群骏马从高高的山上从遥远的地方奔腾而来，八腊乡铁路两旁大水连着大水。深沟和凹坑一夜之间被大水填平，两根被雨水冲刷过的锃亮的铁轨像两束笔直的光线直指天边。火车在光线里往来穿梭，水花四溅。火车已不像火车，倒像浮游在大水里的船只。
> ——《慢慢成长》

许多小说家都有一个共同的经验，就是在写作中尽量少用成语。究其原因，成语是一种意义指向明确、经过文化严格规范的语言。现代人由于文化的发达，已经可以蜷缩在文化的甲壳中生存，依靠推理、归纳、演绎等逻辑方法足以抵达其意义的表达，而不需要触及世界本身（不及物）。少用成语的目的实际上是恢复语言的天性，或曰语言的自然性，让语言从约定俗成的文化牢笼中解放出来，使语言本身的想象力和情绪力得以自由展现。从上面所引的两段东西小说中的文字，我们可以发现，东西的小说语言确实不同于我们习见的小说语言，它的及物性特别强。他剥掉了文化的甲壳，让语言回到原始状态，语言必须直接触及外部世界的物（及物）以呈现意义。这就使东西的语言在一定程度上脱离了大多数人所使用的逻辑语言的窠臼，越过了大多数人习焉不察的文化屏障，有了直接抵达自然的力量。套用一句文化成语，东西小说语言具有大多数小说家所不曾具有的"天人合一"的特质。这里，天指自然，人指语言，语言对自然的直接抵达，谓之天人合一。

在这里，指出东西小说语言的南方特质并不是要为东西小说语言贴一个地域标签。从根本上说，语言是人超越于动物的本质。人在得到语言的保护、延伸的同时，也受到语言的限制与规定。语言特质在很大程度上呈现的是人的特质，是人与自然对话的媒介。当东西剥掉语言的文化甲壳，让语言的天性直接呈现时，他同时剥掉的是人的文化甲壳，使人与自然的距离高度缩减，使人被文化遮蔽的诸多特质展露无遗。

在一次广西三剑客的研讨会上，李敬泽有过一个很精彩的发言。他说东西的小说总是专注于对人的感官的感觉，甚至从东西小说的标题就可以发现这一点，比如《耳光响亮》《目光愈拉愈长》《口哨远去》《戏看》《把嘴角挂在耳边》等，至于小说中关于人的感官的描写就更多，像《没有语言的生活》写瞎子、聋子和哑巴，《睡觉》写睡觉，《我们的感情》写感情，诸如此类，不一而足。李敬泽这一发现其实正可以作为东西小说语言的南方特质的证据。也就是说，北方作家更习惯从理性角度去感知世界，更容易凭文化惯性把握世界，东西这样的南方作家却更多地保留了其感觉的自然能力，更长于凭感官感知世界。换言之，北方作家往往与自然、与世界隔着一道深厚的文化的屏障，东西这样的南方作家离自然更近；北方作家笔下的人往往被文化包裹，东西这样的南方作家笔下的人则更多保留了与自然的沟通，保留了更多的自然属性。

文如其人可以理解为通过一个人的语言能够判断一个人的身份。作为感觉的文化载体，语言最终承载的是人的感觉，是人感知的意义。因此，究其根本，人的感觉决定人。当我们辨析东西小说语言的特质时，我们越过东西小说的语言表象窥见的是东西小说中人的真相。既然我们已经承认东西小说语言具有更多的自然属性，那么，我们实际上就已经承认了东西小说中的人具有更多的自然属性。换言之，东西小说与大多数作家作品的根本区别在于：东西小说中的人不是那种已经被文化的铠甲包裹得密不透风，对社会规则知根知底、游刃有余的"文化人"，而是那种更多受自然感觉引导，对社会文化习俗不知深浅、不解世情、一派天真的"自然人"。

习惯了浪漫主义思维的人遇到类似文化与自然的这种二

元对立，很容易得出自然抵抗文化的结论。然而，东西不是一个浪漫主义作家，当他创造出一个又一个更少文化盔甲、浑然不解世情的"自然人"时，他并非打算以这样的人物与我们司空见惯的社会现实中的"文化人"对抗，从而达到用自然为文化解毒的目的。这样的观点明快清晰、直截了当，但未免流于简单，同时也显得陈旧老套。相比之下，东西的态度复杂得多。他并不是一定要在自然与文化两者之间分出一个谁是谁非，这种泾渭分明的思维显然已经不能解释已经变得面目全非的世界。但是，东西确实写出了这样一种少有文化作为依附、倚仗、凭借的"自然人"在这个世界的困境——这些在世界上处于弱势的"自然人"凭借他们最原始的身体本能、感官能力谋求着在这个已经到处被文化统治的世界上安身立命，由于没有文化这个强势的现代世界的身份证，他们活得那么艰难。大多数小说习惯于从主流的立场上、从文化的立场上隔岸观火去看待弱者，他们表达的往往是同情和理解，发挥到极致可称之为悲天悯人。这可能是文人小说家、公共知识分子的最高境界了。东西的"南方特质"在于，他不是隔岸观火，而是推己及人。这个"己"就是没有获得这个世界的文化身份证的"自然人"。由于是"己"，这个人的感觉、这个人感知世界的方式才那么独特而真切，这个人的生存方式才那么困窘尴尬，这个人的所有努力才那么慷慨悲壮。的确，东西小说是从内心深处写出了弱势群体的呐喊——它不再从外部谋求主流群体的理解，而是以内在的姿势震撼人。

有些人仍然用小人物这样的现实主义文学的概念去概括东西小说中的人。这显然名不副实。本质上说，小人物是一个社会性的概念，指认的是人物社会地位低贱卑微。然而，社会地位的低贱卑微并不意味着人物主体不理解抑或不认同社会主流文化规则，他们与大人物或许有着同一的价值观，只不过尚未获得大人物这种现实幸运。东西小说中的人虽然有着小人物的外形，即低贱卑微的社会地位，但更重要的是，他们没有那种与主流文化价值相认同的心理与思维。因此，他们与主流人群的差异不仅是社会等级性质的，更是文化性质的。两者不仅不平等，而且不同类。

　　《没有语言的生活》写了瞎子王老炳、聋子王家宽和哑巴蔡玉珍一家人的生活。显而易见，这是一个极具匠心的构思。虽然三人分别残疾的不是同一个感官，但他们却有一个共同点，即这些器官都是用来进行文化交流的。这些器官的残疾，意味着其主人丧失了与这个高度文化化、被文化的甲壳包裹得密不透风的世界交流的能力。交流依靠的是语言。这就是说，他们丧失了语言的能力，如小说标题所表示的，他们过的是一种没有语言的生活。

　　小说写得极见作者才华。一方面，作者极其真切地写出了瞎子、聋子和哑巴对自然的感觉和感觉方式，是真正地用丧失了感官的方式体验自然，这确实是很难达到的体验；另一方面，作者更写出了三位残疾人进行合作达到的对自然的超越。三位残疾人中任何一位对自然的理解都是残缺的，但三位一体，就抵达了对自然的完整的理解，主人公因此而实现了与自然的对话。在与自然的对话中，他们创造了他们自己的语言，展示了人的本质力量，获得了一定程度的自由。就此而言，我们可以看出，东西不仅写出了人的悲剧性的自然存在，同时也写出了人所与生俱来的抗争精神与创造力量，这是小说给人力量的所在。

然而，人不仅生活在自然中，更生活在社会里。许多人强调王家宽一家人生存的苦难。这其实只说对了一半。王家宽一家的苦难与其说是生存本身的苦难，不如说是那个被文化包裹起来的世界给予他们的伤害。当王家宽一家没有受到这个伤害时，他们的生活还是恬然自足的。在自然界中生存，王家宽一家纵有诸多缺陷，但尚能获得一定程度的生存自由。小说有一个很动人的场景，写的是正直善良的医生刘顺昌所看到的一幅画面：

蔡玉珍站在屋檐下捡瓦，王老炳站在梯子上接，王家宽在房子上盖。瓦片从一个人的手传到另一个人的手里，最后堆在房子上。他们配合默契，远远地看过去看不出他们的残疾。

在劳作的过程中，蔡玉珍受了伤，王家宽从草丛中采到草药在嘴里嚼烂，敷到蔡玉珍的伤口上，然后将蔡玉珍抱回了家。这样一个连续的情景感动了刘顺昌，以至于刘顺昌产生了这样的想法——他们很幸福。

遗憾的是在世界的另一半人类社会里，伤害无时无处不在。从家中腊肉被偷到全家遭到诅咒，从王家宽被强迫剃了光头到蔡玉珍半夜遭遇强暴，丧失与文明世界交流能力的王家人步步退却。他们最初是搬到河的对岸离群索居，后来拆掉了过河的桥，断绝了与文明世界的联系。他们自以为摆脱了恶意的人们的干扰，他们甚至以平安坐在自己家门口而自足。但他们还是失败了。当王家宽和蔡玉珍的孩子王胜利上学之后，第一天放学归来唱的歌竟然是"蔡玉珍是哑巴，跟个聋子成一家，生个孩子聋又哑"。这首歌谣对王家宽一家的伤害显然是致命的，以至于蔡玉珍"一个劲儿地想我以为我们已经逃脱了他们，但是我们还没有"。

由此可见，通过《没有语言的生活》，东西确实写出了悲剧，写出了人在这个世界的悲剧。然而，东西写出的不是自然世界加诸人的悲剧，而是人，特别是人的文化世界即社会加诸人的悲剧，是主流文化、主流社会加诸非主流文化、非主流人群的悲剧。更确切地说，东西写出的是人心制造的悲剧。

仔细推敲，东西许多小说都涉及这个命题。《不要问我》中的主人公卫国，虽然曾经是一个副教授，但当他辞职并丢掉钱物和身份证件后，他立刻从一个手握话语权的知识分子变成了一个在文化世界也即社会处处碰壁的另类。东西以这篇小说警示我们，当人丧失了文化话语权，他不仅必然丢失自我身份的自信，而且可能丢失自我身体的确认。《我们的父亲》中的主人公尽管有着父亲的身份，这在传统社会无比尊崇的身份，在现代文明语境中却显得不堪一击。这位父亲相继走进了三个子女的家。可是，小儿子为了陪领导娱乐，冷落了父亲；女儿在卫生待遇上区别对待父亲，激怒了父亲；大儿子不在家，父亲又一次遭遇放逐。父亲就这样相继被三个子女以现代文明的方式拒绝，最终摔死在路上。虽然作为公安局局长的大儿子签发了关于死者的处理意见，作为县医院院长的女婿将死者放进了医院的太平间，但他们并没有意识到这是他们的父亲。现代文明的家就这样将传统父亲放逐了。《我为什么没有小蜜》的主人公米金德意外地发现自己的上司和同事都有了小蜜，自己也想有一个。但在与他物色的对象王微的交往中，他相继发现自己没有权力、没有金钱、没有男性能力。结果他不仅没有得到小蜜，还因为丢掉了原本的诚实而丢掉了老婆。那么，小说标题的提问"我为什么没有小蜜"的答案是什么呢？我觉得，不仅是因为米金德没有权力、金钱和男性能力，最本质的，是米金德与这个世界有一层无法穿透的隔膜，无法沟通的差异。他没有与这个被文明包裹的世界交流的语言。权力、金钱和男性身体在这里成了语言的符号。米金德没有拥有这种语言，他就无法被这个世界接纳。《秘密地带》中的成光在幻想中到达了一个名叫莲花河谷的地方。在成光的记忆中，"那个地方没有烦恼，没有疾病，没有哭泣，没有脏话，人们平等相处，吃的都是素食；姑娘特别漂亮，人们都很善良，身体健康，长命百岁；有山有水，空气清新，特别适于人类居住"。一个名叫莲花的姑娘将投河自杀的他从莲花河里救出来。成光在劳动中忘记了过去,淡化了被女友抛弃的情感,恢复了健康的心态,并与美丽善良的莲花相爱。但最终因为拒绝遗忘过去而被莲花河谷放逐,回到了城市。但是,在世外桃源里倍受宠爱的成光,在现实中却是一个精神病患者,一个幻想狂。这是一个寓言意味很强的小说。东西将神话传说与现代小说、自然与社会、想象与现实、精神病与正常人等二元对立的因素做了大胆的糅合。在自然状态中健康正常的人,一旦进入文明社会,就成了精神病患者。对莲花河谷这种自然境界、世外桃源的向往,只能成为人们心中的秘密地带。

东西小说有一个共同点,即这些小说中的人物都是非常态的人物。《没有语言的生活》中的主人公是感官残疾的人,《不要问我》中的主人公循规蹈矩二十多年后终于"变态",《我们的父亲》中的父亲相对于已经成为城市主流人群的儿女而言成了边缘人物,《我为什么没有小蜜》中的米金德是一个无能者,《秘密地带》中的成光是一个精神病患者。不过,值得注意的是,东西的小说并没有明确地将这些人物作为"病人"来塑造。反过来,他侧重于以这些"病人"来透视我们的社会、我们的文化存在的问题。如前所说,东西笔下的人物更接近"自然人"。这里所谓自然人指的是他们缺乏与文化世界交流的能力,简言之,他们缺乏语言的能力。语言作为文化的载体,缺乏语言能力也就意味着缺乏文化能力。在一个文化世界,文化能力的缺乏直接意味着权力的缺乏,所谓文化权抑或话语权。

"拨开他们像荒草一样的文字" ‖ 349

这表明，东西为我们塑造的，不是传统现实主义文学意义上的小人物，而是后现代文学意义上的"无权者"；不是社会等级意义上的无权者，而是文化差异意义上的无权者，也可以称之为文化上的弱势群体或话语弱势群体。这些"文化"上的"弱势人群"在我们这个社会中的困境，在某种程度上，反过来成为透视我们这个社会的显微镜。

不过，还值得指出的是，东西小说中这种可称为另类的人物并不一定都陷入悲剧的宿命。《你不知道她有多美》中的主人公春雷就是一个例外。这篇小说像东西所有小说一样，都有一个与主流思维分道扬镳的构想。小说以那场举世瞩目的唐山大地震为题材，但小说显然没有落入通常灾难小说的俗套。主人公春雷在地震到来的那一瞬间全身插满了玻璃身负重伤，而支撑他超越死亡困境的却是他对邻居念哥妻子青葵姐的偏执暗恋。因为对青葵姐的爱，春雷失去了本该感觉到的剧烈疼痛，唤起了超人式的求生意志，最终战胜了死亡，成为灾难中一名不可思议的幸存者。这是一个很独特的个案。依照主流社会文化形成的规则，春雷对青葵的暗恋显然是不合规范的，是一种畸恋。但对春雷而言，正是这种不合规范的爱使之幸存。显然，在这一点上，东西是深思熟虑、有意为之的。他不仅提供了春雷这个个案，而且为春雷的幸存个案设置了一个宏大的背景，即小说中那些最终抵达飞机场的幸存者。小说是这样写的：

你想想，太阳照着整个飞机场的裸体那会有多壮观。那都是活活的生命呀！半夜里为了逃命，他们根本没顾得上穿。后来有人告诉我，发生地震时凡是顾着穿衣服的，基本上都没跑出来，他们一共有24万人。

显然，在这里，穿不穿衣服完全可以作为一个隐喻，隐喻灾难中的人对文化规范的遵守与疏离。遵守者失去了生命，疏离者成为幸存者。东西或许是在暗示人们，我们司空见惯的强大的文化躯壳并不一定像我们想象的那样能够为我们提供终极的护佑。相反，某种时刻，脱离文化的引力，卸掉文化的重负，倒有可能让我们幸存。正因此，我们看到东西小说中的人物，与我们司空见惯的理性的人物不同。他们更接近自然、更执着感性。换言之，东西在塑造人物时，有意让其人物与现实理性人物拉开距离，其方法就是直接呈现身体的存在。我们知道，现实主义人物以理性为最高原则，理性关注的是人的社会现实存在，即身份。然而，东西转移了他的关注对象。或者说，他将人们从对人的身份的关注中超拔出来，去掉人的身份遮蔽，呈现人的身体存在。人的身体被理性压抑太久，东西不惜加入梦幻逻辑，夸大人的身体感觉，以加强读者对人的身体存在的意识。正是在这个意义上，我们可以称东西小说中的人物为后现代主义思维状态中的身体人。

于是，东西小说对文化、对人的思考是双重意味的。一方面，东西发现了非主流文化人群在我们这个社会的弱势生态，由这种弱势生态可以看出我们社会文化的某些病灶；另一方面，东西暗示我们，非主流文化同样有其价值。在某些人类文化不能抵御的灾难面前，它有可能成为人类的诺亚方舟。由此可见，东西小说关注的不是现实的社会问题，而是更隐蔽、更终极的文化问题。他从南方人的文化语境中提供了对于人性的认识。套用他本人的话，"拨开他们像荒草一样的文字，你会看见一种被人性的东西慢慢地浮出来，抓住我们的心灵，使北方和南方一起感动"。①

正是在这个意义上，当我们读到马相武的评价："要论南方文学，不能忽略东西。如果排除东西，晚生代便明显缺失了一些现实主义的力度、深度和厚度。"②当我们看到洪治纲的发言，东西对历史记忆的苦难回访，不是试图去重构自身在成长过程中的某些难忘过程，"而是想透过对这种回忆，从中咀嚼属于我们整整一代人的心灵际遇。它体现出的是一种生存的焦虑，是作家对我们生活处境的深刻洞察，是对非人道生活的尖刻反讽和对诗性生活的另一种关怀"。③"东西的《秘密地带》则借助一种桃花源式的理想形态，将现实生活中早已匮乏的纯洁、明净、舒缓、真诚……人性品质重新激活，以一种极致化的梦态情境为我们日渐枯萎的生活提供了某种诗性的支撑。它不仅隐喻了人类某些难以释怀的恒久情感，而且也折射了现实

---

① 东西：《时代的孤儿》，昆仑出版社，2002年。
② 马相武：《造势当下的南国三剑客》，《南方文坛》1998年第1期。
③ 洪治纲：《苦难记忆的现时回访——评东西的长篇新作〈耳光响亮〉》，《当代作家评论》1998年第3期。

生存的无助、无奈与无望，在轻盈与浪漫之中又充满了某种理想的冲动。"[1] 当我们听到陈晓明的结论：东西的《不要问我》是近年来最出色的小说之一[2]，认为东西尖锐提示了隐藏在当代社会中的各种危机[3]。我们不得不承认这些评论家具有远见卓识，他们对东西小说价值的发现是敏锐而深刻的，他们拨开了东西小说像荒草一样的文字，看到了东西小说不易为人发现、不易为人理解的人性的东西。

---

[1] 洪治纲：《智性的叙事与内敛的表达》，《南方文坛》2004年第1期。
[2] 陈晓明：《表意的焦虑》，中央编译出版社，2002年，第419页。
[3] 陈晓明：《仿真的年代》，山西教育出版社，1999年，第177页。

修复历史记忆 还原身体经验
——论东西的长篇小说《后悔录》

胡传吉，中山大学

原载《南方文坛》2006 年第 4 期

一、人与自我的靠拢、疏离、隔绝

东西把曾广贤的身体史命名为《后悔录》，这不能不让人想起 18 世纪法国的卢梭，他的《忏悔录》曾为中国现当代的思想注入浪漫主义的激情。《忏悔录》为当年的中国式的思想反抗、政治反抗、文学抗争提供了诱人而合法的思想路径。中国的文学与思想实践无师自通地将"忏悔"一词引入道德领域。在近百年的时间里，中国的文学与思想热情地将人类情感、人类感觉泛化，将人类情感的边界模糊化，以集体主义的身体与情感遮蔽个体的身体与情感，个体生命无法成为我们最感亲切的存在形式。于是，个体身体的书写与历史的书写在中国本土出现了悖论。或者说，个体身体被大时代、大动荡、大历史遮蔽的可能性被无限放大。当然，托尔斯泰的《忏悔录》也从形式与内容方面给予浪漫主义激情以某种程度上的精神援助。

　　在我看来，对"忏悔"一词所处的不同语境有必要进行适当的区分。"忏悔"一词原本是宗教仪式引申出来的宗教用词，有自陈懊悔之意。佛教、基督教各有不同的仪式及要求。有一点是可以确认的，由"忏悔"的语义可以看出，"忏悔"的原初出发点是对自我进行驯制。但由于诉诸方式的分化与区别，"忏悔"最终未必都能实现对自我的驯制。尽管东西笔下的《后悔录》与卢梭的《忏悔录》有一字之差，但东西所使用的"后悔"一词，无疑与"忏悔"有着共同的原初指称对象——自我、欲望、内心、灵魂、肉体。

　　卢梭式的忏悔与人性善的信仰有关，忏悔诉诸情感、非理性，甚至诉诸道德。忏悔披上文学修辞的外衣之后，有可能是两个极端——道德的高姿态、道德的低姿态。卢梭的《忏悔录》显然倒向了道德的高姿态，"卢梭的传记他自己在他的《忏悔录》里叙述得十分详细，但是一点也不死心塌地尊重事实"[①]。过度忏悔而至过度辩白，过度辩白而至过度控诉——道德高姿态为浪漫主义运动提供了精神源泉，也为卢梭在文学领域里赢得了巨大的声誉。《忏悔录》甚至也"惊动"了哲学史——罗素称他为"浪漫主义运动之父"。以情感为中心的自我主义在卢梭的《忏悔录》那里得到呈现："基督教多少算是做到了对'自我'的驯制，但是经济上、政治上和思想认识上

[①] 罗素：《西方哲学史（下册）》，商务印书馆，1976年，第225页。

的种种原因刺激了对教会的反抗,而浪漫主义运动把这种反抗带入了道德领域里。由于这运动鼓励一个新的狂纵不法的自我,以致不可能有社会协作,于是让它的门徒面临无政府状态或独裁政治的抉择。自我主义在起初让人们指望从别人得到一种父母般的温情;但是,他们一发现别人有别人的自我,感到愤慨,求温情的欲望落了空,便转为憎恨和凶恶。"①对"自我"的驯制走向了对"他者"的驯制,此时的忏悔与宗教用义已相去甚远,怨恨因而开始具备它独有的"现代性"。

与此同时,我们有必要提及圣·奥古斯丁。奥古斯丁的忏悔源于对人性恶的反思。他的忏悔诉诸权威,更诉诸理性。奥古斯丁在他的《忏悔录》中曾经说过:"婴儿的纯洁不过是肢体的稚弱,而不是本心的无辜。我见过也体验到孩子的妒忌:还不会说话,就面若死灰,眼光狠狠盯着一同吃奶的孩子……不让一个极端需要生命粮食的弟兄靠近丰满的乳源,这是无罪的吗?"与卢梭激烈而诚挚的辩白相区别的是,奥古斯丁的忏悔是充满原罪感的忏悔,充满放弃情欲与婚姻的犹豫与挣扎。《圣经·旧约》曾提过,"我是在罪孽里生的,在我母亲怀胎的时候就有了罪"。还有大家熟悉的《圣经·新约》第8章里所讲的那个故事:某妇人行淫,被经学家和法利赛人抓住。按照摩西律法,妇人该被乱石砸死。耶稣听完经学家和法利赛人的指控之后,便对他们说,"你们中间谁是没有罪的,谁就可

---

① 罗素:《西方哲学史(下册)》,第224页。

以先拿石头打她"。自觉有罪的人都离开了。最后，现场只留下了妇人与耶稣——唯有耶稣是无罪的，而因为耶稣的怜悯与同情，妇人被赦免。有罪的人得到了救助，精神与肉体同时得到救赎。原罪感的忏悔，诉诸神学或者诉诸理性的忏悔，谎言与虚伪的存活空间会被压缩，自我在某种程度上可能会被驯制——这就是罪感赋予生命的宿命，一种戒律式的宿命。卢梭用情感的方式憧憬了人性的善，奥古斯丁用自我拷问的方式验证着人性的恶。

在对忏悔的语境进行区分之后，不难发现，性本善抑或性本恶的确认，欲望动力及本质的确认，无论是先验的判定还是超验的想象，从根本上来讲，既是对普遍人性的追问，也是对人类精神难题根源的探讨。这从来都是人类思想史上最为宽阔精深的精神难题。于中国而言，也不会例外。孟子从"性善论"出发，提出他的"仁政"学说；荀子却有相反的看法，"人之性恶，其善者伪也"（《荀子·性恶》）；韩非子基于对人性恶的认识，演绎出法家的若干政治理想。破译人性善或人性恶的密码，追问人性善或人性恶的存在背景，都隐含着共同的焦虑——对人与自我逐渐疏离的焦虑。卢梭的《忏悔录》、奥古斯丁的《忏悔录》也存在这种焦虑。人与自我努力靠拢，才能有效地缓解这种焦虑，才能有效地抵制欲望对精神的吞噬。或者说，最终对自我达成一定的驯制。卢梭与奥古斯丁的忏悔预示着人与自我之间既有靠拢的可能性，也有疏离的危险性——欲望在这种关系中扮演着重要的角色。

从表面上看，东西的《后悔录》完全回避了对人性善、人性恶的是非追问，但他通过曾广贤的成长史暗示了一个命题，那就是，善或恶的人性无法更改。这也是对人性先天性本质的一种探究。《后悔录》进入了人性善、人性恶的"后花园"，东西以道德的低姿态、以理性的方式、以历史的方式进入困扰我们已久的精神难题。既然善或恶的人性无法更改，那么人与自我的关系除了靠拢与疏离，还存在着另一种可能性——那就是人与自我被彻底隔绝。而后悔一词深刻的寓意就在于对人与自我的隔绝关系的怀疑，以及对自我与欲望被管制被驯服的怀疑。由比较的视野进入忏悔与后悔，可以发现忏悔与后悔虽然有东西文化的脉象差异，但他们对人与自我靠拢的潜在愿望是一致的。人与自我靠拢，正是个体进行自我救助的精神指向。正如谢有顺所说："我是越发地觉得人的生命是值得同情和饶恕的。一个人活在世界上，他的力量何其微弱，但他的欲望又何其蓬勃。"[1] 曾广贤在后悔中渐渐明白人与自我靠拢的重要性、必要性，在后悔的路径中找到自我。虽然自我已经变异甚至消失，但这并不妨碍他能有限度地饶恕他人的欲望，最终也理解了自己身体的窘况。

东西的《后悔录》走上了一条与忏悔不同的道路。东西通过回忆的方式，去梳理人与自我相隔绝的历史。他的后悔在对历史记忆的修复中完成，他的后悔在对经验的还原中进行。他

---

[1] 谢有顺：《此时的事物·序》，江苏教育出版社，2005年。

虽然讲述的是个人的身体史，但他的写作却是面对整个历史。他成功绕开大历史的宏大叙事，仅用身体的逻辑——一种本质性的存在逻辑，解释了那种无法更改的人性、生活、历史。

二、修复历史记忆、还原身体经验

前文已提及，东西的《后悔录》所诉诸的方式既非权威，也非神学。《后悔录》所诉诸的方式是理性，是逻辑。正是在理性与逻辑的指引下，回忆才是可靠的。而理性的、逻辑的后悔，作为一种精神自觉的线索，有效而坚决地修复着历史记忆。在历史记忆中，身体经验也被最大程度地恢复。这种书写方式不仅将改变人们对中国当代史的看法，也将改变对内置于历史之中的人之存在的理解。与此同时，《后悔录》也改写了当代文学作品简化历史的脸谱式写法。米兰·昆德拉曾经强调"简化"的危害，"简化的蛀虫一直以来就在啃噬着人类的生活：即使最伟大的爱情最后也会被简化为一个由淡淡的回忆组成的骨架。但现代社会的特点可怕地强化了这一不幸的过程：人的生活被简化为他的社会职责；一个民族的历史被简化为几个事件，而这几个事件又被简化为具有倾向性的阐释；社会生活被简化为政治斗争，而政治斗争被简化为地球上仅有的两个超级大国之间的对立。人类处于一个真正简化的旋涡之中"[①]。

---

① 米兰·昆德拉：《小说的艺术》，上海译文出版社，2004年，第22—23页。

修复历史记忆、还原身体经验显然有助于抵抗简化的吞噬。

《后悔录》是怎样修复历史记忆的呢？又是如何完成对身体经验的还原的呢？可以看出，《后悔录》对历史记忆的修复是在对"背叛"的澄清中完成，而对身体经验的还原则是在对"禁欲"（性禁闭）的梳理中完成。"背叛"恰好面对历史，而"禁欲"则面向身体。这样就既避免了对经验的过分依赖，又保留了在叙事中的足够清醒。整个小说叙事也因而找到令人信服的基点。

对"背叛"的澄清——修复历史记忆

如果没有巨大的同情心，如果没有足够的理性与智慧，是无法对"背叛"这么重的语词去进行澄清的。"背叛"一词之重，不仅在于政治伦理，更在于人伦道德、善恶纠缠。

《后悔录》所陈述的"背叛"无处不在。有曾广贤对亲人、对同学、对同事的"背叛"，也有他人对曾广贤的"背叛"。当然，也有曾广贤父母之间的互相"背叛"……良心、情义、正义这些词远远不能解释"背叛"一词的丰富复杂性。道德解释学必定将"背叛"拉进道德审判席内，而道德之外的"背叛"，应该如何去发现？在我看来，东西的《后悔录》发现了道德之外的"背叛"。他的方式是，修复历史记忆，澄清"背叛"后面的前因后果，进而呈现出道德之外的"背叛"，最终完成了对血缘决定论、亲情万能论、道德伦理论、阶级斗争论的叛逆。连环的"背叛",铭刻了历史的悲剧。而这些悲剧,既在历史之中,又在历史之外。

曾广贤的首次"背叛",是对父亲的"背叛"。曾广贤生活在这样一个时代,"我们除了上学,开批斗会,就是搞大合唱,课堂上没有关于性的内容,就连讲话都很少涉及器官。你根本想不到,我性知识的第一课是我们家那两只花狗给上的"。[1] 对身体的无知,也就意味着对身体反应的恐惧。十五岁的曾广贤不幸看到了,"赵家的卧室里,我爸竟然睡在赵山河的身上"。在曾长风的恐吓下,曾广贤答应保守秘密,可是,"当时我就想,我爸真是心狠手辣,他为自己的身体找到了地方,却把压力转嫁到我头上,要知道那时我才十五岁呀"。[2] 所以,曾广贤终于忍不住告诉了母亲,又忍不住告诉了百家,甚至告诉了赵万年。曾长风就此开始了他的倒霉生活。曾广贤的噩梦也开始了,"背叛"成为他一生的罪恶。到他因莫须有的强奸罪入狱的时候,他甚至开始怀疑背叛已经成为他的习惯,正如他怀疑自己的嘴巴的密封度一样。

在这些细节的叙述里,作者其实追问了"承担"这个词。在这种背叛中,究竟应该由谁来承担?如果用道德高姿态去看待背叛,那就是曾广贤背叛了父子伦理,而曾长风背叛了夫妻伦理。但东西没有忽视,伦理不是天然的,而是历史书写而成的。曾长风背叛夫妻伦理,是因为身体伦理更强大。曾长风十

---

[1] 东西:《后悔录》,第1页。
[2] 同上,第18页。

年"没沾过一滴油",就因为两只花狗的性生活,曾长风的性意识被唤醒,他"熬不过去"了,夫妻伦理、父子伦理在身体的欲望伦理面前土崩瓦解。为什么吴生同志不让曾长风沾一滴油?吴生说:"我用了十年,放了一提篮的漂白粉,才把自己洗得像白球鞋这么干净,要是你对我还有一点点革命友谊,就请你离我远点,不要往白球鞋上泼墨水。"①曾长风同志并不是没有犹豫过,他说:"自从吴生参加学习班之后,她的脑子忽然就变成了一张白纸,干净得都不让我靠近……她就是觉得脏,觉得一个高尚的人不应该干这个,这都是她的领导灌输的。我跟她生活了差不多二十年,她不听我的,偏要听那个狗屁领导,也不知道领导有什么魔术。"②

如果我们内心存有对身体欲望的同情,那么,曾长风的背叛是可以理解的。而吴生呢,她认为高尚、干净等语词高于身体伦理。尽管她曾经犹豫动摇,但她的死亡,证明她至死都崇尚高尚、干净这些信念。在这些连环"背叛"中,我们可以看到高尚、干净等语词对身体的制约。在白与黑、高尚与下贱、干净与肮脏的思想对立中,曾广贤成为"高尚"这个语词的祭品,曾广贤的父亲、母亲也不例外,他们的身体始终受到错误与正确的二分法的制约。跳芭蕾舞出身的张闹,也认为婚前处女膜破了(包括非性行为所造成的处女膜破裂),就是没面子的身体,就是错误的身体。曾广贤深夜的跳窗而入强化了张闹

---

① 东西:《后悔录》,第8页。
② 同上,第116页。

对身体的恐慌，身体的冲动最终演化成一场莫须有的强奸案。张闹与曾广贤戏剧性的关系，实际也暗含着价值观念对身体的判断——干净的身体才是正确的身体。

罗素在《宗教与科学》一书中曾论及神学的危害："神学的危害并不是引起残酷的冲动，而是给这些冲动以自称是高尚的道德准则的许可，并且赋予那些从更愚昧更野蛮的时代传下来的习俗以貌似神圣的特性。"[1] 上帝曾对夏娃说："你生孩子得受苦。"（《创世纪》，第3章第16条）在罗素看来，"妇女的痛苦对许多男人说来是件乐事，因此，他们有一种墨守任何神学上或者伦理上的法规的癖好，这种法规使忍受痛苦成为妇女的义务，即使并无避免痛苦的不正当理由时也如此"[2]。由罗素的分析，再联系曾广贤们的遭遇，可以看出，无论什么样的背叛都会被诅咒，而且诅咒通常来得貌似高尚、貌似正当，诅咒成为背叛身上合法的十字架。是羞愧与道德感制造了曾广贤们的渺小感，而不是宇宙给曾广贤们带来了渺小感。

《后悔录》所修复的历史记忆，把"背叛"引向了道德之外。这种"背叛"产生于高尚的诱导、理想的蛊惑，但与道德是非有着实际的距离。是什么把曾广贤们置于悲惨而险恶的境地？除了本质性的恶的人性之外，还有观念之间的"利益"冲突、道德的误解，以及对生活常识的无知。这些因素汇合在一起，贯通了"背叛"的来龙去脉。《后悔录》澄清"背叛"的

---

[1] 罗素：《宗教与科学》，商务印书馆，2000年，第54页。
[2] 同上。

意义在于为我们提供了一种思路：我们完全有必要重新思考光明与黑暗、高尚与下贱、干净与污秽、正义与非正义、流氓与非流氓这些相互对立的，曾为现当代中国带来精神困惑、思想困境、心灵创伤的语词的历史内涵，从而抵制简化对历史的吞噬。

对"禁欲"的梳理——还原身体经验

我在前文提过，《后悔录》对"背叛"的看法，是面向历史，而对"禁欲"的梳理，又是回到了身体、回到了实体。当我们把高尚、光明、干净等语词挑拣出来之后，当我们看清楚"背叛"也存在于非道德领域之后，再回到《后悔录》，看东西如何梳理"禁欲"，进而还原身体经验。所谓禁欲，广义来讲，是压制欲望；狭义来讲，是性禁闭。几乎可以肯定地说，狭义的禁欲最终会走向广义的禁欲，与之伴随的是，人与自我的疏离甚至隔绝，最真实的证词，就是身体的经验。《后悔录》中的禁欲（性禁闭）是如何生成的呢？唯有还原身体的经验，才可以看到，在光明与黑暗、高尚与下贱、干净与污秽、正义与非正义的对立中，欲望在身体的内部进行过怎样的痛苦挣扎。

《后悔录》梳理了两代人之性禁闭的生成：吴生（母亲）、曾长风（父亲）、曾广贤（儿子）。母亲吴生是最坚定的性禁闭执行者。接近十年的时间内，曾长风即使用借钱的口气，也未能打开吴生同志的性禁闭。因为吴生同志花了十年的时间，让自己的身体去装饰并实践了高尚与干净的理念。十年甚至更长的时间，吴生早已说服了自己，使自己顺从于对身体欲望的厌恶之感。她是这样看待曾长风与赵山河之间的关系的："也不想想赵山河是个什么东西，她哪一点比你妈强？她会背语录吗？她会弹琴吗？会绣花吗？会书法吗？全部不会，只会扭屁股。他们俩坐在一张板凳上，就是两个流氓！"① 但即使是最坚定的性禁闭执行者，身体也有动摇的瞬间，或者说身体免不了被骚扰。但最后，还是那些高尚的理念，吞噬了吴生的肉体，收走了吴生的魂魄。曾广贤的看法没错，母亲是羞死的，吴生临死前还向曾广贤澄清："广贤，你一定要相信妈。妈宁可死也不会做那种丢脸的事！"② 父亲的性禁闭是间歇性的，父亲的失禁给他自己带来了沉重的代价，比如说对血缘伦理的绝望（精神之危机）、身体的严重受损（身体之苦难）。只有曾广贤的性禁闭，由被动走向了自觉，由恐惧、厌恶走向了顺从，最终抵达禁欲的极端——欲望的被阉割。这是无法修复的永久性的身心创伤。曾广贤在张闹面前，在倾听的小姐面前，身体陷入窘境，内心有欲望，但身体没有欲望，身体与内心试图合拢，但身体已不由自主，内心早已成为身体的魔障。

正如卡尔·波普尔所说："想在世界上建立天堂的人，都

---

① 东西：《后悔录》，第32页。
② 同上。

把地球弄成地狱。"①高尚等语词带给人类乌托邦的想象,"但迄今为止,人所追求和所向往的乌托邦却实在糟糕得很,仅给人以美感的晕眩,而一付诸实践,便演为貌似的完美、自由、合人性,便以幻象欺骗人。追究起来,这是乌托邦混淆了'凯撒'与上帝,混淆了这个世界与另一个世界。这样,乌托邦想建设完美的生活,想养成人的应有的善良,想实现人的悲剧的理性化,但由于它匮乏人与世界之间的转换,最终总是既没有新的天堂,也没有新的尘寰"。②

如果我们重新审视光明、高尚、干净、正义的面目,可以发现,在特定的语境中,这些语词有可能遮蔽甚而谴责高尚与干净以外的事物,从而导致身体与心灵的互相隔绝、互相欺骗、互相背叛,最终使人的分裂成为可能。单向度的理性,或单向度的感性,都是悲剧诞生的前兆。

三、在人向自我靠拢的途中

内心被蒙蔽,身体欲望的真实也随之会被篡改,要澄清,是一个艰难的过程。《后悔录》中的曾广贤,为我们呈现了身体与内心无法靠拢的悲剧。曾广贤的身体与内心,在长时间内,谁也不能说服谁,或者说,身体与内心彼此怀疑。内外欺

---

① 卡尔·波普尔:《二十世纪的教训》,王凌霄译,广西师范大学出版社,2004年,第138页。
② 尼古拉·别尔嘉耶夫:《人的奴役与自由》,徐黎明译,贵州人民出版社,1994年,第182页。

骗是横亘在身心之间的难以逾越的高峰,但最终,内心的魔障说服了身体,直到小说结束,他也没过上一次性生活。因为,他刚摆脱观念对身体的束缚,又在每一个女人身上"看到"了失踪多年的妹妹的右掌心的痣,内心的魔障驯服了身体。作者披着"后悔"的外衣,呈现了一种艰难的过程,一种人试图向自我靠拢的过程。让人触目惊心的是,"自我"竟然有消失的可能性。

《后悔录》中的"后悔"二字,是作为无法更改的验证码出现的。后悔可以澄清生活、历史、身体的逻辑,但它无法更改历史。或者说,后悔所要澄清的,正是历史的不可更改性,后悔的过程,也是贯通悲剧之今生前世的过程。不能不说,《后悔录》对人与自我的关系、肉体与内心的关系做出了相关的思考。在人向自我靠拢的途中,高尚等语词可能对自我进行遮蔽,把人从自我中抽象出来。对《后悔录》而言,按照澄清背叛、梳理禁欲的理路,人向自我靠拢基本上是可以实现的。可惜,小说走着走着,就断层了。准确地来讲,小说中张闹出现以后,作者驾驭故事的欲望开始超越小说对思想的诉求,小说的表层节奏越来越快,小说的戏剧构思越来越离奇,小说后半部分的叙事对紧张的迷恋显示出作者驾驭能力的薄弱,世俗趣味越发往下走。这些倾向,在东西以往的一些小说中,也早有端倪,比如《我为什么没有小蜜》《耳光响亮》《没有语言的生活》《猜到尽头》《嫖村》等作品。东西一直是一位对荒诞、荒谬有追问的作家,但在有些时候,他在情节上对荒诞的追求有些用力过度了，以至于正在进行的精神追问突然在小说内部断裂。戏剧化是一把双刃剑，用力过度，会伤及小说的真实品质，降低叙事的说服力度。当然，这种用力过度的情况并非只发生在单个的中国当代作家身上。《后悔录》有不凡的思想气象，但仍然难掩其叙事的张弛无度，因此，它难以抵达精神自我救助的境地，但它毕竟陈述了一种世俗世界与乌托邦世界的错位与混乱。

东西以"后悔"二字，衬托出"忏悔"模式在中国的难度，以一种精神难题慰藉甚至是开脱另一种精神难题。《后悔录》的确是很中国式的身体报告、心灵描摹。

苦难、荒诞与我们的量度

——评东西的《后悔录》

周景雷，渤海大学

原载《当代作家评论》2006 年第 1 期

从文学史尤其是小说的发展史上看，苦难是一个永恒的主题，这个判断基本上是不错的。从西方的古典悲剧到中国的古典悲剧，从西方的传统小说到中国 20 世纪的现代小说无不如此。出现这一状况的原因，不仅在于文学要求有深度的、有力度的表达方式和关注世事的深沉感情，也在于人类社会发展本身就充满了苦难和荒诞性因素。在文学家们看来，只有反映和表达了人类所面对的生活中的苦难和荒诞，才真正地表达了他们对人类生存和发展的深刻认识。

面对苦难和荒诞，我们常常得到悲剧性的结果。不管人们是如何界定的，悲剧在其实质性内容上表现的是人的自身欲望和现实之间的巨大矛盾，以及为了克服这种矛盾所产生的内心痛苦。在这种内在的苦难中，人们因自己所确立的价值体系不断受到外在世界的干扰而产生巨大的内心冲突。冲突的过程就是遭受苦难的过程，它往往伴随着荒诞的情境。这个过程是通过人的行动来实现的。人只有通过行动才能体现出它的生存事实。雅斯贝尔斯就认为悲剧产生的不单纯是痛苦和死亡，还有人的行动。通过行动，人才能够进入必要的毁灭人的悲剧境地。悲剧极其典型地反映了人的存在的种种灾难、恐惧和紧张不安。他说："悲剧出现在斗争，出现在胜利和失败，出现在罪恶里。它是对于人类在溃败中的伟大量度。悲剧呈露在人类追求真理的绝对意志里。它代表人类存在的终极不和谐。"① 很显然，雅斯贝尔斯指出了苦难的根源、存在状态和我们面对苦难的态度，即恐惧、恒久性、普遍性和宽宏大量的气度。

西方文学观念相信，人的苦难来自人的命运，这是一种超自然的无法预测的力量，人们无法对自己的命运负责，只能听从命运的摆布，比如普罗米修斯、俄狄浦斯等；同时也相信，人的性格的缺欠也是造成苦难的根源之一，人类之所以产生悲剧，是因为不健全的性格遭到了正义的惩罚，比如哈姆雷特等。因此，人们对命运和性格产生了恐惧和紧张不安。他们对苦难根源的探索往往是从人的自身寻找原因，有一种深沉的自我追思和自我检视，是一种雅斯贝尔斯所说的"伟大量度"。

中国文学中的苦难认识往往来自对政治或者政治文化的恐惧，这在当代文学中表现得相当明显。新时期以前的当代文学领域受整个时代思潮的影响，没有为作家提供表达形而上意义上的苦难的空间。这不是说这个时期的中国作家没有注意到苦

---

① 雅斯贝尔斯：《悲剧的超越》，工人出版社，1988年，第30页。

难或不具有苦难意识,而是因为新生政权不允许苦难精神和苦难意识的存在。新中国建立后,小说中的苦难表现有可能成为一种普遍现象,但如何表现这种苦难却成为考量作家的政治标准。20世纪前70多年,中国文学的主题基本上有四个,即启蒙、抗战、翻身和歌颂。从启蒙到翻身,文学表现的主题越来越简单。在苦难这一向度上,由人的心灵空间的膨胀逐渐过渡到二元的阶级对立。也就是说,一切苦难在这个时候都不约而同地指向了极其惨烈的阶级压迫,苦难的多样性走向单一性,苦难的个人性走向了集体性。因此,谁能够表现出整个国家和民族的苦难的深重性,谁就在主流意识形态中拥有发言权。这时政治终于和苦难走到了一起,但在这种合二为一的过程中,政治和苦难不是对立性的因素,政治是作为苦难的拯救者出现的。为了表现这种政治拯救的伟大功力,作家们笔下的苦难似乎更具有控诉性和血腥性,然后在他者的拯救之下,苦难获得了解除。新时期以来,这种思路似乎并没有被彻底改变。从伤痕文学到反思文学,政治恐惧一如既往地支撑着关于苦难的审美走向。政治恐惧既包括恐惧的政治,也包括政治的恐惧。前者是后者的根源,后者加剧了前者的可怖性和现实可能性。因为政治的存在,作家们善于将苦难的矛头指向集团、社会或者国家,却没有充分考虑到在这些概念中人作为类的存在的道义担当。因此在一定程度上,也就缺少了宽宏大量的气度。

我们说中国文学对苦难缺少宽宏大量的气度也许并不准确,而应该说缺少了在这宽宏大量的气度的后面的思考和追问。在中国传统文化中，对苦难的默默承受和顺从，甚至将其作为励志的手段，是一种常见的态度。孟子说："天将降大任于是人也，必先苦其心志，劳其筋骨，饿其体肤，空乏其身，行拂乱其所为，所以动心忍性，曾益其所不能。"实际上就是对苦难的一种化解。道家文化的"小民寡国""淡泊人生""无为而治"，以及墨家的"非攻""兼爱"，则把激烈的冲突和现实的抗争等苦难方式都排除净尽。基于这样的认识，可以说在中国文学史上，虽然不乏对苦难的书写，但这种书写不具有自觉意识，不具有对苦难的深度反思，几乎没有上升到像西方悲剧一样的对命运和性格层面的思考，因此缺少个人性的悲剧精神。在新时期以来的文学发展中情况仍然如此。

还应该指出的是，在中国新时期以来小说特有的苦难意识中，尤其是因为对政治文化的恐惧而有所加剧的苦难根源里，往往伴随着荒诞的情境。比如《啊！》（冯骥才）、《哆嗦》（林斤澜）、《剪辑错了的故事》（茹志鹃）、《活着》（余华）、《受活》（阎连科）等。因为只有在这种荒诞的情境中，我们才可以使那种苦难显得伟大和更具有悖论性。而且在特殊的政治文化中，它本来就使人异化速度加快，悬置了人与自我联系的诸多可能性，使人漂浮在意识形态中。政治作为一种知性的力量攫取了人的整个感知。弗洛伊德是这样叙述这个过程的："在人类社会的发展过程中，知性的力量逐渐地超过了感性，而人们对每一个这样的进展都感到骄傲和欢欣。但是，我们无法说明事情为何应当如此。后来事情又有了进一步发展，知性自身又被信仰这种让人困惑的感情现象压倒了。于是我们就有备受欢迎的因荒谬故信仰的说法。每一个在这方面取得成功的人都把它视为至高无上的成就。"①"因荒谬故信仰"的说法准确地概括了在一种特殊的政治文化中的苦难根源。它说明人生的苦难并不是总是带有着血和泪的冲突和巨大的痛苦，也可以是一种情绪和情感。通过这种情绪或情感，我们也许可以发现一些伟大的东西。所以加缪说，"无论在什么转折路口，荒谬的感情都可能从正面震撼任何一个人。荒谬的感情是赤裸裸的，令人伤感，它发出光亮，却不见光迹，所以它是难以捉摸的""一切伟大的行动和思想都拥有一个微不足道的开始。伟大的作品通常产生于转折路口或饭馆的喧嚣声中。荒谬也是如此。和其他一个世界比较，荒谬的世界更是从这卑微的出身中获取崇高的思想"。② 由此可见，荒诞中不仅带着真诚与真实，还往往蕴含了伟大的思想。

　　基于上述的认识，我们再来看一看东西的新作《后悔录》。

　　东西是一位具有很强苦难意识的作家，其创作几乎都可归结为以苦难为中心的现实想象。其代表性作品《耳光响亮》就是在特定政治时空中，开掘了人的成长和生存过程中的困境——伦理认同、政治释放、青春躁动、成长危机、文化转型、情感欲望等。在对这部小说的评论中，很多评者都将目光集中在牛氏三姐弟身上。实际上在我看来金大印的苦难似乎更

---

① 转引自塞奇·莫斯科维奇《群氓的时代》，江苏人民出版社，2003年，第464页。
② 加缪：《西西弗的神话》，西苑出版社，2003年版，第13—15页。

有文化上的价值。因苦难而生成的文化积淀或者对文化的深刻降服才算是更深刻的苦难。当然这一点与同期或前后的其他作家的关于苦难的叙事没有特别的引人注目的色彩。那篇没有引起人们充分注意的中篇《痛苦比赛》，倒是更能够表明东西对自己和对其他作家的超越。痛苦比赛之所以发生，是因为在一个充分满足了物质需求之后的无聊的时代，人们突然发现精神的萎靡与空虚大概是人生的最大空洞。围绕在那几个年轻人的身上所发生的关于对痛苦（苦难）的想象和比赛竟成了今天我们或者作家追求人生意义的重要场景了。文本中有一句话说得非常好，"没有痛苦才是最大的痛苦"。"痛苦比赛"的目的不是要拯救苦难，而是要拯救幸福。一个社会的幸福已经到了需要人们去拯救的时候，那么这个幸福已经走向了它的畸变的极端，是一种生命不能承受的幸福了。可见在这篇小说中，看似轻松诙谐的描述，实质上仍然暗含了一个关于苦难的沉重主题。

《后悔录》讲述的仍然是关于苦难的故事，但是与此前的创作相比，它在三个方面实现了超越，即它透过政治发现了在苦难背后所隐藏东西，它呈现了荒诞情境中的伟大思想，它实现了对苦难的宽宏大量。

对苦难的超越，在《后悔录》中主要表现为虽然曾广贤的苦难经历来自政治恐惧，但东西并没有停留在政治本身，而是从政治出发对人的本性进行深入开掘。性成了曾广贤苦难的出发点和终点。在某种程度上，性是人的最为本质的存在方式，它对人的性格和命运都有一定的牵涉关系。曾广贤一生的经历及其在性事上的失落与无能,是他苦难的全部内容。先是在强大的政治暴力规囿下,性给其承载主体造成延达意识深处的触痛。由于性追求的确定性,曾广贤体验了十年的监禁生活,这无疑是这种规囿的具体呈现。但作者又不断通过"犯人"对"强奸"过程的复述和文学性描述以及陆小燕的到达来暗示这种规囿的有限性,说明性和与性有关的日常生活仍然是生存的基本意义。这就超越了一般苦难叙事的政治控诉,进而走进了对性格命运的观照。后来当有形的监禁解除之后,曾广贤又遇到了性选择上的尴尬和迷茫(是选择张闹还是选择陆小燕),而这在形式上虽然又是政治的另一种规囿,但在实质上却是因为软弱与迷茫的交错斗争所产生的无所适从感。尤其是曾广贤的叙述中没有抱怨和指斥,他将仓库捐献给社会,表明他对政治的和解与漠视。他对赵万年的恭敬与和善,对张闹的"理解"与容忍,完全是从一颗平常之心出发的,与政治没有关系,从而达到对具体苦难的遗忘和超越。仅此一点就使东西和他的创作迥异于我们曾经盛加赞扬的伤痕文学。

一般说来,很多人愿意从性政治的角度来体认生命个体的性关系,但东西的特异之处在于,我们不能用惯常的性政治理论来阐释和解读他作品中的人和事。它不是性政治,也不是性别政治。前者是关于性交往过程的特权及其意识形态性,后者是关于性别身份的属性及其意识形态性。当代西方的理论阐释大多由此出发。但《后悔录》表达的完全是一种关系,一个个体生命和世界在其共生和延迟过程中的关系。尤其是当曾广贤作为一名善于自我审视的男性出现的时候，他不仅使前述所有理论失效，而且他的阳性萎顿还显示出一种长久的生长动力。这让我想起汉娜·阿伦特的一段话，当自我审视时，我们意识到的最强有力的必然便是生命过程，这个生命过程充斥我们的身体，使它们始终处于一种变化状态，这种变化性是自动的，它独立于我们自己的行动，而且不可抵制——它带有压倒一切的紧迫性。我们自身做得越少，我们变得越不积极，这一生理过程便会越发表现它的力量，越发把它固有的必然性强加于我们，让我们面对人类历史时，为其背后的简单发生的宿命的自动性而生畏。[①] 很显然，这一生理过程包括了性欲望在内的所有身体欲望。对曾广贤而言，在这种因欲望得不到满足而产生的强大的矛盾冲突（悲剧）中，他在性事上的难能作为使他的全部欲望转化为博大的容忍力。因而具有了一定的象征意义。

正如前文已经指出的那样，深重的苦难大都会置于一个荒诞的情境中。在《后悔录》中，荒诞情境的营造使曾广贤的人生显示出某种深刻的哲学意蕴。也就是说，是什么使他在特殊的氛围做出那样一种选择，或者成为那样一种人。曾广贤和其他人不一样的地方在于，他从两只狗的交配中受到的不是关于性的启蒙和诱惑，而是一种反启蒙和对性的强烈对抗。他母亲在政治洗练中所养成的性洁癖加深了他的这种敌视。于是其父

---

① 汉娜·阿伦特：《论革命》，转引自王逢振等编译《性别政治》，天津社会科学院出版社，2001年，第161页。

曾长风因性越界后，所遭受的种种打击和折磨便成了他在成长期中所得到的最为深刻的意识形态教育。这样在一开始他就不由自主地介入到了畸形的荒诞氛围中。这主要表现在其青春萌动后，对于性的一次次追逐和放弃。他先是对池凤仙的以身相许脱逃，到头来小池仍然缠绕着他；接着他对张闹施暴不得，遭到陷害，身陷囹圄，但出狱后却对之魂牵梦绕；再就是他对陆小燕的犹豫不决和最终放弃。这些事件和经历在特定的政治环境和心境下，我们很难对之做出清晰的逻辑表述，但正是这种错乱和动荡不堪，迁延了世态风俗和人的内心的关系与位置，显现出人的存在的最为本质的荒诞性。

这让我想起了萨特的作品。作为存在主义的文学大师，他的存在主义人学重在探讨个人的主观性质，重视个人的行为选择。他认为世界是荒谬的，人生是孤独的。面对着这样的窘境，人要自由地选择和不断地选择，但自由选择必须承担责任。按照这种思路，在他的作品中，他设置了很多的极限境遇，使人们在障碍中做出自我的自由选择。这比较典型地体现在他的戏剧《禁闭》中。三个堕落到地狱中的鬼魂，为了个人的欲求互相追逐，显示出了人在真实的历史情境中的荒诞处境。萨特想提醒人们不应作恶，以免扭曲与他人的关系。他鼓励人们要认识自己和超越自己，以自由为武器，砸碎精神地狱，为自己的心灵开拓出一片新的天地。按照这种理解，我们完全可以把《后悔录》提升到一种新的哲学高度。通过曾广贤在其一生中的左突右挡以及在与他人的矛盾关系中的节节后退，表明了其独善其身、自由选择、超越自我的最大可能性和在这一征程中发生悲剧的必然性（比如通过摸纸条来决定是和张闹结婚还是和陆小燕结婚等）。尽管曾广贤一路宽怀和承担，但又始终没有走出人的自身的宿命。可以说，这为我们今后的所有小说提供了深刻的借鉴和启示。

曾广贤荒诞性生存境遇的意义还在于我们从中看到了他的幸福和自足。在小说的结尾，东西写道："我跟你说了这么多，你也听不到，白说了，就算是我自言自语吧。爸，你的眼角怎么会有泪花？难道你醒了吗？都十三年了，你怎么会突然醒了呢？你要是真醒了，那我就有了这辈子唯一不后悔的事……就是我没有动赵阿姨。赵阿姨曾经在半夜里赤身裸体地走进我的卧室，但我连一个指头都没有动她，要不然，等你醒过来，我怎么敢看你的眼睛？"曾广贤看似毫无意义的呓语和回忆，实质是对自己和他人的拯救，他没有使自己"堕落"，也阻止别人"堕落"。他用他的后悔唤醒他那"长睡不起"的父亲。因此这里体现出一种沉重的幸福来，正如加缪从西西弗的枯燥无味的劳作中看到了幸福与快乐一样。加缪说，西西弗是个荒谬的英雄……还因为他的激情和他所经受的磨难。他藐视神明，仇恨死亡，对生活充满激情，这必然使他受到难以用言语尽述的非人折磨：他以自己的整个身心致力于一种没有效果的事业。这是为了对大地的无限热爱必须付出的代价。加缪还说，这块巨石上的每一颗粒，这黑黝黝的高山上的每一颗矿砂，唯有对西西弗才形成一个世界。他爬上山顶所要进行的斗争本身就足以使一个人心里感到充实。应该认为,西西佛是幸福的。[①]如果不避比附之嫌,我认为,曾广贤所经历的一切,尤其是他一生在性事上的无所作为,正是西西弗和他所不得不经常举起的那块石头。

《后悔录》还蕴涵了一种伟大的量度,这是比之一般的关于苦难叙事的一个突出的意义。这个量度包括两个方面,一是永不停止的自我追问(后悔就是追问的一种),二是自觉承担的宽厚情怀。曾广贤的一生都是在后悔中度过的,但赤身裸体的赵阿姨半夜走进他的卧室,他连一个指头都没有动她,却是他一生最不后悔的事情。这其实也是对其此前所有后悔的一个总结。作者说:"看上去他(曾广贤)有点耍赖,但对错误的全部承担以及从不在客观上找原因,使他的耍赖变得令人同情,而且还有些可爱和可贵。"[②] 在这个意义上,我们或许可称《后悔录》为"不悔录"。

后悔一般意味着在原初的放弃,但放弃有时却是一种宽容、接纳,以及由此产生的宗教般的虔诚。曾广贤的后悔只有追问没有抱怨,只有伤痕没有控诉。虽然曾广贤在其前半生的生存境遇中所遭遇的政治文化环境在伤痕文学中一再重复,但和伤痕文学时期那些主人公比较起来,我们丝毫看不出他的怨怼和诅咒,看不出他的血泪控诉和对意识形态的反抗。他甚至连对造成他一生的性事没有完成的直接个人都没有做出过多的

---

① 加缪:《西西弗的神话》,第142、146页。
② 东西:《后悔录》,第291页。

伤痕触及。

但更为重要的是，曾广贤的后悔表达了一种执着与反执着——救赎。如果我们将他的一生分成两个部分的话，很显然以监狱生活时期为界，前一时期是一个执着的过程，后一时期是一个救赎的过程。监狱成了他人生转换的涅槃地。监狱的复杂生活归结到一起对曾广贤来说就是两件事，一是越狱，在现实层面上越走越远；二是接受爱的感召，并且延及李大炮。在前一个阶段，他对父亲性行为与性意识的多次出卖，对母亲"失态"行为的鄙夷，都是他执迷于现实政治和现实生活造成的，这甚至包括他对小池的"抛弃"和对张闹的追求。在后一个阶段中，他的反执着体现在在张闹和陆小燕甚至小池之间的游离。这种游离不是道德问题，更不是政治问题，甚至不是生活问题，而是一种心境和对事实的感受，是对前段人生经历自觉接受的惩罚。

佛家在劝谏世人的时候，常常要求人们行不杀生、不偷盗、不邪淫、不妄语、不恶口、不两舌、不绮语、不贪、不嗔、不痴等十善。在执着阶段，曾广贤几乎全部犯戒，但他在事后的追悔过程中又完全能够做到遵从戒律。应该说此十善不仅仅是止恶，同时也是行善。从这样的角度出发，我们说曾广贤的一生是一个行善的过程。这样说并不是我在坚定地讨论曾广贤这个人物形象本身，而是想说明在这一形象的刻画过程中，作者所秉承的叙事伦理——他没有把人物写成大恶大善、大悲大戚，没有投入强烈的爱憎情感；是想表明在同类题材写作中，东西的超越性和终结性。

从佛教（宗教）的角度，我们还可以继续引申。20世纪以来的中国小说与佛教有着深厚的关系。很多小说家都于不同时期甚至终身在自己的创作中融进非常虔诚的理解，主要表现为对人生的彻悟、对世事的静观和对社会的承受。但大都时断时续，因其过于清明澄澈或空旷遁世的叙述而使其劝解讽喻色彩过于鲜明，故此产生了一些消极感，缺乏那种来自日常生活的浑然天成的感悟。但《后悔录》的出现却改变了这种叙事生态和气象。或许东西本人并没有意识到，他通过自己的叙事让读者从世俗社会中提炼出了深刻的宗教意蕴，这从曾广贤的人生经历中可以看得出来。

曾广贤宽厚而悲悯性格的形成来自对心理苦难的反抗与承受过程，这一点和徐福贵（余华《活着》）多少有些相像，甚至是一种延续。徐福贵的生命过程是一个事实颠倒和变幻不定的存在过程，这主要是通过徐福贵周围人的命运呈现出来的。徐福贵身边的亲人相继离去，在徐福贵看来这只是回归到了生命的原初之处。就像在其输光了家产沦落为社会底层时，他父亲的劝解所说的那样，那只不过又回归到了他们家最初"养鸡"的状态，似乎和生命本身没有太大的关系。正是在这种伦理认识的支配下，他把周围人的生生死死看作庭前的花开花落。因此无论我们从什么角度去解说和阐释余华的这部小说，我们最不能忽略的就是这背后的对于苦难的承担。苦难的承担过程有一种修行的意蕴在其中。在佛教中虽然不主张苦行，但苦行却成为历练人生的重要工具，因此在这个意义上它把人生变得豁达和具有宽厚的容纳力。对于《后悔录》而言，后悔本身就是一种心理苦难和对这种苦难的承担。当曾广贤放弃了报复，而在喋喋不休后悔性阐述中完成个人生命的时候，他也是在做一种生命的解析。尽管他没有徐福贵的平静，但正是因为这种不平静，才显示出了其救赎的另一种境界。对于一部小说而言，能够写到这种程度，也许就达到了最高的境界，那就是承受——从荒诞历史深处而来的量度。

"东西现象"
——中国当代文学史中的"错位""差异"与"悬置"

肖庆国，华东师范大学

原载《南方文坛》2019 年第 5 期

处于"转折时代"的东西，在演绎中国当代先锋文学思潮的多幕剧中，扮演着一个多有作为的角色。最具有文学史意义的是东西对先锋小说的承继与个体性创造。先锋小说在他这里不只是一种技艺、一种卓有成效的创作实践，更是一种精神延续。就具体的先锋小说创作实践而言，东西在"荒诞""解构""存在"等层面都卓有建树，而最具个体性特征的是其"黑色幽默"的小说语言及情节构思。从文学历史的本然看，东西无疑是 1990 年代至今重要的先锋小说家。然而从先锋文学思潮演进的历时性维度上观照，他独特的先锋个性与文学潮流之间的"差异"，以及 1990 年代先锋文学的落潮，使其文学的生命创造与时代热点造成"错位"。以上这一切都使东西在中国当代文学史中的身份被"悬置"。这种"差异"与"错位"造成东西在文学史上身份的"悬置"困境，可谓是"东西现象"。"东西现象"的提出，旨在指认东西的先锋小说家身份，突显东西创作的主体性特征，将东西的文学行为由边缘性的虚浮状态引向学界的中心视野，并由此观照中国当代文学史的"历史认识"问题。

当我们把"东西现象"作为"问题"放置于学理性层面进行考察时，其范畴指涉和存在形态自然是不容忽视的重要课题。我以为，"东西现象"的范畴指涉三个方面：一是中国当代先锋文学思潮内在的运变逻辑；二是时代共同性的先锋文学特征在东西小说中的发生、承继与流变；三是在先锋文学思潮氛围的共同性之外，东西对先锋小说的个体性创造与突围。也就是说，我们只有将东西小说还原到其所身处的时代文学语境中，观照它们之间的辩证关系，才能发现和讨论"东西现象"的真正意涵。由此可见，"东西现象"的存在形态是一个动态的过程，它需要我们历时性地细读文本，然后对东西的小说创作行为加以考察。

那么，在中国当代文学的历史长河中，"东西现象"究竟是如何形成的？我们该如何理解东西先锋小说创作的个体性行为？"东西现象"给中国当代文学史的"历史认识"带来了怎样的困惑与启示？以上是本文试图探讨的一些问题。

一、"历史错位"与"身份悬置"

对东西个体性的先锋小说与中国当代先锋文学思潮之关系的讨论，我们首先需要考察东西小说中先锋性的发生。如果更进一步,"东西小说中先锋性的发生"又会延展出一系列问题,即东西从哪部作品开始先锋小说写作?如何界定这部作品是先锋小说?东西及其创作在当时所置身的时代语境是怎样的?他为何要在当时的时代语境中进行先锋小说创作?这就需要我们沿着历时性顺序细读文本,以考察以上问题。

东西是1960年代出生的作家,其处女作是发表于《广西文学》1986年第8期的短篇小说《龙滩的孩子们》,文本中并未展现出当时弥漫于文坛的先锋文学气息。从东西早期的创作来看,自《龙滩的孩子们》到初刊于《广西文学》1991年第7期的短篇小说《回家》,都还未曾受到时代风气的影响。值得注意的是,中篇小说《断崖》[1]则明显带有先锋文学的风韵,诸如充斥其中的解构真实和解构历史的先锋文学观念,创作者虚构历史之后又对虚构做有意识的自我暴露。但是《断崖》所叙述的民间英雄传奇故事仍然延续了东西以往的创作风格,显得厚重而平实,仅仅是或明或暗地流露出先锋文学的元素。事实上,东西真正意义上的第一部先锋文学作品是短篇小说《幻想村庄》[2],换句话说,《幻想村庄》的出现标志着东西创作中先锋叙事的发生。

《幻想村庄》相较于东西以往小说,显得不再特别平实,文本中充斥着大量的幻想,而这些幻想展现出东西小说意识

---

[1]《断崖》初刊于《漓江》1991年春季号。它是东西的第一部中篇小说:"我发表在《漓江》杂志春季号的中篇小说《断崖》……这是我的第一个中篇小说,写于1990年秋。"参见林舟《在两极之间奔跑——东西访谈录》,《江南》1999年第2期。

[2] 东西:《幻想村庄》,《花城》1992年第3期。

流叙事的时空特征:"叭的一声脆响把我从虚幻飘忽中唤回现实,唤回到秋夜的寒冷里。隔壁的鞭策声渐渐减弱,成为夜晚的一种装饰,现在反而显得温馨。妇女像是出了差错,碰落了一只瓷碗。瓷碗叭地破碎在地面。瓷碗叭的破碎声成为我这篇小说的句号。"①并且,《幻想村庄》采用了先锋小说的元叙事技法:"岳父和父亲踹开仁富家的大门,桃子和仁富像两根瑟瑟发抖的惊叹号,站在我的小说里。"②无论是意识流叙事,还是元叙事,抑或是"东西"这稍带怪异感的笔名③,它们作为先锋小说的特征都是首次在东西创作中出现。2017年,东西在创作谈里回忆了《幻想村庄》的构思及创作过程,它同样印证了《幻想村庄》标志着东西创作中先锋叙事的发生:

  那是1991年,先锋小说横行。我被那些文字迷惑,顿觉自己写的豆腐块不够先锋,便发誓脱胎换骨。于是,坐在书桌前想了两个多小时,决定使用笔名"东西"。当这两个字从脑海里蹦出时,我全身战栗。为何被这两个字激动?现在认真回忆,原因如下:一是叛逆,渴望标新立异;二是受王朔小说标题《千万别把我当人》的影响。既然不把自己当人,那就当个东西。这一私念与法国作家勒

---

① 东西:《幻想村庄》,《花城》1992年第3期。
② 同上。
③ 笔名"东西"的出现,是与东西先锋小说的发生相契合的。正如东西所说:"有人相信名字决定命运。我相信笔名决定小说风格,更何况这个笔名还是自己取的。我想它不仅仅是个笔名,而是思维方法,就像小说的标题决定内容。"参见东西《梦启》,《小说界》2017年第2期。

克莱齐奥在《诉讼笔录》中塑造的反现代文明角色吻合。那个角色叫亚当·波洛,他下定决心物化自己,企图变成青苔、地衣,或者细菌、化石。自我物化的巧合纯属偶然,因为我阅读《诉讼笔录》是在2008年勒克莱齐奥获得诺贝尔文学奖之后。①

这篇回忆性质的创作谈名为《梦启》,其寓意为"梦之启航",《幻想村庄》自然就是东西先锋小说的开篇之作。

事实上,东西先锋小说的发生之作《幻想村庄》发表于《花城》杂志1992年第3期,而自1985年前后先锋小说思潮的萌芽,到1987年前后先锋小说家的竞相登台,此时先锋文学思潮已经表现出落潮的姿态。时值先锋小说落潮期,批评家已在回望这场文学思潮。具有代表性的是,1993年陈晓明编选出版了《中国先锋小说精选》,他声称:"本着'回到历史本身'的态度,清理'先锋派'的历史足迹,总结其成败得失,则是势在必行的任务。"该选集自然并没有将当时尚处于先锋小说发生阶段的东西的作品选入其中,这应是符合常理的事情。我想着重强调的是,学者在1993年已经对先锋派"清理历史足迹"和"总结得失"。这足以表明东西先锋小说的发生,与作为时代热点的先锋文学潮流产生了引人注目的"历史错位"。而之后东西本人对于先锋文学观念的执着,不愿与时

---

① 东西:《梦启》。

代文学主潮合拍的个体性精神特质,与此前先锋"发生"阶段不无偶然性的"历史错位"又产生了某种内在契合:

> 好像是1994年,我的母校给我和凡一平召开作品研讨会。有人善意提醒,别写得那么先锋,会影响读者的阅读。可我不谙世事,在最后发言时说如果今天的中国作家百分之九十都在使用现实主义创作方法,那么我会选择只有百分之十的作家们正在进行的先锋写作。①
>
> 只是开始写这个小说时(指的是长篇小说《耳光响亮》,初刊于《花城》1997年第3期——引者注),全国正是一片现实主义的回归声,我想写写另一种现实。有一个声音始终在提醒我:不要妥协、不要从流、不写史诗,只写个人的真实感受,写我对现实的一种理解。②

毋庸置疑的是,这种内在契合进一步加剧了东西先锋小说的"历史错位",但也反衬出东西作为先锋小说家的文学史意义,正如谢有顺所说:"很多的先锋作家早已转型,或者只是在做一种比较表面的形式探索,可东西不同,他的先锋是内在的、骨子里的。"③东西之有为于中国当代先锋小说承继和发展的特殊之处,首先是因为他所处的特殊的历史时期造成了"历

---

① 东西:《梦启》。
② 林舟:《在两极之间奔跑——东西访谈录》。
③ 谢有顺:《东西是真正的先锋作家》。

史错位",而这最终构成了东西在中国当代文学史上"身份悬置"的原因之一。

我们取两部具有典型性的中国当代文学史性质的专著,张清华的《中国当代先锋文学思潮论》和陈晓明的《中国当代文学主潮》,进一步对"东西现象"构成要素之一"身份悬置"加以论析,因为张清华和陈晓明都是著名的先锋文学批评家。《中国当代文学主潮》将东西放置于"多元分化与'后文学'时代的到来"主题下,并以"困苦""生存极限""幽默荒诞""黑色幽默"为关键词论及其中篇小说《没有语言的生活》和长篇小说《后悔录》[①]。但是,它并未对东西的先锋小说创作予以文学史的身份观照,甚至没有关注到东西在先锋小说领域的创造行为。《中国当代先锋文学思潮论》关注到了东西的先锋小说家身份,认为东西是先锋写作思潮正宗的承继者,"从各方面看,在1995年以后开始被评论界'确认'并予以重点关注的新生代,应当是先锋性写作思潮的'正宗'继承者,现在,他们的确已取得了这种'权力'……作为一个写作集群和艺术流向,'新生代'的确立和引起关注大致是在1994年,批评家们事实上是在论述'新状态'时较多地谈论了'新生代'。在这一名称下,评论家们认可的作家大致有:……广西的东西"[②],但是并没有论述东西代表性的先锋小说,也没有讨论东西先锋小说的个体性品格。从以上先锋文学思潮批评家所写的

---

① 陈晓明:《中国当代文学主潮》,北京大学出版社,2013年,第517、524页。
② 张清华:《中国当代先锋文学思潮论》,中国人民大学出版社,2014年,第265页。

两部带有文学史性质的著作来看，东西的先锋小说家身份在中国当代文学史上目前仍然处于暧昧不明的悬置状态。

从创作者个体性意义上先锋性的发生与流变，以及中国当代先锋文学思潮的演进来看，东西的先锋小说创作在某种程度上与主潮之间产生了历史错位，而历史错位又最终构成了东西在中国当代文学史上先锋小说家身份的悬置状态。其实，无论是东西先锋小说写作的历史错位，还是身份悬置，都为文学史家对中国当代文学的历史书写设置了难题，甚至是造成了障碍，因为文学史书写更多的是关注同时代作家创作的群体性特征。所以，笔者试图围绕着"东西现象"的形成，进一步考察东西先锋小说创作的主体性特征，及其表现出的与先锋小说潮流之间的差异。

二、"先锋"的主体与差异

通过对"东西现象"中的"历史错位"与"身份悬置"的考察，我们发现与新时期很多其他先锋小说家不同的是，东西在先锋小说这里的作为近乎一种自在状态。无论是东西先锋小说的发生，还是流变，都并没有亦步亦趋地涉入批评家所标签化的文学思潮的历时性脉络里。而很多所谓的先锋小说家，正如有的学者所说，他们其实是受到批评界的号召才在先锋小说领域崭露头角，甚至是越战越勇："倘若不是一种预先存在的强烈的思想和批评氛围起作用，作家自觉书写的可能性有多大便值得怀疑,很难说这种创作是否源于作家内心深处的创作冲动。"[1]东西却在中国当代先锋文学思潮的历史长河中,表现出与潮流之间不无偶然性的"历史错位",以及极具创作主体性与反叛性的"不合流"姿态。需要进一步追问的是,东西在强烈的创作主体性的作用之下,其先锋小说与潮流之间究竟展现出怎样的差异?

我想从东西个体性的先锋小说观念论起。

东西个体性的先锋小说观念,体现在他对先锋小说"怪异"审美品格的理解上。与形式外观十分明显的先锋小说不同,我们并不能从东西小说的文本表层觉察到像以往先锋小说的那种格外"怪异"的审美特征。不可否认的是,如先锋文学批评家洪治纲所说:"从广泛意义上来说,'怪异'的确是先锋文学一个突出的审美特征。先锋就是怪异,我们没有必要回避这一本质。"[2]但是,只有当我们深入到东西先锋小说的文本内部,才会发现这种"怪异"的审美特征其实是被内化为一种先锋精神,从而过滤掉了形式上的时尚。具有典型性的是,如果不细读长篇小说《后悔录》,我们会误以为它仅仅是创作者对历史虚构的比较平直的叙述,但是细察之后才会体味到它其实是"我"面对小姐所做的喋喋不休的"后悔录"。因为,当叙事进行到文本的近一半处时,创作者才对叙述人稍做自我暴露:"听了这么久,你累了吧?喝口饮料吧。对不起,我没带

---

[1] 张中驰:《"先锋小说"的概念、内涵及其话语形态》,《文艺评论》2017年第4期。
[2] 洪治纲:《先锋文学的怪异原理》,《小说评论》2000年第5期。

香烟，我不知道你抽烟，叫服务员上一包吧，没关系，只要你能听我把故事讲完，再点一盘水果都没问题。"① 通过论析东西对以往先锋小说的"怪异"的革新，我们不难觉察到他独特的先锋文学观念。

事实上，早在 1997 年，东西就曾发表过自己关于先锋小说的文学观念——先锋以什么为标志？先锋绝不是所谓艺术家的长头发或奇装异服，它属于骨子里的。② 因为如果只是形式上的"怪异"，这往往会生产出赶时尚的伪先锋："先锋文学因为执着于对传统既定艺术范式的颠覆，执着于对未来文学发展各种可能性的积极实验，所以总是充满了种种颇为'怪异'的审美特征，以至于人们每每看到一些异类形式在文学作品中出现，便统统称之为'先锋文学'。实际上，这种判断方式未免有点草率和偏颇——因为也有不少在形式上看似怪异的作品，实则是种纯粹的文本游戏，或者说是一种迎合时尚的标签，它们既不能体现先锋作家在艺术精神上的独创品质，也不能展示先锋文学自身特有的生命力，充其量只是一种伪先锋。"③ 由此观之，东西先锋小说与时代潮流之间的差异，恰恰就内含于"骨子里"（内在精神）与"所谓艺术家的长头发或奇装异服"（外在形式）之间的不同。质言之，东西个体性的先锋文学观念是一种在任何历史时期都寻求突破既有传统的内在的永恒的

---

① 东西：《后悔录》，《收获》2005 年第 3 期。
② 东西：《上帝发笑——关于创作的偏见》，《小说家》1997 年第 4 期。
③ 洪治纲：《先锋文学的怪异原理》。

前卫精神。

其实，恰恰是东西个体性的先锋文学观念，及由之而来的与先锋小说主潮之间的差异，玉成了东西小说真正的先锋特质。因为对于1992年（东西个体性先锋叙事的发生时间）的东西来说，滥觞于1985年前后的中国当代先锋小说潮流在某种程度上已经面临历史化，也就是说，曾经的先锋此时已逐渐成为司空见惯的传统。只有对传统进行批判的继承，并执着于寻求突破，这才算得上1990年代真正的先锋。所以，我们通过文本细读可以觉察到，东西在先锋小说方面颇有个体性风格的造诣。这主要体现在三个方面。一是东西先锋小说集中了历史上所有时期的先锋小说特质，如新历史主义、解构和元叙事。如东西在创作谈中对自己先锋小说发生之作《幻想村庄》的回忆性阐释，他在先锋小说的发端之作中就已考虑到综合历史上先锋小说潮流的典型性："如果我不曾阅读，那这些想象也就一滑而过。但我偏偏读了大量的小说，觉得父亲熬酒的地点既与'寻根文学'作品所描写的山野相似，又跟先锋小说所喜欢的故事背景接近，更兴奋的是一个醉酒者的幻想完全可以跟拉丁美洲的魔幻现实主义接轨。"[1] 所以，有的学者将其小说创作风格阐释为"东拉西扯的先锋性"[2]。二是东西先锋小说在批判性继承的基础之上对以往的先锋小说做出革新，如前文所述的

---

[1] 东西：《梦启》。
[2] 欧阳钦：《"东拉西扯的先锋性"——以〈没有语言的生活〉为例解读东西小说的创作风格》，《广西民族师范学院学报》2011年第2期。

重先锋小说的精神内涵,淡化形式上的"怪异"时尚。三是东西先锋小说创造出的东西式的"黑色幽默"叙事,以及由此延展出的"荒谬"特征,这以《后悔录》为代表。

我们取东西先锋小说的典型文本《后悔录》加以论析其"黑色幽默"叙事,以及由此延展出的"荒谬"特征。黑色幽默文学属于后现代文学流派,"这种幽默不是建立在愉悦的基础之上,而是建立在对现实的失望和痛苦之上,然后再从悲剧中去寻找喜剧因素,在冷静的、旁若无人的叙述中凸显幽默感"[1]。而荒诞性是黑色幽默文学比较显著的特征。《后悔录》叙述了特定历史时期人的原始欲望受到崇高理想的高度压抑,以及由此造成的一系列荒诞无比的幽默之事,但是在略带反讽意味的荒诞之下潜藏着创作者难以排遣的无奈和痛苦。它开篇以巨大的篇幅细致地描写了人们围观狗性爱的荒唐场景,各主人公也由此陆陆续续出场,而这场动物之间的性爱却引发了文本之后一系列的荒诞事件。比如,自从吴生参加了学习班,脑子里就突然变得像一张白纸,干净得不让丈夫靠近。当正常的生理欲望实在得不到满足时,父亲向母亲央求,这是他们夫妻间的对话:"我爸用借钱的口气,'吴生同志,求你,就一次,行不?''不行,你说,你这样做和那两只狗有什么区别?''人不如狗,我想得脑袋都快破裂了。你就行行善,给

---

[1] 杨丽:《美国黑色幽默文学影响下的当代中国小说价值取向》,《长安大学学报(社会科学版)》2013年第2期。

我一次机会吧?保证就一次。'"①"人不如狗"极具黑色幽默的意味,它既隐含着作者内心十分复杂的情愫,同时将特定境遇下荒诞的生活表现得淋漓尽致,并且荒诞被安排在特定的文本时空里又似乎带有某种现实感。此后,无论是父亲与赵山河之间的野合,还是"我"整个青少年时期的遭际,都与"人不如狗"相关。《后悔录》中诸如此类的黑色幽默叙事比比皆是,都可圈可点。我认为,这种带有西方后现代文学色彩又融合了本土故事元素的黑色幽默叙事,恰恰最能表现东西个体性的先锋小说风格。

东西先锋小说发生的历史错位,他后来与潮流之间表现出的不合流姿态,与其个体性的先锋小说与先锋小说主潮之间的差异,最终促成了东西在中国当代文学史上先锋小说家的身份悬置。这些错综复杂且难以自明的关系,形塑了"东西现象"的生成。还可以作为"东西现象"研究视角合理性的佐证的是,尽管东西于创作起步阶段就一直在先锋小说领域默默耕耘,不过如谢有顺所说:"自发表《没有语言的生活》以来,东西一直是 60 年代出生作家群中极为重要的一位,但很少有人指出,他是一位真正的先锋作家。"② 对于先锋小说身份的虚浮状态,东西本人曾在创作谈里流露出无奈。在中国,先锋成为几个作家的头衔,成为某个时期的口头禅,好像除了那个时

---

① 东西:《后悔录》,见第 392 页注①。
② 谢有顺:《东西是真正的先锋作家》。

期的那几个作家，谁也不能先锋。[①] 我们需要在以上考察"东西现象"生成的基础之上，进一步讨论"东西现象"的"历史认识"。

三、"东西现象"的"历史认识"

回顾"东西现象"复杂的形成过程，我们会发现其表现出与时代语境之间丰富的纠缠，尤其是"东西现象"的构成要素"历史错位"和"身份悬置"与先锋文学思潮之间的关联。值得注意的是，隐身于"东西现象"形成历程背后的，还有学者对于中国当代文学史的"历史认识"的局限。可以说，恰恰是中国当代文学史"历史认识"的局限，参与乃至促成了"东西现象"的形成过程，或者说"东西现象"的形成过程反映出中国当代文学史的"历史认识"的局限性。"东西现象"与中国当代文学史的"历史认识"互为参照，笔者试图进一步探讨它们所映现出的问题。

通过对"东西现象"形成过程的考察，我们可以看到中国当代文学史的"历史认识"的局限。不可否认的是，在中国当代文学史的"历史认识"的诸多观念之中，自"五四"时期开始，历时性的线性的文学进化论观念始终占有着重要的位置，最著名的莫过于"一时代有一时代之文学"的进化论文学

[①] 东西：《上帝发笑——关于创作的偏见》。

史观。其实，文学进化论所带来的一个显著的文学特点便是创作上的前趋型的唯新论，这种现象反映在新时期文学初期的中国文坛可能同样鲜明。所以，我们往往能发觉到某些作家在1980年代执着于时尚的先锋小说写作，到了1990年代初便随着文学思潮的递进而随之发生转向。或许先锋小说写作只是其在某一历史阶段中赶时髦的写作姿态，而并没有内化为精神。可是东西的先锋小说创作不同于文学思潮流变中不断调整姿态的先锋小说家的创作，他始终执着于先锋小说写作，所以先锋小说作为他的生命创造也就很难被进化论文学史观惯性地纳入轨道。由此引申出的一个问题是，先锋小说史究竟应该是一维性历史进程中的先锋小说潮流，还是多种多样的先锋小说创作所形成的复杂的历史？

就目前相对比较通行的进化论性质的文学史观来看，前者更容易被学界普遍接纳，并且作为我们所拥有的关于先锋小说史的"历史认识"总是"自觉或不自觉地被当作某种'真理'，不断建构着人们的'历史认识'，并内化为人们分析、判断和评价历史现象时的预设视域。久而久之，在此种被预设的思维方式中，许多个人或主观化的'历史'成为元话语形态和知识被接受，并形成人们'前理解'的基础"。[1] 这致使先锋小说历史的复杂性被先验性的观念隐藏或过滤掉，东西那不合"历史"潮流的先锋小说也就被中国当代文学史的"线"抛出去

---

[1] 席扬、薛昭曦：《论中国当代文学史的"历史认识"——以"十七年文学"的文学史叙述为例》，《河北学刊》2013年第4期。

了。其个体性的先锋小说创造也就受到文学主潮的挤压,以及文学史的"历史认识"的压抑。由此观之,当代文学史的叙述应该在追求和完成共同性目标的进程中,允许不同认识思维浸染下的差异项,也包容差异项在个人或集体意义体系中合目的性的意义和本质追求。越多差异项的出现,越有利于互相参照、互相牵制,防止一种或几种意义的过度膨胀而导致知识对历史的僭越。多维合力保证了相对合理的历史共同性建构的可信度。[1]只有这样,才不至于在中国,先锋成为几个作家的头衔,成为某个时期的口头禅,好像除了那个时期的那几个作家,谁也不能先锋。[2]所以,我认为"东西现象"背后实际上隐含着"历史中的先锋小说"与"先锋小说的历史"之间的博弈,而东西的创作显然应在"先锋小说的历史"中起着承上启下的重要作用,同样应占有重要的历史位置。

其实,从文学的个体性创造来说,恰恰是"东西现象"中的"差异"能够体现出东西作为先锋小说家强烈的主体性。不过这种主体性展现出的差异很难被当代文学史的"历史认识"纳入潮流,以至于当 1990 年代初先锋文学思潮的历史化基本完成,学者们大体上已经从先锋文学思潮现场走出之时,我们就在文学进化论的视野中将东西先锋小说有意无意地忽视。中国当代文学史的"历史认识"是一种学者在场的文学史叙述,

---

[1] 席扬、薛昭曦:《论中国当代文学史的"历史认识"——以"十七年文学"的文学史叙述为例》,《河北学刊》2013 年第 4 期。
[2] 东西:《上帝发笑——关于创作的偏见》。

而非复杂的文学史本身。它既有史学家与时代语境之间的纠缠，又受到新的文学史观的影响，以及难免融合了史学家本人的学术旨趣乃至情感倾向。也就是说，文学史叙述既是一种对文学发展结果的历史化，同时也或多或少是对文学发展过程的遮蔽。这就需要还原具体的历史语境以祛除遮蔽。在此意义上，无论是对当代文坛写作的发展，还是对学界研究的深化，"东西现象"都具有一定的启示。

"东西现象"的当代启示主要体现在三个方面：一是身处于批评家和文学史家所营造出的文学氛围，作家应该更关注自己的内心世界，执着于书写自己所思所想及擅长的领域。因为从八九十年代先锋文学的发生与流变来看，往往有作家对批评家和文学史家所构筑的文学氛围表现出追逐现象，以至于陷入自己陌生的文学境地。东西在个体性的先锋小说发生之后，就一直在先锋小说领域多有作为，对批评家和文学史家的话语多有警惕。二是先锋作家在某个领域的实验应表现出执着，而不是随着时代潮流的更迭一味地追逐"新"意。求新求变的确顺应了时代的发展，有其合理性，但是若对于"新"仅仅是浅尝辄止，恐怕本土的先锋某种程度上容易沦为对西方现代派的粗糙的模仿，甚至成为本土先锋作家之间的互相模仿。东西的先锋小说创作却不为1990年代中后期的潮流所动，并有意识地与潮流发生对峙，并且进一步将先锋小说从形式的运用实现为先锋精神的内化。在这一意义上，他的文学行为无疑具有可资借鉴的意义。三是中国当代文学史的"历史认识"在叙述潮流性的文学之外，应更多地观照到个体性的差异。共同性之外的差异性更能表现文学思潮的张力，也尽可能地避免遮蔽作家及作品，不能使先锋小说家仅仅成为先锋小说史叙述中的作家。

综上所述，"历史错位"和"身份悬置"是"东西现象"发生的外源性介入成分，"先锋"的主体与差异是"东西现象"发生的内源性成分，它们共同作用，构成颇为复杂的"东西现象"。"东西现象"的提出，旨在将东西先锋小说家的身份从边缘性的虚浮状态引向学界的中心视野，并以此观照中国当代文学史的"历史认识"问题。"东西现象"对当代深具启示意义。

日常生活令人惊骇的一面

谢有顺,中山大学

原载《南方文坛》2021 年第 4 期

东西是真正的先锋作家,这是几年前我在一篇文章中对东西做出的判断。今天看,他身上所具有的先锋性,在中国当代作家中仍然是独异的、罕见的。最近读了不少新出版的小说,深感小说作为一门叙事艺术正日薄西山——小说越来越成了故事的代名词,许多作家的写作重点只是在讲一个故事,而如何讲一个故事、如何完成一个故事,这些艺术层面上的考量却被普遍忽略。可是,生活在现代社会里的人缺故事吗?新闻在讲故事,教育在讲故事,消费在讲故事,甚至旅游和行走也是在讲故事。小说之所以还有独立存在的价值,正因为它区别于新闻和故事,它不是为了陈述、猎奇、增加谈资或警醒世人,而更多的是进行人性实验、探求人性本质。乔伊斯认为这是小说和新闻之间的分界线。很多人的写作都求助于新闻题材、社会热点,试图模糊现实与艺术之间的边界,但有追求的作家不能止步于此,他需要看见生活下面坚硬、隐秘的部分。生活满足不了我们对精神世界的向往,人类才需要艺术、小说来探求生活的可能性，并经历自己想要的理想生活。通过虚构，人类可以寻找和体验生活中缺失的东西。

从这个意义上说，面对日常生活的文学书写是难度最大、要求最高的。日常经验繁复、芜杂、无序、易变，而现代小说又早已不满足于展示表面的生活，它要挖掘日常事件下的行为动机，发现内心世界里的秘密角落。东西也曾说："一个真正的写作者就会不断地向下钻探，直到把底层的秘密翻出来为止。"（《经典是内心的绝密文件》）只是，生活中的那些动机和秘密是隐藏的，它不会自然显现，这就需要作家不断在叙事中制造各种意外和事件，让人生断裂、内心变异，露出人性的缝隙，把秘密呈现出来。所以伊恩·麦克尤恩说，小说的使命就是研究人性状况，而这种研究往往通向阴暗的地方。所谓研究，其实就是对日常生活的挖掘和窥视，以期在叙事与想象中重建日常生活的细节和结构，它的底色多半就是"阴暗"。因为小说不再是日常生活的传奇，而成了对日常生活的仿真叙事，选择叙事的视角，雕刻人性的细节，编织情节的逻辑，这些都是为了更逼真地还原一种日常生活的真实。

现代小说的经典写法就是在一种细节流和生活流中再造"真实"。相比之下，中国当代很多作家写的并非现代小说，他们仍然热衷讲述传奇，无论是历史、家族的传奇，还是个人生活史的传奇，都是把读者带向"远方"，通过故事所呈现的是他者的生活，阅读也成了对好奇心的满足。现代小说不同，它是对人性的近距离逼视，在辨析生活秘密的同时追问内心、审视自我。东西是不多见的几个敢于近距离逼视当代生活的作家。他的写作，写的都是当下生活，是普通人的真实日子，也是平庸人生的奇特段落，但他总能切开生活的横断面，让我们看到被放大和夸张之后的人性。他是真正用当代材料来做人性实验的现代写作者。他的中短篇小说是如此，他的几部长篇小说也是如此。

《回响》（《人民文学》2021年第3期）是东西的第四部长篇小说。和《耳光响亮》《后悔录》《篡改的命》不同的是，《回响》用了侦探小说的壳，一开头就写了一起命案，一个叫夏冰清的年轻女性被杀，抛尸于河中，右手掌还被切断，嫌疑人徐山川、徐海涛、吴文超、刘青、易春阳次第浮现。负责这个案件的警察是冉咚咚，她的先生是西江大学的文学教授慕达夫。东西在关于《回响》的创作谈中说，小说的结构安排上，"奇数章专写案件，偶数章专写感情，最后一章两线合并，一条线的情节跌宕起伏，另一条线的情节近乎静止，但两条线上的人物都内心翻滚，相互缠绕形成'回响'。这么一路写下来，我找到了有意思的对应关系：现实与回声、案件与情感、行为与心灵、幻觉与真相、罪与罚、疚与爱等等"（《现实与回声》）。但整部小说，比案件推理更内在的一个维度是情感心理分析。案件侦破部分写出了在欲望沉浮中的人性溃败，而对冉咚咚、慕达夫这对夫妻及其周边人群的深度心理分析，则让我们看到了当代人的情感困境和内心挣扎——生活在让我们大吃一惊的同时，自我也越来越让人觉得陌生且不可思议。认识自己，远比认识别人、认识生活更难。

《回响》里说夏冰清的父母患了心理远视症,"心理远视就是现实盲视……越亲的人其实越不知道,就像鼻子不知道眼睛,眼睛不知道睫毛"。冉咚咚在一次和她同事邵天伟的交谈中,也说自己是"远视症患者,越近越看不清"。而离自己最近的,就是自己的内心,所以,冉咚咚在分析案情、推理嫌疑人心理时表现出了极高的专业精神,但目光一转向身边的亲人,尤其是面对自己和慕达夫的夫妻感情时,就处于盲视状态。她无限放大以自己的敏感捕捉到的蛛丝马迹,让各种想象在自己的潜意识里上演,却忽略了每个人都有不愿让人触碰的深层创痛,更看不到每个人都有一个本能的伪装层,以及因内疚而起的各种借口和掩饰。这也是人性真实之一种,不经追问、放大,它只是生活的潜流、基座,不会显露出来。而一个心理远视症患者,一旦从道理、分析中跳脱出来,体察到生命的种种情状,才会对生活和他人产生真正的同情、悲悯、宽恕和爱,如慕达夫在小说结尾处所说:"感情远比案件复杂,就像心灵远比天空宽广。"内疚正是爱的回响,《回响》就结束于"疚爱",冉咚咚"没想到由内疚产生的'疚爱'会这么强大",强大到足以让她与慕达夫历经各种猜疑、冷战、分离之后重新确认一种更内在的感情。这部以案件开头的小说,对人性进行了各种探测和实验之后,终于又回到了一个温暖的主题:爱。"你还爱我吗?""爱。"这是冉咚咚和慕达夫在小说末尾的对话,如此庸常而平凡的问答,却是他俩在各种内心折磨和创痛中积攒下的珍贵瞬间。这种爱，是矛盾和冲突后的内心融合，是有重量、有内涵的。

东西具有洞察和讲述这种人性秘密的能力。谋杀事件本属于小概率事件，它的曲折、离奇，很容易被改写成一个通俗故事，但东西将这一事件限制在日常语境之中，案件的进展、人物的心理，都符合读者对人物日常经验的想象。为了强化《回响》在心理分析上的真实感，东西甚至还有意抑制了他惯用的夸张和变形的手法，使这部小说比他以前的小说更日常，也更绵密。日常叙事的难度在于，作者不能超出经验的边界，不能架空故事语境，它必须在读者熟悉的场景里层层推进，在一种情理逻辑里展开想象、推理人心。叙事转折必须有合理的理由，心理探寻的轨迹要螺旋式深入。这就要求作者在克服叙事难度的过程中不能取巧，不能为小说布置太多的巧合、偶然和戏剧性突变，而是要为人物和情节的每一种选择、每一次变化找寻坚实的理据。尤其是侦探题材的小说，更要讲究细节、对话、情理、逻辑的密实和准确，因为可信，才觉真实。

读《回响》，我常想起伊恩·麦克尤恩的小说，他也有不少以谋杀为主题的作品，如《无辜者》《坚果壳》，前者的主人公伦纳德和玛丽亚在无意之中变成了谋杀者，本来无辜的人越陷越深，小的弱点被不断扩大，善良的人最后变得残忍，人性失去了所有的光彩；后者的主人公特鲁迪和克劳德是蓄意谋杀，而这两个普通的通奸者如何一步步走向杀人，作者同样为他们的行为和心理铺陈了很多微妙的转折。这是麦克尤恩一贯的写作风格,当他把一个离奇事件变成日常事件时,会做许多写作准备,他要研究小说中出现的建筑、器物、食物、气味、职业、犯罪心理、人体知识、反侦查手段,甚至他小说中写到的一条隧道,他都去实地考察。他一次次把人物的心理、故事的情节逼入困境,又一次次为它们设置逃路,有时貌似已经走入死角、真相即将大白,但作者仍能通过他强大的逻辑能力和专业知识,为小说叙事的发展埋下新的伏笔。

把传奇写成日常事件,远比把日常事件写成传奇要困难得多。东西的《回响》,也起源于一起谋杀事件,但东西的这部长篇比他之前的《篡改的命》要细致许多。这不仅是指故事的推进不像《篡改的命》那样夸张和荒诞,更是指东西为完成这一主题的写作,做了许多专业上的研究和准备,比如小说中涉及的办案和法律知识,比如犯罪心理学、精神分析学、情爱哲学等。这些专业知识的准备,为东西讲述那些案件和人际关系的细节,奠定了强大的真实感。庞德说:"陈述的准确性是写作的唯一道德。"汪曾祺也说过类似的话,语言的唯一标准是准确,但这种准确性是建基于了解、熟悉和专业上的。以东西爱用的比喻为例。比喻是很能见出一个人的语言才华的,既要新鲜、独特,还要准确,才能让人信服,并为小说增加生趣。《回响》里有多处以钱为喻体的比喻就令人印象深刻。比如,"她已经憋了三年多了,再憋下去就要憋成内伤了,仿佛手里攥着大把的钱却不还欠债似的","夏冰清父母说话躲躲闪闪,就像吝啬鬼花钱","手指在裤兜里蠢蠢欲动,像急着数钱又不好意思当面数似的","人一旦撒了谎就像跟银行贷款还利息，必须不停地贷下去资金链才不至于断"……类似的比喻很多。在这样一个消费主义、拜金主义盛行的时代，以钱为喻体来描摹人物的动作，具有浓郁的时代气息，它准确、幽默、易于理解又充满反讽意味。

又比如，在两性心理较量上，东西也有很多深入的理解。"有时你需要爱原谅恨，就像心灵原谅肉体；有时你需要用恨去捣乱爱，就像适当植入病毒才能抵抗疾病"，"心虚者往往拿弱点当武器"，"他说爱可以永恒但爱情不能，所有的'爱情'最终都将变成'爱'，两个字先走掉一个，仿佛夫妻总得有一个先死"，"人心就是这么古怪，你强，她有负担，你弱，她也有负担，于是你只能不强不弱地活着"，"相信，你才会幸福"，"甘于平庸的人才是英雄，过好平庸的生活才是真正的浪漫"，"你还有一个心理动机，就是仇恨转移。你在办案时痛恨徐山川玩弄女性……你混淆了恨的对象，其实你恨的不是我而是出轨，你对我的恨至少有一半是受案件刺激后的情绪转移"，"就像坐跷跷板，你不可能任由他把你跷到天上去，你能把你这一头压下来让跷跷板保持平衡，心里一定有个巨大的秘密，只是我暂时没有发觉"……这些对话与独白，是对心理分析的熟稔，对人情世故的洞察，它为人物的心理动机布下了绵密的注脚。

《回响》密布着这些生动的细节、专业的分析，故事才不会落入陈词滥调之中，貌似平静的日常生活也开始变得动荡不安起来。而这正是东西所要的叙事效果：随着案件的深入，他把一对平凡、美好的夫妻逼入绝境。对情感反复提纯的结果反而是让情感破洞百出，每一次的争辩、质疑、猜度，都为情感设置了一个新的分岔，每一个分岔都指向一种情感的可能，也都在稀释情感、模糊情感。这一次次的累积，最终就变成了一次化学反应。如果没有自省和内疚作为栅栏，再美好的情感都会随之崩溃。

这种逼近内心、逼近现实的写作，其实就是在建造一个人性实验室。人性是一种化学材料，特殊的环境或际遇就是试剂，对材料和试剂若能精准控制，就能得出一个全新的实验结果。写作的控制力，主要表现在对心理世界和语言细节的把握上，只有逻辑严密、细节精准才能逼视出人性隐秘的暗角，也才能更好地帮助人物认识自我。

《回响》一开头，当谋杀案发生，对不同人物的人性实验就开始了。案件这条线，尽管冉咚咚思维缜密、步步为营，让凶手得以显形、归案，但她突然发现，按现在所获得的证据，所有当事人都找得到脱罪的理由："徐山川说他只是借钱给徐海涛买房，并不知道徐海涛找吴文超摆平夏冰清这件事。徐海涛说他找吴文超，是让他别让夏冰清骚扰徐山川，而不是叫他杀人。吴文超说他找刘青合作，是让他帮夏冰清办理移民手续或带她私奔，却没有叫他去行凶。刘青说他找易春阳是让他搞定夏冰清，搞定不等于谋害。而易春阳尽管承认谋杀，但精神科莫医生及另外两位权威专家鉴定他患间歇性精神疾病，律师正准备为他作无罪辩护。"这是现有证据下所显示出的一条人性的明线。但冉咚咚心有不甘,她想这么多人参与了作案,到头来只有一个间歇性精神错乱者承认犯罪,"这严重挑战了她的道德以及她所理解的正义",后来,她在徐山川的妻子沈小迎身上找到突破口,真相终于大白。沈小迎的录音证据把整个案件隐藏的那条人性的暗线全部翻出来了,案件远比我们想象的复杂,人性也比我们想象的更暗黑。

情感这条线,冉咚咚与慕达夫恩爱有加、平静美好,一开始,"她对他不要说怀疑就连怀疑的念头都没有,仿佛年轻的皮肤上没有一丝皱纹,空旷的原野没有一丝风"。但因为慕达夫有两次在宾馆的开房经历说不清,裂缝出现,人性的实验也开始了。一个自称的无辜者,经过各种调查、审问,疑点越来越多,猜忌越来越大,信任越来越稀薄,感情越来越别扭、不堪,最终两人签字离婚。在误会、伤害、厌弃的另一端,理解、体恤、内疚也在生长,小说的最后,两人在内疚中重新找回了爱的力量。小说中情感的每一次裂变,都得到了各种合理的心理动机的支持,但最终的结果是使感情走向了自己所希望的反面,如冉咚咚所说:"我怎么会变成这样?明明被他感动了却对他恶语相向,明明自己输了却故意对他打压,我是输不起呢还是在他面前放肆惯了?我怎么活成了自己的反义词?"意识到这一点之后,冉咚咚开始一点点警觉、反省、松弛、释放。

这或许才是《回响》的叙事重点:在貌似有序、美好的生活世界下面，还隐藏着一个深不可测的心理世界。它禁不起追问、深挖、逼视，因为在每一个人的心理世界里，都有混沌不明、阴沉晦暗的角落，一旦获得某个诱发的契机，它就有可能滑向深渊、制造罪孽。人性每走一步，都可能是源于一个念头、一个瞬间或一个暗示，好的作家会捕捉每一个念头、瞬间和暗示，让其成为人性实验的试剂，让人性在合理的逻辑里发生不可思议的裂变、逆转、坠落或升腾。《回响》里的人物，都是普通人，他们本可以波澜不惊地活着，他们的生活之所以被摧毁，就在于生活中出现了一些戏剧性时刻——夏冰清烦徐山川，徐山川叫人摆平夏冰清，这个"摆平"被层层转包，徐海涛、吴文超、刘青、易春阳都被卷了进来；作为这一案件的"回响"，冉咚咚、慕达夫、邵天伟、洪安格、贝贞等人的情感纠葛也变得错综复杂起来。每一个决定性瞬间的出现，都让人性偏离一次固有的轨道，而有些人性弱点更是直接将人导向罪恶的深渊。几乎每一个人都被这些人性的弱点和生活的烦恼裹挟着往前走，一个陌生人的闯入、一件事情的回响，都可能把生活的裂缝越撕越大，直到把生活全部摧毁。每个人都是平凡而充满缺陷的，但多少平凡而充满缺陷的人生就是这样被摧毁的。《回响》写出了这种人性裂变的过程，在那些最普通的日子里，美好、宁静被一点点侵蚀，这种不经意间发生的情感、心理变化，令人惊恐，也令人绝望。

哲学家齐泽克说过一句话，叫"真实眼泪的惊骇"，是说在日常感受力最敏感丰盈的时刻，往往是最具神思的时刻。此时，当你凝神注视，很多曾经熟视无睹的事物就会翻转，变得陌生，而生命中最重大的问题就会由此浮现出来。东西的《回响》，就写出了这种"真实眼泪的惊骇"，写出了日常生活的深渊，也写出了心理世界的幽暗和裂变。同时，他还通过因自我认识的挺进而产生的醒悟与内疚，测量了人性的底线，并重铸了爱的信念。他对人性的分析、探求、认知，以及他对人性残存之希望的守护，在中国当代作家中不仅独树一帜，而且他也是在这些方面走得较深、较远的几个作家之一。《回响》不仅是东西迄今为止最好的小说，也是这两年我读到的中国小说中最生动、绵密、厚实，也最具写作抱负的一部。

后悔路上的寓言

——评东西的《后悔录》

付如初

原载《中国图书评论》2005 年第 10 期

作为"广西三剑客"之一,东西始终以关注小人物的生存状态而著名。无论是曾为他赢得首届鲁迅文学奖的著名中篇小说《没有语言的生活》,还是广受好评的长篇小说《耳光响亮》,东西总是关注恶劣生存条件下的卑微生命,以及这些生命为赢得生存空间而做的挣扎与努力。然而,东西的关注方式是犬儒主义的,是黑色幽默的,他往往在漫不经心的、拉家常式的语言中穷尽生活的各种可能,裸露生活的残酷面,然后又在无路可走之后,用阿Q般的自轻自贱自我解嘲、自我抚慰。东西好像总是在进行一个人的战争,在战争中自我杀伤又自我救赎。所以,东西的小说总是能够在精神困境的自我建构和自我解构当中,超越个体现实生存的独特性而获得整体精神状态的普适性,从而达到一种寓言般的效果,正如本雅明所说:寓言在思想之中一如废墟在物体之中。此前的《目光愈拉愈长》《我为什么没有小蜜》《不要问我》《猜到尽头》等小说不同程度地呈现了小说的寓言效果,而新近出版的长篇小说《后悔录》则将这种寓言效果发挥到了极致。

《后悔录》在延续东西的"小人物"路线的同时,也将关注的目光投向了"文革"到20世纪90年代这段近三十年的历史,投向了这一时期的人的情感生活和情感变迁。小说用"将后悔进行到底"的方式追问了一代中国人的情感生活质量。

小说选择仓库作为背景,以主人公的讲述为主线,记录了小人物曾广贤的情感生涯。与很多成长小说描写的一样,主人公曾广贤用"窥视"开始了自己最初的"性教育"。先是看到了两条狗,然后看到了父亲与邻居赵山河,接着又看到了母亲与动物园园长。由于他少不更事,他把看到的一切作为"阶级斗争的新动向"告诉了周围的大人。然后,父亲被批斗,母亲自杀。曾广贤就这样完成了自己由少年时代向青年时代的过渡,他以家破人亡、父子怒目相向的代价完成了自己对于世事蕉鹿的最初认知。

在以后的岁月中,他因为家庭变故的阴影而拒绝了同学小池的爱情,因为轻言轻信而目睹了好朋友赵敬东的自杀,因为禁不住诱惑而闯入了张闹的房间,然后又因莫须有的强奸罪而锒铛入狱。将近十年的监狱生活让曾广贤尝尽了人间的酸甜苦辣,也让他又一次陷入信任和出卖的怪圈。在监狱中意外获得的爱情给他带有传奇色彩的一生增加了浓重的一笔,他获得了动物园的同事陆小燕的爱情。十年后,曾广贤昭雪出狱,但是在婚姻选择上他又迎来了一个十字路口,最终他抛弃了相濡以沫的小燕,选择了把自己推进囹圄的、漂亮妖艳的张闹,殊不知他又陷入了另一个有关金钱与性的怪圈。

曾广贤的"性"福人生就这样走上了后悔的不归路。在他懵懂的时候,性与政治发生着怪异的纠葛;在他青春期的时候,性与家庭变故、友谊等世事伦理纠结在一起;在他成熟了之后,性又站在了情感和生理、同情与爱情的临界点;等他遍尝世事,终于用自己的脑子为"性"寻找归宿的时候,性又与金钱勾肩搭背了;当他有能力剥离这一切的时候,性与他的心理已然无法相容,他会疑心每一个女人,包括妓女,是自己失踪的妹妹,于是,曾广贤这个倒霉蛋,又遇到了性与伦理的致命冲突。性这个自然界最普遍、最天经地义的事情,甚至连狗与狗、人与狗之间都在发生的事情,在那个"以万物为刍狗"的年代,偏偏忽略了曾广贤这个死角,让他成了一个彻彻底底的另类。整部以关注人物情感经历和性经历的小说就这样拘谨地完成了自己的使命,它甚至都没有给自己留下滥俗描写的机会,因为它的目的所指,始终都是"性"的未达成状态,始终都是主人公的"后悔"状态。东西就是用"后悔"这个最具东方特色的关键词游走在弗洛伊德和福柯之间。

小说的叙述也非常有意思。小说以曾广贤试探性的、察言观色式的讲述为开端——"如果你没意见,那我就开始讲了",而以欢呼式的、惊喜式的语言为收束——"赵阿姨,快来看呀,我爸好像醒了!"开头的讲述对象是一个计时收费的、心不在焉的小姐,而后一个讲述对象是已经变成植物人的父亲;

开头的讲述是顺时序的推展，而结尾的讲述是逆时序的追述。于是，曾广贤的"后悔录"在看似有听众实际是自言自语当中完成了自我历程的闭合。而从故事发生的场域看，无论是最初的仓库，还是后来的动物园、监狱、医院，都带有封闭、被看管、不自由的性质。于是，曾广贤的后悔录成了卡夫卡笔下始终困住K的城堡，而曾广贤也成了在后悔的路上一次次选择又一次次失败的西西弗斯。

更为荒诞的是，曾广贤最终说出了自己"这辈子唯一不后悔的事……就是我没动赵阿姨"，他成功抵制了父亲的情妇赵阿姨的诱惑。这成了曾广贤坦然面对父亲的理由，于是，他又一次站在了伦理的边缘，站在了"寻找父亲"的跑道上。小人物曾广贤终于将被选择变成了自我选择，将自己的弱小变成了强大，将一切的后悔变成了不后悔。小说又一次自我闭合了，然而，这是不是意味着曾广贤完成了后悔录中的自我拯救呢？事实上，"后悔"往往是选择的后效，而曾广贤这一次的选择还远远没有到产生后效的时候。从这个意义上说，东西极端悲观的生存意识变成了积极的、乐观的美学形式。

东西的《后悔录》可以引发当代文坛上的不同话题。

首先，有关"文革"时代成长小说的话题。在当代文学史中，书写"文革"时代少年成长题材的小说并不鲜见，《阳光灿烂的日子》自不必说，单是最近的两部长篇，韩东的《扎根》和王刚的《英格力士》就都不约而同地关注了这类题材。韩东的《扎根》是下放知识分子家庭中少年的成长，在线性历史的发展中缀连了城乡变迁的话题；王刚的《英格力士》则在慌乱的成长年代引入了异质文化的元素。二者都摈弃了用阳光灿烂映照黑暗年月的极端笔法，找到了动荡年代的日常生活，找到了愤怒和狂喜两个极端中间的更为平和的忧伤和感慨。东西的书写又一次另辟蹊径，他发现了忧伤和感慨之后的灰色生活。在由阳光灿烂而日常而灰暗的演变过程中，体现了文学反思质地的变化，也体现了历史书写的某种法则。

甚至，由这个话题还能够衍生出另外一个话题，那就是出生于60年代的作家，他们的创作趋向已然成为当代文坛实力阵营的作家的整体创作走向。如今，他们被命名为"新生代"的"新"字早已被所谓的"70后""80后"取代，他们已然成了代表当代文学整体实力的沉稳底部。

其次，有关性描写和"身体写作"的话题。时下的很多小说，性描写过火且泛滥，"身体写作"也已经成了某些作家公然打出的旗帜。而这样的描写也早已褪去了突破禁区、恢复感官体验、张扬个性的意义。从某种意义上说，当下的很多小说，对于"性"在文学中扮演的角色的关注已经彻底进入了生理性和动物性的层面，文学的叙事伦理一再被改写。东西对所有附带在"性"的生理性之外的社会性因素的强调反而变成了"另类"，成了一种既有文学规则的反写，顺写历史和反写文学，这是意味深长的社会文化心理演变的症候。

再次，从《后悔录》的叙述和描写看，他对"后悔"这个关键词的一再坚持很容易让人想到余华在《活着》中对"活着"这个意念的一再坚持。在当下,影视与小说合流互动的潮流下,这也能够引发一个非常有意思的话题,那就是"偏执狂"式写作到底是给文坛带来了哲学性的甚至宗教性的启示呢,还是会因为太过戏剧性的情节演变而变得媚影视的俗呢?

《篡改的命》：一只在黑暗中发光的山妖

陈文芬

原载《新京报》2015 年 11 月 14 日

几年前，马悦然跟我在皇家话剧院欣赏瑞典戏剧家导演俄国契诃夫的《樱桃园》，出身舞蹈世家的导演采用半舞蹈半戏剧的形式，重新诠释 110 年前的经典剧作。有一篇剧评写道，《樱桃园》诞生在世界剧烈转变的时代——贵族没落了，新兴的资产阶级出现了。他们买下贵族的庄园，资产阶级是没有文化修养的暴发户，庄园一到手就砍了樱桃树，这不仅是过去的事，也是瑞典正在发生的事。刚刚兴起的俄罗斯资产阶级来到瑞典买房产，在首都的近郊盖起大房子，筑起少见的围墙。一个时代剧变又像列火车轰轰然开来，分秒不差地来到了我们的眼前。

读完中国作家东西的长篇小说《篡改的命》，我产生了两个联想，一是斯京[①]近郊的大房子盖了围墙，砍倒了樱桃树；另一个联想是，欧洲古老童话"换掉的孩子"跟《篡改的命》

[①] 斯京即瑞典的首都斯德哥尔摩，当地华人有时称斯德哥尔摩为斯京——编者注。

的故事比较。

欧洲古老的文化有一种童话叙事传统：一个出生不久、娇嫩可爱的王子或公主忽然无缘无故地消失。或者这个娇贵的孩子长到八岁、十岁，国王跟王后发现孩子好像不是从前的孩子，总感觉哪儿不对劲。人们编造故事说森林里的山妖或精灵长久以来闻到人类可爱的宝宝的气味，喜欢他们娇憨肥腴的香气，喜欢他们的眼眸神态，喜欢襁褓里的棉麻蕾丝衣料，总之是喜欢贵族骄傲的蓝血。为了妖魔的品种得以进化，他们换掉了国王的孩子或者偷偷抱走了公主。童话编造的背景，一来是贵族的爵位财产世袭制度令他们害怕后继无人，再来是古代的医疗不发达，儿童存活率不高，对孩子早夭的伤逝加以美丽的想象。"换掉的孩子"在欧洲不同的语境成为一个想象的童话传统。

《篡改的命》的主人公汪长尺是农村出来的青年，高考超过二十分却被人冒名顶掉了大学的名额。父亲汪槐年轻时在工人招考中也曾遭人冒名顶替，阻挡了他到城市发展的前途。有过昔日的教训，父亲到有关单位抗议，意外从高处摔成瘫痪。之后，这一家人的命运就一步一步更加不顺。

纵观这部小说有两个关键词：

第一个关键词是"冒名顶替"。父子俩从农村到城市之路的过程中都被冒用了名字。汪长尺第二次考试落第到城市打工，第一份工作是冒名顶替有钱人林家柏坐牢，挣了一次丰厚的工资。之后他的命运跟林家柏紧紧相连。出狱后，汪长尺先是打工三个月，工人集体被资本家逃欠工资。之后，又遭遇工伤，被打坏了下体。这两回合的资本家都是林家柏。

第二个关键词就是中国人害怕的"绝后"，以及发展下一代的前途。我的好友美国翻译家陶忘机调侃说，哪一个民族不怕绝后啊？美国人也怕啊。我不嫌麻烦地提起另一位瑞典翻译家陈安娜跟我讲过的话——中国的男作家很关心生孩子的事情。她举例莫言的《蛙》，还提到有一个海外男作家也写了中国的独生子制度。"男作家写生孩子写个不停，女作家却没写。"读了《篡改的命》，安娜的话就好像还在耳边回荡。

汪长尺向林家柏索赔，得到的只是羞辱——林家柏在法庭放言汪长尺可能本来就没有生育能力，只是利用工伤来索赔，不如做鉴定。哪知林家柏连鉴定的医生都贿赂了。在这一路求偿的过程当中，除了孟璇曾经是一个试图好意帮助汪长尺的人，其他几乎没有见到一个善良的。求偿的挫败，给汪长尺带来了"绝种"的暗示。汪长尺偶然认识林家柏的妻子副教授方知之。他暗中调查，发现方知之没有生育能力，且对领养孩子的慈善事业很感兴趣。汪长尺想出改变他后代命运的方法——暗中把襁褓当中的儿子汪大志送给方知之。他的孩子终于有了城市的户口，汪长尺自认完成了从一家三代起都无法改变的命运。

十三年以后，林家柏害怕绝后，跟方知之离婚，打算再婚生子。默默监视林家生活的汪长尺现身警告林家柏，林家柏得知真相，以金钱换取汪长尺的命。

"冒名顶替"与"害怕绝后"这两个关键词的交错组合，使这部小说变成一个独特的故事。

故事还隐藏了一个关键词——"户口制度"。现在的中国拥有全世界最先进的高速铁路建造技术，然而中国的农民从农村到城市想要改变自己的命运，却是一条艰难的路途。

读者记得山西小说家曹乃谦为感谢他的养母而写的《换梅》的故事吧。当他还在襁褓中时，没有生育能力的养母忽然爱上了这个婴儿，偷了亲戚的驴子跟孩子，渡过险峻的河流，杀了来侵犯的狼，从农村走到大同找寻她的丈夫。孩子失窃导致曹乃谦的生母思子心切，没几年就忧郁而终。曹乃谦一生感谢养母的爱，其中包含的一个理由：他的户籍变成了城市的，逃离了农村。

中国的"户籍制度"正在向好的方向改变，但不可否认，它曾经是个可怕的颈套。

汪长尺的妻子贺小文一怀孕，两人就决定离开农村到城市打工，让小孩出生就脱离农村人的命运。贺小文很快就为了生活加入声色行业，当他们得知没有户口，孩子读幼儿园也必须缴黑钱。平日缺乏社会沟通能力的草根汪长尺，忽然变得像个专业私家侦探，把孩子偷偷送给方知之的行为，就好像北欧古代童话森林里的山妖（Troll），盼望自己的品种进化成为人类。

小说看似编造的事件使我联想起某些时事。汪长尺年轻时高考被人冒名顶替的事件，让我想起了莫言的大哥写他们三兄弟从高密农村到城市的回忆录，大哥很杰出，考上了华东师范大学，成功离开农村；二哥读到高中，体格好，已经录取当兵，却被村人告密成分是中农，不该轮到他，资格被取消了……

当汪长尺答应了林家柏开出价码来买他的命，这又使人想到几年前计算机工厂发生的血汗传闻。据说那些生产线的劳动者因为工作压力太大患上了忧郁症，为了让家人得到保险金，他们选择了轻生。

我从前读过东西的短篇小说《没有语言的生活》，明白他掌握农村生活的写实能力。《篡改的命》他采取了一种跟他以前写作不同的技艺，流畅鲜活的语言，在快速推展当中形成一种风速一般的节奏。有几次我犹豫于作者让主人公使用那么书面或者文青的语言，可是我（读者）已经随着这股语言流，卷进了汪长尺的命运流沙。很大的原因是汪长尺一直对生活怀抱着天真与善意，他真的很像一只在黑暗中发出光芒的山妖，把一个"换掉的孩子"的命运演成"交换的父亲"，最后换掉了自己的生命。当汪长尺站在西江大桥的最高处望着滔滔的河水，水面铺满阳光，那一刻我想起汪家父子喜欢背诵的《爱莲说》——出淤泥而不染。

新中国建立，打倒了地主与资本家，农民起来了。但20世纪末，新的资本主义的风暴在世界开展以来，中国农村供应了大量的廉价的农民工人力资本给全球化的工商业运转。以前的地主跟资本家对雇佣的工人还有一种老式的感情，愿意照顾底层阶级。现在新的资本家缺乏这样的品德，他们是随时砍倒庄园樱桃树的那种人，对自然生物缺乏善意与感情，农民工在城市的角色往往是牺牲者。

在年纪渐长容易为秋天掉叶子感伤的时候，我有时候怀疑自己需要读这样一本已知结局是悲剧的小说吗？尤其像《篡改的命》作者在引子大胆告诉读者结局这种写小说的方法，给读者预先的暗示就像莎士比亚《哈姆雷特》的疑问——"活着，还是放弃？"（To be, or not to be？）

余华认为《篡改的命》写出了"生机勃勃的语言"，这点我完全同意。随后我又读了东西以前的长篇《后悔录》，我终于明白作者掌握小说艺术里纯粹戏剧化的能力。一个单纯的意念反复的诘问，每次的询问，因为语言的艺术的生动，在黑暗当中犹如海涛一次次翻覆涌来，水影发出激越的光，互相照耀。在这样的阅读情绪和气氛中，汪长尺的悲剧之死使我想起《西方正典》的作者哈洛·卜伦提醒我们的，哈姆雷特对命运的安排也想开了，哈姆雷特说："死生随意！"（Let it be！）我终于能放下那颗忐忑不安的心，不断地想起躲在森林里暗自窃喜狂欢的山妖童话。这是怎么一回事呢？似乎小说正在预言着什么，使我感到好奇而敬畏。究竟在生机勃勃的语境里，未来会是怎么样的情况？也许正有一列轰隆隆的未来火车开过来了。

那命运被篡改的悲剧力量
——评东西的长篇小说《篡改的命》

邱华栋，中国作家协会

原载《北京青年报》2015年9月11日

1990年代中期，东西和我都是当时崛起于文坛的"新生代"作家群中的代表。被称为"新生代"作家的，还有李洱、徐坤、何顿、毕飞宇、朱文、韩东、述平、李冯等二十几位。当时，评论家李师东和陈晓明策划组织了两套作家作品集，分别以"新生代"和"晚生代"文学丛书来命名，把我们都囊括其中。二十年后，我们中间的一部分人依旧在坚持写作，并且逐渐写出了最好的作品。而"新生代"的概念也不断延伸和扩大，更多的年轻作家被归入了这一群体，以至于有"永远的新生代"这一说法。

且不去管他什么"新生代"还是"晚生代"了。但我和东西的友谊，在那个时候就建立了。我还记得，1997年，东西拉着我，一起去看余华。余华住在北京的西边，他在家里等我们，我们到了那里，看到他的儿子余海果也在。具体的情景我已经记不清了，据东西回忆，我们喝了很多茶，说了很多话，表达了对余华的钦佩,也聊到了当代作家们的情况。余华问我还喜欢哪个当代作家,结果我夸了半天刘震云。当时,见到比我们更早成名的、红得发紫的余华,我们俩都很兴奋。出了余华家的门,东西和我握手告别的时候,说,咱们得以余华为楷模,好好写。

我们就坚持着继续写作,一直到今天,有的人退场了、消隐了,有的人失语了,我们还在用文学构筑着一个世界,开始步入到有可能写出杰作的年龄和状态里了。因此,当我看到东西的长篇小说新作《篡改的命》时,我吃了一惊,我确信东西写出了这个时期最重要的小说,他也接近了写出他心目中完美杰作的状态。

东西是一个小说创作非常丰厚的杰出作家,二十年来,他不断超越自我,总是能够敏感地体察当下现实的内在,以作品作为应答。此前,他的长篇小说《后悔录》和中篇小说《没有语言的生活》是其影响深远的代表作。在长篇小说《后悔录》中,一个人的成长被打上了鲜明的黑色幽默的烙印,主角的言说充满了"后悔"的口吻,但其实是更大的命运之手在随意摆布着他。在《没有语言的生活》中,主人公一家人都是残疾人,他们却顽强得如同杂草一样,生活在本身质地坚硬的现实岩石缝隙里。这样无法言说的人物,他们之间演绎出的情感逻辑和命运纠缠,是非常有力量的,沉默本身也会成为一种巨大的力量,正如默片和黑白片有时候会带给我们别样的震撼。

《篡改的命》可能也是这一年最值得关注的长篇小说。东西在这部小说中，依旧着眼于人的命运及其改变。小说的主人公是两对父子：汪槐和汪长尺是农民父子，林家柏和林方生是城里人。汪长尺在当年的高考中，被一个叫牙大山的人冒名顶替上了大学，从此与大学无缘，难以改变命运。他就走出了家乡，进入城市以打工为生，结果踏上了不归之路，遭遇人生更为严峻的挑战，直到死亡。林家柏和林方生与汪家人的命运紧密地纠缠在一起，被不可知的命运左右，最终，碰撞在一起，秘密被揭开，但这一辈篡改的命的秘密，又因为当事人的死亡而再度被掩盖和遮蔽……如此吊诡的人生，戏弄着我们这些脆弱的个体生命。我们也曾经在一些新闻报道上，看到过高考过程中出现冒名顶替被录取的事例。有些人截留了录取信息，冒名顶替上了大学，从此改变了自己的命运。这是人人痛恨和大加挞伐的事情，不公正，却真实发生过。

所以，有时候，新闻结束了，文学才刚刚出发。我不知道东西写这部作品的灵感来自何处，是不是与这样的新闻有关——有人因高考录取被冒名顶替，从而改变命运。但他这部《篡改的命》作为一部长篇小说，及时地出现，毫无疑问，紧贴当下，直逼人心，拷问命运，展现了人生广阔的未知性和人性幽暗的悲剧感。

在《篡改的命》这部长篇小说中，穷人和富人、冒名顶替者和弄假成真者以戏剧性的对位关系构造起来。东西这个好手，给我们搭建了一个只有莎士比亚和雨果这两个文学大师才关心和能够搭建的人物关系。那就是，人，不过是符号，是上天在人群中选择让他们出演悲剧的演员，他们分别扮演了给对方以巨大挫折、帮助、影响或伤害的角色。几个人物都因为命运的被突袭、被篡改，演绎出了带有《悲惨世界》中那种雄浑的悲剧力量。这是我读这部小说最兴奋的地方。命运，这一人生无常的替代性的词，在这部小说中，被东西阐释得别具特点，具有了令人哭笑不得但带有歌哭的悲喜剧同体的力量。

我常常在想，既然狄更斯说故事和塑造人物的传统，仍旧能够在当代印度作家维克拉姆·赛斯的长篇巨著《如意郎君》中得到创造性的再生和复活，莎士比亚和雨果的悲剧故事结构，就不能在我们这一纷繁缭乱、难以名状的现实面前被杰出的中国作家再度提炼和获得再生呈现吗？难道这一时代真的就是碎片，就是每个人都能十五分钟成功即时性消费时代吗？就没有震撼人心的叙述了吗？就没有黄钟大吕，直逼人心、魂魄的针扎之作和锥心之作了吗？这里有作家个人才能的问题，也有这是一个滑稽的世界、黑色幽默的世界，依旧能够让作家写出正剧和悲剧的世界的判断问题。

东西在写《篡改的命》这部小说的时候，一定是在拷问他自己，才最终有了这部超越之作。看到了东西的《篡改的命》，我觉得，这就是一部锥心之作，一部能够紧扣当下复杂现实的关怀之作，一部带有雨果才有的那种描画时代人物基本关系的悲剧性结构的作品。东西以他的《篡改的命》，带给我一个鲜明的印象，那就是在雨果的《悲惨世界》《九三年》中那种结构时代雄浑之美和悲剧力量的文学出现了。

东西因此写出了他的新的代表作，超越了他自己，也超越了"新生代"这个狭窄的词语和群体。在这部作品中，东西表现出了他的鲜明特点：他非常善于从并不多的几个人物的关系入手，将他们之间紧密的纠结和复杂的内心变化，结合其命运转换，营造出一个密不透风的世界，暗喻了时代的风貌和人心的深渊，具有了震撼人心的效果。东西在叙事上的凶狠和准确，直逼人心的力度，都是其他作家难以企及的。

《篡改的命》，在命运的大手里翻云覆雨的是个体生命的悲喜歌哭。这一过程，被东西的繁花妙笔，呈现得淋漓尽致。

指心明道，何问西东
——作家东西印象

韩少功

原载《扬子江文学评论》2020年第2期

记得数年前读完《篡改的命》，兴奋了好一阵，为当代文学高兴了一把。这部小说不是没有问题，但它的鲜活与饱满非比寻常，至少在技术上有指标性意义。一个个坚实的细节差不多是呼啦啦喷涌，是话赶话扑面而来，全程紧绷，全程高能，构成了密不透风和高潮迭起的打击力。老把式们才知道这种活有多难。这种小说不是写出来的，是活出来的，是岁月深处蕴积和发酵的生命本然。换句话说，一个作家如果没有足够的痛感，没有在底层民众那里的血肉联系和深长根系，不可能实现这样一次文学爆破。

作者的语言也炉火纯青，既干干净净，又生龙活虎，刚柔相济，收放自如，随处可见造型的高精度和感觉的高含量，土话、雅语、流行语的资源融为一体，显示出不可多得的语言敏感和写作修养。

可惜，眼下中国的小说太多，以至这样的作品——乃至更好的作品，都可能不被珍惜。其原因之一，是新一代主流的读者和批评家正在登场。作为文学市场主要的购买力和话语权所在，他们大多成长于都市，是教育扩招、文凭比拼、书本如山、网络如海的产物，第二手、第三手……的间接知识大增，直接知识却锐减，离实际生活越来越远。于是，这些文本生物的快餐化阅读，就像热带居民之于冰雪，或低龄娃娃之于婚恋，缺乏入骨的亲历经验打底，理解力日趋钝化和失敏。他们常说得似无大错，却很难读出字里行间的心跳、呼吸、血压以及肾上腺素，不分精粗和真伪地囫囵吞枣一番，到头来只是固化了自己的"信息茧房"（女权、乡土、反讽现实等等）。让他们在几枚流行标签之外，在教科书的概念之外，体会"老戏骨"与"小鲜肉"的差别，并不容易。

《篡改的命》富有"老戏骨"的成色，因此有点生不逢时——按接受美学的说法，作家只能走完创作的前半程，如果没有足够的受众的感应机制加以匹配和承接，再好的前半程也只是一种扑空。

作家几乎没法对这一点负责。

在这里，明知扑空的冷冷真相，却还死心塌地地热爱生活与热爱文学，这种"二货"是不是也算一种豪迈的绝命英雄？

这一小说的作者东西，很多年前与我相识于中国作家访蒙代表团。当时因唯一的中方译员只懂旧蒙语，不懂字母化的新蒙文，经常译得抓耳挠腮，有三没四,七零八落，让双方同行不免尴尬。一个个草原长夜里总得做点什么吧。大家围着炉火或篝火，不能总是相互傻笑、比比画画、把马奶酒一圈又一圈地闷头喝到深夜。这时候，最好的交流方式当然只能是唱歌了。就像我在一篇短文里说过的，一位副省长，一位司机，一位乡村教师，我所见到的这些人一旦放开歌喉就都成了歌手，卸下了一切社会身份，回归目光清澈的蒙古人。他们的音流既简洁，又动人，一句句直捣心灵，而且似乎库存曲目无限，唱上几天几夜也绝不重复，很快就碾压得中方人员一个个傻了眼。

幸好还有一个东西，真是个好东西，不仅写得出《没有语言的生活》《耳光响亮》等小说佳作，还是一个平时深藏不露的金嗓子和歌篓子，关键时刻拉得出，顶得上，孤军奋战，力抗群雄，把民歌、红歌、儿歌、流行歌统统打出去，到最后，连冒牌充数的日本歌、越南歌也凑上，总算给中方保住一点面子。

唱饿了，我们回到客房偷偷做泡面——蒙古人民瞧不上植物性食材，日复一日地大块牛羊肉实在让人受不了，几天下来已吃得我们嘴皮起泡，于是随身带来的泡面，眼下便成了南方来客巨大的幸福。

享受泡面时，我们都惊叹蒙古草原上传统音乐资源的深广与瑰丽。想想那个王洛宾，曾被我等奉为歌王和乐神，放到这里有何稀罕呢？一大碗马奶酒依次传下去，传到哪里都是一堆堆蒙古版老王。如果我们不是已经误入"文学歧途"，在这里混个一年半载，将来岂不是也可能成为张歌王或李歌王？

指心明道，何问西东 ‖ 431

代表团回京解散，大家各自东西。那以后，有时他来海南，我不在；有时我去广西，他不在。听说他有次差点被某个一线大都市的文化部门挖去，最终没有去，是不是他舍不下家乡，一如王洛宾不愿割离他的中亚腹地，我不知道。

他为人温和，处事谦让，不擅八卦，不谙套路和姿态，既无文人中常见的高冷，总是憋着人生苦难和高深哲学的那种，也无文人中多见的放荡，已经奢华和牛气到自己都不耐烦的那种。要是说到文学，他一声嘿嘿，一声哎呀，总是说同行的好，比如哪一本或哪一段精彩——这种人放到任何一个人群里，大概都像个寻常的路人甲，像个广西边地的中学语文教师，最喜欢赏析范文，不易成为人们目光的聚焦点。

有一次我可能得罪这位身居省作协主席的路人甲了。想必是他受人之托，情不得已，为广西某县找枪手，出面请我写一篇宣传该县大好形势和美丽景象的文章，据说酬金不菲。不看僧面看佛面，一篇千字文照说也不是什么大事。我好不容易来广西一趟，已吃过他们的酒席了，由他们陪着游山玩水了，居然还是没心没肺地摇头，说自己最不习惯命题作文，给出一个闭门羹，让他们脸上有点挂不住。

感谢东西君子大量，后来居然毫不介意。不知何时，他还给我这只白眼狼寄来一盒上等好茶。想想也奇怪，既非节庆，亦无喜事，而且好长一段日子互不联系，没头没脑的一盒茶叶是啥意思？

电话里，我这才知道他不过是日前读了我的一篇旧作，觉得喜欢,居然有点想念我了,兴之所至便担心我家的茶叶不够好。

在这一刻,我突然明白,像东西这样的同行,虽交往不多,但我笔下的每一个字可能都被他盯上了,被他严查细审——差不多是我身后永远也无法摆脱的一双眼睛。我相信他也是这样,潜居在北部湾的那一端,下笔时也许会把我预设为重要的读者之一,一直在什么地方暗暗盯着他。这也许没什么不好。既然大家都在文学里立心托命,这辈子已干不了别的什么,那么一种隔空跨海的相互"监控",其实是我们的缘分与幸福。

生机勃勃的语言

余华，北京师范大学

原载《长篇小说选刊》2015 年第 5 期

几年没有东西的消息，然后他的新作《篡改的命》出版了。二十年前，我们在广东结伴而行，当时珠三角的城市之间还有田地可见。记得在东莞的晚上，我们去了一家电影院。里面一切都是新的，崭新的墙壁和椅子，还有顶上的灯光。感觉这家电影院刚开始接纳观众，可是地上已经铺了厚厚一层的瓜子壳，像是铺了地毯那么均匀，踩在上面发出一片响声，声音生机勃勃。

读完《篡改的命》，我想寻找一个词来说明对其语言的感受，接着发现不是那么容易，说它是生活语言，又有不少书面语言的表述；说它是书面语言，又缺少书面语言的规矩。显然这不是一部语言优美的小说，那些坐在深夜酒吧里高谈阔论间吟诵艾略特或者辛波斯卡诗句的人不会想起这部小说里的某一句话；另一方面，也不能用粗俗这个词针对这部小说的语言，中超赛场上两队球迷互骂时基本上不会动用这部小说里的语句。我想寻找一个中性的词，想起二十年前东莞电影院里满地瓜子壳被踩踏时发出的生机勃勃的声音。生机勃勃,就是这个。

东西选择了生机勃勃的叙述方式之后,欺压和抵抗、丑恶和美好都以生机勃勃的方式呈现出来,与此同时,叙述的不讲究也呈现了出来。如果单纯从叙述来看,《篡改的命》的缺点和优点似乎同样明显,准确说缺点和优点是在同一个点上,如果用橡皮擦掉缺点的话,优点也会一起消失。我想东西写下这些的时候对此无所谓,他只要生机勃勃。

叙述的轴心是一个名叫汪长尺的人,他的一生几乎集中了农村青年的倒霉遭遇,或者说集中了当今社会无权无钱无关系家庭孩子的挫折人生。

汪长尺承载着父亲汪槐的抱负参加高考,这是改变命运的唯一出路,可是超过录取线二十分却没有被录取,原因是有人冒名顶替了他,从这一刻开始他走上了被篡改的命运之路。汪长尺在叙述里最初出现时是一副满不在乎的模样,没被录取并没有真正打击到他,只是让他暂时不敢将这个消息告诉父亲,那时候他还不知道此后的人生有多么辛酸。汪槐是一个脾气火暴的父亲,他不能接受儿子分数上线了却没被录取,决定带上儿子去县教育局讨回公道。儿子汪长尺不愿意跟着父亲汪槐去丢人现眼,汪槐骂汪长尺是一枚软蛋,活该被人欺负。汪槐寻求公平正义的方式是盘腿坐在教育局地上抗议,这也是社会底层民众遭受欺压以后仅有的表达方式。其结果可想而知,无人理睬他们,用汪长尺的话说"他们连看我们的兴趣都没了"。

坚信人间有正义的汪槐改变了抗议的方式，走上三楼，站到局长办公室外走廊的栏杆上。虽然引起局长、副局长和招生办的关注，但是他摔了下去，从此瘫痪，这个贫困的家庭此后更加窘迫……悲剧只是刚刚开始，接下去一个又一个情节快速转换，随着叙述前行，不同人物逐一登场，社会现实也随之扩大，一幅世态炎凉的壁画在我们眼前展开。

东西不是一个悲伤的人，他是一个快乐的人，《篡改的命》则是一部绝望之作。父亲汪槐，母亲刘双菊，建筑工地的工友，汪长尺人生路上同病相怜的这个和那个，几乎都在承受命运的无情践踏。

里面也有希望的片段，一个名叫贺小文的姑娘嫁给了汪长尺，这个姑娘没有什么文化，但是善良勤快，他们婚后生下一子，有过一段苦中作乐的美好时光，最终汪长尺为了不让儿子汪大志重蹈自己的覆辙，把他送给了一户有钱有权的人家，贺小文也离开了汪长尺。市劳动局一个名叫孟璇的女科长，与小说里其他干部相比，她是仅有的一个有同情心的干部，她真诚地帮助汪长尺。贺小文为了感谢她，精心做了一袋粽子，每一粒米都选过，生怕里面含沙子；每个粽子的米都用杯子量过，为了粽子大小一致；煮粽子时又用闹钟定时。如此精心做出来的粽子被汪长尺送给孟璇后，孟璇一再感谢地将粽子放进包里，可能是担心卫生问题，孟璇走过一个垃圾桶时，觉得汪长尺已经走远了，就把这袋粽子扔进垃圾桶，汪长尺深受打击……小说里希望的片段总是这样转瞬即逝。

《篡改的命》里的情节转换充满戏剧性，阅读的时候可能会觉得过于戏剧化，我认为这个不重要，重要的是东西在这里努力写出他的人间戏剧。情节转换的戏剧性有时会带来细节上的瑕疵，我认为这个也不重要，重要的是东西用生机勃勃的语言写下了生机勃勃的欺压和生机勃勃的抵抗。